U0529482

本书获长春师范大学学术专著出版基金资助

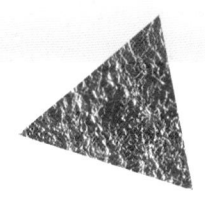

刘竞飞 著

文学史的
文本透视

中国社会科学出版社

图书在版编目（CIP）数据

文学史的文本透视／刘竞飞著.—北京：中国社会科学出版社，2021.1
ISBN 978-7-5203-7751-5

Ⅰ.①文⋯　Ⅱ.①刘⋯　Ⅲ.①文学史研究　Ⅳ.①I109

中国版本图书馆 CIP 数据核字（2021）第 018194 号

出 版 人	赵剑英
责任编辑	王　琪
责任校对	王　龙
责任印制	王　超

出　　版	中国社会科学出版社
社　　址	北京鼓楼西大街甲 158 号
邮　　编	100720
网　　址	http://www.csspw.cn
发 行 部	010-84083685
门 市 部	010-84029450
经　　销	新华书店及其他书店
印　　刷	北京明恒达印务有限公司
装　　订	廊坊市广阳区广增装订厂
版　　次	2021 年 1 月第 1 版
印　　次	2021 年 1 月第 1 次印刷
开　　本	710×1000　1/16
印　　张	18.75
插　　页	2
字　　数	316 千字
定　　价	99.00 元

凡购买中国社会科学出版社图书，如有质量问题请与本社营销中心联系调换
电话：010-84083683
版权所有　侵权必究

前　言

　　教授中国古代文学史课程愈久，则遭受的诘问愈多。这些诘问多由学生发出，其中最常见的问题是："老师，我们学这个有什么用？"其次便是："这首诗（或是词、曲、文等）啥意思？"亦有好学者问："我读了他的全集，感觉为何和文学史上描写的不一样？"关于第一个问题，我常答："这是一种传统、一种文化，不能简单地用有没有用来衡量。"对此回答，外国留学生多报之以耸肩，而中国学生则常报之以直视之茫然。见此说缺乏回响，我又常常不得不旁征博引："你读过梁启超的《新史学》么？他在里面说：'史学者，学问之最博大而切要者也，国民之明镜也，爱国心之源泉也。今日欧洲民族主义所以发达，列国所以日进文明，史学之功居其半焉。'[①] 历史认同是国家的基础，研究历史，能够增强民族凝聚力。文学史是历史的一部分，其与其他历史之研究同功也……"大约是因为有了先贤的加持，学生遂多不再问，一收茫然之神态，而若有所思焉。而关于第二个问题，则难以找到如此以一敌万之法，只好兵来将挡，水来土掩，从最基本的背景人物介绍、字词解析、文体规范说明开始，一一细为诠释。其间，为使解说能显出新意，又常需引进结构主义批评、意象研究、原型批评、叙事学研究、心理学研究等西方的理论方法，稍作宏观上的对比和阐发，解释之功，反是最费神力。关于好学者的问题，我则常以接受个体的差异性来回答，并顺手举所讲的李白和陆游诗为例：李白和陆游均为文学大家，传世作品亦都甚多，然若观其全集，则觉其诗意、诗语颇多重复，印象往往不如读诗选时之好。故欲显某家之精华，不得不对其作品进行沙汰。清代的李调元为《陆诗选》作序，其言："放翁诗非

[①] （清）梁启超：《梁启超全集·新史学·中国之旧史》，北京出版社1999年版，第736页。

选不可，过选亦不可。何也？不选则卷轴烦多，难于缥阅；过选则片鳞只羽，不免遗珠。"① 文学史上选的都是其具有代表性的作品，故读起来印象更佳，也更有阐释力。

学生之发问，往往是一时兴之所至，鲜会深究。然受问既多，则难免引发自我之驳诘。学生之问，虽是口语化的直白表达，但就其问题的性质而论，却正好代表了文学史抽象的三个层次：问题二所讨论的文本，代表了文学史研究纷繁的底层；问题一所讨论的历史对于凝聚国家、民族的作用，则属于历史研究的宏大叙事。而联结二者的，则恰恰是问题三所涉及的历史材料的甄选问题。"不选则卷轴烦多，难于缥阅；过选则片鳞只羽，不免遗珠。"历史必须经过抽象，才能被人所理解，而过度抽象，则又会失去其丰富可感性。其间去取的标准，究竟何在？文学史研究的任何一个细枝末节，都有可能膨胀为一种理论方法，如对字句的解释催生出经学、训诂学，对文本的解读催生出新批评，对作者及读者的考察催生出接受美学等。文学文本到底具有何种意义，取决于读者或批评者的"前理解"，这些"前理解"显然构成了读者或批评者对文学史料进行去取的标准，因此，它实际上构成了文学史抽象的第一环。以理论透视史料，以史料支持理论，在这里，"解释学的循环"似乎不可避免。几乎没有任何一位曾接受过现代学术训练的研究者不会向着其"历史的向度"敞开，因此，在现代学术研究背景下，历史资料与理论之间，实际上早已形成了一种不可分割的共生关系。换言之，对于今天的研究者而言，在每一种具体可感的史料之上，其实均包含了一种被抽象为理论的可能。如果"理论"不能给其以阐释，则其必不能被"有效解释"，这在今天的学术界已经变成了一个常识。在中国，尽管自20世纪后半叶开始的理论热早已降温，而今天的研究界也越来越重视基础史料的发掘，但一种难经理论提炼的自在的知识或经验，其被忽视的程度，则仍和过去没有多大区别。

种种经验性的材料，是否需要被抽象成一种理论，这和"诗人的诗是否需要选"有着很大的相似性。选诗，即是体现观点，即是对历史的抽象，这一点，它和理论相同。所不同者，是选诗大体上保存了文学本身的具体可感性。而理论的抽象，一旦开始，便有不断上升、愈演愈烈的趋势，其最后往往演变成了以理论支撑理论、以抽象解释抽象。一方面，理

---

① （清）李调元：《童山集·陆诗选序》，清乾隆刻函海道光五年增修本，文集卷五。

前　言

论之间的相互借鉴和相互诠释本是必然，但另一方面，这也彰显了理论不断扩张所带来的困境。举个例子来说，20世纪后半叶，以文本批评为核心的"新批评"日渐兴盛，这种以文本细读和言语分析为核心的方法，曾被认为是对传统的"作家—作品"批评方式的一大背离，是对文学本体批评的一大坚持。海外随即便有学者借鉴其方法，对中国古典诗歌进行解读，其中最典型的代表便是高友工和梅祖麟合作的"唐诗三论"[①]。"唐诗三论""基本上是用'形式主义—新批评'的方法即语言学方法来谈论唐诗"。"这种以'细读'（close reading）为手段对诗歌语言进行细致的分析与诠释的方法，不仅注意对词句语意的发掘，而且注意语法即语词搭配的样式、语音即音型的变化对诗歌意义的影响，过去人们粗率浏览而轻轻忽略的精微细密之处被它一一剔抉出来，过去人们漫不经心而置之一旁的语言形式意味被它一一爬梳清楚，于是便使唐诗研究面目一新，让人确确实实地领悟到唐诗语言魅力所在。"[②] 其利用西方语言与文学批评术语，对中国传统诗学无法言说之处进行了说明，理论意义毋庸置疑。但二人在研究过程当中亦发现，单纯的语言或是文本批评并不能解决所有问题。"尤其是作者注意到，唐诗的语意往往很难在纯语言范围内寻觅，它所蕴含的更丰富的内涵使分析者'不断发现自己每每不得不超出这种（文本语言）限制'，分析者必须将诗歌置于一个更广阔的时空之中，于是，'从文本发展到了背景'。"[③] 从文本发展到背景，是理解诗歌含意的必需，但这同时也意味着作者研究与社会研究的再次引入。于是，一种以文本批评为特征的方法，便有了再次蜕变为一种历史性的宏观叙事的可能。而与此相类似的，还有在语言研究界盛行一时的系统功能分析法。语言学界所进行的语篇分析，和上文提到的文本细读有很多的类似之处，不过它更重视语篇的交际功能，倾向于在语言学的范围内理解文学作品，关注更多的乃是诸如语域、语境、指称以及词语衔接之类的问题。这在起初，也被视为一种区别于传统文学批评的方法。但随着理论的拓展，这种基于语言学

[①] 含《杜甫的〈秋兴〉：语言学批评的尝试》《唐诗的句法、用字与意象》《唐诗的语义、隐喻和典故》三篇论文。商务印书馆版名《唐诗三论》，2013年10月出版。上海古籍出版社版名《唐诗的魅力》，1989年11月出版。

[②] 葛兆光：《域外中国学十论·语言学批评的前景与困境》，复旦大学出版社2002年版，第140页。

[③] 同上书，第141页。

的理论同样也向着更为宏观和综合的方向发展。语篇分析中较为贴近文学的一支，逐渐演变成了文学上的功能文体学，而侧重社会、历史语境研究的一支，则发展成了批评语言学。"他们将语言视为社会符号，将话语视为社会政治现象，将文学视为社会语篇。他们注重分析各种文本尤其是新闻媒体的语言结构中蕴涵的阶级观念、权力关系、性别歧视等各种意识形态"①，于是，从宏观的抽象的层面上而言，这种语言理论实际上已经成为一种更为宏观的历史—社会哲学的附庸。无论是新批评，还是曾被视作新批评后继的系统功能文体学，最终都远离了其原初的研究对象文本，而成为一种更具抽象性但也因此更具理论包容性的上位理论。这似乎印证了理论本身永远具有一种自我抽象的本能。理论的不断抽象，最终促成了经院派学术的形成。象牙塔内的研究者们在符号的追逐中自娱自乐，却逐渐远离了原初的经验世界。这或许是学生们目睹教授们搞学问搞得热火朝天，但却不知其究竟有何用的另一原因。

为限制理论的过度抽象，同时也为弥补宏观的理论与微观的经验世界之间的孔隙，美国社会学家默顿曾在20世纪中叶提出了一种"中层理论"。其说虽主要针对社会学研究，但对于文史研究而言，亦有启示意义。对于"中层理论"而言，一种诠释理论，绝对的普遍性并不是必需的，而不同的诠释理论之间，亦未必一定要追求逻辑上的融洽性。一种诠释性理论，只需具备有限的有效性即可。中层理论承认了解释的局限性，但也在某种程度上确保了解释的多元性。而其要义，乃在于保持了理论的抽象性和经验的丰富性的统一。只有保持抽象性与经验性的统一，理论和实践才能相互支持和指导，一种研究也才真正地具有操作意义。

本书就是在这样的中层理论指导之下完成的。本书并非没有理论性的推衍，但其重点更在于经验性的展示。本书的基础，是数十篇的文学作品，按照所涉及的理论话题，其被精心地归为几类，所涉文体，或诗，或词，或文，或赋；所涉朝代，或唐，或宋，或明，或清；所涉地域，或南，或北，或中心，或边陲，但它们的归聚，往往都是为了说明一个共同的问题。所有的讨论，都是自文本的举例和解读开始，而其末，则又均止

---

① 申丹：《西方现代文体学百年发展里程》，载戴凡、吕黛蓉主编《功能文体理论研究》，外语教学与研究出版社2013年版，第13页。

于一种具有代表性的"中层理论"或是假说。这些问题包括中唐诗人的语体意识、古诗文本中的城乡观念、早期词风的通约性以及宫闱文学的分化演进等。希望这种多元化的阐释,可以在文学的直观的经验性与文学史的抽象的统一性之间,填充进一个相对丰富的"中层"。倘能如此,则学生常问我的三个问题,便算是一并解决了。

目　录

第一章　差序世界：中唐的现实主义诗歌及其语体意识 ………………（1）
　一　中国古代文学史书写中的"现实主义"理论及其
　　　结构模型 ………………………………………………………（1）
　二　中国古典文学思想中的差序性观念 …………………………（3）
　三　差序性想象与唐人的语体意识：以白居易为核心 …………（5）

第二章　负相关：唐代诗人笔下的命运与文章 ………………………（18）
　一　言说的二元：命运与文章 ……………………………………（18）
　二　"负相关"的文学透视：以文学文本中的杜甫形象
　　　为核心 …………………………………………………………（21）
　三　侥幸与罪悔：唐人诗中的另一种相关性 ……………………（29）

第三章　空间场域与符号边界：一种对于文学的多模态解析 ………（34）
　一　社会的层级及其边界 …………………………………………（34）
　二　多模态解析之一：文学的空间性流动 ………………………（38）
　三　多模态解析之二：文学中的边界意识 ………………………（50）
　四　空间概念与边界意识的极端显现：以韩愈《论佛骨表》
　　　为例 ……………………………………………………………（58）

第四章　诗耶词耶：古代文学中的另一种边界 ………………………（66）
　一　发生论视角下之词体：以李白、白居易等人的作品
　　　为核心 …………………………………………………………（66）

文学史的文本透视

　　二　早期词风的通约性：以薛能、欧阳炯等人的作品为核心 …… (78)
　　三　对于风格边界的坚守：以二晏为核心 ……………………… (92)
　　四　守体与破体：以柳永、李清照为核心 …………………… (102)
　　五　诗与词的高端融合：以姜夔为核心 ……………………… (126)

第五章　韵文体的终极形式：散曲的文体扩张与融合 ………… (138)
　　一　相似的形式：令曲 ………………………………………… (138)
　　二　文体的扩张之一：带过曲 ………………………………… (147)
　　三　文体的扩张之二：套数 …………………………………… (152)
　　四　文体的扩张之三：联章体 ………………………………… (161)
　　五　文体融合之一：南北合套 ………………………………… (172)
　　六　文体融合之二：叙事性的增强 …………………………… (177)

第六章　游艺抑或游戏：古代文学中的文化完形与个体安放 …… (185)
　　一　来自轴心时代的话语规定 ………………………………… (185)
　　二　游戏之文："游于艺"的一种极端显现 ………………… (189)
　　三　私人游艺生活的再结构化：以明清文人的花艺活动
　　　　为核心 ……………………………………………………… (200)
　　四　入画与入诗：生活世界中的文化完形 …………………… (206)

第七章　国家与民族：国家建构过程中的清代皇室文学 ……… (213)
　　一　从私人文本到公众的道德范训：清代皇帝的御制诗 …… (213)
　　二　调试道德、知识与信仰冲突的基本方式：以"心镜"诗
　　　　为例 ………………………………………………………… (217)
　　三　有限理性与有效性：御制诗中体现的"道德治理"原则 …… (223)
　　四　国家文化建构与差异性个体：以爱新觉罗·永琪为例 …… (224)
　　五　清代前中期文化建构之一瞥：以永琪《演喜起舞纪事》诗
　　　　为核心 ……………………………………………………… (234)
　　六　国家之谊：清代皇室文学中的超地域性关系 …………… (238)

七　皇权的闺阁回应：以八旗女作家高景芳的纪恩诗为核心 ……（243）

第八章　文体、知识与性别：清代女性散文的社会性研究…………（249）
一　性别内外：男性的"他观"与女性的"自观" …………（249）
二　知识结构与文体选择：以赵棻和高景芳为例……………（259）
三　身体、服饰与女权：以骆绮兰为例………………………（271）

参考文献 ……………………………………………………………（276）

后　记 ………………………………………………………………（287）

第一章

差序世界:中唐的现实主义诗歌及其语体意识

在本章里,我们将以白居易等人的诗歌及诗歌理论为范例,围绕着现代文学史书写中"现实主义"这一叙事线索,来探讨一下现代文学理论与古代文学理论之间的结构性差异。

一 中国古代文学史书写中的"现实主义"理论及其结构模型

浪漫主义与现实主义,曾在很长一段时间里构成了中国古代文学史写作的"元范畴"。它们不仅是描述中国文学演进的工具性术语,同时也是评价文学创作优劣的标准。譬如由北京大学中文系文学专门化1955级集体编著的《中国文学史》,便曾以浪漫主义和现实主义两条线索来描述唐代文学的发展,称岑高诗派为"积极浪漫主义",称元结、顾况等人为"现实主义文学运动的先驱",对于李白、杜甫,更是直接冠之以"伟大的浪漫主义诗人""伟大的现实主义诗人"的名号。对于中晚唐以后文学的发展,该书亦归纳出了现实主义与反现实主义两条线索。[①] 该书的作者群,虽然是以年轻的学生为主,但却奠定了此后一系列文学史的写作基调。

现实主义文论的繁盛,和社会主义文化运动的发展息息相关,涉及社

---

① 参见北京大学中文系文学专门化1955级集体编著《中国文学史》,人民文学出版社1958年版。

文学史的文本透视

会主义建设的宏大叙事，这在当时，有其特殊的历史意义。时日跃迁，当今日再提起"现实主义"时，其意识形态的色彩已不像当年那样浓厚。但作为一个术语或是一种观念，它仍然在诸多文学史著作中得到了保持。譬如新近所出的马克思主义理论研究和建设工程重点教材《中国古代文学史》，已经不再使用"伟大的浪漫主义诗人""伟大的现实主义诗人"这样的定语来给李白、杜甫的专章冠名，但在谈到元白诗派时，仍然使用了这样的描述："元白诗派继承杜甫以及中唐前期元结、顾况等人的现实主义诗歌传统，尚通俗、求平易、重写实，积极发挥诗歌关注现实、经世致用的功能，形成务实尚俗的美学特征。"[①] 可见，使用"现实主义"来作为一条线索，以完成中唐以后诗歌发展的历史叙事，已经成为学术界的一种通行做法。成为一种通行做法，表明其已成为一种共识。共识经过时间的锤炼，便凝聚成了常识。

如果仅从符号的层面上来看，那么今日所说的"现实主义"和几十年前所说的"现实主义"并无区别，至少，从书写形式上来看，它们毫无改变。但事实上，一旦考虑到时间因素，我们就会发现，在这共识凝聚成常识的过程中间，实在遗漏了太多东西：首先，是术语使用者和理论接受者的改变。就以上文提到的两种文学史教材而论，北京大学中文系55级集体编著的文学史出版于1958年，而由袁世硕先生主编的文学史（第二版）则出版于2018年，这中间已经隔了60年。半个多世纪以来，读者不知换了几代。其次，最重要的，是由于时间的发展，这些术语已经被从其原初的理论背景中剥离了出来，因而丧失了部分理论意义。丧失了理论背景的术语，从某种意义上来说，已经变成了一种干瘪的话语符号，失去了理论的针对性。

与今天的学生谈起"现实主义"，他们通常不会联想起文学研究史上那个轰轰烈烈的大发展、大建构的时代，这在某种程度上成为上文所述的一个证明——因为他们并没有亲身经历过那个时代。但即使对于早已习惯于使用这一术语的老一代学者而言，他们也常常会忽略掉一个事实，那就是"现实主义"文论的认识论基础。"现实主义特别强调真实性，要求按

[①] 袁世硕主编：《中国古代文学史（第二版）》（第2册），高等教育出版社2018版，第92页。

照现实本来的样子来描写。"①"社会主义现实主义是指以艺术为媒介、从社会主义立场出发、对人的共同生活作真实的反映。所谓反映是指明察社会生活、唤起社会主义冲动的方法。""社会主义现实主义的艺术作品应揭示社会生活的辩证运动法则。对这种辩证运动的法则的认识将有助于人们掌握自己的命运。"②无论是通常意义上的文学上的"现实主义",还是具有特殊的意识形态意味的"社会主义现实主义",在认识论方面都是以反映论为基础的。因此"反映"成为此派文论家经常使用的一个术语。而与此相关联,"镜子"便也时常成为此派理论家对于文学的比喻,比如,列宁就曾说列夫·托尔斯泰是俄国革命的镜子。关于文学的"镜喻"很好地反映出了西方哲学中固有的主、客二元对立的结构。如果我们暂时放弃价值判断,而只对其结构关系进行思考,我们很容易便可抽象出一个"客体—文学—主体"这样的理论模型。

二 中国古典文学思想中的差序性观念

北京大学中文系55级集体编著的《中国文学史》如此描述白居易和元稹领导的新乐府运动:"806年(唐宪宗元和元年)以后,文坛上渐渐开始了一个现实主义文学运动,许多诗人都从事新乐府的写作。当时的社会面貌和阶级矛盾在文学中得到全面的深刻反映。在这运动中伟大的诗人白居易是杰出的参加者和倡导者。……他的好友元稹也有许多与他类似的看法。他们全面地建立了现实主义的文学理论;总结了我国自《诗经》以来现实主义的文学创作经验;认识了文学的社会功能,强调文学为政治服务和文学的思想性和倾向性,彻底地宣布和唯美主义、形式主义文学决裂;确立了现实主义文学的正宗地位。"③"当时的社会面貌和阶级矛盾在文学中得到全面的深刻反映。"其构建起的无疑是一种反映论的文学观。倘若纯在现代的学术语境内讨论这一问题,其当然不能算错。但倘若考虑

---

① 吴中杰:《文艺学导论》,复旦大学出版社2002年版,第288页。
② [德] 布莱希特:《戏剧中的社会主义现实主义》,见伍蠡甫、胡经之主编《西方文艺理论名著选编》下卷,北京大学出版社1985年版,第315页。
③ 北京大学中文系文学专门化1955级集体编著:《中国文学史》,人民文学出版社1958年版,第326—327页。

到一千多年前中国古代文学发展的原初语境,这种说法则又遗漏了诸多细节。反映论固然在认识论的层面上说明了文学与现实的关系,但它毕竟是一个外来的概念。而"众所周知,在我国古典文论中"实在"缺少反映论的传统"[①]。在中国古代文论传统中,儒家的文学观更贴近"现实主义",但其对文学的理解,却基本是功能主义的。无论是"经夫妇、成孝敬、厚人伦、美教化、移风俗"的诗教说,还是"美盛德之形容以其成功告于神明""上以风化下,下以风刺上,主文而谲谏,言之者无罪,闻之者足以戒"[②]的美刺说,其关心的都不是文学到底是不是客观世界的反映问题,而是文学的功能问题。而更重要的,是这种陈述当中,嵌套了一种儒家的差序性观念。

在社会学的领域,"差序性格局"曾被费孝通先生用来概括和描述中国乡村的社会关系。但其实在中国传统的经典中,已经存在"差序"的概念。《文心雕龙·书记第二十五》:"若夫尊贵差序,则肃以节文。战国以前,君臣同书。秦汉立仪,始有表奏。王公国内亦称奏书。"[③] 所不同者,费先生所说的"差序性格局"主要指的是一种社会关系,它是像水波一样一圈一圈的,可以被想象成是平面的,而刘勰所说的"差序"则主要社会的层级结构,它更像是竖直方向的。"上以风化下,下以风刺上",它和儒家所想象的社会结构是一致的。从竖直方向的分布这个想象出发,或许一个地质学上的概念更为形象:它是"层序"化的。在地质学中,"层序"被用来描述地层之间的关系,但在这里,我们只取其上下分布的比喻性含义。

明了了古代文人所描述的文学景观更像是"层序"化的,就会进而明了它和现代文学史中那种"现实主义"的描述相差有多远。在一种"客体—文学—主体"的平面化描写框架里,文学对应于社会层级的那种"层序"化的竖直结构其实被取消掉了。社会的层级结构,比如阶级结构,变成了被文学反映的事实,而文学的本体却似乎脱离了这一结构。事实上,在古代传统的一些"现实主义"文学家看来,文学本身其实是应

[①] 参见朱立元《对反映论艺术观的历史反思》,《马克思主义美学研究》1999年第2期。
[②] 参见毛诗序。毛亨述,郑玄笺:《毛诗·周南关雎诂训传第一》,四部丛刊景宋本,卷一。
[③] (南朝梁)刘勰:《文心雕龙》,四部丛刊景明嘉靖本,卷一。

该嵌套在这一竖直的社会结构之中的。譬如论白居易之文学思想，人多举其《策林》为据，今观其《策林》六十九《采诗》，其言曰：

> 臣闻圣王酌人之言，补己之过，所以立理本、导化源也。将在乎选观风之使，建采诗之官。俾乎歌咏之声，讽刺之兴，日采于下，岁献于上者也。所谓言之者无罪，闻之者足以自诫。……故政有毫发之善，下必知也；教有锱铢之失，上必闻也。则上之诚明，何忧乎不下达？下之利病，何患乎不上知？上下交和，内外胥悦。①

所谓"日采于下，岁献于上"，显然是把诗歌当成一种中介来看待。又其《寄唐生诗》：

> ……我亦君之徒，郁郁何所为。不能发声哭，转作乐府诗。篇篇无空文，句句必尽规。功高虞人箴，痛甚骚人辞。非求宫律高，不务文字奇。惟歌生民病，愿得天子知。未得天子知，甘受时人嗤。……②

诗歌最终的读者，其实应该是天子。再加上他所使用的"上""下"这样的言语，故在白居易的描述里，文学其实是按竖直方向循环于民间和庙堂之间的。这种以功能为核心、以社会的政治框架为参照的竖直的描述结构，和现代"现实主义"文论家所持的平面循环的认识论结构是有差别的。

三 差序性想象与唐人的语体意识：以白居易为核心

为使文学起到沟通上下的作用，古代持文学实用论的作者们往往强调

---

① （唐）白居易撰，谢思炜校注：《白居易文集校注》，中华书局2011年版，第1599—1600页。
② （唐）白居易撰，谢思炜校注：《白居易诗集校注》，中华书局2006年版，第78页。

文学史的文本透视

作品要准确、真实地记录现实情况。仅就这一点论,他们的主张是和现代的现实主义文论家们相似的。不过,对于古代的文学实用论者而言,完成对现实生活的忠实记录,只不过是完成了整个事件的一小步,最重要的一环,其实还在于能使其上达天听。

白居易《策林》六十八《议文章》:

> 然臣闻,大成不能无小弊,大美不能无小疵。是以凡今秉笔之徒,率尔而言者有矣,斐然成章者有矣。故歌咏诗赋碑碣赞咏之制,往往有虚美者矣,有愧辞者矣。……且古之为文者,上以纫王教,系国风;下以存炯戒,通讽谕。故惩劝善恶之柄,执于文士褒贬之际焉;补察得失之端,操于诗人美刺之间焉。今褒贬之文无核实,则惩劝之道缺矣;美刺之诗不稽政,则补察之义废矣。虽彫章镂句,将焉用之?臣又闻,粮莠秕稗生于谷,反害谷者也;淫辞丽藻生于文,反伤文者也。故农者耘粮莠,簸秕稗,所以养谷也;王者删淫辞,削丽藻,所以养文也。伏惟陛下诏主文之司,谕养文之旨。……若然,则为文者必当尚质抑淫,著诚去伪。①

为保证文学能够有效地将民间的信息传达给当权者,白居易主张文学应该摒弃虚语华文,而以"核实"为先。而同时,为保证统治阶层的意思能够有效地传达到民间,白居易又十分强调文学的易晓性,这就使他的诗歌具有了极强的(口)语体色彩。宋惠洪《冷斋夜话》卷一:

> 白乐天每作诗,令一老妪解之,问曰:"解否?"妪曰解,则录之;不解,则易之。故唐末之诗近于鄙俚。②

所谓"鄙俚",其实说的就是白乐天的诗更近于日常的口语。而就诗歌而论,最能全面体现白居易文学功能论主张的,应该是其《新乐府序》:

---

① (唐)白居易撰,谢思炜校注:《白居易文集校注》,中华书局2011年版,第1594—1595页。
② (宋)惠洪撰,陈新点校:《冷斋夜话》,中华书局1988年版,第17页。

第一章　差序世界：中唐的现实主义诗歌及其语体意识

> 凡九千二百五十二言，断为五十篇。篇无定句，句无定字，系于意，不系于文。首句标其目，卒章显其志，《诗》三百之义也。其辞质而径，欲见之者易谕也。其言直而切，欲闻之者深诫也。其事核而实，使采之者传信也。其体顺而肆，可以播于乐章歌曲也。总而言之，为君、为臣、为民、为物、为事而作，不为文而作也。①

短短的数行字，却涉及了诗歌体制、语体色彩、传播内容、传播途径、传播效果等各方面的问题，白居易的考虑可谓全面。下以白居易的几首诗，来透视、验证白居易的创作观念。为了不影响行文，有些需要说明的地方以注释的形式注出。为避免脚注过多过乱，这些关于例诗或例文的注释随附在文章之后。

新丰折臂翁　戒边功也②

新丰老翁八十八[1]，头鬓眉须皆似雪。玄孙扶向店前行，左臂凭肩[2]右臂折。问翁臂折来几年？兼问致折何因缘？翁云贯属新丰县，生逢圣代无征战。惯听梨园歌管声，不识旗枪与弓箭。无何天宝大征兵，户有三丁点一丁。点得驱将何处去？五月万里云南行。闻道云南有泸水，椒花落时瘴烟起。大军徒涉水如汤，未过十人二三死。村南村北哭声哀，儿别爷娘夫别妻。皆云前后征蛮者，千万人行无一回。是时翁年二十四，兵部牒中有名字。夜深不敢使人知，偷将大石锤折臂。张弓簸旗俱不堪，从兹始免征云南。骨碎筋伤非不苦，且图拣退归乡土。此臂折来六十年，一肢虽废一身全。至今风雨阴寒夜，直到天明痛不眠。痛不眠，终不悔，且喜老身今独在。不然当时泸水头，身死魂飞骨不收。应作云南望乡鬼，万人冢上哭呦呦。[3]老人言，君听取。君不闻，开元宰相宋开府，不赏边功防黩武。[4]又不闻，天宝宰相杨国忠，欲求恩幸立边功！边功未立生人怨，请问新丰折臂翁。[5]

---

① （唐）白居易撰，谢思炜校注：《白居易诗集校注》，中华书局2006年版，第267页。
② "戒边功也"在不同的版本中有不同的刊刻方式，今按朱金城《白居易集笺校》的版式，将其随附在题目之后，本诗及下引白居易诗，除特殊说明外，均按此书录入。参见（唐）白居易撰，朱金城笺校《白居易集笺校》，上海古籍出版社1988年版，第165页。谢思炜校注本中题下无此注，诗见其《白居易诗集校注》第309页。

7

注释：

［1］"八十八"，敦煌本作"年八十"。按：当以敦煌本为是。若老翁年八十八，由元和四年（809）上推八十八年，可知老翁大约生于开元十年（722）前后。鲜于仲通征南诏在天宝十载（751），李宓征南诏在天宝十三载（754），下文有言"是时翁年二十四"，与二者皆不符。若老翁年八十，则其二十四岁时正赶上李宓征云南之战。

［2］凭肩，有二意，一是指把胳膊搭到别人的肩膀上，二是指并肩，这里指前一种意思。

［3］原注：云南有万人冢，即鲜于仲通、李宓曾覆军之所。

［4］原注：开元初，突厥数寇边，时天武军牙将郝云岑出使，因引特勒、回鹘部落斩突厥默啜，献首于阙下，自谓有不世之功。时宋璟为相，以天子年少好武，恐徼功者生心，痛抑其党，逾年始授郎将，云岑遂恸哭呕血而死也。

［5］原注：天宝末，杨国忠为相，重构阁罗凤之役，募人讨之，前后发二十余万众，去无返者。又捉人连枷赴役，天下怨哭，人不聊生。故禄山得乘人心而盗天下。元和初而折臂翁犹存，因备歌之。

本诗是白居易《新乐府》中的名作之一，作于元和四年（809）白居易在长安任左拾遗之时。

《新乐府》原有小序，很清楚地阐明了"新乐府"的创作宗旨："为君、为臣、为民、为物、为事而作，不为文而作也。"很显然，"新乐府"的本质，其实是一组政治诗。为了能够清晰地传达自己的政治理念，白居易在诗歌的风格体制上也提出了一系列的要求。这些要求，已经在上文所引的诗序中得到了体现。下面，我们就结合这首《新丰折臂翁》来分析一下白居易"新乐府"诗的特点。

"新丰老翁八十八，头鬓眉须皆似雪。"首句的"新丰老翁八十八"即所谓的"首句标其目"。关于"首句标其目"的意思，各家有不同的解释。一种很流行的解释，是把"目"解释成"主题"，进而把这句话的意思阐释成"要求开头就要揭示主题"。还有的则从写作学的角度，把这句话的意思概括为"文章开头就进入正题，要开门见山"。这第二种说法，实际是在第一种解释的基础之上所形成的一种推论。但若细思，其实这些说法都存在很大问题。试问，一篇文字，在我们还未读完之前，我们如何

第一章 差序世界：中唐的现实主义诗歌及其语体意识

确定它的主题？倘无下文，仅仅一句"新丰老翁八十八"，或是一句"关关雎鸠"，我们知道它说的是什么？故此，在理解此"目"时，决不可将其与现代写作学里的"主题"或"中心思想"进行简单的对应。依照笔者的见解，如果我们可以暂时抛开古典训诂学那些关于字音、字形的条条框框的话，这个"目"在意义上其实和李渔的"主脑"概念很接近。《闲情偶寄·词曲部·结构第一·立主脑》："古人作文，一篇定有一篇之主脑。主脑非他，即作者立言之本意也。传奇亦然，一本戏中，有无数人名，究竟俱属陪宾，原其初心，止为一人而设。即此一人之身，自始至终，离合悲欢，中具无限情由，无穷关目，究竟俱属衍文，原其初心，又止为一事而设。此一人一事，即作传奇之主脑也。"①李渔所说的文之"主脑"和今日所言之"主题"概念类似，暂不论。其所说的传奇的"一人一事"却和《新乐府》的状况十分相切。综观《新乐府》，诸如《西凉妓》《杜陵叟》《卖炭翁》，乃至本诗等，无不是写一人；诸如《七德舞》《法曲歌》《捕蝗》等，无不是写一事。而首句所能交代的，无非亦只是此"一人"或"一事"而已。白居易说他这样做是袭《诗经》之义。然《诗经》里的题目多为后人所加，并不能相提并论。而且《诗经》里的诗题，也并不是完全取自首句。故白之强调袭法《诗经》，不过是要突出他的诗和儒家传统间的联系。至于他是不是完全遵从了《诗经》的创作模式，倒并不是重点。《诗经》里的诗题是后立上去的，但白居易的诗却是题目先行。在科举时代，士人们早已经习惯了作各式的命题作文，而所谓点题、抱题等，亦已成为常轨，在这里，白居易只不过是把这些做法进一步规范化了。通过"首句标其目"，他使诗歌和诗题衔扣得更加紧密，做到了"不蔓不枝"。

老翁须发皆白，自然很容易引起人注意，而姿势又很奇怪，"左臂凭肩右臂折"，故难免引起作者的疑问。"问翁臂折来几年？兼问致折何因缘？""您的胳膊断了多久了？又是因何折断的呢？"

自此以下直至"万人冢上哭呦呦"一段，皆是老翁自述，不仅回忆了自己的早年岁月，而且细致交代了断臂的原因。"翁云贯属新丰县，生逢圣代无征战。"由元和四年（809）上推八十年（参看上文注释[1]），可知老翁生于开元十八年（730）前后。开元年间，唐朝正逢鼎盛时期，

---

① （清）李渔：《闲情偶寄》，清康熙刻本，卷一。

※ 文学史的文本透视

天子风流，又雅爱歌舞音乐，故少年时的老翁也自然而然地"惯听梨园歌管声，不识旗枪与弓箭"了。然而好景不长，天宝十载（751），唐和南诏反目，战端遂起。唐先是令剑南节度使鲜于仲通将兵六万（又有说八万或十万者）征讨云南，大战于泸川，唐军大败，死于泸水者不可胜数。① 杨国忠本与鲜于仲通有私，遂掩其败状而叙其战功，玄宗不察。天宝十三载（754），杨国忠既已为相，复遣司马李宓率师七万再讨云南。宓渡泸水，为蛮所诱，复败，李宓死于阵。国忠又隐其败，以捷书上闻。本诗下文有"是时翁年二十四"之语，按此推断，老翁所赶上的，正是这天宝十三载之战。这次战斗，征用的皆是"中国利兵"②，故对内地百姓的生活影响极大。

"闻道云南有泸水，椒花落时瘴烟起。大军徒涉水如汤，未过十人二三死。"其实，这几句话在反映了人民厌战、恐战心理的同时，亦交代了唐军失败的原因："其征发皆中国利兵，然于土风不便，沮洳之所陷，瘴疫之所伤，馈饷之所乏，物故者十八九。"③ 中原人无法适应云南的恶劣自然条件，加上远道征伐，粮草难济，故有一败。"村南村北哭声哀，儿别爷娘夫别妻。皆云前后征蛮者，千万人行无一回。"明知道去云南是有去无回，爹娘妻子怎么能不号啕痛哭？所谓的开疆扩土，得利的永远是统治阶级，而失去亲人或生命的代价，却永远只要普通民众来承担。

"是时翁年二十四，兵部牒中有名字。夜深不敢使人知，偷将大石锤折臂。张弓簸旗俱不堪，从兹始免征云南。"时年二十四岁的老翁，正是该从军的年纪。为逃避客死他乡的命运，他只好在夜深人静之时偷偷用大石砸断了自己的右臂。既不能张弓，也不能摇旗，他终于得偿所愿，免于云南之役。《淮南子·人间训》里也为我们讲述了一个因残疾而避免兵役的故事，不过里面的塞翁之子是因骑马在无意间摔伤，而我们的主人公却是出于一种自主的选择。为了保全生命而不得不主动残害肢体，这更见出了主人公的无奈。

"骨碎筋伤非不苦，且图拣退归乡土。此臂折来六十年，一肢虽废一身全。"骨碎筋伤，自然是痛苦，但庆幸的是自己终于被征兵的淘汰（拣

---

① 参见（五代）刘昫等《旧唐书·玄宗本纪》，清乾隆武英殿刻本，卷八。
② 参见（五代）刘昫等《旧唐书·杨国忠传》，清乾隆武英殿刻本，卷一百六。
③ （五代）刘昫等：《旧唐书·杨国忠传》，清乾隆武英殿刻本，卷一百六。

第一章 差序世界：中唐的现实主义诗歌及其语体意识

退）了。一条胳膊虽然废了，但是却保住了生命，而且又活了六十年，想想也真值得了。要知道，当时的很多人，包括一流的诗人李白和杜甫，生命都停留在六十岁左右。甚至，有很多人还远远活不到六十岁呢！

"至今风雨阴寒夜，直到天明痛不眠。"虽然是庆幸，但时不时发作的痛苦却像是一个闹钟，时刻在提醒老翁不要忘记这段痛苦的记忆。"痛不眠，终不悔，且喜老身今独在。不然当时泸水头，身死魂飞骨不收。应作云南望乡鬼，万人冢上哭呦呦。"这里，作者使用了一个章法上的回环。上文写到老翁庆幸"一肢虽废一身全"，这里又写到他的"终不悔"——作者在这里为我们画出的是一个类似于"痛苦—庆幸—再次痛苦—再次自我开解"的心理链条。这一章法上的回环，很好地刻画出老翁复杂而矛盾的心情。虽然避免了在云南做望乡鬼，但如果可能，谁不愿意做一个健康的正常人呢？

"老人言，君听取。"自此以下的话，便是所谓的"卒章显其志"。白居易通过一个对比来阐明自己的主张："君不闻，开元宰相宋开府，不赏边功防黩武。又不闻，天宝宰相杨国忠，欲求恩幸立边功。"开元初的宰相宋璟为了避免少年天子走上穷兵黩武之途，不惜压制郝云岑，虽显得稍有不公，但他的政治理念是对的。而到了天宝年间的杨国忠做宰相，却先后发动了数次对外战争。征南诏失败虽不是唐朝衰败的直接原因，但它却为后来唐王朝无力平定安史之乱埋下了伏笔。"边功未立生人怨，请问新丰折臂翁。"如果盲目地发动战争，不仅不会创立边功，反而会激发民怨。有了新丰折臂翁作为证明，白居易的观点就绝不是无据而发了。

白居易的这首诗，通过一个时代幸存者之口，讲述了一段真实的故事。其人其事，皆可和正史相互印证，的确做到了"其事核而实"。而他所取材的人和事也不仅仅是一个个例。《资治通鉴·唐纪十二》贞观十六年秋七月庚申制："自今有自伤残者，据法加罪，仍从赋役。隋末赋役重数，人往往自折支体，谓之福手福足，至是遗风犹存，故禁之。"[①]可知白居易所选取的人物和事件都是具有典型性的，足能"使采之者传信也"。在艺术方面，本诗语言虽然浅近，但在章法安排上却十分巧妙。诚如陈寅恪在《元白诗笺证稿》中所说："此篇为乐天极工之作。其篇末'老人言，君听取'以下，固《新乐府》大序所谓'卒章显其志'者，然

[①] （宋）司马光等：《资治通鉴》，四部丛刊景宋刻本，卷一百九十六。

文学史的文本透视

其气势若常山之蛇,首尾回环救应,则尤非他篇所可及也。后来微之作《连昌宫词》,恐亦依约模仿此篇,盖《连昌宫词》假宫边老人之言,以抒写开元、天宝之治乱系于宰相之贤不肖及深戒用兵之意,实与此篇无不相同也。"①

"其辞质而径"代表了诗歌语体的下移,而坚持文学的差序性格局,又产生了另外一个效果,就是使诗歌更加关注社会的下层,因为,上与下,本是这种差序性格局不可或缺的两极。在白居易的诗中,出现了很多以往未曾被表现过的人物,如前文提到的西凉妓、卖炭翁等,均属此类。这种对于民间市井人物的描写,其实是开了后世文学的一个先河,在以后各代,都有人进行模仿。写下层小人物的诗,再来解读一首《采地黄者》。

采地黄者

麦死春不雨,禾损秋早霜。
岁晏无口食,田中采地黄。
采之将何用?持以易糇粮。
凌晨荷锄去,薄暮不盈筐。
携来朱门家,卖与白面郎。
与君啖肥马,可使照地光。
愿易马残粟,救此苦饥肠。

白居易的这一首《采地黄者》,创作于元和八年(813),作者时年四十二岁②。元和六年(811),白居易之母陈氏在长安去世,诗人因丁忧退居下邽金氏村(今属陕西渭南市),此时仍未返朝。

"麦死春不雨,禾损秋早霜。"诗的一开始,就为我们道出了一种生命的无力和无常。麦已播下,岂料春天无雨,禾已抽穗,偏逢秋季早霜。非不稼不穑,奈何天意如此!表面上来看,是农人们在侍弄着这些庄稼,但反过来看,这些农人们其实和他们手里的禾苗并没有大的区别,都是天

---

① 陈寅恪:《元白诗笺证稿》,生活·读书·新知三联书店2001版,第80页。
② 按朱金城《白居易集笺校》注。(唐)白居易撰,朱金城笺校:《白居易集笺校》,上海古籍出版社1988年版,第54页。

第一章 差序世界:中唐的现实主义诗歌及其语体意识

意拨弄下的玩偶。

既然春旱秋霜,接下来的结果也就可想而知。"岁晏无口食",到了年尾,不要说明年的种子,就连口粮都没有了。无可奈何之下,也就只好去"田中采地黄"了。"采之将何用?"非为市贸也,不过是"持以易糇粮"罢了。"糇粮",指干粮或粮食。地黄,是一种中草药。《本草纲目》卷十六引《别录》曰:"地黄,生咸阳川泽黄土地者佳。"又"弘景曰:'咸阳,即长安也。生渭城者乃有子实如小麦。'"① 可知地黄亦算是陕西一带比较有名的特产。

虽是去采地黄,但这样一个春旱秋霜的年头,地黄的产量料也高不到哪去。果不其然,"凌晨荷锄去,薄暮不盈筐"。从早到晚采了一天,地黄也没有装满一筐。这样的艰辛,一点也不比种田差啊。

"携来朱门家,卖与白面郎。""朱门",意指豪富人家。白面郎,盖指有钱有势人家的公子哥。杜甫《少年行》:"马上谁家白面郎,临阶下马坐人床。不通姓字粗豪甚,指点银瓶索酒尝。"赵彦材注云:"白面郎,盖言其富贵少年者耳。"②

"与君啖肥马,可使照地光。"这以下的几句是记述采地黄者与"白面郎"的对话。地黄本有药用,《神农本草经》《本草纲目》等书就记载地黄可以"治伤中,逐血痹,填骨髓,长肌肉",甚至说久服它可以"轻身不老"。而我国古代亦有用地黄饲喂牲畜的传统,《活兽慈舟》在论马的牧养法时就提到"常用地黄叶食之,益寿",同时还记有许多用地黄治疗牛马肾黄、疥癞等病的药方。③ 用这样的"神药"喂马,马肯定会膘肥体壮。鲍明远《咏史》诗:"宾御纷飒沓,鞍马光照地。"④ "照地光",形容马的神采出众。

"愿易马残粟,救此苦饥肠。"马的光彩照人令人遐想无限,思驰神飞,然而诗人笔锋一转,让我们又回到了残酷的现实:现实中的农人依然是处在痛苦的水深火热之中。"苦饥"二字,道出了农人断炊已久。马有残粟而人无余粮,这是怎样的一种不公平!农人不敢奢求富人们移马粮救

---

① (明)李时珍:《本草纲目》,清文渊阁四库全书本,卷十六。
② (唐)杜甫撰,(宋)郭知达注:《九家集注杜诗》,清文渊阁四库全书本,卷二十二。
③ 参见四川省畜牧兽医研究所校注《活兽慈舟校注》,四川人民出版社1980年版。
④ (南朝宋)鲍照撰,丁福林、丛玲玲校注:《鲍照集校注》,中华书局2012年版,第493页。

文学史的文本透视

人饺，而只能指望获得一些马口下的残羹剩饭来缓解饥肠，这背后隐藏的，又是怎样的一种压迫！这结尾的一笔，不仅造成了章法上的跌宕，同时也为我们揭示出了一幕沉重的"人不如马"的现实。在"天意"和"阶级"的双重压迫之下，农人们是如此的无助，他们的生命是如此的脆弱不堪。仅仅是一年的自然灾害就令得农人们如此窘迫，从中我们还可以看到中唐以后整个社会经济的脆弱。

除去思想内容，这首诗中还有值得我们注意的一个问题，那就是它的叙事节奏。本作品的体裁虽然是诗，但它的叙事却很像散文。句句衔接，叙事细密，节奏舒缓，除了末尾一笔，几乎不作跳荡之姿。这种叙事方法，一方面兼顾了这类诗的书写传统，另一方面也在读者心中营造出一种独特的阅读感受。一句句地从春述说到秋，从晨述说到暮，几乎均等地处理每一个细节，在这略显缓慢的节奏中，我们似乎能感受到农村生活日复一日的平淡和艰苦。我们似乎和这些农人们一起一步步地走过了四季，陪同他们一起经历了一次又一次的希望与绝望。舒缓的节奏适合表达深沉的主题，这既是诗人的一次娓娓而谈，也是对于社会不公的重重一击。

前文既说到白居易诗开了为市井人物作传的先河，不妨把宋人所写的一首类似的诗随附于后，一方面证明前面所言不虚，一方面也可看出后人对唐诗的继承和模仿。所附诗为宋代诗人唐庚的《张求》。唐庚，字子西，眉山人，进士，曾为宗子博士，有《唐先生文集传世》，传见《宋史》[①]卷四四三。

张求

> 张求一老兵，着帽如破斗。卖卜益昌市，性命寄杯酒。骑马好事人，金钱投瓮牖。一语不假借，意自有臧否。鸡肋巧安拳，未省怕嗔殴。坐此益寒酸，饿理将入口。未死且强项，那暇顾炙手。士节久凋丧，舐痔甜不呕。求岂知道者，议论无所苟。吾宁从之游，聊以激衰朽。

用诗歌来对下层民众及其生活进行描写和刻画，汉乐府已有之，至唐人乐府而极盛。如前文提过的白居易之《卖炭翁》《杜陵叟》《新丰折臂

[①] （元）脱脱等：《宋史》，清乾隆武英殿刻本。

第一章　差序世界：中唐的现实主义诗歌及其语体意识

翁》《西凉伎》等，皆是此中名作。本诗借诗语为一老兵张求作传，可以说是直接承续了唐人的传统。

"张求一老兵"，因张求本为一普通老兵，人未必能识其名，故起句直叙其身份。起得急，叙得直，诗歌反而显得有力。"着帽如破斗"，则是外貌刻画。"着帽"二字用得普通，用得随意，却反见主人公洒脱不羁的个性。轻轻点染，一个落拓老兵的形象已经跃然纸上。"卖卜益昌市，性命寄杯酒。"因无其他收入，故老兵只好在益昌市上卖卜求生。在古代，卖卜往往是读书人在读书不成而又丧失了其他谋生手段之后，无奈才选择的职业，因其运营成本极低，吃饭仅凭一张口也。干这一行的人，往往无房无地，可谓沦落到了极点。张求虽非读书人，但被生活所逼，也只好借此糊口——不过话又说回来，卖卜虽属"贱业"，其中确也藏龙卧虎。远的像汉朝的严君平、郎颛，近的像唐朝的武攸绪，甚至于宋末的名士谢枋得，都曾从事过这一职业。高人名士与江湖骗子混迹杂处，虽是同行，却也不可一概论之。上文的"性命寄杯酒"已隐隐透出张求的豪放，下文的叙述则印证了其骨鲠。

"骑马好事人，金钱投瓮牖。""骑马好事人"，指前来问卜的人。"瓮牖"，以破瓮作窗户，指的是张求的家。《史记·陈涉世家》："陈涉瓮牖绳枢之子，甿隶之人。"① 说的是一个意思。"骑马"，标示的是问卜者的身份乃是富贵之人。身在富贵当中，本不必问卜。稍有世故者，即知此"好事"者之前来，多半是为了听几句恭维开心的话。卜者本多以口舌为功，遇此场景，理应逢迎而上，熟料张求却"一语不假借，意自有臧否"。按蓍龟卦象解卦，不肯作一曲语。下文鸡肋安拳，用刘伶典故。《晋书·刘伶传》："（伶）尝醉，与俗人相忤，其人攘袂奋拳而往，伶徐曰：'鸡肋不足以安尊拳。'其人笑而止。"② 本诗反其意而用之，张求只知直言，即使受到嗔怪殴打，也不肯改口，鸡肋安拳，以弱抗强，反见出一股倔强精刚之气。

"坐此益寒酸，饿理将入口。"饿理，即饿纹，指人嘴角的皱纹，古人认为有此纹者将饿死，用的是周亚夫的典故。《史记·绛侯周勃世家》：

---

① （汉）司马迁撰，（南朝宋）裴骃集解，（唐）司马贞索隐，（唐）张守节正义，中华书局编辑部点校：《史记》，中华书局1982年版，第281页。
② （唐）房玄龄等：《晋书》，清乾隆武英殿刻本，卷四十九。

文学史的文本透视

"许负指其口曰：'有从理入口，此饿死法也。'"① 卖卜者不能逢迎人意，自当饿死。但"未死且强项，那暇顾炙手"。"强项"，用的是东汉"强项令"董宣的典故。炙手，指的是当权者。卜者自有卜者的信仰与原则，岂肯趋炎附势，因死而改节。至此，作者已将一介普通卜者的道德水准提升到士人的高度。

岂料，具有讽刺意味的是，那些真正拥有士人身份的读书人，却早已道德沦亡、廉耻丧尽了。"士节久凋丧，舐痔甜不呕。""舐痔"，典出《庄子·列御寇》："秦王有病召医，破痈溃痤者得车一乘，舐痔者得车五乘。所治愈下，得车愈多。"② 舐痔吮痈，士人们不仅不觉得恶心，而且甘之若饴。可见不讲气节廉耻，仅以利益为追逐的对象，已经成为士林的普遍风气。

"求岂知道者，议论无所苟。吾宁从之游，聊以激衰朽。"加一个"岂"字，是退一步说话，似贬实褒，以退为进。虽然张求未必真的懂得君子的大道，但其却能秉理直言，百折不避。光这一点，就值得君子与其为友。"衰朽"是作者自指。在这样的世上生存，受流行的士风影响，即使不能与其同流合污，亦不免略感到失望与颓唐。作为社会底层一员的张求的所言所行，给了作者激励和鼓舞。从市井中看到希望，此亦夫子所谓"礼失则求诸野"之意也。

《经稗》③卷十三引《金罍子》，其中有"义与志与"一条，也谈到过几则古人为人算命的故事。

> 《记·少仪》："问卜筮，曰：'义与？志与？'义则可问，志则否。"解者曰："谓所问合义则为之卜，若出于心之隐微则不为之卜。"心之隐微，盖若《春秋》南蒯之枚卜者是也。左氏亦曰："《易》不可以占险。"其严如此。然汉严君平卖卜筮成都市，乃人有邪恶非正之问，则依蓍龟与言吉凶，依于孝悌忠顺，则不问其义志矣。要之，各因其势而导之以善，则亦《易》意也。《北史》魏耿元

---

① （汉）司马迁撰，（南朝宋）裴骃集解，（唐）司马贞索隐，（唐）张守节正义，中华书局编辑部点校：《史记》，中华书局1982年版，第2074页。
② （清）王先谦撰，沈啸寰点校：《庄子集解》，中华书局1987年版，第282页。
③ （清）郑方坤：《经稗》，清文渊阁四库全书本。

第一章 差序世界:中唐的现实主义诗歌及其语体意识

喜卜占,而时有王公欲求其筮者,元辄拒不许,每云:"今既贵矣,何所求而复卜也?欲望意外乎?"虽贵家,必有吉凶,使贵者更慕望富贵,信鄙矣。若问它吉凶,那得无言?然其不妄为人卜,则亦礼意也。

《金罍子》所谈到的严君平、耿元与本诗所记述的张求,恰好成为卜者的三种类型。严君平卖卜,而以忠顺孝悌教人,此是长者之卜,而其对于卦象本义,未必无有曲解。耿元喜占卜,但不肯为贵者进一言,看似严刻,却未免不包含油滑避事的意思,这可谓是世故者之卜。唯有张求,知无不言,言无不尽,虽受嗔殴而不改,一念秉定而至死弥休,正可谓是狂狷者之卜。"狂者进取于善道,知进而不知退"[1],"狷者,直己之志,不从人也"[2]。本诗之写张求,略其形貌而独写其精神,又用其精神作为士人品性的对比,爱憎分明,言辞劲朴,直出直入,激愤之气,透出纸外。时人目唐庚为"小东坡",以此诗论,适足当之。

---

[1] 《论语·子路》邢昺疏。(清)阮元校刻:《十三经注疏》,中华书局2009年版,第5448页。

[2] 《国语·楚语》韦昭注。(春秋)左丘明撰,徐元诰集解,王树民、沈长云点校:《国语集解》,中华书局2002年版,第529页。

第二章

负相关:唐代诗人笔下的命运与文章

在第一章中,我们探讨了一种以儒家等级观念为基础的"层序"化的文学观念。在这种观念中,文学主要是作为一种"上通下达"的中介而存在,对它的描述主要是政治性的、功能性的,在某种意义上,其亦可以被视为是古代文学宏观叙事的一种。在本章中我们将回到一个相对局部性的"作者—文学"的二维框架中,来探讨古人文学史建构中所经常使用的另一种言说结构。

一 言说的二元:命运与文章

任何一种言说,都必然始于二元的对立和划分,这是由人类的思维特点所决定的。而围绕着这种基本的二元划分,不同的理论亦会呈现出不同的面貌。在古代文学发展的过程中,有一对范畴亦常会被文人拿来作为言说的基础,这对范畴就是"命"与"文章"。这一对范畴的交错演化尚无法构成整个文学史的宏大线索,但在局部语境内,其却有着特殊的意义。从这一角度而言,它其实倒更符合"中层理论"的特征。

说这一对范畴有着特殊的意义,是因为它们将鲜活的个体生命引入了抽象的文学史叙事当中,为文学文本与生命体验建立起了一种新的联系。体现这种"命运与文章"关系的作品很多,先举一首影响度甚高的《天末怀李白》[①] 为例:

[①] (唐)杜甫撰,(宋)黄鹤注:《补注杜诗》,清文渊阁四库全书本,卷二十。

第二章　负相关:唐代诗人笔下的命运与文章

> 凉风起天末,君子意如何。鸿雁几时到,江湖秋水多。文章憎命达,魑魅喜人过。应共冤魂语,投诗赠汨罗。

这是杜甫在安史之乱后所写的怀念李白的诗。所谓"文章憎命达",说的就是文学与命运之间的一种关系。而倘若不仅仅局限于字面字眼,表达类似意思的文字其实早已存在。如《史记·太史公自序》:

> 昔西伯拘羑里,演《周易》;孔子厄陈蔡,作《春秋》;屈原放逐,著《离骚》;左丘失明,厥有《国语》;孙子膑脚,而论兵法;不韦迁蜀,世传《吕览》;韩非囚秦,《说难》《孤愤》;诗三百篇,大抵贤圣发愤之所为作也。此人皆意有所郁结,不得通其道也,故述往事,思来者。①

命途坎坷,则发愤著述,乃有所成,其所说的,同样是个人命运与文学之间的关系。从屈子到贾谊,从司马迁到扬雄,古来文人命途多难如意。而自隋唐以后,知识阶层不断扩大,能知诗文的人越来越多,于是,这种不如意便在文学中得到了越来越多的表现。除却上文提到的司马迁的"发愤著书"说、杜甫的"文章憎命达"说,尚有韩愈的"穷苦之言易好"说。韩愈《荆潭唱和诗序》:

> 夫和平之音淡薄,而愁思之声要妙;欢愉之辞难工,而穷苦之言易好也。是故文章之作,恒发于羁旅草野。②

宋代的欧阳修亦有"穷而后工"说。欧阳修《梅圣俞诗集序》:

> 予闻世谓诗人少达而多穷,夫岂然哉?盖世所传诗者,多出于古穷人之辞也。凡士之蕴其所有而不得施于世者,多喜自放于山巅水

---

① (汉)司马迁撰,(南朝宋)裴骃集解,(唐)司马贞索隐,(唐)张守节正义,中华书局编辑部点校:《史记》,中华书局1982年版,第3300页。
② (唐)韩愈撰,刘真伦、岳珍校注:《韩愈文集汇校笺注》,中华书局2010年版,第1121—1122页。

文学史的文本透视

> 涯。外见虫鱼草木风云鸟兽之状类，往往探其奇怪。内有忧思感愤之郁积，其兴于怨刺，以道羁臣、寡妇之所叹，而写人情之难言，盖愈穷则愈工。然则非诗之能穷人，殆穷者而后工也。①

"内有忧思感愤之郁积，其兴于怨刺"，这里面，其实又构建起了一种个人情感与文学创作的关系。这种"生活—情感—文学"的结构模式，存在于很多古代文人的论述中。如宋刘一止《上越帅书》：

> 某尝闻，言辞者，感于情而后发。喜怒哀乐之七者之谓情，情也者，随遇而感，有感而发，亦若金石丝竹之有待而鸣也。其感发有浅深，故其辞有工拙者。人之论曰：欢愉之辞难工，穷苦之言易好。是真有难易之辨乎哉？诗之变风变雅也，大抵皆循理之说，故读之想见乎其人，如出乎其时。有正人谊士愤切感激之气也，有迁客逐臣羁旅流落之叹也，有室家思怨尔汝昵昵之私也，有故国旧都凄凉绵绵之情也。其言率有以感动人意，而喜诵说焉。杜少陵遭时乱离，间关陕蜀，负薪采稆，餔糒不给，凡出处动息、劳逸悲乐之事，一见于诗，盖穷而益工。屈原忧愁幽思而作《离骚》，庾信以悲哀为主。然后知欢愉之动情者浅，而穷苦之感情深也。②

其不仅完善了穷而后工的情感论模式，而且用它来诠释《诗经》，实际上是把这一模式经典化了。经典不一定非得是那种可以不断被演绎推进的学说或理论，有时不断地被人重复亦可足证其经典的地位。因为，重复本身，也是历史文化进行再生产的方式。所以重复这种模式的后世文人很多，明清时期亦是如此。

> 昔人有言："欢娱之词难工，愁苦之词易好。"使李、杜但在天宝以前，除《清平调》及《何将军山林》外，亦无以鸣豫而鼓盛。故诗人之境，类多萧瑟嵯峨，而三百篇皆仁贤发愤之所作焉。③

---

① （宋）欧阳修撰，李逸安点校：《欧阳修全集》，中华书局2001年版，第612页。
② （宋）刘一止：《苕溪集》，清文渊阁四库全书本，卷十六。
③ （清）魏源撰，中华书局编辑部编：《魏源集》，中华书局2009年版，第230页。

第二章 负相关：唐代诗人笔下的命运与文章

这是清代魏源所作的《简学斋诗集序》，其在文中重复的，大抵便是上引《上越帅书》中的意思。

所引史料既多，就会发现一个有趣的现象，就是在大多数材料里，文人们都认为坎坷的命运是造成作品优秀的一个原因。借用数学中的一个术语，他们认为在人的命运与文学文本之间，是存在着很大的"相关性"的。而在他们的理解里，如果把命运的好坏和文本的好坏看作两个变量，那么，这两个变量之间的关系应该是负相关的。所谓"盖愈穷则愈工"，可谓是对这种观念的一种经典概括。"然则非诗之能穷人，殆穷者而后工也。"在欧阳修的描述里，他特别强调了诗应该是命运的因变量。

对于命运与文本之间关系的这种认识，应该是中国诗歌"以悲为美"传统的一个来源。

二 "负相关"的文学透视：以文学文本中的杜甫形象为核心

"文章憎命达"，这是老杜在回忆起李白时的感叹。所谓悲人，亦自悲也。而后世为老杜而叹者，则不知更多几倍。今举白居易的一首诗为例，剖析一下上文所说的那种"负相关"关系的文学表达。

读李杜诗集因题卷后

翰林江左日，员外剑南时。
不得高官职，仍逢苦乱离。
暮年逋客恨，浮世谪仙悲。
吟咏流千古，声名动四夷。
文场供秀句，乐府待新辞。
天意君须会，人间要好诗。

元和十年（815）六月[①]，唐朝发生了一个震惊朝野的大事件：宰相

[①] 《旧唐书·白居易传》作七月。参见（五代）刘昫等《旧唐书·白居易传》，清乾隆武英殿刻本，卷一百六十六。

文学史的文本透视

武元衡被刺身亡。时任太子左赞善大夫的白居易上疏言事，请捕刺客，以雪国耻。宰相以宫官非谏职，不当先谏官言事。会有素恶居易者掎摭居易言浮华无行，其母因看花堕井而死，而居易作《赏花》及《新井》诗，甚伤名教，不宜置彼周行。执政方恶其言事，奏贬为江表刺史。诏出，中书舍人王涯上疏论之，言居易所犯状迹不宜治郡，追诏授江州司马。此诗即是写于由长安至江州的途中，白居易时年四十四岁。①

在李白和杜甫生前，二者虽各有诗名，但很少被并称。而到了中唐以后，将二人并称的人则逐渐多了起来。像韩愈，就有一首很有名的《吊张籍》诗："李杜文章在，光焰万丈长。"② 在《荐士诗》里，他则说："勃兴得李杜，万类困凌暴。后来相继生，亦各臻阃奥。"③ 李、杜俨然已经成为唐诗传统最重要的开创者。至于元稹，在将李、杜并称之余，更是对二者进行了比量："时山东人李白，亦以奇文取称，时人谓之李杜。予观其壮浪纵恣，摆去拘束，模写物象及乐府歌诗，诚亦差肩于子美矣。至若铺陈终始，排比声韵，大或千言，次犹数百，词气豪迈而风调清深，属对律切而脱弃凡近，则李尚不能历其藩翰，况堂奥乎！"④ 自此开启了千百年来的李杜优劣论争。

白居易的这首《读李杜诗集因题卷后》虽然亦将李杜并列，但并没有对二者的诗艺进行比较，而是从另一个角度对二人的生平和创作进行了解读。在对李、杜二人生平与创作关系的剖析中，白居易不仅阐明了李、杜之所以能够取得巨大成就的原因，而且再一次高扬了儒家"写人生"的文学旗帜。

"翰林江左日，员外剑南时。""翰林"，指李白。范传正《唐左拾遗翰林学士李公新墓碑并序》："天宝初，召见于金銮殿，玄宗明皇帝降辇步迎，如见园、绮。论当世务，草答蕃书，辩如悬河，笔不停缀。玄宗嘉之，以宝床方丈赐食于前，御手和羹，德音褒美，褐衣恩遇，前无比俦。

---

① 据朱金城《白居易集笺校》。(唐)白居易撰，朱金城笺校：《白居易集笺校》，上海古籍出版社1988年版，第956页。
② (唐)韩愈撰，(清)方世举编年笺注，郝润华、丁俊丽点校：《韩昌黎诗集编年笺注》，中华书局2012年版，第517页。
③ 同上书，第62页。
④ (唐)元稹撰，冀勤点校：《元稹集·唐故工部员外郎杜君墓系铭并序》，中华书局2010年版，第691页。

第二章　负相关:唐代诗人笔下的命运与文章

遂直翰林,专掌密命,将处司言之任,多陪侍从之游。"①"员外"指杜甫。元稹《唐故工部员外郎杜君墓系铭并序》:"京师乱,步谒行在,拜左拾遗。岁余,以直言失官,出为华州司功,寻迁京兆事。旋又弃去,扁舟下荆、楚间,竟以寓卒,旋殡岳阳。享年五十九。"②李白在被玄宗召见后不久,即因不见容于朝而再次离开长安,再游东南。在经过了一番波折和漂泊之后,李白最后卒于宣城。"江左日"指的就是这段日子。"剑南时"指的是杜甫在四川依附严武的那段日子。当时杜甫在四川依附于剑南节度使严武,严武虽为杜甫提供庇护,但据说对其甚怀嫉恨,每欲杀之。③关于杜甫和严武之间真正的关系,学者们有不同说法,但可以肯定的一点是,寄人篱下、仰人鼻息的日子终归是不好过的。老杜当时生活的困苦,已屡屡见于他的诗歌当中。

"不得高官职,仍逢苦乱离。暮年逋客恨,浮世谪仙悲。"此时此刻,同样处在漂泊途中的白居易自然而然地联想起了这两位前代名家的命运。白居易所处的时代,唐王朝虽已今非昔比,但好在天下大体太平。比起李白、杜甫不仅得不到高官,更遭逢安史之乱的命运来说,白居易多多少少算是幸运了。逋,逃窜。逋客,意谓漂泊流亡的人,指杜甫。谪仙,自不必说,是指李白了。浮世无常,连这位豪放的"谪仙人"都要悲伤不已了。

然而,时事不幸诗家幸。正是因为遭遇了这些挫折和不幸,李、杜二人才有了澎湃不息的创作激情。"吟咏流千古,声名动四夷。"韩愈《送孟东野序》曾有言:"大凡物不得其平则鸣。草木之无声,风挠之鸣;水之无声,风荡之鸣。其跃也或激之,其趋也或梗之,其沸也或炙之。金石之无声,或击之鸣。人之于言也亦然,有不得已者而后言。其歌也有思,有哭也有怀。凡出乎口而为声者,其皆有弗平者乎!"④痛苦的命运成就了李、杜二人的诗名,其影响甚至远播于四夷。

"文场供秀句,乐府待新辞。"供,本意是提供、供给,这里则应是

---

① (唐)李白撰,(清)王琦注:《李太白全集》,中华书局1977年版,第1463—1464页。
② (唐)元稹撰,冀勤点校:《元稹集》,中华书局2010年版,第692页。
③ 参见《新唐书·杜甫传》。(宋)欧阳修等:《新唐书·杜甫传》,清乾隆武英殿刻本,卷二百一。
④ (唐)韩愈撰,刘真伦、岳珍校注:《韩愈文集汇校笺注》,中华书局2010年版,第982页。

❈ 文学史的文本透视

与"待"互文,意谓"需要"。李白曾创作过《清平调》词进献玄宗,而杜甫则创造了诸多"即事名篇,无复倚傍"①的歌行体诗,这些诗(词)在本质上均属于"乐府新辞"。

"天意君须会,人间要好诗。"这最后的一句,包含着极为复杂的情绪。表面上这像是在对李杜发言:"二位,你们要理解老天的意思啊。正是因为人间需要好的诗歌,他才赐给你们这样不幸的命运啊!"其实背后却包含着对于自己的开解:"老天大约也是要成就我的诗名吧,才赋予我和李、杜同样的命运。"这其中既有无奈,亦有豁达,既蕴藏委屈,亦包含坚守。《旧唐书·白居易传》说"居易儒学之外尤通释典,常以忘怀处顺为事,都不以迁谪介意"②,由此诗观之,良非如是。

到了宋代以后,学者们从儒家传统的"忠君爱国"思想出发,对杜甫的评价日高,渐有压过李白之势。白居易本身亦是一个儒者,但他的这首诗却并没有进行任何过激的偏袒。他是将李白和杜甫重新还原到了各自的人生境遇之中,以生命为基础,去对他们的创作进行领悟。他的这种评价方式有些类似于后来存在主义文论所讲的"在存在中的相遇"。通过这种领悟,他不仅在历史中寻找到了知己,亦使得自己的文学使命感得以继续保持。

经过近百年的偶像化的历程,杜甫的形象在文学史中日渐高大起来。其愁苦的穷儒形象,亦因其道德魅力而有所改变。再看一首宋代的写杜甫的诗,以见杜甫偶像化历程中的一斑。诗是宋代王安石的《杜甫画像》。

杜甫画像

吾观少陵诗,为与元气侔。力能排天斡九地,壮颜毅色不可求。浩荡八极中,生物岂不稠。丑妍巨细千万殊,竟莫见以何雕锼。惜哉命之穷,颠倒不见收。青衫老更斥,饿走半九州。瘦妻僵前子仆后,攘攘盗贼森戈矛。吟哦当此时,不废朝廷忧。常愿天子圣,大臣各伊周。宁令吾庐独破受冻死,不忍四海寒飕飕。伤屯悼屈止一身,嗟时之人死所羞。所以见公像,再拜涕泗流。惟公之心古亦少,愿起公死从之游。

---

① (唐)元稹撰,冀勤点校:《元稹集·乐府古题序》,中华书局2010年版,第292页。
② (五代)刘昫等:《旧唐书·白居易传》,清乾隆武英殿刻本,卷一百六十六。

第二章 负相关：唐代诗人笔下的命运与文章

中唐以后，人们对于杜甫的评价日高，而到了宋代，对杜甫的推崇更是达到了一个新的高潮。在这些致力于将杜甫偶像化的人当中，王安石可谓是一个一等重要的人物。他对杜甫的评价和推举，对杜甫文学史形象的形成具有深远的影响。皇祐四年（1052）五月，王安石将他在鄞县时收集到的杜甫诗二百余篇编成一部《杜工部诗后集》，并写了一篇《老杜诗后集序》，这首《杜甫画像》大约也是写于这前后。

"吾观少陵诗，为与元气侔。"为，他本或作"谓"。侔，相等、相当。这句话的意思是说，我看杜少陵的诗，是和"元气"相类的。所谓的"元气"，指的是天地未分前的混沌之气，在中国的传统哲学中，它是化生万物的根本。所谓"元气氤氲，三才成象；神功浃洽，八索成形。在天则日月运行，润之以风雨；在地则山泽通气，鼓之以雷霆"①，说的就是这个意思。但安石此比，实际上已经远远突破了传统的易学观念。宋冯椅《厚斋易学》卷三十三释"大哉乾元万物资始"："乾以一元之气，万种之物资之以始，天道运行，而元气总摄之，此元之所以大也。"② 一元之气，万物资之以始，天道运行，而元气总摄之，按此说法，杜甫其人，包括其诗，其实应该是受制于元气的，不但因之而始，亦因其变化而变化。事实上，这也是传统儒家一元宇宙论的基本观点。而在本诗中，王安石并没有依据这种宇宙论来强调杜甫诗歌与所谓"元气"之间的次生性关系，相反，他是将杜诗提高到了一个与元气并列的高度，通过一个类比，说明了杜诗与元气一样，同有着化生万物之功。所不同的是，元气化生的乃是物质世界的山川河流等，而杜诗化生的则是文学。将杜诗比作文学的元气，这其实就在物质世界之上创造出了另一个从属于精神的世界，而在这个世界中，杜甫拥有着独一无二的创生性地位。王安石的这种类比也许带有很强的主观性，但他的这种做法无疑极大地提高了杜甫的地位。孙仅在《读杜工部诗集序》中说："五常之精，万象之灵，不能自文，必委其精、萃其灵于伟杰之人以焕发焉。"③ 他的这种说法，在哲学上是强调了前述的一元宇宙论的，但在认为杜诗具有文学创生性这一点上，则是

---

① （唐）李鼎祚撰，王丰先点校：《周易集解·周易集解原序》，中华书局2016年版，第6页。
② （宋）冯椅：《厚斋易学》，清文渊阁四库全书本，卷三十三。
③ （清）仇兆鳌：《杜诗详注·附编·读杜工部诗集序》，中华书局1979年版，第2237页。

和王安石相同的。其后又说:"公之诗支而为六家,孟郊得其气焰,张籍得其简丽……皆出公之奇偏尔……是知唐之言诗,公之余波及尔。"认为杜甫为众家之祖,是宋人一贯的看法。只是大多数人对杜甫的评价,还没有达到王安石这样的高度。

"力能排天斡九地,壮颜毅色不可求。"此承上句而来。杜诗既然可和元气相侔,自然具有同样的运转乾坤的伟力。排,推开。斡,旋转。九地,九州之地,此犹言大地。排天斡地,极言杜诗之力度气势。壮颜,壮美的容颜。毅色,严肃坚毅的神态。"壮颜毅色不可求",是说杜诗中表现出来的雄壮的品貌和坚毅的精神世间少有,难以企及。

"浩荡八极中,生物岂不稠。丑妍巨细千万殊,竟莫见以何雕锼。"上文极言杜诗之气势,这几句就开始说杜诗具体的艺术技巧了。八极,八方之极也,此概言天地四方。稠,多。妍,漂亮,与丑相对。细,小,与巨相对。殊,不同,不一样。雕锼,雕刻,刻画。这两句的大意是:浩瀚的天地之间事物难道不多吗?有丑的,有美的,有大的,有小的,千差万别,可是我真的搞不懂杜甫为什么能把它们刻画得这么逼真形象。这两句诗前一问,后一叹,在肯定了杜诗艺术技巧的同时,又表达了自己对杜甫的钦佩之情。

以上是本诗的第一个层次。

这么有才华的诗人,在仕途上应该一帆风顺吧?唉,哪里啊!"惜哉命之穷,颠倒不见收。"接下来作者笔锋一转,进入对杜甫命运的陈述。颠倒,意颠连潦倒。见收,指被朝廷擢用。可惜啊,这样有才的人却是命运不佳,一生穷困潦倒,根本得不到重用。《王荆公诗注》中有李壁原注:"甫上书自称自七岁属辞,且四十年,然衣不盖体,常寄食于人,窃恐转死沟壑,惟天子哀怜之。观此,其穷可知矣。"[1]

"青衫老更斥,饿走半九州。"青衫,低级官吏所穿之服装。杜甫于至德二年(757)从长安逃出,跑到凤翔拜谒肃宗,被拜为左拾遗,时已四十六岁。但在拜官后不久,他就因上疏营救房琯而被斥。拾遗本是小官,四十六岁已是年近半百,故曰"老更斥"。"饿走半九州。"九州,指中国。杜甫于乾元元年(758)六月被贬为华州司功参军,后又弃官。后

---

[1] (宋)李壁:《王荆公诗注》,清文渊阁四库全书本,卷十三。事参(宋)欧阳修等《新唐书·杜甫传》,清乾隆武英殿刻本,卷二百一。

几经辗转,来到成都,依靠严武。严武去世,杜甫被迫离开四川,漂泊于湖南岳阳、潭州、衡州等地,最后卒于一条由潭州往岳阳的小船上。其足迹真可谓踏遍半个中国了。饿走,状其潦倒之状。

"瘦妻僵前子仆后,攘攘盗贼森戈矛。""瘦妻",此借杜甫诗中语。杜甫《北征》:"瘦妻面复光,痴女头自栉。""子仆",指杜甫幼子饿死一事。杜甫《自京赴奉先县咏怀五百字》:"入门闻号咷,幼子饥已卒。"瘦妻僵卧于前,幼子饿倒于后,此仍言杜甫生活之穷困。然而,穷困还不是最主要的,最让人揪心的是,杜甫一家还常常受到盗贼兵祸的威胁。"攘攘盗贼森戈矛。"攘攘,纷乱貌。盗贼众多,戈矛林立,处在这样的环境之中,谁能不胆战心惊?

以上是本诗的第二个层次。

然而,倘若杜甫亦和普通的百姓一样,只是战战兢兢如履薄冰地过日子,他就不会成为后来的诗圣。"吟哦当此时,不废朝廷忧。"人类最坚毅美好的品格,总是在最艰难困苦的环境中见出。在如此困苦的情况下,杜甫仍然不废吟哦,心怀国家社稷,时刻不忘用诗歌去表现民间的疾苦,去抗争,去呼吁,这正是儒家政治精神的集中体现。"常愿天子圣,大臣各伊周。"杜甫《奉赠韦左丞丈二十二韵》:"致君尧舜上,再使风俗淳。"使天子能够成为尧舜那样的贤明君主,是杜甫自青年时期就具有的理想。伊周,指商朝的伊尹和周朝的周公旦,二人皆曾摄政,是古代著名的贤能之臣。这两句诗主要是从政治的角度来阐述杜甫的儒家理想。

"宁令吾庐独破受冻死,不忍四海寒飕飕。"这两句阐述的,则主要是杜甫的人文精神。杜甫《茅屋为秋风所破歌》:"安得广厦千万间,大庇天下寒士俱欢颜,风雨不动安如山。呜呼!何时眼前突兀见此屋,吾庐独破受冻死亦足!"由一己之寒苦,联想到天下寒士,进而发出牺牲的宏愿,这是儒家的推恕,是儒家的仁,亦是人间最伟大的爱与关怀。"伤屯悼屈止一身,嗟时之人死所羞。"关于这两句,众家的解说分歧很大。屯,艰难,困顿。伤屯,犹言为困顿艰难而伤怀。屈,指怀才不遇者。悼屈,犹言为怀才不遇者伤感。"死所羞",他本或作"我所羞"。有一种解释,认为这两句是说杜甫悲伤自己的命运多舛,困顿不得志,但又止于一身,并不怨天尤人。杜诗更多的是为国家战乱频仍、百姓流离死亡而深忧,这是他同时代人所缺乏的,故他对那些只为身谋、不管百姓疾苦的人感到耻辱。这种说法包含着明显的错误。按此句之难解,最主要乃在于

文学史的文本透视

"嗟时之人"如何断句。此句既可将"嗟时"连读，亦可将"时之人"连读。今人多取后一种读法，将"时之人"解释为"当时的人"（像上引说法就是将"时之人"理解成和杜甫同时代的人）或"当代的人"。按照这种解释，这句话的意思就成了"现在的人只会为个人的困厄、屈辱而伤心悲叹，我真为他们感到羞耻"①。然以愚见，这种将"时之人"断为一词的理解虽然说得通，但未必妥当。考此诗上句"伤屯悼屈"本为二二的音步，故此句还是应该将"嗟时"断为一词为好。嗟时之人，意为感慨时运的人。所羞，"羞"前有一"所"字，故还是以翻译成名词性的短语为宜。这句诗可以理解成一个倒装句，翻译成："一个嗟叹时运的人，如果其感慨只是局限于自身的困顿和不遇，这是他至死都应感到羞愧的事。"亦可以按照原诗的顺序，翻译成一个欧式的句子："仅仅悲叹个人的困顿和不遇，这是感慨时运的人至死都应感到羞愧的事。"诗歌不是散文，翻译起来不大好做到严丝合缝，但这样的理解，我想还是做到了尊重原文。

以上是本诗的第三个层次。

"所以见公像，再拜涕泗流。"正因为杜甫有着如此非凡的精神品质和艺术才能，所以当王安石看到杜甫的画像时竟忍不住深深下拜，涕泗横流了。涕泗，鼻涕和眼泪。以王安石在文坛的地位，竟然要对着杜甫像下拜，这是杜甫被偶像化的一个重要步骤。"惟公之心古亦少，愿起公死从之游。"正因为杜甫高尚的心灵古之少有，所以王安石很希望杜甫能从地下起死，以便自己能从之而游。一个"从"字，显现出王安石对杜甫的崇拜心态。而一个"古亦少"，更是道出了杜甫以及自己的孤独。

王安石"深知杜，酷爱杜，而又善言杜"②，此诗不但在内容上说杜，在句法、气调、精神上亦全与杜诗相类。据说，王安石曾将杜甫、韩愈、欧阳修和李白的诗编成一本《四家诗集》，以杜甫为第一，而将欧阳永叔置于李白之上。时人莫晓其意，便问王安石，王安石回答："太白词语迅快，无疏脱处；然其识污下，诗词十句九句言妇人酒耳。"③此事虽不可

---

① 高克勤：《王安石诗文选评》，上海古籍出版社2002年版，第57页。该书使用的版本是"我所羞"。
② （唐）杜甫撰，（清）仇兆鳌注：《杜诗详注·附编·诸家咏杜·子美画像》，中华书局1979年版，第2268页。
③ （宋）惠洪撰，陈新点校：《冷斋夜话·舒王编四家诗》，中华书局1988年版，第43页。

全信,但王安石崇杜的态度却是无疑的。其中对李白的批评,也的确是切中肯綮。前人曾辨正此事,《渔隐丛话》前集卷六引王定国《闻见录》:"黄鲁直尝问王荆公:'世谓四选诗,丞相以欧、韩高于李太白邪?'荆公曰:'不然。陈和叔尝问四家之诗,乘间签示和叔,时书史适先持杜诗来,而和叔遂以其所送先后编集,初无高下也。'李、杜自昔齐名者也,何可下之?'鲁直归问和叔,和叔与荆公之说同。今乃以太白下欧、韩而不可破也。"① 此说和《说郛》卷二十五所记王安石之语有冲突,亦未可全信,但其中所说的"今乃以太白下欧、韩",却反映出了宋代诗人侧重道德批评的事实。《渔隐丛话》前集卷十一:"苕溪渔隐曰:李杜画像,古今诗人题咏多矣。若杜子美,其诗高妙固不待言,要当知其平生用心处,则半山老人之诗得之矣。"前人论杜甫,多侧重论其诗艺。而到了王安石,则开始对杜甫的心灵世界进行更深入的挖掘。王安石的这首诗,对杜甫的诗歌技巧、人生经历、精神品质、人文理想等都进行了总结,诗风奔迅沉雄,"于少陵人品心术,学问才情独能中其窾会",真正使得"后世颂杜者无以复加矣"②。

三 侥幸与罪悔:唐人诗中的另一种相关性

"非诗之能穷人,殆穷者而后工也。"然则,倘若诗人能够显达而不穷,那其诗又该如何呢?《唐才子传》"武元衡"条记载唐时世论:"谓工诗而宦达者惟高適,达宦而诗工者唯元衡。"然武元衡在作完其"夜久喧暂息,池台唯月明。无因驻清景,日出事还生"的诗后,翌日便遇害,亦很难说其即是被命运所眷顾者。③ 永远一帆风顺的人生难求,但暂时性的平安富足还是常有的。那倘若能身处于这种暂时的平安富足之中,其诗又该如何呢?看一首白居易的《新制布裘》。

---

① (宋)胡仔:《苕溪渔隐丛话·前集》,清乾隆刻本,卷六。
② (唐)杜甫撰,(清)仇兆鳌注:《杜诗详注·附编·诸家咏杜·子美画像》,中华书局1979年版,第2268页。
③ (元)辛文房撰,周绍良笺证:《唐才子传笺证》,中华书局2010年版,第837页。

✤ 文学史的文本透视

新制布裘

桂布白似雪，吴绵软于云。
布重绵且厚，为裘有余温。
朝拥坐至暮，夜覆眠达晨。
谁知严冬月，支体暖如春。
中夕忽有念，抚裘起逡巡。
丈夫贵兼济，岂独善一身？
安得万里裘，盖裹周四垠。
稳暖皆如我，天下无寒人！

本诗作于元和二年（807）到元和十年（815）之间①。诗中所写，便是作者在暂得安然之后的一种心态，同时也是作者济世思想的集中体现。

"桂布白似雪，吴绵软于云。"题目既是《新制布裘》，首句就从布裘写起。"桂布"，指桂林一带出产的棉布，清代的俞樾认为它是由木棉织成。《茶香室丛钞》"桂管布衫"条："《玉泉子》云：'夏侯孜为左拾遗，常着桂管布衫朝谒。文宗问：孜衫何太粗涩？具言：桂管产此，布厚可以御寒。他日，上问宰相：朕察拾遗夏侯孜必贞介之士。宰相曰：其行，今之颜冉。上嗟叹，亦效着桂管布，满朝皆仿之。此布为之骤贵。'按此即今之木棉布也，唐时已盛行。"②但此亦不过聊备一说而已。《粤西丛载》卷十九引《南越志》："桂州出古终藤，结实如鹅毳，核如珠珣，治出其核，纺如丝绵，染为斑布。"又引陈襄《文昌杂录》："闽岭以南多木绵，土人竞植之，采其花为布，号吉贝。余后因读《南史·海南诸国传》，言林邑等国出古贝木，其华成对，如鹅毳，抽其绪纺之以作布，与苎不异。亦染成五色，织为斑布，正此种也。盖俗呼为吉耳。"又引《西事珥》："吉贝有紫、白二种，亦有诸色相间者，夷人多衣之。"③则吉贝是否为木

---

① 据（唐）白居易撰，朱金城笺校《白居易集笺校》，上海古籍出版社1988年版，第65页。
② （清）俞樾：《茶香室丛钞》，清光绪二十五年刻春在堂全书本，卷二十。
③ 参见（清）汪森《粤西丛载》，清文渊阁四库全书本，卷十九。

第二章　负相关：唐代诗人笔下的命运与文章

棉，此"木棉"到底为何品种，"桂布"是否确由木棉织成，皆存疑问。①所能知者，唯其只是一种较为普通的面料而已。"吴绵"，指江南一带产的丝绵。如果说"桂布"是用来做裘面的，"吴绵"则主要用来充里。

"布重绵且厚，为裘有余温。"起首的对句之后承一散句，一来说明布裘的样貌，二来说明保暖效果。"朝拥坐至暮，夜覆眠达晨。"朝拥夜盖，这布裘的用处倒真不少。"谁知严冬月，支体暖如春。"一个"谁知"，略略透出了作者心中的一丝惊喜。

"中夕忽有念，抚裘起逡巡。"还没等上文的惊喜演化成一种真正的喜悦，作者的心情就发生了突然的变化。为什么呢？"丈夫贵兼济，岂独善一身？"阮籍亦有诗："夜中不能寐，起坐弹鸣琴。"（《咏怀》）但他的中宵无眠多半是因为私人的境遇，而白诗人居易的中宵无寐却是由于他的"公心"。"兼济"一词，先秦时人既已使用。《庄子·列御寇》："小夫之知，不离苞苴竿牍，敝精神乎蹇浅，而欲兼济道物，太一形虚。"② 而孟子则有"兼善"之说。《孟子·尽心上》："穷则独善其身，达则兼善天下。"③ 到了白居易的时候，"兼济""兼善"早已混用多时，而其思想内涵，亦已变成了儒家主导。所谓"仁者爱人"，"兼济"的意思，正是要将这种儒家之爱推广到整个天下。表面上它提倡的是一种道德上的普遍性，但背后引申出来的，必然是一种经济上的均等性。正是由于受到这种儒家观念的影响，白居易才会产生这种"罪己"意识，由于一个人独享了温暖而夜不能寐。以布为裘，说明此时的白居易还远未达到豪富，差不多亦仅是一个稍享温饱的人而已。而稍享温饱即心怀不安，更显出了白居易心灵之高尚。

"安得万里裘，盖裹周四垠。稳暖皆如我，天下无寒人！"到了诗的末尾，诗人的愿望终于冲口而出。而读者们一读到此句，多半会想到杜甫的那首《茅屋为秋风所破歌》："安得广厦千万间，大庇天下寒士俱欢颜，风雨不动安如山。呜呼！何时眼前突兀见此屋，吾庐独破受冻死亦足！"事实上，前人亦常将此二诗对比。宋黄彻《䂬溪诗话》卷九："老杜《茅

---

① 古人将草棉亦称为"木棉"，参见（唐）白居易撰，谢思炜校注《白居易诗集校注》，中华书局2006年版，第122页。
② （清）郭庆藩撰，王孝鱼点校：《庄子集释·列御寇》，中华书局2012年版，第1047页。
③ （清）阮元校刻：《十三经注疏·孟子注疏·尽心章句上》，中华书局2009年版，第6016页。

❀ 文学史的文本透视

屋为秋风所破歌》云：（所引诗略）。乐天《新制布裘》云：（所引诗略）。……皆伊尹身任一夫不获之辜也。或谓子美诗意宁苦身以利人，乐天诗意推身利以利人，二者较之，少陵为难。然老杜饥寒而悯人饥寒者也，白氏饱暖而悯人饥寒者也。忧劳者易生于善虑，安乐者多失于不思，乐天宜优。或又谓白氏之官稍达，而少陵尤卑，子美之语在前，而长庆在后。达者宜急，卑者可缓也。前者唱导，后者和之耳。同合而论，则老杜之仁心差贤矣。"① 其实，争论杜甫、白居易谁更贤，本身就无多大意义。每个人所处的境遇都不相同，每个人所要面对的事情也不相同，我们如何将他们的行为进行比较？另一方面，虽说杜甫唱导在先，但倘无白居易这样后来的和者，他在历史上恐怕亦只能成为一个永远的孤独者。就仁爱而论，我们本不必去为它分个孰高孰下，重要的是，我们要让它在心中存有。

从艺术而论，白居易的这首《新制布裘》并没有多少特出之处，它只是用一种平白如话的语言，传达了作者某种特殊的思想感受。而后者，才是这首诗的最动人之处。换句话说，这首诗是通过展现作者高尚的情怀来打动读者，是以"内容取胜"。在这里，我们看到了唐人文学中命运与文本的另一种相关关系。这种相关关系，不是存在于个人的命运和文学的艺术成就之间，而是存在于个人命运与具体的文学内容之间。因为自己一时的生活上的侥幸，获得了安稳的生活，由此产生和"兼济"之志的矛盾，产生"罪己"的念头，这在古代文学的表达中，亦构成了一种常见的模式。

"罪己"之论，古已有之。如《管子·小称》：

> 管子曰："善罪身者，民不得罪也；不能罪身者，民罪之。故称身之过者，强也；治身之节者，惠也；不以不善归人者，仁也。故明王有过则反之于身，有善则归之于民。有过则反之身则身惧，有善而归之民则民喜。往喜民，来惧身，此明王之所以治民也。"②

这里所说的，主要还是一种外在的、行为上的罪，它和一种公共政治紧密

---

① （宋）黄彻：《䂬溪诗话》，清知不足斋丛书本，卷九。
② （春秋）管仲撰，（唐）房玄龄注：《管子》，四部丛刊景宋本，卷十一。

第二章 负相关：唐代诗人笔下的命运与文章

相联。而随着佛教的传入，以及儒学的内倾化发展，"罪己"开始变得越来越倾向于内在的思想上的"反思和内省"。佛教之中，最重忏悔。梁释宝唱《比丘尼传校注》卷二《吴太玄台寺释玄藻尼传六》：

> 若履危苦，能归依三宝，忏悔求愿者，皆获甄济。[1]

而佛教中的这种忏悔意识，又和儒家固有的罪己意识结合了起来。唐释道宣《广弘明集》卷第二十八下记陈文帝《无碍会舍身忏文》，其有言曰：

> 窃观雅诰奥义，皇王兴在予之言，礼经令典，圣人扬罪己之说。故亡身济物，仁者之恒心；克己利人，君子之常德。况复菩萨大士，法本行处，应赴三界，摄受四生。运无量之四心，修平等之六度。[2]

则又是为佛家学说，冠了一个儒教的由头。唐人多信佛，受此影响亦是情理之中。正因儒家的兼济天下和佛家的克己利人有相似之处，故白居易晚年才能对二者的思想兼收并蓄。

柳宗元曾为唐代的名臣柳浑写有一篇行状，言柳浑是"内有敢言之勇，进当不讳之明，用能直道自达，而无罪悔者也"[3]。"达"与"罪悔"并言，其中所呈现的，显然亦是个人命运与罪悔意识之间的关系。是否具有罪悔意识，在某种程度上，亦构成了衡量一个传统文人道德水平的标准。而至少按照白居易的标准来说，人仅仅做到"自达"是不够的。白居易编《白氏六帖事类集》，所谓"帝德"之中，有很重要的一条就是"罪己"[4]。天不能罪之，则己罪之。这或许也可以被称为中国古代知识分子的原罪意识吧。

---

[1] （南朝梁）释宝唱撰，王孺童校注：《比丘尼传校注》，中华书局 2006 年版，第 62 页。
[2] （唐）释道宣撰：《广弘明集》，四部丛刊景明本，卷二十八下。
[3] （唐）柳宗元撰，尹占华、韩文奇校注：《柳宗元集校注·故银青光禄大夫右散骑常侍轻车都尉宜城县开国伯柳公行状》，中华书局 2013 年版，第 527 页。
[4] 参见（唐）白居易《白氏六帖事类集·帝德第一》，民国二十二年影印本，卷十一。

第三章

空间场域与符号边界：
一种对于文学的多模态解析

在上文中，我们提到了传统儒家所提出的"上以风化下，下以风刺上"的层序化的文学模型。这种理论模型的影响，可谓极为深远。但我们同时也应看到，这种模型在很大程度上又是十分理想化的。它既没有考虑到文学自身的发展所带来的题材的丰富性，也没有考虑到社会层级的流动所带给文学的变化。本章将围绕着几位有着贬谪经历的文人的作品，来说明社会流动所带给文学的影响。

一 社会的层级及其边界

传统的儒家，提出了一种"上—文学—下"的宏观模型。其虽是一种极简单的描述，但却也在很大程度上反映出了阶级社会的文化结构。"我们知道，社会分层现象是普遍存在的，我们还没有发现哪一个社会完全没有层化现象。"[①] 无论是西方还是东方，无论是古代还是现代，人们都习惯于在垂直方向上来想象社会的层级结构，因此，使用"上"或"下"这样的术语，亦不能完全说是错误。要说本模型有哪些不足——如果我们暂时不考虑那些文学本体论上的问题的话——其最大的问题则是在于过分的抽象。正如前文所屡次提到的那样，一种理论，一旦被抽象到某种程度，它就会远离那些丰富的经验性事实。这种模型用一种简单的政治功用性对文学进行了限定，这无疑忽视了文学自身不断丰富发展的可能。即使

[①] 李强：《社会分层十讲》，社会科学文献出版社2011年版，第1页。

第三章 空间场域与符号边界:一种对于文学的多模态解析

是对这一模式十分推崇的白居易,也曾写下了大量和政治无关的闲适诗、感伤诗,这恰好可以成为一个证明。除此之外,这种模型也没有考虑到社会层级的流动性问题。所谓的"上"与"下"有时候是可以相互转换的,比如李煜,原本是一方之君,是居于"上"的,而"一旦归为臣虏"(李煜《破阵子》),便又成为"下"了,难免要感慨"流水落花春去也,天上人间"(李煜《浪淘沙令》)。而在绝对的"上"与绝对"下"之间,还存在着诸多的中间层级。早在先秦时期,中国社会便被分出了很多阶层。《孟子·万章下》:

> 北宫锜问曰:"周室班爵禄也,如之何?"
> 孟子曰:"其详不可得闻也,诸侯恶其害己也,而皆去其籍;然而轲也尝闻其略也。天子一位,公一位,侯一位,伯一位,子、男同一位,凡五等也。君一位,卿一位,大夫一位,上士一位,中士一位,下士一位,凡六等。天子之制,地方千里,公侯皆方百里,伯七十里,子、男五十里,凡四等。不能五十里,不达于天子,附于诸侯,曰附庸。天子之卿受地视侯,大夫受地视伯,元士受地视子、男。大国地方百里,君十卿禄,卿禄四大夫,大夫倍上士,上士倍中士,中士倍下士,下士与庶人在官者同禄,禄足以代其耕也。次国地方七十里,君十卿禄,卿禄三大夫,大夫倍上士,上士倍中士,中士倍下士,下士与庶人在官者同禄,禄足以代其耕也。小国地方五十里,君十卿禄,卿禄二大夫,大夫倍上士,上士倍中士,中士倍下士,下士与庶人在官者同禄,禄足以代其耕也。耕者之所获,一夫百亩,百亩之粪,上农夫食九人,上次食八人,中食七人,中次食六人,下食五人。庶人在官者,其禄以是为差。"[1]

这段话里提供的信息十分丰富,不但天子以及诸官、诸士被分了等,连农夫也被分了级,而且说明了其各自不同的对财富的占有权。"社会分层是指社会成员、社会群体因社会资源占有不同而产生的层化或差异现象,尤其是指建立在法律、法规基础上的制度化的社会差异体系。""当然,在

---

[1] (战国)孟轲撰,郑训佐、靳永译注:《孟子译注·万章章句下》,齐鲁书社2009年版,第168—169页。

社会资源中最核心的还是包括财产、收入在内的经济资源。"[①] 如果按照此定义衡量，孟子所述，实际上就是一种先秦时代的社会分层，而且，这种分层得到了当时法律、法规的制度化维护，因此，它是属于结构性和基础性的。但同时，孟子也说到，到了他的时代，"诸侯恶其害己"，已经"皆去其籍"，这表明，随着诸侯势力的不断崛起，社会旧有的分层结构已经受到挑战，面临着解体的危险。

孟子所述的诸侯的崛起，对于当时的社会层级结构来说，是致命的。但在大多数时候，社会层级的变换与流动并不会如此激烈。除了面临改朝换代的特殊时期，在中国封建社会的多数时候，社会成员的阶层流动仍然是相对平和的。

和平时期的社会流动，尤其是对某一个体而言，常常体现为一种偶然性。比如某一次考试的成功，某一门姻亲的缔结，或是某一次生意经营的失败，诸如此类的看似偶然性的事件，常能轻易地改变一个个体一生的命运。农民或小生产者的暴富或破产时时皆有，但对于他们的记录却多属欠缺。即使有，也多是将其当作一种集体现象来描述，而很难精确到具体的个人。相对而言，记录士人阶层升沉流动的资料更加丰富。对于某些著名的士人，不仅可以在正史当中找到其升迁或是贬谪的记录，在其个人文集当中亦可找到对相关事件的私人化描写。这种出自公、私两种角度的描写和记录，将十分有助于我们了解历史事件的复杂性和丰富性。除了在专门的著作中，中国的传统史书或是正统文学很避讳描写某一士人对"社会资源"或"社会财富"的占有支配程度，因此，探讨士人在经济层级之间的流动是一件比较困难的事。相较而言，倒是他们在官场的浮沉升降更易观察。财富上的分层，很难确立清晰的标准，但官员的品秩，却是早已规定好的。按照写史书的惯例，某一士人，如果他的历史地位足够重要的话，他在某一年授官，某一年贬官，某一年获得何种封号，都应得到记录。而就文学的层面而论，士人文学中表现较多的，也都是关涉政治升降方面的内容。因为，按照儒家的传统，政治上的成功，乃是一个儒生完成其"立功"事业的一个表现。而儒家固有的道德主义传统，也不允许其在作品中流露出对于物质财富的过多眷念。

封建士人在官场内浮沉，今日升为五品，明日或又贬为七品，品秩虽

[①] 李强：《社会分层十讲》，社会科学文献出版社 2011 年版，第 1 页。

第三章 空间场域与符号边界:一种对于文学的多模态解析

不相同,但除非特殊的情况,其并不会变成纯粹意义上的"民"。故也有人将这种官阶品位上的流动看作一种层内流动。封建士人官职的升降,是否属于层内流动,这在很大程度上取决于你分层的标准是什么。而即使在社会学高度发展的今天,如何对社会分层,大家也是莫衷一是。按照生产者与非生产者的标准,你可以像罗伯特·林德那样,把某一社会划分出"生产阶级"与"经营阶级"的阶层。但你也可以像美国的沃纳学派那样,按照身份和地位,将社会分成上上、下上、上中、下中、上下、下下六个阶层。[①] 如何进行层级划分,取决于你采取何种参照系,也取决于你想解决何种问题。在这里,我们又能看到一个方法、目的相互决定的循环。但无论如何,一个阶层的人,尤其是对于那种想要向上流动的人而言,想进入另一个阶层都是有条件的。换句话而言,在所有的分层中间,都存在着一条"边界"。而不同的边界,具有不同的强度。相对而言,那些强边界更能体现出社会的结构性特征。边界的划分,不仅涉及经济财富、权力支配、物质生产等问题,而且涉及社会成员的主体认同、社会文化的历史传统等,因此也是十分复杂的。

"'边界'(boundaries)作为社会学家理论工具箱中的核心概念之一,早在迪尔凯姆、马克思和韦伯等经典社会学家的作品中就有所涉及。""在阶级分析传统中,阶级定位主要存在 EGP 框架和 Wright 框架。其中,EGP 框架倾向于以市场能力和工作关系为基础来定义阶级边界。……Wright 框架则以人们对生产资料资产、组织资产和技术/资格证书资产的所有权关系为标准构建了当代资本主义阶层分析的一般框架。……除以上两种分层框架所得到的社会边界外,还有一种就是符号边界。布迪厄认为,阶级边界和阶级分化是通过符号实践而产生的。……任何的社会集体都是自我分类与他人分类相结合的符号实践而产生的后果。"[②] 从宽泛的意义上而言,上文孟子所述的西周的分级制度,类似于现代社会学中依据地位和财富所作的社会分层,封建社会的科举制度等,则类似于现代社会的证书准入制度,它们都具有社会学上所言的边界的"排他功能"。而符号边界,则关涉个体的文化认同以及群体认同问题,与文学也更为贴近。

---

① 参见李强《社会分层十讲》,社会科学文献出版社 2011 年版,第 158—159 页。
② 范晓光:《社会分层中的边界渗透》,《中国社会科学报》2013 年 11 月 8 日 B01 版。

二　多模态解析之一：文学的空间性流动

　　社会成员在社会层级之间的流动，既有向上的，也有向下的。但通常而言，这种社会分层上的流动，往往都会伴随着一种空间上的流动。譬如，一个城郊的农民忽然致富，他很可能会在城中买房，搬到城里去住。而某一地方上的文人，忽然中举得官，亦可能由此搬到国家的中心京城里去住。尤其是到了隋唐之后，出于国家统治的需要，各地的地方长官普遍需要由外来的读书人担任，士人在帝国境界内的流动就更加频繁了。"始于魏晋南北朝的'官吏分途'当是中华帝国官僚体制在人事制度上的重大变迁：一方面，各地郡县长官职位从由当地精英充任转为由中央政府直接任命调遣；另一方面，流品内外官吏职分两途，官与吏在职业生涯、等级位置、激励设置等组织制度方面渐行渐远，最终为巨大的沟壑所隔离。……这一人事制度塑造了中央与地方、官与吏、国家与社会间关联的结构性特征，并随之渗透于帝国逻辑的运作过程中，体现在正式制度与非正式制度的并存共生、象征性权力与实质性权力（名与实）之间转化的各个环节上。"[1] 由中央委派读书人代其对地方进行管理，是帝国进行国家统治的重要手段，而这在客观上促进了、在制度上保证了士人在社会层级和空间地域上的双重流动。而有时，空间上的调整，也会成为一种惩罚的手段。譬如唐代的刘禹锡、柳宗元等八人，所谓"元和初附王叔文而进者"，在叔文败后，便都被贬为"远州司马"[2]。"出身于河东望族的柳宗元，自其远祖起即已移居长安。据其文章所记，其家在京城长安早已有宽绰良好的居宅。但是，由于他参与王、韦集团的政治活动，至永贞元年（805）远贬，不仅在京城已无法立身，其家族居宅的存续也将前景难料。……州司马之职，在唐已为虚职。不过因品级关系仍有官舍可住。如白居易贬江州司马时，仍有司马官舍。但柳宗元贬永州的职衔是'永州司马员外置同正员'，也即其所任司马乃在编制之外。而唐代编制之外的官

---

[1] 周雪光：《从"官吏分途"到"层级分流"：帝国逻辑下的中国官僚人事制度》，《社会》2016年第1期。
[2] （清）宫梦仁：《读书纪数略》，清文渊阁四库全书本，卷二十二。

第三章　空间场域与符号边界：一种对于文学的多模态解析

员公府一般不为之安排住所"①。这种在地理空间、社会空间上的疏远，以及对个人生存空间的剥夺，显然是一种惩罚。

在中国的传统文化中，对空间本身缺乏哲学上的思考，其往往只是被简单地想象成某一事件发生的处所。像现代社会学这般将其想象成可供再生产的要素，或是像现代文学、影视这样对其可变性进行着力表现，这在古代是没有的。因此，欲想对古代文学中的空间展现进行探讨，是需要借助现代理论进行进一步抽象的。下面即以上文提到的柳宗元等几位贬谪文人的作品为例，进行一空间模态的文本分析。

之所以选择贬谪诗人群为考察对象，是因为通常来说，社会的向下流动现象比向上流动更多：向上阶层的流动，需要社会成员进行持久的努力，对于大多数人来说，坚持持久的努力并不是一件容易的事。而即使其能保持官职或财产的基本稳定，其他努力的人向上流动，亦会造成其地位影响的相对下滑——关于这一点，即使在现代工业社会，也是如此。② 另一个原因，也是因为这种向下的流动，对个人的心理上的影响更大，因而更容易造成文学上的影响。屈原被放逐而有《离骚》，高适显达后却再无好诗，可以被看作两个相反的例子。现实生活中的挫折，反而能催生出更多、更好的作品，"非诗之能穷人，殆穷者而后工也"。

先看几首柳宗元的诗，诗题《田家三首》。《旧唐书·柳宗元传》："顺宗即位，王叔文、韦执谊用事，尤奇待宗元，与监察吕温密引禁中，与之图事。转尚书礼部员外郎。叔文欲大用之，会居位不久，叔文败，与同辈七人俱贬。宗元为邵州刺史，在道，再贬永州司马。"③ 这几首诗即是柳宗元被贬到柳州之后的作品。④ 永贞革新失败，柳宗元被贬为永州司马。政治上的失意以及永州艰苦的生活条件严重损害了柳宗元的健康，而人生的起起落落，更让敏感的柳宗元深深体味到人情的冷暖。他在《寄许京兆孟容书》中描述自己当时的生活和感受："伏念得罪来五年，未尝有故旧大臣肯以书见及者。何则？罪谤交积，群疑当道，诚可怪而畏也。是

---

① 李芳民：《空间营构、创作场景与柳宗元的贬谪文学世界——以谪居永州时期的生活与创作为中心》，《清华大学学报》（哲学社会科学版）2019 年第 1 期。
② 参见李强《社会分层十讲》，社会科学文献出版社 2011 年版，第 116 页。
③ （五代）刘昫等：《旧唐书·柳宗元传》，清乾隆武英殿刻本，卷一百六十。
④ 从宋韩醇说。参见（唐）柳宗元撰，（宋）韩醇诂训《诂训柳先生文集》，清文渊阁四库全书本，卷四十三。

❋ 文学史的文本透视

以兀兀忘行,尤负重忧,残骸余魂,百病所集,痞结伏积,不食自饱。或时寒热,水火互至,内消肌骨,非独瘴疠为也。"① 在百病交集、尤负重忧之际,又受到故旧大臣的疏远,其凄凉心境可想而知。然而,被统治阶级疏远也未必全是坏事。正是因为与世隔绝,柳宗元才有机会在此时期写下了大量的有名的山水游记,其境之独造与心之独造,亦远非一般身处显贵者所能到。而也正是因为这种社会层级上的流动,柳宗元才有了更多的机会去和民间贴近,写下诸如《田家三首》这样真实记录农家生活的诗。

田家三首
(其一)

蓐食徇所务,驱牛向东阡。
鸡鸣村巷白,夜色归暮田。
札札耒耜声,飞飞来乌鸢。
竭兹筋力事,持用穷岁年。
尽输助徭役,聊就空自眠。
子孙日以长,世世还复然。

这是《田家三首》的第一首。全诗大致沿着农家一日的自然时序写去,进而又扩大到农家代复一代的生命循环。

"蓐食徇所务",蓐,本身是一种可以做席子的草,又可以当草席讲。蓐食,一说指在床席上进食,谓早餐吃得很早。《史记·淮阴侯列传》:"亭长妻患之,乃晨炊蓐食。"裴骃集解引张晏曰:"未起而床蓐中食。"②《左传·文公七年》:"训卒利兵,秣马蓐食,潜师夜起。"杜预注同上说。然王引之《经义述闻》卷十七引《方言》曰:"蓐,厚也。"③ 则"蓐食"之意即为饱食。古人征战或劳作之前皆要饱食,故上引《史记》《左传》之"蓐食"按"厚食"讲更为恰当。但就宗元此诗而论,下还有"鸡鸣

---

① (唐)柳宗元撰,尹占华、韩文奇校注:《柳宗元集校注·寄许京兆孟容书》,中华书局2013年版,第1955页。
② (汉)司马迁撰,(南朝宋)裴骃集解,(唐)司马贞索隐,(唐)张守节正义,中华书局编辑部点校:《史记》,中华书局1982年版,第2609页。
③ 参见(清)王引之撰,钱文忠等整理《经义述闻·春秋左传上·秣马蓐食》,上海书店出版社2012年版,第423页。

第三章 空间场域与符号边界:一种对于文学的多模态解析

村巷白"一句,意在说时间尚早,故"蓐食"仍以取张晏说为佳。"驱牛向东阡",意谓赶着牛去东面的田里劳作。

"鸡鸣村巷白,夜色归暮田。"前人对此句诗意亦颇有争议。清姚范《援鹑堂笔记》卷四十:"按'鸡鸣村巷白'乃言狗务驱车时也,其意未足,而遽云'夜色归暮田',且与'耒耜'句不相接,又'夜'、'暮'字相犯,疑此句有误。"① 王国安《柳宗元诗笺释》以为:"暮田,疑指岁晚之田,则二句谓鸡鸣巷白,夜色退隐向秋田。然亦难遽定,故以存疑。"② 然翻检古诗文,"暮田"指"岁晚之田"者几乎不见,缺乏他证。愚按,理解此句诗,似乎并不需要过分拘执。宗元本意,大概只是谓农人早出晚归,十分辛苦而已。姚范的猜测,其依据主要是古代的"诗法",然作为古体的本诗,其实未必完全为诗法所限。古诗相对于律诗而言,总是相对自由的。偶尔的一次时间或叙事逻辑上的颠倒,其实算不上诗病。

"札札耒耜声,飞飞来乌鸢。"札札,这里是拟声,形容耒耜发出的声音。这句诗是说乌鸢听到耒耜发出的声音,纷纷飞来争食。乌鸢,是古诗中每每出现的意象,常常成为小人的代名词或衰飒景象的点缀者。农夫不仅受到统治者的剥削,还要和抢食的乌鸟相争斗,足见其生存之艰难。

"竭兹筋力事,持用穷岁年。尽输助徭役,聊就空自眠。"竭尽全力,终岁劳作,最后却几乎毫无所得,聊延残喘而已。这样的生活怎么能不让人绝望呢?然而更令人绝望的其实还在后边:"子孙日以长,世世还复然。"奴隶的后代仍然是奴隶。生命繁衍不息,生活却毫不改变。读到这里,实在使我们感到,农民们被剥夺走的,并不仅仅是劳动果实。他们被抽走的,其实还有他们的灵魂——失去了希望,灵魂便也失去了寄居之所。

前人评价本诗,最称道者为"鸡鸣村巷白"一句。《竹庄诗话》引曾吉甫《笔墨闲录》云:"《田家》诗'鸡鸣村巷白'云云,又'里胥夜经过'云云,绝有渊明风味。"③ 其实,若仅依一句而论,这句的确有着陶

---

① (唐)柳宗元撰,尹占华、韩文奇校注:《柳宗元集校注·田家三首·其一》,中华书局2013年版,第3046页。
② (唐)柳宗元撰,王国安笺释:《柳宗元诗笺释》,上海古籍出版社1993年版,第241页。
③ 旧题(宋)何溪汶:《竹庄诗话·柳子厚》,清文渊阁四库全书本,卷八。

渊明"暧暧远人村,依依墟里烟"(《归园田居》)那样的冲淡风味,但观全诗,则不尽然。陶渊明虽也有《饮酒》诗那样的牢骚,但他远远未像柳宗元那样对生活感到绝望。"世世还复然"这样的句子,表面上写的是农家世世代代的命运和生活,但背后隐藏的乃是作者在面对自己或他人生命时所具有的那种无力感。因为无力,故感绝望,因为绝望,故感酸楚。《唐诗镜》卷三十七评注云:"《田家三首》,直欲与陶相上下。第陶趣恬澹,柳趣酸楚,此各其性情所会。"① 此意差近之。

田家三首
(其二)

篱落隔烟火,农谈四邻夕。
庭际秋虫鸣,疏麻方寂历。
蚕丝尽输税,机杼空倚壁。
里胥夜经过,鸡黍事筵席。
各言官长峻,文字多督责。
东乡后租期,车毂陷泥泽。
公门少推恕,鞭扑恣狼藉。
努力慎经营,肌肤真可惜。
迎新在此岁,唯恐踵前迹。

此为《田家三首》之第二首。

"篱落隔烟火,农谈四邻夕。庭际秋虫鸣,疏麻方寂历。"此四句最为前人称道。陆时雍评曰:"一起四语如绘。"② 汪森《韩柳诗选》亦曰:"起笔如画。"③ 状难写之景如在目前,本是前辈诗人孜孜以求的境界。然这几句的妙处,并不仅仅局限于此。此几句之妙,不但在于其写景刻画十分细致逼真,更在于其能在画外含意、画外含味。"篱落隔烟火",正因隔篱能见烟火,故可见篱落非密,并非如现代的高墙一般,可以隔断视

---

① (明)陆时雍:《唐诗镜·中唐第九》,清文渊阁四库全书本,卷三十七。
② 同上。
③ (唐)柳宗元撰,王国安笺释:《柳宗元诗笺释》,上海古籍出版社1993年版,第242页。

第三章 空间场域与符号边界：一种对于文学的多模态解析

线。中国传统的山水田园诗，在写景之时，皆以萧疏为尚，盖若将画面填满，则象丰而韵短，失去平淡悠长之味了。柳宗元的这句诗，正可成为这种创作观点的明证。下句"农谈四邻夕"，其骨鲠在一"谈"字。一个"谈"字不仅交代了本诗所写的是农忙暂过时的场景，亦带出了一种朴素亲切的情感。生活虽然清苦，然而犹有四邻可以交谈倾诉，亦多多少少算是一种幸运吧。至于谈话的内容，作者没有细说。而古人所谓的农谈，其内容亦十分丰富。"农谈止谷稼，野膳惟藜藿"（庾信《和张侍中述怀》）是一种，"千古是非心，一夕渔樵话"（白朴〔双调·庆东原〕）是一种，甚至杜甫的"邻人满墙头，感叹亦歔欷"（《羌村》）也可以算是一种。前人说此谈是商议交租之事，亦未必全是。"庭际秋虫鸣，疏麻方寂历。"秋虫之鸣，为画面增添了声音效果。疏麻，植物名，多指大麻，其纤维可织麻布及造纸等，果实可入药。寂历，指植物凋疏之貌。疏麻寂历，一是扣秋天之节气，二也是为了营造简淡萧疏的画面。下一句"蚕丝尽输税，机杼空倚壁"，此是承上而来的补写。机杼倚壁，让我们替农家庆幸，一段劳苦终于告一段落了。而蚕丝尽输，劳苦过后却一无所得，则又让我们为农家感到心酸。

以上为本诗的第一部分，读完之后，虽使人备觉农家的辛苦，但多少还可为他们能拥有平静的生活而感到庆幸。岂料到了后一部分，作者笔锋一转，顿生波澜。"里胥夜经过，鸡黍事筵席。"乡邻们最不愿意看到的催租者出现了。虽是贫穷，虽是天色已晚，但里胥经过时，依然得杀鸡备饭。古代的里胥，其身份比较特殊。一方面，他们是统治者的附庸，是统治阶级催逼租税的爪牙，另一方面，因为其身份低微，他们又常常成为长官苛责鞭打的对象。与此同时，又因里胥们常居乡里，所以又和村民们保持着比较密切的联系。职责与人情，使他们常常处于尴尬之中。高适所写的"只言小邑无所为，公门百事皆有期。拜迎长官心欲碎，鞭挞黎庶令人悲"（《封丘作》），其实也包含着他们的切身感受。正因如此，柳宗元这首诗中的里胥并没有以其他古诗里常见的张牙舞爪的暴力形象出现。柳诗中的里胥，主要还是通过言语来履行职责的。里胥夜出，其实也说明了他们的辛苦。而冲突双方矛盾的暂缓，则使诗歌平淡的风格得以保持。

里胥跟农夫们说了些什么呢？里胥的话可就和简单的"农谈"不同了。"各言官长峻，文字多督责。"里胥们跟农人们讲的是官长有多么厉

※ 文学史的文本透视

害。这句包括后面的几句,前人多解释成是里胥对农人的威胁和恫吓。公正而言,这些话的确暗含着这样的意思,但仅以此论,则不全面。其实,按照古代的惯例,如若百姓交租、做事等不力,受到惩罚的常常并不仅仅是百姓。在古典的戏曲和小说里,我们常常可以看到下层官吏因某些小事受到牵连而遭受责罚甚至致死的案例。故里胥之言,在此并不全是一种威胁,其中亦有对于自己命运的担忧在。再看下文:"东乡后租期,车毂陷泥泽。公门少推恕,鞭扑恣狼藉。"东乡因车轮陷入泥沼而误了交租之期,故事的前因后果交代得这么清楚,说明里胥对东乡多少还存有一丝理解和同情,故要为他们开解,只是因为"公门少推恕",所以才对农民们"鞭扑恣狼藉"了。恕,本有推己及人的意思。贾谊《新书·道术》:"以己量人谓之恕。"① 推恕,是因理解而宽恕的意思。

正因官府根本不会替农民着想,故农民们亦只好屈从而求自全了。"努力慎经营,肌肤真可惜。迎新在此岁,唯恐踵前迹。"此四句既可理解成胥吏跟农民们说的话,亦可以理解成农家的相互劝勉之言。按里胥之言解,大意是:"你们可要努力小心好好干啊,按时交租。身体是宝贵的,挨打可不是闹着玩的。现在新谷马上要登场了,交秋税的时候也快到了,你们可不要像东乡那样违规挨打。"若按农人相劝解,则需将主语"你们"换成"我们"。所谓的"迎新",不是指应接新长官,也不是指迎新年,是指应接新谷登场。新谷登场,正是秋输之时。《新唐书·食货志》:"自代宗时始以亩定税,而敛以夏秋。至德宗相杨炎,遂作两税法,夏输无过六月,秋输无过十一月。"② 一年两输,官府可谓诛求无厌矣。

关于此诗,人或以为写出了"里胥在催租时对农民的敲诈勒索和威胁恫吓的情景",这种解释,未免过于激烈。综观全诗,其叙述语气基本还是平缓的,其对里胥的描写,亦未全侧重于暴力行为。钟惺谓其"诉得静,益觉情苦"③,愚谓为得古人真精神者。

---

① (汉)贾谊撰,阎振益、钟夏校注:《新书校注·道术》,中华书局2000年版,第303页。
② (宋)欧阳修等:《新唐书·食货志》,清乾隆武英殿刻本,卷五十二。
③ (明)钟惺、(明)谭元春:《唐诗归·中唐五·柳宗元》,明刻本,卷二十九。

第三章 空间场域与符号边界：一种对于文学的多模态解析

田家三首
（其三）

> 古道饶蒺藜，萦回古城曲。
> 蓼花被堤岸，陂水寒更渌。
> 是时收获竟，落日多樵牧。
> 风高榆柳疏，霜重梨枣熟。
> 行人迷去住，野鸟竞栖宿。
> 田翁笑相念，昏黑慎原陆。
> 今年幸少丰，无厌馕与粥。

此为《田家三首》之第三首，亦是三首诗中色调最为亮丽的一首。所谓亮丽，一指写景，二指思想感情。

柳宗元在永州时，常常写一些人迹罕至、唯作者独到之境，像《永州八记》中的《钴鉧潭记》《小石潭记》等皆是如此。宗元自述其生活是"日与其徒上高山，入深林，穷回溪，幽泉怪石，无远不到"[1]，本诗在某种意义上亦是他此种生活的一个注解。

"古道饶蒺藜，萦回古城曲。"正因道路少有人走，故蒺藜丛生。城曲，即城角。道路曲折，蒺藜横生，这既是写景，也是作者孤独苦闷心情的写照。

"蓼花被堤岸，陂水寒更渌。"接下来顺写一句。蓼花开满了堤岸，池水寒冷而清澈，这总体上还是一幅相当不错的风景。只是一个"寒"字，无论如何还是使我们高兴不起来。

"是时收获竟，落日多樵牧。"因为已是秋天，故庄稼已经收完。夕阳斜照，原野上来往的多是打柴放牧之人，他们大概是在为即将到来的冬天积攒柴草吧。

"风高榆柳疏，霜重梨枣熟。"直承上文"收获竟"之意。因为秋风已起，故榆树和柳树都已凋零，但梨枣却因经过了霜冻而愈发成熟。此真

---

[1] （唐）柳宗元撰，尹占华、韩文奇校注：《柳宗元集校注·始得西山宴游记》，中华书局2013年版，第1890页。

文学史的文本透视

活"画出村落光景"①。

"行人迷去住,野鸟竞栖宿。"上文已言"落日",此句便顺承其意。因天已晚,故野鸟竞相回巢栖宿,此句无疑义。但上边的"行人迷去住"却可以有两解。"去住",一谓意犹去留。按此理解,这句的意思可以解释成"行人因为迷恋景色而忘了回家"。另有一说,是直接将"迷去住"解释成迷路。何焯《义门读书记》说"古道"二语已含"迷不住"三字②,即取此意。二说皆可通。

是因为迷恋景色忘返也好,是因为迷路也好,总之作者是没有回家。"田翁笑相念,昏黑慎原陆。"没有办法,作者只好借宿于田家。一句"笑相念",写尽了农家质朴的温情。原陆,意谓田野、旷野。此句是写田家老翁很热情地关心作者,告诫他天黑了不要在野外随便行走。清吴昌祺《删定唐诗解》谓其意为"防盗窃也","年丰则人情懈,故嘱之"③,其说过于牵强。

"今年幸少丰,无厌饘与粥。"此一句亦是老翁所言。饘,稠粥。粥,这里指稀粥。此句的大意是说:"今年很侥幸,稍稍收了一些粮食,所以还能招待招待你。田家饮食简陋,希望你不要嫌弃粥的厚薄,勉强充饥吧。"既十分热情,言下又略带歉疚之意。明唐汝询《唐诗解》谓此句"此述田家之敦俭"④,其论殊不伦。倘若老翁本有杀鸡具黍的能力,纵其如何敦俭,有客方至,宁能不备一饭乎?如有力而不尽,其"敦俭"岂不一变而为吝啬?故此句之本意,其实仍在说农民负担之重。虽遇丰年,然亦仅能食粥而已,此正与前二诗相呼应。

唐代的山水田园诗,本有山水和田园两脉。田园一脉主要是学习陶渊明,而山水一脉,则主承二谢一系。盛唐之时,由于社会安定,经济发展,山水诗和田园诗渐显出合流之势。而到了中唐以后,由于社会动荡,民间生活趋于艰苦,田园诗又再次与山水诗分离开来。柳宗元的这几首诗,恰好能成为唐诗这种分合发展的例证。这三首诗中的前两首,主要是

---

① 用汪森《韩柳诗选》语。参见(唐)柳宗元撰,王国安笺释《柳宗元诗笺释》,上海古籍出版社1993年版,第244页。
② 参见(唐)柳宗元撰,王国安笺释《柳宗元诗笺释》,上海古籍出版社1993年版,第244页。
③ 同上书,第245页。
④ 同上。

第三章 空间场域与符号边界：一种对于文学的多模态解析

继承了以往田园诗的血脉，但其所描写的那种艰苦的田家生活，和盛唐诗中的描写已是大大不同。而其中的第三首，却体现出山水诗和田园诗合流后的遗迹。第三首之"古道饶蒺藜，萦回古城曲。蓼花被堤岸，陂水寒更渌"，之"行人迷去住，野鸟竞栖宿"，倘若截断之，绝对能拼出一首王维式的山水诗。

苏东坡说柳子厚诗能"发纤秾于简古，寄至味于澹泊"①。若以"味"论，本组诗殆能称之。但若以"淡泊"论，本组诗未必皆然。汪森《韩柳诗选》有云："三诗极似陶，然陶诗是要安贫，此诗是感慨，用意故自不同。"②严羽说"唐人惟柳子厚深得骚学"（《沧浪诗话》)③，方回说"柳诗哀而酸楚"（《瀛奎律髓》)④，皆是其意。柳诗之酸楚，实难和陶诗之平淡相比。

在所有对柳诗的评价中，明末贺贻孙《诗筏》中的一段话颇值得注意："严沧浪谓柳子厚五言古诗在韦苏州之上，然余观子厚诗，似得摩诘之洁，而颇近孤峭。其山水诗类其《钴鉧潭》诸记，虽边幅不广，而意境已足。如武陵一隙，自有日月，与韦苏州诗未易优劣。惟《田家》诗，直与储光羲争席，果胜苏州一筹耳。"⑤人论柳诗，多将其与陶渊明相比，与储光羲行比较者，实在不多。考储光羲《田家即事》等诗，皆真实自然，其描写农家之疾苦，与王、孟等常借田家以表现文士雅趣的主流派亦有不同。贺氏将柳宗元与储光羲相比，亦以子厚之诗意清苦，故视其为盛唐王、孟诗之别派欤？

柳宗元的这几首记录农村生活的诗，写在远离政治中心长安的永州。这是一种在社会阶层流动和地域空间移动双重影响下进行的文学创作。但这种兼具纵向上的和横向上的双重意义的流动，所引发的改变，绝不仅仅

---

① （宋）苏轼撰，李之亮笺注：《苏轼文集编年笺注·书黄子思诗集后》，巴蜀书社2011年版，第286页。
② 参见（唐）柳宗元撰，王国安笺释《柳宗元诗笺释》，上海古籍出版社1993年版，第246页。
③ （唐）柳宗元撰，尹占华、韩文奇校注：《柳宗元集校注·附录·柳宗元研究资料》，中华书局2013年版，第3616页。
④ 参见（唐）柳宗元撰，尹占华、韩文奇校注《柳宗元集校注·柳州峒氓注》，中华书局2013年版，第2841页。
⑤ 参见（唐）柳宗元撰，尹占华、韩文奇校注《柳宗元集校注·田家三首》其三注，中华书局2013年版，第3053页。

文学史的文本透视

只限于上文提到的那些。有学者甚至从"种植时空"的角度,对柳宗元的贬谪诗作出探讨。"不同的种植时空,陈放着不同的精神世界。永州的种植时空,安顿、抚慰着柳宗元惊恐不已的心灵;柳州的种植时空,柳宗元的政治抱负得以初步舒展,但依然哀怨丛生。随着柳宗元贬谪的时空移动,种植诗如影随形,书写着柳宗元独特的贬谪心声。"① 下面,便解析一首柳宗元的"种植诗"。

种柳戏题

> 柳州柳刺史,种柳柳江边。
> 谈笑为故事,推移成昔年。
> 垂阴当覆地,耸干会参天。
> 好作思人树,惭无惠化传。

此诗所作的具体年月失考,但从内容上看,其亦是作于宗元被贬柳州时期。

关于此诗的写作,前人有个流传很广的传说。《云溪友议》卷中:"先柳子厚在柳州,吕衡州温嘲谑之曰:'柳州柳刺史,种柳柳江边。柳馆依然在,千株柳拂天。'"②《粤西丛载》卷五引《峤南琐记》:"吕衡州温善谑。子厚在柳州,温谑之曰:'柳州柳太守,种柳柳江边。柳馆依然在,千秋柳拂天。'柳州有《种柳戏题》诗,盖追忆衡州戏语而作也。"③ 上述说法,前人每有征引,但其实并不可信。柳宗元出为柳州刺史在元和十年(815),而吕温在元和六年(811)即已去世,他安能为柳宗元写下此诗?前人盖以吕温去世在宗元之前,故说宗元此诗是追忆之作。然观所谓吕诗中"依然在"等字样,此诗实当出于柳宗元去世之后。若说吕诗作于柳宗元卒前,实相矛盾。《全唐诗》将此诗归于吕温名下,题《嘲柳州柳子厚》,同属无稽。关于上引的吕诗,前人亦有不同的说法。《青琐高议》前集卷一《柳子厚补遗》:"柳宗元字子厚,晚年谪授柳州刺史。

---

① 罗小芳:《种植时空的文化意象——柳宗元种植诗时空分析》,《宁夏社会科学》2011年第3期。
② (唐)范摅:《云溪友议·南黔南》,四部丛刊景明本,卷中。
③ (清)汪森:《粤西丛载》,清文渊阁四库全书本,卷五。

第三章 空间场域与符号边界:一种对于文学的多模态解析

子厚不薄彼人,尽仁爱之术治之。民有斗争至于庭,子厚分别曲直使去,终不忍以法从事。于是民相告:'太守非怯也,乃真爱我者也。'相戒不得以讼。后又教之植木、种禾、养鸡、蓄鱼,皆有条法。民益富。民歌曰:'柳州柳刺史,种柳柳江边。柳色(一作柳馆)依然在,千株绿(一作柳)拂天。'"[1] 认为其本是人民歌颂柳宗元德政的民歌,此可备一参考。而王国安《柳宗元诗笺释》以为"宗元取其二句,故云'戏题'"[2]之说则不成立。理由很简单,歌中明言"柳色依然在,千株绿拂天",此明明宗元殁后之景。吕温既不能生前知宗元之刺柳州,宗元又安能取身后之歌?愚意宗元之写此诗,未必有如此复杂之前因后果。宗元本是喜欢种植花木之人,像他集中的《种木槲花》《柳州城西北隅种柑树》,都是反映他这种爱好的诗。同时,河边种柳可以固堤,种柑可以获得收成,这又何乐而不为呢?况且,古代官员率民植树,本为政事之一种。故宗元写此诗,很可能只是因为种柳之后一时有所兴会,未必有什么更多的由头。

"柳州柳刺史,种柳柳江边。"古人作诗,甚忌讳用重字,但柳宗元这句诗却一连用了四个"柳"字,这既应标题"戏题"二字,又为诗歌造出一种轻松幽默的情调。确实,柳刺史、柳州城、柳树和柳江,这四个"柳"凑到一起还真不容易呢。

"谈笑为故事,推移成昔年。"看到树木的成长,人们常常很容易生出生命流逝、时光不再的感慨。故事,意过去的事。推移,盖指时光、事物之变化迁移。宋曾巩《思政堂记》有云:"推移无常,而不可以拘者,时也。"[3] 这句诗大概的意思是说:我今天的一言一笑以及种柳的事情,随着时光的流逝,都要变成陈年的往事了。昔日桓温北伐经金城,见前为琅琊时所种柳树皆已十围,不由叹曰:"树犹如此,人何以堪!"宗元此句和桓温之叹,背后蕴含着的是类似的感慨。

"垂阴当覆地,耸干会参天。"此承上句意而来。宗元种柳之后,设想着它们将来会枝干参天,垂阴满地。"当"和"会"二字,暗示将来,表示的是设想。待到柳树垂阴满地、枝干参天,种柳的人却未必能够看到

---

[1] (宋)刘斧:《青琐高议》,清红药山房钞本,前集卷一。
[2] 参见(唐)柳宗元撰,王国安笺释《柳宗元诗笺释》,上海古籍出版社1993年版,第368页。
[3] (宋)曾巩撰,陈杏珍、晁继周点校:《曾巩集·思政堂记》,中华书局1984年版,第288页。

了，这句诗已经隐隐透出哀感。

"好作思人树，惭无惠化传。"思人树，是进一步将上文的那种哀感肯定化了。"思人"二字，明明点出了身后事。《史记·燕召公世家》："召公之治西方，甚得兆民和。召公巡行乡邑，有棠树，决狱政事其下，自侯伯至庶人各得其所，无失职者。召公卒，而民人思召公之政，怀棠树不敢伐，哥咏之，作《甘棠》之诗。"①《左传》定公九年："诗云：'蔽芾甘棠，勿翦勿伐，召伯所茇。'思其人犹爱其树，况用其道而不恤其人乎？"②惠化，谓为人所称道的政绩和教化。宗元自谦没有政绩传世，故他之用"思人树"，是强调其字面上的"思念"之意，不是在吹嘘自己的德政。

本诗以轻松幽默的笔调起首，但最后却酝酿出一段关于生命短暂、时光流逝的感慨，这是其深沉处。无此深沉，便不能见出一个儒家官员追求立功化民的崇高情怀。诗后虽有感慨，但全诗不肯落一凄苦字，唯以"戏笔"出之，此又是其洒落处。无此洒落，便不能见出作者作为一个文人才子的风韵气度。虽然正如宗元所言，时光推移，他的谈笑已成故事，但倘无这些故事，我们又该如何去填满那一段段空虚的历史？

三　多模态解析之二：文学中的边界意识

上文述到锺惺评柳宗元的《田家三首》之二"诉得静，益觉情苦"，愚以为其得宗元之真精神。何者？盖因其点出了宗元诗多在平淡冷静的外表下掩藏无限凄苦之情的艺术特点。同样的写下层人民的苦难，老杜往往写得"热闹"，如其《兵车行》《石壕吏》，读之则有号啕大哭、悲声扑面之感。而宗元写诗，腔调则往往较为安静。但也正因其安静，反使人倍觉其心境之孤清冷峻。以热写冷，以静衬闹，有时候可以被看作一种修辞手法，如黄生评杜甫的《严公仲夏枉驾草堂兼携酒馔》，曰：

---

① （汉）司马迁撰，（南朝宋）裴骃集解，（唐）司马贞索隐，（唐）张守节正义，中华书局编辑部点校：《史记》，中华书局1982年版，第1550页。
② （清）阮元校刻：《十三经注疏·春秋左传正义》，中华书局2009年版，第4655页。

第三章　空间场域与符号边界：一种对于文学的多模态解析

极喧闹事，写得极幽适，非止笔妙，亦由襟旷。①

又如清代的许培荣为许浑的《过故友旧居》诗作注，称：

> 过故居而伤亡友，遡夜宴之乐，反衬今日之悲。高竹、早莲、珠盘、宝瑟、绮席、华觞，皆夜宴时景物，今日皆何处？……极凄凉寂寞之题反写得热闹花镞，此画家反面烘染法，尤诗家要诀也。②

但从另一种角度来看，这种"静"，有时候也不完全是一种修辞手段，而是代表了一种远观的、非介入的心态。柳宗元虽屡次遭到贬谪，但其和真正的"民"还是有区别的。况且在心理上，其也还是归向于统治阶层的——虽然被贬，但至少，他还属于文化上的统治阶层。这就涉及了上文提到的"符号边界"的问题。尽管在政治的层面上，柳宗元的身份层级已经被损毁，但在精神上，他仍然保守着自己的文化边界。而这种现象，在封建时代，是屡见不鲜的。譬如白居易的《观刈麦》，常被视作他现实主义的代表作。尽管他写到了"田家少闲月，五月人倍忙"，尽管他写到了"复有贫妇人，抱子在其旁"，并且表达了对贫民阶层的同情，但他终归还是一个困苦生活的遥远的"观望者"，他所能做的，便也只有把这种情况向上级反映而已。士人对于"符号边界"的坚守，使得这种边界变成了一种"文化透镜"，生活本身，必须通过这种透镜，才能获得其文学显影。下面是两首能够体现这种边界效应的诗。

一首是柳宗元的《柳州峒氓》。

柳州峒氓

郡城南下接通津，异服殊音不可亲。
青箬裹盐归峒客，绿荷包饭趁虚人。
鹅毛御腊缝山罽，鸡骨占年拜水神。

---

① （唐）杜甫撰，（清）仇兆鳌注：《杜诗详注·严公仲夏枉驾草堂兼携酒馔》，中华书局1979年版，第904页。
② （唐）许浑撰，（清）许培荣笺注：《丁卯集笺注》，清乾隆二十一年许锺德等刻本，卷四。

❖ 文学史的文本透视

<blockquote>愁向公庭问重译，欲投章甫作文身。</blockquote>

本诗作于元和十二年（817）正月①。柳宗元于元和十年（815）三月出为柳州刺史，六月到达柳州，至此，他已在柳州住了一年半有余②。柳州峒氓，柳州无需解释，是地名。峒，本意是山洞。氓，指百姓。《战国策·秦策一》："彼固亡国之形也，而不忧民氓。"鲍彪注："在野曰氓。"③ 峒氓，字面上的意义是住在山洞里的人民，这里是泛指生活在柳州地区的少数民族民众。

"郡城南下接通津，异服殊音不可亲。"郡城，指柳州。津，指渡口。通津，即四通八达的津渡。异服，指不同的衣服。殊音，指不同的语言。亲，意为接近。这句话的大意是说：郡城的南面就是一个四通八达的渡口，人来人往，但是因为文化差异和语言不通，无法和他们接近。所谓的"异服殊音"，其实是在暗扣标题中"峒氓"二字。

人每到一个不熟悉的场所，总要先关注那些陌生的东西。所谓的"峒氓"有哪些特异之处呢？"青箬裹盐归峒客"。箬，《说文》："楚谓竹皮曰箬，从竹，若声。"④ 首先不同的一点，是他们用来包盐的竟然是竹皮（箬在这里可以指用竹皮编成的器具，亦可指竹叶，作者亦概言之而已）。"绿荷包饭趁虚人"。趁虚，犹今之言赶集。虚，指村市。宋吴处厚《青箱杂记》卷三："盖市之所在，有人则满，无人则虚。而岭南村市满时少虚时多，谓之为虚，不亦宜乎？"⑤ 又钱易《南部新书》卷八："端州以南，三日一市，谓之趁虚。"⑥ 第二点不同的，是他们用绿荷叶包饭去赶集。"趁虚人"和上文"归峒客"相对。归峒，犹言归家。"归峒客"，是指市罢而归之人，和"趁虚人"可谓一入一出。趁虚人需要带饭，原因不外两个，一是来的路途比较远，二是市集持续的时间比较长。从这两点来看，市集应该还是比较热闹的，吸引了不少人。但从"归峒客"买回

---

① 按《诂训柳先生文集》注。参见（唐）柳宗元撰，（宋）韩醇诂训《诂训柳先生文集》，清文渊阁四库全书本，卷四十二。
② 参见施子愉《柳宗元年谱》，湖北人民出版社1958年版。
③ （宋）鲍彪撰：《战国策注·秦策》，宋绍熙二年刻本，卷三。
④ （汉）许慎：《说文解字》，清文渊阁四库全书本，卷五上。
⑤ （宋）吴处厚：《青箱杂记》，明稗海本，卷三。
⑥ （宋）钱易：《南部新书》，清文渊阁四库全书本，卷八。

第三章 空间场域与符号边界：一种对于文学的多模态解析

的物品盐来看，这个集市主要还是以交易生活必需品为主。这很能反映当时柳州当地民众的一般生活状况。

"鹅毛御腊缝山罽，鸡骨占年拜水神。"诗的下一句则放大了所描写的范围，涉及了柳州峒氓的思想信仰问题。御腊，犹言抵御寒冬。罽，指毛织物。明彭大翼《山堂肆考》卷十三"鹅毛御腊"条："邕管溪峒不产丝纩，民多以木绵、茅花、鹅毛为被。土人家家养鹅，三月至十月挈取软毛，积以御寒。"[1] 御寒的方法和汉地不同倒在其次，最主要的差别则在于不同的思想信仰。"鸡骨占年拜水神"。《汉书·郊祀志》卷二十五下："是时既灭两粤，粤人勇之乃言：'粤人俗鬼，而其祠皆见鬼，数有效。昔东瓯王敬鬼，寿百六十岁。后世怠嫚，故衰耗。'乃命粤巫立粤祝祠，安台无坛，亦祠天神帝百鬼，而以鸡卜。上信之，粤祠鸡卜自此始用。"[2] 又唐段公路《北户录》卷二"鸡骨卜"条："南方逐除夜及将发船，皆杀鸡择骨为卜，传古法也。卜吉，即以肉祠船神，呼为孟公、孟姥。其来尚矣。"[3] 虽然在所谓汉地亦不是没有迷信，但与"敬鬼神而远之"的正统儒家思想相较，峒氓的这些思想仍显得有些格格不入。

"愁向公庭问重译，欲投章甫作文身。"《史记·三王世家》："百蛮之君，靡不乡风，承流称意。远方殊俗，重译而朝，泽及方外。"[4] 重译，意多重翻译。颜师古注《汉书·平帝纪》"元始元年春正月，越裳氏重译献白雉一、黑雉二"："译谓传言也。道路绝远，风俗殊隔，故累译而后乃通。"[5] 宗元此诗中的"重译"前有一"问"字，是用"重译"的名词义，指的是译官。章甫，本是商代的一种冠，儒者常常穿戴。《礼记·儒行》："丘少居鲁，衣逢掖之衣；长居宋，冠章甫之冠。"[6] 文身，在身上刺花纹，借指的是南方少数民族的习俗。《庄子·逍遥游》："宋人资章甫而适诸越，越人断发文身，无所用之。"[7] 此二句大意是谓作者苦于言语

---

[1] （明）彭大翼：《山堂肆考·时令》，清文渊阁四库全书本，卷十三。
[2] （汉）班固：《汉书·郊祀志》，清乾隆武英殿刻本，卷二十五下。
[3] （唐）段公路：《北户录》，清十万卷楼丛书本，卷二。
[4] （汉）司马迁撰，（南朝宋）裴骃集解，（唐）司马贞索隐，（唐）张守节正义，中华书局编辑部点校：《史记》，中华书局1982年版，第2109页。
[5] （汉）班固：《汉书·平帝纪》，清乾隆武英殿刻本，卷十二。
[6] （清）孙希旦撰，沈啸寰、王星贤点校：《礼记集解·儒行第四十一》，中华书局1989年版，第1398页。
[7] （清）郭庆藩撰，王孝鱼点校：《庄子集释·逍遥游》，中华书局2012年版，第31页。

文学史的文本透视

不通,常常需要问翻译,故不禁想到抛弃汉地的衣服和文化,投入异方之俗。① 末句之"投章甫""问重译"云云,其实仍是扣首句"异服殊音"四字。

关于本诗主旨,有不同说法。廖文炳《唐诗鼓吹注解》卷一:"子厚见柳州人异俗乖,风土浅陋,故寓自伤之意。首言自郡城而至广南,皆通津也。其异言异服已难与相亲矣。彼归峒者裹盐,趁墟者包饭,鹅毛以御腊,鸡骨以占年,皆峒俗之陋者。不幸谪居此地,是以愁问重译,欲投章甫而作文身之氓耳。"② 胡士明《柳宗元诗文选注》则说:"这首诗以西南地区的风物人情为题材,生动地描绘了当地少数民族的风俗习惯,绝无一点鄙夷和猎奇的色彩。结句表示自己要和'峒氓'打成一片,反映出诗人已对那里的少数民族产生了感情。"③ 两说皆嫌太过。盖宗元之于柳州之习俗,固已见其异,但观其细致的描写,并未含有讥其浅陋之意。反过来说,说宗元诗没有猎奇的色彩也不全对。每到一处,都要写当地特异的习俗,这在古代文人中是很常见的事。从苏轼到汤显祖,皆是如此。所以,即使宗元的诗中含有一点猎奇色彩,也不算什么过错。宗元之所以感到有些许隔阂,实际上就是上文所说的文化的"符号边界"在起作用。这种边界放大了文化之间的差异,故使作者对异方殊俗感到格外新奇。除此之外,胡士明说法的最大不妥,是他对柳诗的"人民性"进行了过度的解读。综观全诗,除了一些对于少数民族的习俗的客观描写,我们根本没有发现作者和这些"峒氓"有任何亲密的接触。如果没有人情的往来,作者又如何"对那里的少数民族"产生感情呢?更不要说和他们"打成一片"了。宗元是以中原正统儒家的代表自居的,即使其对柳州乡民没有鄙夷之意,亦未必完全能够接受其文化。这一点,又显示出文化边界的疏离作用。赵臣瑷以"不可亲"三字为"一篇之主"④,其实亦有一定道理。

---

① 此从胡士明《柳宗元诗文选注》之说。按此句之"问重译"亦可理解成和重译交谈的意思,则以下"投章甫"等皆为作者向译官所说之话。参见(唐)柳宗元撰,胡士明选注《柳宗元诗文选注》,上海古籍出版社1988年版,第158页。
② (唐)柳宗元撰,尹占华、韩文奇校注:《柳宗元集校注·柳州峒氓》,中华书局2013年版,第2842页。
③ (唐)柳宗元撰,胡士明选注:《柳宗元诗文选注》,上海古籍出版社1988年版,第157页。
④ (清)赵臣瑷:《山满楼唐诗笺注》。参见(唐)柳宗元撰,王国安笺释《柳宗元诗笺释》,上海古籍出版社1993年版,第333页。

第三章 空间场域与符号边界：一种对于文学的多模态解析

何焯《义门读书记》卷三十七《柳州峒氓》："后四句言历岁逾时，渐安夷俗，窃衣食以全性命，顾终已不召，亦将老为峒氓，无复结绶弹冠之望也。"又言"欲投章甫作文身"句"言吾当遂以居夷老矣，岂复计其不可亲乎？首尾反复呼应，语不多而哀怨已至"①。此语解宗元心态当较为接近。盖宗元之诗，写奇俗者有之，写文化隔阂者有之，写异乡之感者有之，写绝望者有之，但归根结底，还是归结于一种个体性的哀怨自伤。倘若宗元也有苏轼那样的达观，倘若他真的能够全身心地投入眼下的生活，他或许也不会在短短两年之后就在柳州病逝吧。

同样反映出文化边界的"透镜作用"的诗，还可以举一首明代汤显祖的《黎女歌》。汤显祖和柳宗元一样，同样受到过贬谪。二人生活的时间虽然相差了数百年，但二人所持的儒家本位的文化观念则是相同的。利用这种文化透镜对少数民族进行审视、描写，在古代文学中已经形成了一种根深蒂固的传统。

黎女歌

黎女豪家笄有岁，如期置酒属亲至。自持针笔向肌理，刺涅分明极微细。点侧虫蛾折花卉，淡粟青纹绕余地。便坐纺织黎锦单，拆杂吴人彩丝缎。珠崖嫁娶须八月，黎人春作踏歌戏。女儿竞戴小花笠，簪两银篦加雄翠。半锦短衫花襈裙，白足女奴绛包髻。少年男子竹弓弦，花幔缠头束腰际。藤帽斜珠双耳环，缬锦垂裙赤文臂。文臂郎君绣面女，并上秋千两摇曳。分头携手簇遨游，殷山沓地蛮声气。歌中答意自心知，但许昏嫁箭为誓。椎牛击鼓会金钗，为欢那复知年岁。

万历十九年（1591）闰三月，汤显祖向朝廷递上了他著名的《论辅臣科臣书》，痛陈时弊，弹劾权臣。结果，汤显祖不仅没有达到自己的政治目的，还被贬为徐闻典史。本诗即是汤氏在徐闻典史任上所作，写作时间大约是在万历二十年（1592）②。

---

① 参见（唐）柳宗元撰，王国安笺释《柳宗元诗笺释》，上海古籍出版社1993年版，第331—332页。

② 按徐朔方笺校《汤显祖诗文集》编年。参见徐朔方笺校《汤显祖诗文集》，上海古籍出版社1982年版，第436页。

❋ 文学史的文本透视

被贬徐闻，对于作为封建官吏的汤显祖来说是一次大的挫折，但对于作为诗人的汤显祖来说，却是一次幸运。就像唐朝的柳宗元、刘禹锡一样，这次被贬不仅丰富了汤显祖的人生阅历，而且更丰富了他的诗歌题材。也正因为被贬，汤显祖的诗集中才多了一类类似于本诗这样的"风土志"[①]一样的作品，真可谓"仕途不幸诗家幸"了！

本诗虽写黎女，却非从其出生写起。作者所撷取的，乃是一个对于女孩子来说有着非同寻常意义的人生片段：出嫁。出嫁不仅意味着一个少女的成熟，而且意味着生命的代代延续。

"黎女豪家笄有岁，如期置酒属亲至。"笄，在汉族指女子十五岁，在这里未必确指，唯谓女子成年而已。"如期置酒"，指一切按计划举行，这一方面可以理解成按实写（即依照某一次具体的婚礼的实际情况来写）；另一方面，不妨作更高一层的理解，即它写出了人类生命的普遍程序，体现了生命的循环不息。"自持针笔向肌理，刺涅分明极微细。"婚嫁虽是人类普遍的生命形式，但黎家的习俗却有不同。在汉家少女正在准备首饰嫁妆之时，黎家少女却把自身装点成一幅美丽的图画。点侧、折，当是从书法里借来的词语。书法的"永字八法"中即有侧、磔等说，只不过，这里说的不是"笔法"，而是"针法"了。在虫、蛾、花卉的周围再绕以淡粟青纹，足见图案之繁复细致。而这样复杂的图案竟都是少女自为，我们恐怕不得不暗暗佩服这位少女了。文身已毕，女孩开始坐而织锦。黎锦为黎族有名的纺织品，黎族人民的衣服及很多生活用品均用其制成。"拆杂吴人彩丝缎"，其意盖谓黎族少女将所得的汉族织品拆开，再将其材料与其他材料混织成黎锦，这本是黎族人民纺织时经常采用的工艺。《文献通考》卷三百三十一据范成大《桂海虞衡志》："绣面乃其吉礼。女年将及笄，置酒会亲属女伴，自施针笔，涅为极细虫蛾花卉，而以淡粟纹遍其余地，谓之绣面。……女工纺织，得中国彩帛，拆取色丝，和吉贝织花，所谓黎锦、黎单及鞍搭之类，精粗有差。"[②] 其所记的黎族的婚俗及纺织技艺正与汤诗所记相同。

"珠崖嫁娶"以下，进一步细写黎族（确切来说是海南的黎族）的婚

[①] （明）沈际飞语。参见徐朔方笺校《汤显祖诗文集》，上海古籍出版社1982年版，第436页。

[②] （元）马端临：《文献通考·四裔考八》，清浙江书局本，卷三百三十一。

第三章 空间场域与符号边界:一种对于文学的多模态解析

恋习俗。虽然黎家的风俗是在八月嫁娶,可实际上,当春天踏歌之时,其爱情生活即已经开始了:少女们戴起了小花笠,双簪银篦,穿上花边裙,并且插上了雉饰,赤足的女奴以绛巾包头,紧紧相随——这热烈的出游气氛,恐怕要感染到在场的每一个人了。而男士们亦早已盛装相待。"竹弓弦",盖指黎族人所用的黎弓。《桂海虞衡志》:"黎弓,海南黎人所用长弰木弓也,以藤为弦。箭长三尺,无羽,镞长五寸,如茨菰叶。以无羽,故射不远三四丈,然中者必死。"[①] 弓箭是男子英勇的象征,而英勇乃是男子最重要的品质,故作者将其放在最先来写。之后才是男子的具体装束:花幔缠腰,双耳垂环,彩锦垂裙,而最吸引人目光的,还是他们臂上那赤色的文身。文臂的少年和绣面的女子情投意合,共上秋千,随风荡舞,随后更是分头携手而游,欢乐的歌声震天动地。则读者不仅要被其热烈的气氛所感染,更要为其爱情的纯洁和真率所感动了。在一来一往的唱和声中,青年男女的心意彼此早已知晓,哪里还需要像汉族那样请什么三媒六证。虽没有什么庚帖婚束,但这折箭许下的誓言一样铮铮可鉴!"椎牛击鼓会金钗,为欢那复知年岁。"黎人常常被汉人描写成化外之民,但恰恰是这化外的天真之民,拥有了这穿越岁月的永恒之乐。在风云莫测的官场上屡受挫折的汤显祖,竟然可以在这被贬之所(徐闻和海南隔海相望)见到这样一种天真的快乐,对他而言,亦算是一种意外的幸福吧。

本诗的写作,少用曲折隐晦的比兴之法,其记述、描写娓娓如散文——但却又不是一味地平铺直叙,在以叙为主的同时,又包含着章法上的变化,如先写成婚场面,后写恋爱过程等。这种写法在古诗中虽非少见,但汤显祖却把它运用得格外圆熟巧妙。圆熟的技巧和新颖的题材相结合,使得本诗具有了一种独特的艺术魅力。

柳宗元的《柳州峒氓》表现的是生命受到压抑的哀感,而汤显祖的《黎女歌》表现的则是天然生命的生生不息。二者虽然都写到了异方文化,但给人的感觉却截然不同。这种不同,或许亦是二人不同的个性和所居的文化氛围的不同造成的吧。

---

① (宋)范成大:《桂海虞衡志·志器》,清知不足斋丛书本。

四　空间概念与边界意识的极端显现：
　　以韩愈《论佛骨表》为例

像柳宗元及汤显祖这样的诗，虽然多多少少体现出了符号边界对于人群及文化的区隔作用，但其表现并不极端，作者对于异方文化仍持一相对开放的态度。而在某些人那里，符号边界的这种区隔作用则是尤其得到强化的。这可以韩愈的《论佛骨表》为例。在这篇文章中，韩愈一边强调佛教本为"夷狄之一法"，本非中国之固有，另一边又抨击其"口不言先王之法言，身不服先王之法服，不知君臣之义、父子之情"，淆乱儒家文化，可以说，韩愈在此篇文章中所凸显的，乃是空间意义和符号意义上的双重边界。此篇文章虽非严格意义上的贬谪文学，但此表上后，韩愈随即被贬，其亦算是和"贬谪"关系密切了。下录其文：

论佛骨表

　　臣某言：伏以佛者，夷狄[1]之一法耳，自后汉时流入中国[2]，上古未尝有也。昔者黄帝在位百年，年百一十岁；少昊在位八十年，年百岁；颛顼在位七十九年，年九十八岁；帝喾在位七十年，年百五岁；帝尧在位九十八年，年百一十八岁；帝舜及禹，年皆百岁。此时天下太平，百姓安乐寿考，然而中国未有佛也。其后殷汤亦年百岁，汤孙太戊在位七十五年，武丁在位五十九年，书史不言其年寿所极，推其年数，盖亦俱不减百岁。周文王年九十七岁，武王年九十三岁，穆王在位百年。此时佛法亦未入中国，非因事佛而致然也。

　　汉明帝时，始有佛法。明帝在位，才十八年耳。其后乱亡相继，运祚不长。宋、齐、梁、陈、元魏[3]已下，事佛渐谨，年代尤促。惟梁武帝在位四十八年，前后三度舍身施佛，宗庙之祭，不用牲牢[4]，昼日一食，止于菜果，其后竟为侯景所逼，饿死台城，国亦寻灭。事佛求福，乃更得祸。由此观之，佛不足事，亦可知矣。

　　高祖始受隋禅，则议除之[5]。当时群臣材识不远，不能深知先王之道、古今之宜，推阐圣明，以救斯弊，其事遂止，臣常恨焉。伏惟睿圣文武皇帝陛下[6]，神圣英武，数千百年已来，未有伦比。即位之

第三章 空间场域与符号边界：一种对于文学的多模态解析

初，即不许度人为僧尼、道士，又不许创立寺观。臣常以为，高祖之志，必行于陛下之手。今纵未能即行，岂可恣之转令盛也？

今闻陛下令群僧迎佛骨于凤翔，御楼以观，舁入大内，又令诸寺递迎供养。臣虽至愚，必知陛下不惑于佛，作此崇奉，以祈福祥也。直以年丰人乐，徇[7]人之心，为京都士庶设诡异之观、戏玩之具耳。安有圣明若此，而肯信此等事哉？然百姓愚冥，易惑难晓，苟见陛下如此，将谓真心事佛，皆云："天子大圣，犹一心敬信，百姓何人，岂合更惜身命？"焚顶烧指，百十为群，解衣散钱，自朝至暮，转相仿效，惟恐后时。老少奔波，弃其业次[8]。若不即加禁遏，更历诸寺，必有断臂脔[9]身以为供养者。伤风败俗，传笑四方，非细事也。

夫佛本夷狄之人，与中国言语不通，衣服殊制。口不言先王之法言，身不服先王之法服，不知君臣之义、父子之情。假如其身至今尚在，奉其国命，来朝京师，陛下容而接之，不过宣政一见、礼宾一设、赐衣一袭，卫而出之于境，不令惑众也。况其身死已久，枯朽之骨，凶秽之余，岂宜令入宫禁？

孔子曰："敬鬼神而远之。"古之诸侯，行吊于其国，尚令巫祝先以桃茢祓除不祥[10]，然后进吊。今无故取朽秽之物，亲临观之，巫祝不先，桃茢不用，群臣不言其非，御史不举其失，臣实耻之。乞以此骨付之有司，投诸水火，永绝根本，断天下之疑，绝后代之惑，使天下之人知大圣人之所作为，出于寻常万万也。岂不盛哉？岂不快哉？佛如有灵，能作祸祟，凡有殃咎，宜加臣身，上天鉴临，臣不怨悔。无任感激恳悃之至，谨奉表以闻。臣某诚惶诚恐。

注释：

[1] 夷狄：古代称东方部族为夷，北方部族为狄，这里是泛指华夏以外的各族。《汉书·萧望之传》："圣王之制，施德行礼，先京师而后诸夏，先诸夏而后夷狄。"

[2]《法苑珠林》卷二十：后汉明帝时，洛阳白马寺有摄摩腾，本中天竺人，善风仪，解大小乘经，常游化为任。至汉永平三年中，明皇帝夜梦金人飞空而至，乃大集群臣，以占所梦。通人傅毅奏答："臣闻西域有神，其名曰佛。陛下所梦，将必是乎？"帝以为然，即遣中郎蔡愔、博士弟子秦景等使往天竺寻访佛法。愔等于彼遇见摩

腾，乃邀还汉地。

［3］元魏：即历史上的北魏。魏孝文帝改革，改本姓拓跋为元，故有此称。

［4］牲牢：犹牲畜。《诗·小雅·瓠叶序》："上弃礼而不能行，虽有牲牢饔饩，不肯用也。"郑玄笺："牛羊豕为牲，系养者曰牢。"古代祭礼用牛、羊、豕三牲，三牲各一为一牢。

［5］高祖始受隋禅：高祖指唐高祖李渊。李渊夺隋朝天下，名义上是受禅于隋恭帝杨侑，故称受隋禅。　则议除之：唐高祖曾下令沙汰僧尼，故有此说。《旧唐书·高祖本纪》：高祖辞让，百寮上表劝进，至于再三，乃从之。隋帝逊于旧邸，改大兴殿为太极殿。甲子，高祖即皇帝位于太极殿。……（武德九年）夏五月辛巳，以京师寺观不甚清净，诏曰："……正本澄源，宜从沙汰。诸僧尼道士女冠等，有精勤练行守戒律者，并令大寺观居住，给衣食，勿令乏短；其不能精进戒行者，有阙不堪供养者，并令罢遣，各还桑梓。所司明为条式，务依法教。违制之事，悉宜停断。京城留寺三所、观二所，其余天下诸州各留一所，余悉罢之。"事竟不行。

［6］睿圣文武皇帝陛下：此指当朝皇帝唐宪宗李纯。李纯生于778年，卒于820年，在此次迎佛骨的次年即驾崩了。《旧唐书·宪宗本纪》：（元和）三年春正月癸未朔。癸巳，群臣上尊号曰"睿圣文武皇帝"，御宣政殿。

［7］徇：顺从、依从之意。

［8］业次：犹言生业，赖以谋生的职业或产业。

［9］啇：割。

［10］桃茢被除不祥：茢，苕帚。古用苕帚以扫除不祥。《周礼·夏官·戎右》："赞牛耳、桃、茢。"郑玄注："桃，鬼所畏也。茢，苕帚，所以扫不祥。"《左传·襄公二十九年》："乃使巫以桃、茢先祓殡。"

安史之乱之后，伴随着社会矛盾的日渐加剧，李唐王朝陷入深深的内忧外患之中。国家发展形势的逆转，唤醒了有责任感的士人，使他们开始反思历史，重新思考国家的前途和命运。而思考的结果似乎亦很简单：国家之所以走向衰败，是因为儒家传统的圣王之道受到了破坏，而国家若想

第三章　空间场域与符号边界：一种对于文学的多模态解析

复兴，唯一的希望乃在于按照儒家的理想重构这个社会。从韩愈所领导的古文运动，到白居易所领导的新乐府运动，其背后的根本目的，都是在力图恢复儒家的固有传统。安史之乱引起了中央政权对少数民族将领的疑惧，而伴随着这种疑惧的加深，儒家传统的"夷夏之论"亦再次开始抬头。重建文化上的边界，成为中唐儒学复兴的一个思想主题。"毫无疑问，韩愈以及九世纪初的士人对于重新建立国家权威和思想秩序的愿望，来自对于当时民族、国家与社会状况的深深忧虑，也沿袭了古代中国'尊王攘夷'的思路。他们在原有的传统中发掘着历史记忆，在这种历史记忆中，他们凸显着历史时间、地理空间和民族群体的认同感，他们在原来的典籍中获取历史资源，在这些资源中，他们试图建构一个可以与种种异端对抗的知识与思想体系。"① 这就是韩愈写作这篇《论佛骨表》的思想史背景。

引发韩愈写作此文的直接原因，则是发生于元和十四年（819）的迎佛骨事件。《旧唐书·韩愈传》："凤翔法门寺有护国真身塔，塔内有释迦文佛指骨一节，其书本传法，三十年一开，开则岁丰人泰。十四年正月，上令中使杜英奇押宫人三十人，持香花赴临皋驿迎佛骨。自光顺门入大内，留禁中三日乃送诸寺。王公士庶奔走舍施，唯恐在后。百姓有废业破产、烧顶灼臂而求供养者。"② 韩愈见此情此景，深感忧愤，加上"素不喜佛"，遂上此疏。

"伏以佛者，夷狄之一法耳，自后汉时流入中国，上古未尝有也。"凡宗教之感人，均需有一"神圣性"为其基础，故韩愈辟佛，首先便要颠覆它的这种"神圣性"。华夏自古便轻视"夷狄"，何况佛教只是"夷狄"之一法！中国传统上所言之"夷狄"，其区域其实从未包含印度，到了韩愈这里，其范围突然扩大了。通过扩大"夷狄"的范围，韩愈很好地达到了其贬低佛教的目的。这一句，用现代的语言来说，就是所谓的"定调子"。性质一定，无论下文怎么说，佛教都很难翻案了。何况，佛教本是"自后汉时流入中国"，跟中国的固有文化根本没有亲缘关系。何焯《义门读书记》卷四《昌黎集》评"伏以佛者二句"："见非中国天子

---

① 葛兆光：《中国思想史》第二卷，复旦大学出版社2000年版，第228页。
② （五代）刘昫等：《旧唐书·韩愈传》，清乾隆武英殿刻本，卷160。

文学史的文本透视

所当奉。"①

自"昔者黄帝在位百年,年百一十岁"以下,至"穆王在位百年",韩愈一口气举了十几个例子,证明年高寿长跟事佛无关。因此表本是谏劝皇帝,故韩愈所举之例皆为上古帝王。一来这些人物与当今皇帝身份相当,二来这些人本身就是中国政治传统中的偶像,引用他们的事例,将会极大地增强文章的论说力。

以上正说佛法传入之前,以下又举佛法传入之后的例子,从反面论证。"汉明帝时,始有佛法。明帝在位,才十八年耳。"汉明帝迎入了佛法,但在位才十八年。以下宋、齐、梁、陈等朝代,君主比前代更加敬佛,但时运都不长久。在这里,韩愈特别单举了梁武帝的例子。之所以这样,一是因为梁武帝信佛最为虔诚,可以作为一个典型来讨论,二是因为梁武帝在位时间比较久,属于特例,所以需要特别说明一下。梁武帝曾三度舍身施佛,平常日只一餐,祭祀都不肯杀生,他在位时间有四十八年这么长,是不是得到了佛的庇佑呢?梁武帝在位时间是很长,但看看他的结局是如何呢?侯景之乱后,被困于台城,结果活活饿死。梁武帝的命运应该已经足够说明佞佛没有好下场了。《义门读书记》评"梁武帝"句"又变"②,指出这是章法上的一个转折。此段文字,宋、齐、陈、魏等朝为略说,梁武帝为详说,详略之间,更见论述之周严。"事佛求福,乃更得祸。由此观之,佛不足事,亦可知矣。"这结论在逻辑上虽然欠妥,但却下得气势雄壮,尤见出作者忠直敢言的个性。《义门读书记》评本文:"惑之大者则用借鉴,失之小者则用直陈,极得因事纳诲立言之体。"又说:"宪宗奉佛求寿,故前半只从年寿上立论。"③可谓极得要害。盖古代帝王之信佛,真正求精神上之超脱者少,而求现实之福寿者多。帝王们所信的,其实乃是佛教中最庸俗的一面。韩愈此表的一开头就直接点中了帝王佞佛的要害,使我们在钦佩其勇气之余,又要为他的命运担心了。

"高祖始受隋禅"二句,《义门读书记》称为"倒跌"④。上文极言前朝之事,正反论证信佛不能延寿得福,至此段开始又把话题拉回本朝,借

---

① (清)何焯:《义门读书记·昌黎集·论佛骨表》,清乾隆刻本,卷四。
② 同上。
③ 同上。
④ 同上。

第三章 空间场域与符号边界:一种对于文学的多模态解析

助"祖宗"向皇帝施压。唐高祖在世时本欲限制佛教,但因去世而未能彻底施行。"伏惟睿圣文武皇帝陛下,神圣英武,数千百年已来,未有伦比。即位之初,即不许度人为僧尼、道士,又不许创立寺观。"此又以皇帝本人前后不同的态度作论据,我们知皇帝读到此,应已大怒矣。这明明是在说皇帝不仅没能继承祖宗遗志,而且自己也在首鼠两端搞投机。

"今闻陛下令群僧迎佛骨于凤翔",《义门读书记》评:"以下指其失。"① 此下是直论皇帝此次迎佛骨之事。"臣虽至愚,必知陛下不惑于佛","直以年丰人乐,徇人之心,为京都士庶设诡异之观、戏玩之具耳"。说这次迎佛骨是为了体谅民意,为京师民众设戏玩之具,这是稍退一步,为皇帝保留一点面子。"安有圣明若此,而肯信此等事哉?"这是退而复进,反将皇帝一军。"然百姓愚冥,易惑难晓,苟见陛下如此,将谓真心事佛",这以下是说明皇帝所作所为的影响。百姓们纷纷学习皇帝事佛,以至"焚顶烧指""解衣散钱""老少奔波,弃其业次""断臂脔身以为供养",这几句和蒲松龄《促织》中所说的"天子一跬步,皆关民命"是一样的意思。

"夫佛本夷狄之人,与中国言语不通,衣服殊制。"此又回到了上文的"夷狄之辩"。"口不言先王之法言,身不服先王之法服,不知君臣之义、父子之情。"此则涉及了关键的问题。封建帝王统治的合理性,毕竟是由儒家理论赋予的。佛家强调的众生平等、四大皆空等理论,对儒家纲常来说,其实是具有颠覆性的。韩愈此论,可谓是从维护政权的高度对皇帝进行劝谏。"假如其身至今尚在",这是假设佛还活着,"有此推驳,方是论佛骨,不是论佛法"②。因为韩愈要批驳的只是迎佛骨一事,故没有对佛法展开过多的讨论。从哲学上对佛教进行批判较难,且不易形成确定的结论,从现实的层面上对佛教进行攻讦则要容易得多。假设佛祖奉命来朝,我们该怎么对待他呢?"陛下容而接之,不过宣政一见、礼宾一设、赐衣一袭",陛下该做的,亦不过是按照接待一般国使的惯例,见见他,举行一下礼宾仪式,赏赐他些东西罢了。然后派卫士护送他出境,不让他在国内迷惑大众。"况其身死已久,枯朽之骨,凶秽之余,岂宜令入宫禁?"以上这段话在说明正确做法的同时,进一步消解了佛教的神圣性,

---

① (清)何焯:《义门读书记·昌黎集·论佛骨表》,清乾隆刻本,卷四。
② 同上。

文学史的文本透视

再一次强调了佛祖是人,而不是神。

"孔子曰:'敬鬼神而远之。'"这又回到了圣人之道。"古之诸侯,行吊于其国"云云,是引古事以作论助。"群臣不言其非,御史不举其失,臣实耻之。"这表现出韩愈勇于自任的担当精神。"乞以此骨付之有司,投诸水火,永绝根本,断天下之疑,绝后代之惑",这是再提正确的做法。"佛如有灵,能作祸祟,凡有殃咎,宜加臣身,上天鉴临,臣不怨悔。"这几句更是愿意以身作证,说明佛之不足惧,显示出非凡的勇气。结尾"无任感激恳悃之至""臣某诚惶诚恐"云云,既是一般奏表末尾的套话,同时也应该是韩愈真实心情的表达。上此论表,韩愈应该很清楚会引起何种后果。

韩愈的这篇《论佛骨表》征引博赡,激昂慷慨,处处突显一个儒家学者的忠义之心和剀直之气。虽然正如某些学者所说的,这篇文章无论是在观点上还是在论述逻辑上都存在着缺陷,但这并不能抹杀本文所具有的光彩。经院学者们躲在象牙塔内作出的结论或许更为严密稳妥,但他们却未必能有韩愈这样的斗争勇气。在历史的特殊时代,人们更需要的其实是一个实干的英雄,而不是一堆拥有严密逻辑的纸面作品。英雄即使有缺点,其作用仍然要远大于后者。苏东坡之所以说韩愈"文起八代之衰而道济天下之溺"(《潮州韩文公庙碑》),就是因为韩愈在儒学沦落之际以无比的勇气挽救了儒学的命运,而不是因为他的学术水平真的超过了前代所有的学者。与此相类,这篇奏表之所以有名,也是因为它在历史上的某个特定时刻承担了特殊的责任,而不是因为它拥有完美的艺术。"忠犯人主之怒而勇夺三军之帅",韩愈真所谓"参天地,关盛衰,浩然而独存者"(出处同上)也。

韩愈在这篇文章里处处戳痛皇帝的软肋,而其所用的口气,竟又像是父兄在教训子弟,故皇帝读完之后毫无疑问地勃然大怒了,"将加极法"[1]。只是由于裴度等人说情,才将其由刑部侍郎贬为潮州刺史。但遗憾的是,韩愈虽冒着生命危险上书,但他却并没有达到劝止皇帝们佞佛的目的。不仅当时的宪宗照信无误,到了宪宗之后的皇帝,其佞佛犹有胜过宪宗者。咸通十四年(873)春,唐懿宗下诏迎佛骨于凤翔,劝者甚众,

---

[1] (五代)刘昫等:《旧唐书·韩愈传》,清乾隆武英殿刻本,卷一百六十。

第三章 空间场域与符号边界:一种对于文学的多模态解析

皇帝甚至说:"使朕生见之,死无恨。"① 宋方崧卿《韩集举正》卷十注此《论佛骨表》:"邵公济云宣和间尝过其寺(按指凤翔法门寺),塔下层为大石芙蕖,工制精妙,每芙蕖一叶刻一施金人姓名,大半皆宫嫔也。又刻白玉象,所葬指骨置金莲花中,隔琉璃水晶匣可见,亦足知昔人崇奉之盛也。"② 可见直到宋代,人们对佛骨仍是崇拜不衰。但话又说回来,佛教在唐代亦不是总是得到尊重。比如宪宗之后,到了唐武宗会昌年间,就发生了历史上有名的"会昌灭佛"事件。唐武宗在道士赵归真等人的鼓动下,清查天下寺院,拆毁其建筑,剥夺其财产,勒令僧侣还俗,使佛教遭受到了重大打击。韩愈的排佛以及会昌灭佛,体现出中唐以后儒、释、道三教既融合又相互斗争的复杂关系,同时亦说明了当时社会思想之混乱。连最高统治者都无法保持统一信仰,唐王朝最终的衰落和灭亡亦在情理当中了。

有趣的是,上述两位迎佛骨的皇帝,在迎佛骨之后不久便都死掉了。韩愈的那句"事佛求福,乃更得祸"难道真的成了谶语?

---

① (宋)欧阳修等:《新唐书·李蔚传》,清乾隆武英殿刻本,卷一百八十一。
② (宋)方崧卿:《韩集举正》,清文渊阁四库全书本,卷十。

第四章

诗耶词耶:古代文学中的另一种边界

前章所言社会的层级边界、符号边界等,犹涉文学与其外部诸因素之关系。其实在文学内部,也存在着诸种边界。而最为常见,且有贯穿文学史之意义者,即为文体之边界。本章即以诗、词两类文体为例,结合具体的作品,一探文体之合分演化之迹。

一 发生论视角下之词体:以李白、白居易等人的作品为核心

"文体风格论是中国古代一个非常重要的美学论题。文体风格,即不同体裁、样式的作品所具有的某种相对稳定的独特风貌,古人一般称文体的艺术特征为'体''体制''大体''大要''势'等。古人在文学创作或文学批评时,往往先考虑体制问题。《文镜秘府论·论体》谓'词人之作也,先看文之大体'。宋代倪思说:'文章以体制为先,精工次之。'王安石主张'论文章先体制而后工拙'。张戒也认为'论诗当以文体为先,警策为后'(《岁寒堂诗话》)。首先考虑文体的规范,然后才考虑语言形式、表现技巧等问题。古代文体风格学发轫甚早,且贯串于整部文学批评史中。……毫不夸大地说,抓住文体风格论的内涵和其发展线索,对理解批评史(尤其宋以后),在某些方面可以收到纲举目张之效。"[①] 吴承学先生所言,确是如此。辨体的确是一条可以贯穿中国古代文学史发展的线

[①] 吴承学:《辨体与破体》,见罗宗强主编《古代文学理论研究》,湖北教育出版社2002年版,第528页。

第四章 诗耶词耶:古代文学中的另一种边界

索。古人也一向甚重辨体,前有曹丕在《典论·论文》中所提出的"四科八体",后有祝尧的《古赋辨体》、许学夷的《文章辨体》等著作,再加上其他星星点点的零散论述,古人对文体的论述可谓丰矣。但是,一旦回到具体的理论层面,辨体理论又会面临着很多问题。其中一个最难解决的问题,便是文体的发生论问题。这里所说的"发生",主要指的是起源上的一些问题。一种文体,其源头能追溯到何时,常常取决于研究者如何定义其文体特征。而研究者所言的特征,往往又是根据后来相对成熟的文体所认定的。在这里,我们又遇到了一个无法破解的解释学的循环。譬如诗、词、赋的区别,倘若拿秦汉以后之作品作对比,则其区别昭然若揭。而一旦回到发生学的问题上,古人则又常有诗词同源、诗赋同源之说,其文体分别又被模糊矣。除此之外,所谓"文体"又包含了文章的"风格层面",这同样是一个十分复杂的问题。所谓的"风格",不仅包含了初始者创造了怎样的风格的问题,包含了继承者怎样模仿了其风格的问题,而且包含了批评者觉得它应该是怎样的问题。"辨体",常常和文学史的建构有关,而这种建构往往在同时又意味着一种排他性。在这种背景下所建构起来的所谓文体的演变史,实在包含了无数的个体性因素。在文体与文体之间,尤其是在发生学的层面上,我们很难看到一条清晰的边界,但在文体史的建构中,我们却能看到文学边界的不断再生产。

虽然文体给我们带来种种的困惑,但对其又不能完全无视。对于它,或许我们可以吸收后现代系谱学上的一些观念,将其视为一种具有时序性,但却非连续的历史事实,对那些能够说清楚的现象多加展示,而对难以说清的边界地带保持沉默。下面即以诗、词二体为例,探讨一下古文体分化演变的过程。

陈匪石《声执》卷上《诗余说》:

> 词曰诗余,昔有两解。或谓为绪余之余,胡仔曰:"唐初歌词,皆五七言诗,自中叶以后,至五代,渐变为长短句,至本朝而尽为此体。"张炎之说亦同,《药园词话》因之,遂追溯而上,谓"殷其雷,在南山之阳"为三五言调,"鱼丽于罶,鳢鲨"为四二言调,"遭我乎狃之间兮"为六七言调,"我来自东,零雨其蒙。鹳鸣于垤,妇叹于室"为换韵,行露首章曰"厌浥行露",次章曰"谁谓雀无角"为换头,则三百篇实为其祖祢。此谓词源于诗,由诗而衍,与骚赋同,

文学史的文本透视

班固以赋为古诗之流，说者即以词为诗之余事矣。①

所引丁澎《药园词话》之说，抓住了词长短句的特征，通过类比，将词的源头追溯到了《诗经》，这和今天通行之认识，可谓迥异。此正可印证上文个人认定决定文体源起之说。《药园词话》之说虽有一定道理，但其难免有过度引申、无限上溯之嫌。昔毛奇龄作《词话》，"远溯六朝，以鲍照《梅花落》亦可称词"，四库馆臣讥其曰："则汉代铙歌何尝不句有长短，亦以为词之始乎？"② 与此正可同理而观。

郑文焯《瘦碧词自序》：

> 古之乐章皆歌诗。诗之外，又有和声，所谓曲也。隋唐以来，声诗间为长短句。

又宋王灼《碧鸡漫志》卷一：

> 唐时古意亦未全丧，《竹枝》《浪淘沙》《抛球乐》《杨柳枝》，乃诗中绝句，而定为歌曲。故李太白《清平调》词三章皆绝句。元、白诸诗，亦为知音者协律作歌。白乐天守杭，元微之赠云："休遣玲珑唱我诗，我诗多是别君辞。"自注云："乐人高玲珑能歌，歌予数十诗。"乐天亦醉戏诸妓云："席上争飞使君酒，歌中多唱舍人诗。"③

因选李白《清平调》词一首，以作为早期词的示例。

清平调
（选一首）

云想衣裳花想容，
春风拂槛露华浓。

---

① 唐圭璋编：《词话丛编·声执·诗余说》，中华书局2005年版，第4925页。
② （清）爱新觉罗·永瑢等：《四库全书总目·集部五十二·毛奇龄词话二卷》，中华书局1965年版，第1827页。
③ （宋）王灼：《碧鸡漫志》，清知不足斋丛书本，卷一。

第四章 诗耶词耶：古代文学中的另一种边界

若非群玉山头见，
会向瑶台月下逢。

李白为唐明皇和杨贵妃所作的《清平调》共有三首，其向被认为词史上产生较早、艺术水准较高的作品，它们本身还带着从诗中脱胎出来的痕迹。从形式上来看，它们其实还是绝句诗的形式，只不过因为被用来演唱，故被称为词。按乐史为李太白集所作的序中所记："开元中，禁中初重木芍药，即今牡丹也。得四本红、紫、浅红、通白者，上因移植于兴庆池东沉香亭前。会花方繁开，上乘照夜车，太真妃以步辇从，诏选梨园弟子中尤者得乐一十六色。李龟年以歌擅一时之名，手捧檀板，押众乐前，将欲歌之。上曰：'赏名花，对妃子，焉用旧乐辞焉！'遽命龟年持金花笺宣赐翰林供奉李白，立进《清平调》词三章。白欣然承诏旨，由若宿醒未解，因援笔赋之。其一曰：（所引本词略）。其二曰：一枝红艳露凝香，云雨巫山枉断肠。借问汉宫谁得似？可怜飞燕倚新妆。其三曰：名花倾国两相欢，长得君王带笑看。解释春风无限恨，沉香亭北倚阑干。龟年以歌辞进，上命梨园弟子略约调抚丝竹，遂促龟年以歌之。太真妃持颇梨七宝杯，酌西凉州蒲萄酒，笑领歌辞，意甚厚。上因调玉笛以倚曲，每曲遍将换，则迟其声以媚之。太真妃饮罢，敛绣巾重拜。上自是顾李翰林尤异于诸学士。"[1]李白不仅因《清平调》词得幸于皇上，亦为文坛留下了一则风流掌故。圣明天子之俊赏知音，杨贵妃之富贵雍容，李太白之真率多才，配上牡丹之色、李龟年之歌，这本身已经构成了一幅大唐盛世生活的金碧图卷。

本词之妙，全在将花与人结合起来写。"云想衣裳花想容"，意即见云而想到衣裳，见花而想到容貌。既有牡丹在前，故需有花；有贵妃娘娘在上，故有衣裳与面容。一句之中，既应赏花之景，又暗含对贵妃娘娘容貌的称颂，可谓语极简而意极切，虽是呈奉之作，却风姿英挺，不见媚态。"云想"，宋代的蔡襄将其写作"叶想"，清代的吴舒凫深遵之，吴氏且以为此篇的"叶想衣裳花想容"和王昌龄的"荷叶罗裙一色裁，芙蓉

---

[1]（唐）李白撰，（清）王琦注：《李太白诗集注·李翰林别集序》，清文渊阁四库全书本，卷三十一。

文学史的文本透视

向脸两边开"（《采莲曲》），都是从梁简文的"莲花乱脸色，荷叶杂衣香"①脱出。为此，清代的王琦特别评述道："不知改'云'作'叶'，便同嚼蜡，索然无味矣。此必君谟一时落笔之误，非有意点金成铁。若谓太白原本是'叶'字，则更大谬不然。"②"想"字，又或直解作"像"，殊不知这正犯了同样的以虚作实的错误。由云想到衣裳，由花想到容貌，固然是因为前后二者之间存在着相似之处，但如果直直地将其中的一个比作另一个，却不免少了一种轻灵含蓄之美。如果摆脱语法层面的纠缠，我们可以看到，所谓的"云"和"衣裳"、"花"和"容"，其实是一种具有共时性的并列呈现，二者之间因为形似而具有一种若有若无的联系，而这种若有若无的联系，则是通过一个同样的似有意又似无意的"想"字来体现的，而这种"若有若无"，其实便正是人们所说的那种"诗意"。若将"想"直解为"像"，就修辞的层面而言，本体和喻体的关系倒是清晰了，然而却真的使读者们感到味同嚼蜡了。

一句"云想衣裳花想容"，已经通过人面牡丹的交相辉映，为我们画出一幅热烈的场景，而下面的一句"春风拂槛露华浓"，随即为这场景添上了几分明媚娇艳。牡丹带露，总是惹人怜爱，而露华本身，又可以看作帝王恩泽的象征。唐明皇特为杨贵妃创制新曲，已足见其对贵妃之宠爱。再加上徐徐吹来的春风，更在一片富丽堂皇中营造出一片浓浓的情意。

"若非群玉山头见，会向瑶台月下逢。"群玉山，相传为西王母所居。《山海经·西山经》："玉山，是西王母所居也。"郭璞注曰："此山多玉石，因以名云。《穆天子传》谓之群玉之山。"③瑶台，从字面解释，乃是指美玉砌成的楼台，此处亦是指神仙的居所。此二句盖借仙人以行比拟，而被比拟的对象，既可以理解成人，也可以理解成花，因为通过前文的描写，人与花早已融为了一体。通过将仙界与人间沟通，作者不仅为我们制造出一个充满惊奇的艺术世界，更写出了皇家生活特有的那种雍容华贵。杨太真既然贵为贵妃，又岂能用那些寻常的物象来行比拟？除却其姿容可

---

① 此处据王琦《李太白集注》所引，按此句当出于梁元帝《采莲赋》。参见（唐）李白撰，（清）王琦注《李太白诗集注·清平调词三首》，清文渊阁四库全书本，卷五。
② （唐）李白撰，（清）王琦注：《李太白诗集注·清平调词三首》，清文渊阁四库全书本，卷五。
③ （清）吴任臣注：《山海经广注》，清文渊阁四库全书本，卷二。

第四章 诗耶词耶:古代文学中的另一种边界

以用目前的牡丹花来作映衬形容,其身份之高贵,恐怕亦只有那世外的神仙才能与之对等了!

因为所呈奉的乃是皇上,所描写的乃是贵妃,所涉及的乃是皇家的活动与生活,故李白在写作本词时,有意地烘托氛围,努力地制造出一种宫廷的雍容之气,而这种对于鲜艳色彩和雍容气度的追求,在其后的词曲创作中亦获得了广泛的继承。直至宋词兴起,唐及五代大多数的词作均保持了相同的美学爱好。

李白因这几首词受到唐明皇的异宠,但他也因这几首词而遭潜。由于高力士始终以曾为李白脱靴为耻,故当"异日太真妃重吟前辞"之时,便进谗言曰:"以飞燕指妃子,贱之甚矣!"太真妃深以为然,故上虽三欲命李白官,卒为宫中所捍而止。[1] 王士禛《池北偶谈》卷十七"龙标宫词"条下有言云:"李太白《清平调》《行乐词》,皆用飞燕昭阳事。然予观王少伯宫词,如'平阳歌舞新承宠,帘外春寒锡锦袍','斜抱云和深见月,朦胧树色隐昭阳','玉颜不及寒鸦色,犹带昭阳日影来',皆为太真而作,皆用昭阳事。盖当时诗人之言多如此,不独太白。"[2] 可见用昭阳飞燕比杨贵妃,在当时乃是流行的做法,说李白是在故意借赵飞燕贬低杨太真,实在冤枉了。两相比较,倒为我们寻出一个造化常为小人所设计的明证。而那种说李白的词是在借古喻今,"至得国风讽谏之体"[3] 的说法,恐怕亦属穿凿拘执之见了。

前文已经提到白居易亦是早期词的写作者之一,兹引其词三首,以略见早期词之体制。

竹枝词

江畔谁人唱《竹枝》?
前声断咽后声迟。
怪来调苦缘词苦,
多是通州司马诗。

---

[1] 参见乐史序。(唐)李白撰,(清)王琦注:《李太白诗集注·李翰林别集序》,清文渊阁四库全书本,卷三十一。
[2] (清)王士禛:《池北偶谈·龙标宫词》,清文渊阁四库全书本,卷十七。
[3] (唐)李白撰,(宋)杨齐贤补注,(元)萧士赟删补:《分类补注李太白诗·清平调词三首》,四部丛刊景明本,卷五。

文学史的文本透视

《白氏长庆集》卷十八有《竹枝词四首》，此为其中一首。白居易于元和十四年（819）春由江州赴任忠州刺史，这一组作品就是创作于此时。① 忠州，今属重庆，是三峡移民搬迁重点县。

《竹枝》之曲，本出于民间。《乐府歌辞》卷八十一《近代曲辞》："《竹枝》本出于巴渝。唐贞元中，刘禹锡在沅、湘，以里歌鄙陋，乃依骚人《九歌》，作《竹枝》新调九章，教里中儿歌之。由是盛于贞元元和之间。禹锡曰：'《竹枝》，巴歈也。巴儿联歌，吹短笛击鼓以赴节，歌者扬袂睢舞。其音协黄钟羽，末如吴声含思宛转，有淇濮之艳焉。'"② 《汉书·地理志下》："卫地有桑间濮上之阻，男女亦亟聚会，声色生焉。"③ 由此可知，《竹枝》本是以表现民间情爱为主的艳歌。

虽然《竹枝》本是描写情爱的民歌，但白居易所听到的《竹枝》却有些不同。"江畔谁人唱《竹枝》？前声断咽后声迟。"为什么一首原本有着"淇濮之艳"的歌听起来会如此哀伤呢？幽幽咽咽，似乎有着说不尽的千言万语？

"怪来调苦缘词苦，多是通州司马诗。"哦，仔细一听，作者终于明白了。原来是因为这歌者唱的是通州司马的诗，只因为歌词十分凄苦，竟然把一首原本快乐的曲子变成哀调了。通州司马，即元稹。《新唐书·元稹传》："次敷水驿，中人仇士良夜至，稹不让，中人怒，击稹败面。宰相以稹年少轻树威，失宪臣体，贬江陵士曹参军，而李绛、崔群、白居易皆论其枉。久乃徙通州司马，改虢州长史。"④ 这里说的通州，即今四川达州。白居易此番赴忠州，曾与赴虢州长史任的元稹相会于黄牛峡，停舟夷陵，饮酒赋诗，三日方别。⑤

元稹是白居易一生的挚友。除去文学上的共同主张，相似的起起伏伏的命运，亦是他们能够成为知己的一个重要原因。在这首小词中，不仅有着同命相怜的凄苦之想，亦包含着白居易对旧友的深深眷念之情。同时，

---

① 参见（唐）白居易撰，朱金城笺校《白居易集笺校·白居易年谱简编》，上海古籍出版社1988年版，第3996页。
② （宋）郭茂倩：《乐府歌辞·近代曲辞》，四部丛刊景汲古阁本，卷八十一。
③ （汉）班固：《汉书·地理志》，清乾隆武英殿刻本，卷二十八下。
④ （宋）欧阳修等：《新唐书·元稹传》，清乾隆武英殿刻本，卷一百七十四。
⑤ 参见（唐）白居易撰，朱金城笺校《白居易集笺校·白居易年谱简编》，上海古籍出版社1988年版，第3996页。

这首词中记录了元稹的诗被沿江传唱,这又为我们研究唐代文学的传播情况提供了史料上的依据。

再看一首白居易的《浪淘沙词》。

浪淘沙词 （六首选一）

借问江潮与海水,
何似君情与妾心？
相恨不如潮有信,
相思始觉海非深。

白居易的《白氏长庆集》卷三十一中收有《浪淘沙词》一组,计六首,作时大概在大和二年（828）至开成四年（839）。刘禹锡《柳宾客文集》卷二十七有《浪淘沙词九首》,词意略与白词相同,故白词极有可能是和刘之作。[①] 今仅举一首进行解析。

《浪淘沙》词调,包含多体,有单调、双调,有二十八字体、五十四字体（中又含二体）等。刘、白所作,皆为单调二十八字体,这一体本是由绝句诗变化而来。宋王灼《碧鸡漫志》卷一:"唐时古意亦未全丧,《竹枝》《浪淘沙》《抛球乐》《杨柳枝》,乃诗中绝句而定为歌曲。"[②] 又万树《词律》卷一注皇甫松《浪淘沙》二十八字体云:"此亦七言绝句,平仄不拘。观刘、白诸作,皆切本调名,非泛用也。"[③] 由"绝句而定为歌曲"和"切本调名"这两点来看,刘、白所作之《浪淘沙》虽非创调,但亦属于词史中比较早期的作品。

"借问江潮与海水,何似君情与妾心？"词调既为《浪淘沙》,首句即由水写起。劈首一问,冲口而出,表现出主人公已经怨愤很久。虽然怨愤,却无人诉说,故只好将情感和郁闷都指向江潮和海水。滔滔流水,既是阻隔,又是联结,自古以来就是情侣们倾注爱恨之所。以水起喻,也符合民歌取象浅近的特点。君情和妾心,江潮和海水,如果按照现代的修辞

[①] 参见（唐）白居易撰,朱金城笺校《白居易集笺校·浪淘沙词六首》,上海古籍出版社1988年版,第2170页。

[②] （宋）王灼:《碧鸡漫志》,清知不足斋丛书本,卷一。

[③] （清）万树:《词律·浪淘沙二十八字体》,清文渊阁四库全书本,卷一。

观念，君情和妾心属于本体，江潮和海水属于喻体，但作者却让喻体先于本体出现，这在大致交代了自然环境（江边或海边）的同时，又在章法上造成了一个曲折。先言他物以引起所咏之词，开首这一问，其实是比中带兴。

"相恨不如潮有信，相思始觉海非深。"当我怨你的时候，总是恨你不能像潮水那样按时与我相见。可是当我想你的时候，我却觉得海水都不如我对你的情感那样深。这种爱恨，恐怕很多恋爱中的男女都感受过。读到这，可能很多人都会想起李益的《江南曲》："嫁得瞿塘贾，朝朝误妾期。早知潮有信，嫁与弄潮儿。"以潮作比，二诗相同，但最终的情感，二诗却相异。李益诗的男主人公是个商人，"商人重利轻别离"（白居易《琵琶行》），李益的诗多多少少含有一些谴责的味道。白居易的诗却是以相思作结，让人觉得女主人公对于男主人公犹是爱大于恨。说到这种又爱又恨的复杂情感，《董西厢》里倒有个曲子写得绝妙，[黄钟宫·出队子]："滴滴风流，做为娇更柔。更人无语但回眸。料得娘行不自由，眉上新愁压旧愁。天天闷得人来觳，把深恩都变作仇。比及相对待追求，见了依前还又休。是背面相思对面羞。"深恩变成仇，见了又还休，良可和本诗参照。

人或以乐天这一组词不如刘禹锡之作，但平心而论，二者各有所长。刘禹锡的词，诸如"濯锦江边两岸花，春风吹浪正淘沙。女郎剪下鸳鸯锦，将向中流定晚霞"，诸如"日照澄洲江雾开，淘金女伴满江隈。美人首饰侯王印，尽是沙中浪底来"，诸如"莫道谗言如浪深，莫言迁客似沙沉。千淘万漉虽辛苦，吹尽狂沙始到金"，其扣本调皆比乐天严密，气格亦较为高整，但终觉其像诗而非词。乐天的这一组词虽然气格不如刘词高古，但其多以写情为主，音韵宛转，颇具民歌特色，若依"词为艳科"这一标准而论，乐天的创作倒比梦得更得词体。在刘、白的时代，诗和词的分野还不是很清楚，他二人的这两组《浪淘沙词》，也算是这一点的一个证明吧。

杨柳枝词

苏家小女旧知名，
杨柳风前别有情。
剥条盘作银环样，
卷叶吹为玉笛声。

第四章 诗耶词耶:古代文学中的另一种边界

苏小小,南齐时钱塘名妓,生平不可详考,所能知者,唯其美貌多情巧慧早夭而已。《玉台新咏》卷十载有《钱塘苏小歌》一首:"妾乘油壁车,郎骑青骢马。何处结同心?西陵松柏下。"① 相传即是她的作品。虽然苏小小在历史书中所遗留下的只是吉光片羽,但她短短的生命却在文学领域造就了一段不朽的传奇。由唐宋而明清,从刘梦得到白乐天,从李贺到罗隐,从元遗山到辛文房……可以说,历朝历代都有文人在对其事迹进行吟咏。至于其他借小小之名敷衍为戏剧、话本者,更是不胜枚举。而与此同时,这些文人又几乎无不引小小为精神上的知己,对其施以最深厚的关爱和同情。中国历史上的名女人众多,如赵飞燕、杨玉环,论声名地位,无不在小小之上,但她们却从没赢得过像小小这样的清誉。只有同情而没有批判,只有褒赞而没有鄙薄,可以说,苏小小所搅动的,乃是中国文人心底里最温柔的一段情愫。她如梦如幻的一生,伴同满湖迷离的烟雨,铸就了西泠桥畔最动人的风景。

在众多吟咏苏小小的诗词中,白居易的这首《杨柳枝》是出现的比较早的一首(关于此词的吟咏对象,还有其他说法,见下文)。刘次庄《乐府解题》有言云:"苏小小,非唐人。世见乐天、梦得诗多称咏,遂谓与之同时耳。"② 由此可知,白居易可算是苏小小在文坛发生影响的重要推手之一。

"苏家小女旧知名","苏家小女"即指苏小小。"杨柳风前别有情。"杨柳,一是实写现实中之杨柳,点出大体的季节暨时间,二是作为少女青春之映衬,有一修辞的意义在。"剥条盘作银环样",剥条,意谓剥杨柳之枝条。因杨柳枝条柔软,故可盘为银环之状。"卷叶吹为玉笛声。"随手取材,卷叶而能吹出玉笛之声,足见女儿之才巧。而我国早亦有吹叶之传统,杜佑《通典》卷一百四十四"八音之外又有三"条:"一桃皮……二贝……三叶,衔叶而啸,其声清震。橘柚尤善。"③ 所谓吹叶,竟能和八音并列,足见其由来之久远。如花般的青春少女用一片嫩绿的叶子吹奏起亘古的音声,这无疑是一幅震颤人心的画面。

---

① (南朝陈)徐陵编,(清)吴兆宜注,穆克宏点校:《玉台新咏笺注·钱唐苏小歌》,中华书局1985年版,第486页。
② 据(宋)吴曾《能改斋漫录》,清文渊阁四库全书本,卷一。
③ (唐)杜佑:《通典·八音之外又有三》,清武英殿刻本,卷一百四十四。

✿ 文学史的文本透视

在唐代吟咏苏小小的诗中，还有一首名作，那就是李贺的《苏小小墓》："幽兰露，如啼眼。无物结同心，烟花不堪剪。草如茵，松如盖，风为裳，水为佩。油壁车，久相待。冷翠烛，劳光彩。西陵下，风吹雨。"同样的写小小，但李诗给我们的却是另一种截然不同的印象。在李诗中，我们感受到的是一种青春与生命逝去之后的无限哀惋，虽亦有悲伤与同情，但这种悲伤与同情却似乎源自另一个遥远的世界。人神之间，毕竟终隔一层。而在白词当中，我们看到的却是另一个不同的小小：我们似乎可以清楚地看到她的明眸皓腕，可以清楚地看到她用灵巧的双手将枝条弯成环样，同时唇边还带着年轻少女特有的顽皮的微笑，可以清楚地看到她轻轻扬首，用一片翠绿的叶子吹奏出清越之声……可以说，白词为我们描绘的，乃是一个活生生的生活中的小小，和李诗相较，这个小小所拥有的，乃是另一种截然不同的青春。她既非严妆靓饰，亦没有华盖雕鞍，既非隐身于玉帘斗拱之后，更不曾怀抱绿绮焦桐，她所有的只是一段自然灵动的生命，和从这生命中生发出的独有的温婉多情。她的身上，无时无刻不在洋溢着生命的气息。如果说李诗着重所写的是一种死之落寞，那么白词所写的，则是一种生之热烈。

在白居易的时代，诗和词的划分还不甚严格。所以白居易的这几首《杨柳枝词》常常也被按绝句来处理，收入各种诗歌选本当中。但尽管如此，白居易的这几首《杨柳枝》还是体现出一些和绝句诗不同的特点。突出的一个表现，就是它的风格受到了词牌的牵限。查考《杨柳枝》词牌，本出古曲。《五代诗话》卷二："《杨柳枝》即古《折杨柳》义也，本歌亡隋之曲。"[1] 而到了白居易的时代，其内容和形式都略有改变。《碧鸡漫志》卷五："《乐府杂录》云白傅作《杨柳枝》。予考乐天晚年与刘梦得唱和此词，白云：'古歌旧曲君休问，听取新翻《杨柳枝》。'又作《杨柳枝》二十韵云：'乐童翻怨调，才子弄妍词。'注云：'洛下新声也。'刘梦得云：'请君莫奏前朝曲，听唱新翻《杨柳枝》。'盖后来始变新声。而所谓乐天作《杨柳枝》者，称其别创词也。"[2] 随着内容和形式（主要指音乐层面）的改变，与词牌本身所关联的"风格"也产生了变化。清郎廷槐《师友诗传录》："（张历友答）《竹枝》本出巴渝。唐贞元中，刘

---

[1] （清）郑方坤：《五代诗话·和凝》，清粤雅堂丛书本，卷二。
[2] （宋）王灼：《碧鸡漫志》，清知不足斋丛书本，卷五。

第四章 诗耶词耶:古代文学中的另一种边界

梦得在沅湘,以其地俚歌鄙陋,乃作新词九章,教里中儿歌之。其词稍以文语,缘诸俚俗,若太加文藻,则非本色矣。……后人一切谱风土者皆沿其体。若《柳枝词》,始于白香山《杨柳枝》一曲,盖本六朝之《折杨柳》歌词也。其声情之儇利轻隽与《竹枝》大同小异,与七绝微分,亦歌谣之一体也。"① 由于受到民歌的影响,"儇利轻隽"成为《杨柳枝》一类词牌的标准风格。而我们反观这一时期诗人的同题创作,大多数的作品也还是符合这一论断的。由于受到词牌的限制,白居易的几首《杨柳枝》词基本采用了同一风格。而或许也正是由于《杨柳枝》这一词牌和民间生活有着不可割舍的联系,白居易才为我们塑造出这样一位具有民间气息的苏小小。由于这以后的作品大多走的都是和李贺相类的路子,反倒使白居易这些较早出现的苏小小诗(词)成为少数了。

关于此诗主旨,还有一说,认为诗中的小小是借指白居易的妾樊素。宋钱易《南部新书》卷五:"白乐天任杭州刺史,携妓还洛后却遣回钱唐,故刘禹锡有诗答曰:'无那钱唐苏小小,忆君泪染石榴裙。'"② 王汝弼《白居易诗选》引此,又说:"此处诗人似借以暗喻其妾柳枝(樊素)……'杨柳风前别有情'句,盖追写樊之杭州旧居,作者《杭州春望》诗'柳色春藏苏小家',与此所写当为一事。"③ 如按此说,则词中之小小何以会有如此生气,将变得非常容易理解。然按唐孟棨《本事诗》:"白尚书姬人樊素善歌,妓人小蛮善舞尝,为诗曰:'樱桃樊素口,杨柳小蛮腰。'年既高迈,而小蛮方丰艳,因为《杨柳枝》词以托意,曰:'一树春风万万枝,嫩于金色软于丝。永丰坊里东南角,尽日无人属阿谁?'"④ 则杨柳亦可指小蛮。而反过来说,说白居易在创作此词时,对苏小小的想象受到了现实人物的影响,也未尝不可。毕竟,第一句中终究有一个"苏家小女"的帽子扣在那里。以作者愚意,在缺乏直接证据的情况下,不妨将这个诠释的权力交给读者,让读者自己去做一种多维的解读。

上举的几首词,如果仅从文字上来看,其实皆属七言诗,这表明了词

---

① (清)郎廷槐:《师友诗传录》,清学海类编本。
② (宋)钱易:《南部新书》,清文渊阁四库全书本,卷五。
③ 参见(唐)白居易撰,谢思炜校注《白居易诗集校注·杨柳枝词八首注》,中华书局2006年版,第2418页。
④ (唐)孟棨:《本事诗》,明顾氏文房小说本。

◆ 文学史的文本透视

体初创时期的特点。

二 早期词风的通约性：以薛能、欧阳炯等人的作品为核心

宋胡仔《苕溪渔隐丛话·后集》卷三十九：

> 唐初歌辞多是五言诗或七言诗，初无长短句。自中叶以后，至五代，渐变成长短句。及本朝，则尽为此体。今所存止《瑞鹧鸪》《小秦王》二阕，是七言八句诗，并七言绝句诗而已。《瑞鹧鸪》犹依字易歌，若《小秦王》，必须杂以虚声，乃可歌耳。①

可知在唐代前期被广泛采用的五言诗或七言诗式的歌词，到了宋代，已经不多见了。而处在唐初尚不成熟的词体与宋代成熟的词体之间的，便是晚唐五代词。换言之，晚唐五代词是词体发展定型的重要阶段。兹选晚唐五代词数首，以作示例。首先是薛能的一首《杨柳枝》。薛能（817—880），字大拙，汾州人。《唐诗纪事》卷六十：

> 会昌六年（846）进士。大中八年（854），书判入等，补盩厔尉，辟太原陕虢河阳从事。李福镇滑州，表观察判官，历侍御史、都官、刑部员外郎。福徙西川，取为节度副使。咸通中，摄嘉州刺史。归朝迁主客、度支、刑部郎中。俄刺同州。京兆尹温璋贬，命权知尹事。出领感化节度，入授工部尚书。复节度徐州，徙忠武。广明元年（880），徐兵赴溵水，经许，能以前帅徐军吏怀恩，馆之州内。许军惧徐人见袭，大将周岌因众怒逐能，自称留后。能全家遇害。②

可知薛能在结局上并不是太好。身逢晚唐乱世，其亦属无奈。

---

① （宋）胡仔：《苕溪渔隐丛话·后集》，清乾隆刻本，卷三十九。
② （宋）计有功撰，王仲镛校笺：《唐诗纪事校笺·薛能》，中华书局2007年版，第2046页。

第四章 诗耶词耶:古代文学中的另一种边界

杨柳枝

华清高树出深宫,
南陌柔条带晚风。
谁见轻阴是良夜,
瀑泉声伴月明中。

虽然如上所说,薛能生逢晚唐的乱世,结局亦不太好,但这并不妨碍他在晚唐的诗坛中成为特别的一位。他之所以特别,倒不是由于其诗才特著,可以力压前辈,而是由于他突出的、狂傲的个性。他不仅瞧不起那些二三流的诗人,如讥讽长庆年间便已得诗名的诗人刘得仁的诗是"百首如一首,卷初如卷终",就是连李、杜等大家也不大放在眼里。他宣称"李白终无取,陶潜固不刊""我生若在开元日,争遣名为李翰林",又描述诗坛是"诗源何代失澄清,四方联络尽蛙声"(事参见《北梦琐言》《唐语林》《天中记》等)。他在《荔枝诗》序中写道:"杜工部老居两蜀,不赋是诗,岂有意而不及欤!白尚书曾有是作,兴旨卑泥,与无诗同。予遂为之题,不愧不负,将来作者以其荔枝首唱,愚其庶几。"[1] 言下之意,颇有"振兴诗坛,舍我其谁"的味道。

薛能不仅在诗坛如此,在词坛同样是自视甚高。上选《杨柳枝》,《全唐诗》题作《折杨柳》,共十首,前有薛能自序。其言道:"此曲盛传,为词者甚众。文人才子,各炫其能,莫不条似舞腰,叶如眉翠,出口皆然,颇为陈熟。能专于诗律,不爱随人,搜难抉新,誓脱常态。虽欲弗伐,知音其舍诸?"[2] 其自矜自赏之态,亦俨然可见。

那么,薛能的这首《杨柳枝》到底写得怎么样呢?是否做到了"搜难抉新,誓脱常态"了呢?下面就来分析一下。

"华清高树出深宫"。华清,即华清宫。《元和郡县志》卷一:"华清宫在骊山上。开元十一年(729)初置温泉宫,天宝六年(747)改为华清宫。又造长生殿及集灵台以祀神。"[3] "深",他本或作"离"。"离宫",即帝王出巡时所居之别宫。倘作"深",则恰与"高树"之"高"相对。

---

[1] (宋)洪迈撰,孔凡礼点校:《容斋随笔·薛能诗》,中华书局2005年版,第97页。
[2] (清)曹寅等:《全唐诗》,清文渊阁四库全书本,卷五百六十一。
[3] (唐)李吉甫:《元和郡县志》,清武英殿聚珍版丛书本,卷一。

文学史的文本透视

宫既"深",则愈见宫之树之高。描写皇家贵族生活,乃是唐代诸多诗文的同好,这本身体现了普通士民阶层对于皇家生活的那种窥探欲。但皇家宫室,又岂是寻常人可以见得?故深宫之外,人们能见到的也只有那高出宫墙的树了。

"南陌柔条带晚风。"接下来的一句则开始写树。"南陌",意即南面的道路。所谓"所思竟何在,洛阳南陌头"(沈约《鼓吹曲同诸公赋·临高台》)。"南陌"在古诗中也常常代表了思念之所在。树的柔条随着晚风微微轻舞,静静地伫立在路旁,似迎似送,无限深情,而其之动态,恰又与上文之静态形成对比。

"谁见轻阴是良夜,瀑泉声伴月明中。"轻阴,既可理解成轻云,也可以理解成淡影,而这里理解成后者似乎更贴切。梁简文帝《如影》诗有云:"昼花斜色去,夜树有轻阴。"柳恽《长门怨》诗有云:"秋风动桂树,流月摇轻阴。"二者所说的"轻阴",均是指树在月下形成的影子。而柳恽的《长门怨》诗,更是因汉武帝陈皇后失宠后退居长门宫的故事而写,联系本首词前文提到的"深宫",其意思可能和本词更为贴近。除去视觉上的描写,作者又引进了声音。瀑泉,即喷涌的泉水,又可指瀑布。泉水激溅,如乱珠碎玉,月光之下,一片晶莹。而其声清澈,愈显出夜之静谧。只可惜,如此良辰美景,又有谁人见得?能欣赏这美景的,恐怕亦只有这树了。而能和树为伴的,则亦唯有这叮叮淙淙的泉声。

薛词之大意,大概便是上述了。综观其全篇,比起那些"莫不条似舞腰,叶如眉翠"的词作当然要高出一筹,但倘若比起其他大家来,其作又如何呢?写《杨柳枝》词,最著名者为白居易、刘禹锡等人,今举白居易所作二首作比。其一曰:"陶令门前四五树,亚夫营里百千条。何似东都正二月,黄金枝映洛阳桥。"其二曰:"红板江桥青酒旗,馆娃宫暖日斜时。可怜雨歇东风定,万树千条各自垂。"相比之下,白词之用语造色,并不在薛作之下。所不同者,唯白氏咏杨柳的痕迹明显一点罢了。

《碧鸡漫志》有云:"唐时古意亦未全丧,《竹枝》《浪淘沙》《抛球乐》《杨柳枝》乃诗中绝句而定为歌曲。"[①] 正因唐时"古意"未全丧,故当时词多有咏本题之作,上文所引的白居易的《杨柳枝》词便是一例。这一点,薛能的词作也没有什么突破。经过分析,我们很容易可以确定,

---

① (宋)王灼:《碧鸡漫志》,清知不足斋丛书本,卷一。

第四章 诗耶词耶:古代文学中的另一种边界

他所说的"树",同样也是杨柳。而从体制上看,薛能的词同样是从绝句演化而来。倘说他已改旧制,显然也缺乏证据。

总之,薛能的词作,并没有表现出完全压倒前人的水平。但反过来说,他的词作也并非全不可读。他的词作本有其精彩和吸引人的地方,只是由于他的过分骄傲,所以不免要被后来的洪迈等人奚落一番了。

下选一首韦庄的《天仙子》。韦庄(? 836—? 910),字端己,杜陵人,名诗人韦应物四世孙,乃是晚唐著名的诗人、词人,与温庭筠并称"温韦",还曾做过前蜀政权的宰相。

天仙子

蟾彩霜华夜不分。天外鸿声枕上闻。绣衾香冷懒重薰。人寂寂,叶纷纷。才睡依前梦见君。

晚唐五代词人的词作,多以女性为主人公,而描写似睡似醒、半梦半醒之间的贵族女性,更是他们中许多人的通好。韦庄的这首《天仙子》,便是这类作品的一个代表。

"蟾彩霜华夜不分。"蟾,指月亮,因传说月中有蟾蜍,故以名之。蟾彩,即月光。霜华,可单指霜,这里也可以理解成是霜反射出的光。在中国的传统诗歌里,月光和霜华常常成对出现,形成互喻或互代。像唐太宗的《秋暮言志》诗:"朝光浮烧夜,霜华净碧空。"这里的霜华指的就是月光。再比如白居易的诗句"九月西风兴,月冷霜华凝"(《长相思》)、陆龟蒙的诗句"寥寥缺月看将落,檐外霜华染罗幕"(《齐梁怨别》),月光和霜华都是相互承接着出现的。至于李白著名的诗句"床前明月光,疑是地上霜"(《静夜思》)所表达的,更是几乎和本句相同的意思了。月光是皎洁的,霜华同样是皎洁的,故二者常常难以分辨。只可惜,二者虽然是同样的皎洁,但却是冷的。

在一片皎洁的清冷当中,主人公醒了。"天外鸿声枕上闻。"征鸿的啼叫远远地传来,倒越发衬托出室内的孤寂。征鸿,在中国古典文学中,既可以是传递远方消息的信使,也可以是远行游子的比喻和象征。但无论意义为哪一种,女主人公此刻听到的却只有鸿声。此刻的她,承受的该是双重的失望了吧!人在睡梦中醒来,感受到的不是温暖,而是双重的寒冷。"绣衾香冷懒重薰。"变冷的不仅是心境,同样还有现实。薰香的绣

文学史的文本透视

衾慢慢变冷，女主人公却懒得再去重薰。在这里，我们可以隐约看出女主人公的身份。

"人寂寂，叶纷纷。"两个三字句，使得全词的韵律节奏到此一转。鸿声方渺，却又传来落叶的声音。落下的叶子，青春已经消逝，然而见证其生命终结的，除了这在冷夜中独醒的女主人公，竟并无他人。现实寒冷，倒催人入梦了。这失意的女子，终于重又沉沉睡去。"才睡依前梦见君。"正由于此人乃魂牵梦绕，故刚刚入梦便已梦到。而一个"依前"，更可见原来是夜夜如此，非只一次。女主人公做的是一个温暖的团圆的梦，还是一个伤心的别离的梦，我们已经无从得知。我们所清楚知道的，是每个梦都会有醒来之时。于是，无论梦中如何，我们的主人公注定每日都要遭受这梦醒之时的折磨了。而更让人难过的是，这心灵上的周而复始的折磨，我们竟然似乎无法看到它的终止之时。

韦庄的这首词，以清丽之语，写凄绝之情，真正做到了"似直而纡，似达而郁"①，语意自然，而无刻画之痕。况周颐在《餐樱庑词话》中说："韦词运密入疏，寓浓于淡，如《天仙子》'蟾彩霜华''梦觉云屏'二首及《浣溪沙》《谒金门》《清平乐》诸词，非徒以丽句擅长也。"② 韦词之所以能做到如此，乃在于其能在全篇贯以一个"情"字。霜华蟾彩，鸿声香枕，皆人所常见，若非"以我观物"（语出《人间词话》），又安可动人？人言韦词多有"思君"之意。如此解释，倒是符合了传统的儒学传统，但通过对韦庄一系列的写梦里梦外的词进行分析，我们看出，他所书写的其实多半还是自己的私人感受。比如，他写人从梦中醒来时感受到的那种寒冷，和我们普通的日常感受是非常接近的。如果他作词的目的乃在于抒发自己对君王的道义上的爱戴和思念，他又何必将这些细节刻画得如此入微呢？所谓"词为艳科"，"艳科"的含义，岂不是意味着它可以暂时地躲避开传统道德的约束么？

韦庄的这首词，只在第四句上句式稍有不同，其余皆是七言诗的形式，这同样是早期词的一个特征。再看两首欧阳炯的词。欧阳炯（896—971），《全唐诗作者小传补正》卷七六一：

---

① （五代）赵崇祚编，杨景龙校注：《花间集校注·韦庄》，中华书局2014年版，第471页。
② 同上书，第420页。

第四章 诗耶词耶：古代文学中的另一种边界

> 欧阳炯，益州华阳人。少事王衍，为中书舍人。孟昶时，拜翰林学士，历门下侍郎、平章事。后从昶归宋。①

传见《宋史》卷四七九。欧阳炯工诗文，尤其擅长写词，乃是花间派重要的作家。

南乡子

> 画舸停桡。槿花篱外竹横桥。水上游人沙上女。回顾。笑指芭蕉林里住。

欧阳炯为《花间集》作序，首句云："镂玉雕琼，拟化工而迥巧；裁花剪叶，夺春艳以争鲜。"② 如果说温庭筠的词体现的常常是"镂玉雕琼"之富美，那么欧阳炯的这首《南乡子》体现的便是"裁花剪叶"之巧艳。

"画舸停桡"，画舸，即画船，在多水的南方，这本是常见的交通工具。"舸"前添一"画"字，起首便在作者眼前涂出一片靓丽的色彩。桡，船桨，停桡，意即停船。

船停在什么地方呢？"槿花篱外竹横桥。"原来船是停在一座小桥附近。"槿花篱"，即木槿花围成的篱障。《毛诗类释》引李时珍曰："槿花小而艳，或白或粉红，有单叶、千叶者。皮及花并滑如葵花。……又有朱槿，号佛桑，光艳照日，疑若焰生，一丛之上，日开数百朵，朝开暮落，自五月初至仲冬乃歇。"③ 作者虽然未说出此地的是何种槿花，但其花色之明艳，通过上文的引述，我们已经可以想见。槿花、流水、画船、小桥，数句之间，描绘出一幅动人的图景。

下面的几句则涉及了人的活动。"水上游人"，当即指船上的游客，抑或即指作者自己。"沙上女"，应该便是住在附近的女子。作者没有详细记述游客与岸上女子的谈话，只是记述了岸上女子对游客的回答："回

---

① 陶敏：《全唐诗作者小传补正·欧阳炯》，辽海出版社2010年版，第1266页。
② （五代）赵崇祚编，杨景龙校注：《花间集校注·韦庄》，中华书局2014年版，第1页。
③ （清）顾栋高：《毛诗类释·释草》，清文渊阁四库全书本，卷十四。

文学史的文本透视

顾。笑指芭蕉林里住。"岸上的女子回眸一笑,笑着指向芭蕉林的深处,说道:"那就是我的家。"这里既有动作,又有言语。回顾,这使我们想到女子很可能已经走了过去,只是由于游客的一句问话才猛然回头。而就在这一顿、一回眸之间,女子已经决定告诉游客自己家的位置。女子的话到底是在回答游客家在哪里的询问,还是因和游客谈熟了,在热情地邀请其前去做客,我们不得而知,但女子的娇情痴态以及她的真率大胆,却已跃然纸上。

和《花间集》中其他许多描写贵族生活的词作不同,欧阳炯的这首词撷取的只是南方日常生活中的一个简小片段,描写的只是他旅途中的普通见闻,但他通过精巧的设色、巧妙的剪裁,使得一首记述普通生活的小词具有了"夺春艳以争鲜"之功。同样的"画舸停桡",白居易有诗云:"银泥裙映锦障泥,画舸停桡马簇蹄。清管曲终鹦鹉语,红旗影动鹔鹴嘶。"(《武丘寺路宴留别诸妓》,此诗或曰张籍作,题《苏州江岸留白乐天》)画舸配上银泥裙、锦障泥、鹦鹉、红旗,其色彩固然分明,然而却不免多了些世俗气。欧阳炯的这首词,写的是真正的民间的"俗"生活,色彩也同样艳丽,但其中却并无俗情。两相对照,又是孰工孰巧呢?

女冠子

薄妆桃脸。满面纵横花靥。艳情多。绶带盘金缕,轻裙透碧罗。
含羞眉乍敛,微语笑相和。不会频偷眼,意如何?

欧阳炯的这首《女冠子》,虽未收入《花间集》中,却是一首典型的花间词。

"薄妆桃脸",全词不作任何铺垫,主人公直接跃入场中。桃脸,意指女子如花般的容颜。所谓"桃花脸薄难藏泪,柳叶眉长易觉愁"(韩偓《复偶见三绝》),用桃花形容人面,乃是古人惯常的做法。桃面而施淡妆,愈见人之美,而同时亦见出主人公对自己容颜之自信。"满面纵横花靥",这里的花靥指的乃是脸上的一种装饰。段成式《酉阳杂俎·前集》卷八:"近代妆尚靥,如射月,曰黄星靥。靥钿之名,盖自吴孙和邓夫人也。和宠夫人,尝醉舞如意,误伤邓颊,血流,娇婉弥苦。命太医合药,医言得白獭髓,杂玉与琥珀屑,当灭痕。和以百金购得白獭,乃合膏。琥珀太多,及愈,痕不灭,左颊有赤点如痣。视之,更益其妍也。诸嬖欲邀

第四章　诗耶词耶：古代文学中的另一种边界

宠者，皆以丹青点颊，而进幸焉。"又云："今妇人面饰用花子，起自昭容上官氏所制，以掩点迹。大历以前，士大夫妻多妒悍者，婢妾小不如意，辄印面，故有月黥钱黥。"[①] 可知贴靥饰不仅是当时一种流行的做法，而且在某种意义上还具有一种邀宠的味道。满面纵横花靥，只怕不是什么温婉的女子了，所以下文作者索性直言："艳情多。"这女子不但貌美如花，而且本来就是多情之人啊！一句"艳情多"，不仅不觉讽刺，反而为女主人公添上了几分真诚和率直。热烈多情的人哪有不好美的呢？知道了这一点，前面的"满面纵横花靥"也就不觉其过分了。

　　下面的一句从容颜写到衣装。"绶带盘金缕"，绶带，即衣带。金缕，这里当指金色的丝线。衣带上盘以金线，明艳之余，愈显华美。不大好理解的是下一句。"轻裙透碧罗"，"碧罗"到底是指何物呢？它和"轻裙"到底是两物还是一物呢？如按上文，"金缕"盘于"绶带"之上，二物则似两物而实一物。按此推理，下面的"轻裙"和"碧罗"很可能也是一回事，即"轻裙"本身便是由"碧罗"构成，"轻裙"即是"碧罗裙"。如按此理解，这句话的意思就变成了："碧罗轻裙的颜色，从里面透出来了。"笔者的意见，比较倾向于将"碧罗"和"轻裙"理解成两物。"轻裙"乃是浅色的外裙，而"碧罗"制成的，当是里面的衬裙一类的衣物。马缟《中华古今注》"衬裙"条下："古之前制，衣裳相连。至周文王，令女人服裙。裙上加翟衣，皆以绢为之。始皇元年，宫人令服五色花罗裙，至今礼席有短裙焉。衬裙，隋大业中，炀帝制五色夹缬花罗裙，以赐宫人及百僚母妻。又制单丝罗，以为花笼裙，常侍宴供奉宫人所服。后又于裙上剪丝凤缀于缝上，取象古之褕翟。至开元中犹有制焉。"[②] 唐人本有穿多重裙子的习惯，故透出来的，应该是里面的碧罗衬裙。所谓的"轻裙"，是指很轻的裙子。王建《秋千词》有云："身轻裙薄易生力，双手向空如鸟翼。"可见，轻裙的特点是利于行动。身着轻裙，这很符合女主人公活泼好动的本性。而金、碧之设色，又写出了女郎的青春艳冶。

　　"含羞眉乍敛，微语笑相和。"下面又写到了女郎的动作。无论怎样"艳情多"，害羞毕竟是女儿家的天性。由于受到了别人的注视，女郎不禁有些害羞起来。"眉乍敛"，她似乎由羞而气了，一下子皱起了眉头。

[①]（唐）段成式：《酉阳杂俎·前集》，四部丛刊景明本，卷八。
[②]（五代）马缟：《中华古今注》，宋百川学海本，卷中。

文学史的文本透视

但这种不快一闪即逝，女郎随即笑了起来，开始和看她的人对起话来。唐人作词，最会通过对眉目进行描写，来传达人物的情绪。如韦庄几首《女冠子》中的句子，"忍泪佯低面，含羞半敛眉""依旧桃花面，频低柳叶眉"等，都是通过描写人物的眉目来表达人物的内心。可谓传神写照，正在阿堵之中（语出《晋书·顾恺之传》）。而欧阳炯对这种技巧运用的高明之处，乃在于他不仅通过一次眉收眉放写出了主人公内心的活动，更借此体现出了主人公的性格。一个"乍"字，写出了女主人公情绪的来去之快，更见出了她的胸无城府和真率。

细微的动作固然能反映人物的性格，但最能体现女郎性格的，却还是她的语言："不会频偷眼，意如何？"这句话承上面的"微语笑相和"而来，是姑娘向她的注视者所说的话："我可不会暗地里眉目传情。你有何想法，何不直说？"一切简单直接，姑娘的热情大胆，一下子跃然纸上。

按《女冠子》的本题，它本该是吟咏女道士的。但通过阅读分析，我们却无论如何也不能将这样一位主人公和女道士画上等号。这说明，在此一时代，词作内容从词牌的本题之下脱离出来，已经成为一种较为普遍的现象。欧阳炯所写的，乃是比较纯粹的艳情，但他却通过赋予主人公一种坦白真率的性格，让我们觉得这首词艳而不俗。词中所描写的姑娘对于美丽和爱情的直接而热烈的追求，使得我们即使在千载之下，依然可以想见到唐人的精神风貌。而在艺术形式上，欧阳炯的这种在词中引用主人公话语作结的创作方式，在当时亦不多见。这样的一首词，即使是今天的读者读起来，大概也会称奇不止吧！

欧阳炯所写的，乃是一个快乐的女子。但对于晚唐五代词来说，描写或悲伤，或惆怅，或空虚，或无聊的女子，才是其主调。首选一首和凝的《薄命女》。和凝（898—955），字成绩，郓州须昌人。梁贞明二年（916）十九岁登进士第。晋天福五年（940），拜中书侍郎，同平章事。入汉，拜太子太傅，封鲁国公，终于周。传见《旧五代史》卷一二七。

薄命女

天欲晓。宫漏穿花声缭绕。窗里星光少。

冷雾寒侵帐额，残月光沉树杪。梦断锦帏空悄悄。强起愁眉小。

《薄命女》，按《花间集》及《御选历代诗余》等书标注，又名《长

第四章 诗耶词耶:古代文学中的另一种边界

命女》,或又称《西河长命女》《长命西河女》《长命女》《长命女令》等。《碧鸡漫志》引《脞说》云:"张红红者,大历初随父丐食,过将军韦青所居,青纳为姬,自传其艺,颖悟绝伦。有乐工取《西河长命女》加减节奏,颇有新声。未进间,先歌于青。青令红红潜听,以小豆合数记其拍。给云:'女弟子久歌此,非新曲也。'隔屏奏之,一声不失。乐工大惊,青与相见,叹伏不已。兼云:'有一声不稳,今已正矣。'寻达上听,召入宜春院,宠泽隆异,宫中号记曲小娘子。"又云:"按此曲起开元以前,大历间乐工加减节奏,红红又正一声而已。《花间集》和凝有《长命女》曲,伪蜀李珣《琼瑶集》亦有之,句读各异,然皆今曲子,不知孰为古制林钟羽并大历加减者。近世有《长命女令》,前七拍,后九拍,属仙吕调。宫调、句读并非旧曲。又别出大石调《西河》,慢声犯正平,极奇古。盖《西河长命女》本林钟羽,而近世所分二曲,在仙吕、正平两调,亦羽调也。"① 可知此曲至少在所谓的"盛唐"之前便已产生。而在此后的流传过程中,此曲又不断地被加工改编,产生了诸多的变体,以至于到了王灼的时代,人们已经无法说清该曲的原有面目了。

和凝所作的这首词,王灼称为"今曲子",相对于最初的原曲,它也该算是一种"变体"了。《乐府解题》称:"《长命西河女》,羽调曲,亦名《薄命女》。唐五言体云:'云送关西雨,风传渭北秋。孤灯燃客梦,寒杵捣乡愁。'和凝有长短句云:'天欲晓(所引本词略)。'力崇词格者当不取诗体也。"② 《御选历代诗余》称:"(《薄命女》)一名《长命女》,或加'令'字,在唐乐府直是五言诗。"③ 可见和凝的词作,不仅是"古曲子"变为"今曲子",其实在某种意义上,也体现着"诗"向"词"的转变。

那么,和凝这首词的"词格"或是"词味"首先体现在哪里呢?这种"词味",首先体现在开首几句的节奏上。

"天欲晓。宫漏穿花声缭绕。窗里星光少。"三句当中,包含了三种句式。三字句、七字句、五字句,在交代了时间、渲染了氛围、描画了景物的同时,更造成了一种音律节奏上的回环跳宕。这种音律上的效果,显

---

① (宋)王灼:《碧鸡漫志》,清知不足斋丛书本,卷五。
② 据(清)沈雄《古今词话·词辨卷上》,清康熙刻本。
③ (清)沈辰垣等:《御选历代诗余》,清文渊阁四库全书本,卷三。

然是刻板的五言诗难以达到的。"天欲晓",一个"欲"字,不仅交代了具体的时间是天将亮未亮之时,更制造出一种心理上的效果,使得读者的审美期待同时向着黑夜与黎明两个时间点产生张力。在这天光刚刚放亮之时,我们似乎既能感受到对黎明的期待,又能感受到对夜的留恋,情感也不由得变得模糊起来。然而,作者接下来的安排,却远在读者对于时间的期待之外。那条时间的线索并没有继续走向黎明,作者选取的,仅是一个时光的片段而已。"宫漏穿花声缭绕。"宫漏,交代了主人公所处的地点,同时也说明了主人公的身份——她很可能是宫中的一位嫔妃或侍女。阒静之中,那宫漏的滴水之声仿佛成为巨响。那声音绕过花枝,穿过花丛,缭绕在宫宇榱桷之间,在制造出一种广大的寂寞之余,也为这不尽的时间之流画上了刻度,让人察觉出它的流逝。天光既要放亮,星光自然便要隐去,残存的几点星光,透过窗户,映带出一片清冷。上片的这几句,依次展开,描述的却基本是同一时间片段内的同一场景,和五言体"云送关西雨,风传渭北秋"的对句比起来,这种写作方式显得更有流动感和立体感。

"冷雾寒侵帐额,残月光沉树杪。""帐额",即床帐上端所悬之条状横幅。冷雾带着寒气侵入室内,爬上了帐额,这由前文的所见、所听写到了所感。冷雾的入侵,既写出了寂寞的无处可逃,也写出了这位宫人的孤独。这两句使用了和前文引用的"五言体"相似的对仗的句式,但将其变成了六言,在节奏上多了一种变化。"梦断锦帏空悄悄。"主人公从梦中醒来,既无关爱,又无温暖,只有锦帐空摇,漏声为伴。"强起愁眉小。""强起",既可以理解成不得不起,也可以理解成强撑着起身。总之,描摹的乃是主人公的一种无助、无奈的姿态。"愁眉小",乃是指主人公因忧愁深重,蹙敛眉头,故使眉毛都变小了。主人公的形容样貌在此稍现即逝,说其愁而不说其何以愁,这也符合宫怨词的一般写法。

和凝的这首《薄命女》,上片主要是构境,下片则以情景交融的方式写情,层层铺垫,层层渲染,而到结尾以一"愁"字点明主题,深得颊上添毫、目中点睛之趣。其题材上继承了南朝以来的宫体诗,体制上也保留着一些诗的特点,写法上却又引入了一些词的创作手段。在词体已经产生,但还未完全达到成熟的五代时期,这样的词作无疑具有典型意义。

下面是孙光宪的一首《清平乐》。孙光宪(901—968),字孟文,陵州贵平人,自号葆光子。入宋,授黄州刺史。太祖乾德六年(968)卒。

第四章　诗耶词耶：古代文学中的另一种边界

光宪博通经史，尤勤学，聚书数千卷，或自抄写，孜孜雠校，老而不废。所著有《荆台集》《巩湖编玩》《橘斋集》《北梦琐言》等，传见《宋史》卷四八三。

清平乐

愁肠欲断。正是青春半。连理分枝鸾失伴。又是一场离散。

掩镜无语眉低。思随芳草萋萋。凭仗东风吹梦，与郎终日东西。

词相对于诗的一大优势，乃在于其可以更加灵活地运用各种不同的句式。这不仅使得词具有更多变的韵律形式，同时也更有利于作者对读者的阅读节奏进行掌控。

"愁肠欲断。正是青春半。连理分枝鸾失伴。又是一场离散。"忧愁之深，乃使人柔肠欲断。而其又当早春已逝，仲春之时。愁缘何而起？皆因连理分枝，鸾鸟失伴，在有限的生命当中，又遭遇了一次无奈的离散。上片的几句，极写一个"愁"字，既写明了忧愁之深，又交代了忧愁的缘起，在句意上一句承一句，一句接一句，上句每设一事，下句即紧跟着对其进行回应或修状，所用虽都是平常之语，既无四六对仗之精，又无律诗顿挫之力，但读来却使人感受到一种流动之美。这种流动之美产生的根源，从心理上来说，乃是由于文学作品的构制和读者的心理预期高度一致而造成的。正由于读者的阅读可以不受阻碍地沿着自己预期的方向顺利进行，故而他可以获得一种类似于直抒胸臆的快感。这里所说的"美"和"快感"，均是就美学的意义而言，并非看到别人忧愁伤感时的幸灾乐祸。

正因忧愁深重，故在词的上片里，孙光宪采用了一种流水式的抒情方式，他让这种分离之苦一览无余地展现在了读者眼前。而到了下片，这种抒情方式却受到了节制。

"掩镜无语眉低。"具有实体性的主人公的出现，使得上文的浩叹式的伤感稍稍受到了阻滞。上文的对于分别的感慨和无奈到这里演变成了具体的动作。所谓"女为悦己者容"，相悦者既已分别，我还有什么心情"花儿、靥儿，打扮得娇娇滴滴的媚"（《西厢记·长亭送别》）呢？"掩镜无语"，活脱写出女子的愁容倦态，而"眉低"二字，却又使人不由自主地猜想起女子那"却上心头"的心中事了。

"思随芳草萋萋"，所谓"王孙游兮不归，春草生兮萋萋"（《楚辞·

招隐士》），主人公现在的思绪，早已经随着那离去的人儿，远至于万里之外了。"无论君不归，君归芳已歇。"（谢朓《王孙游》）如今春天已经过完了一半。季节的轮转如此迅速，人的生命岂不更是如此？不要说你现在还未归来，就算是归来，你看到的，还会是青春年华的我么？

可是现实的残酷之处，便在于它不会因人的意志而改变。纵使是千种相思，纵使是万般不舍，纵使是肝肠寸断，纵使是骨销身残，分别也还是分别，离去的人儿也不会回到你的身边。万般无奈之中，主人公只好寄托于梦境了。"凭仗东风吹梦，与郎终日东西。"希望东风相助，将我这一缕梦魂，吹到我那思念的郎君身旁，伴随着他东西奔走，到那时，我们便真的是"只有相随无别离"（吕本中《采桑子》）了！"南风知我意，吹梦到西洲"（《西洲曲》），"愿为西南风，长逝入君怀"（曹植《七哀》），只因为这同样无法实现的深深一愿，作者让我们看到了人生的无尽悲哀。

词调《清平乐》，孙光宪却为我们展示了一种难以排解的哀苦。同写哀苦者，还有魏承班之《生查子》。魏承班（？—925），许州人。《全唐五代词·正编卷三》魏承班小传：

> 其父魏弘夫，王建收为养子，改名王宗弼，承班亦从其父改名王承班。前蜀后主光天元年（918）六月，宗弼剪除唐文扆后，以兼中书令秉政。承班为驸马都尉、太尉。咸康元年（925）十一月，后唐军攻蜀，宗弼叛蜀归唐，据成都，自称留后。承班奉父命赂唐军。唐军入成都后，族诛王宗弼家，承班亦罹难。[①]

则魏承班亦是一结局不幸之人。

生查子

烟雨晚晴天，零落花无语。难话此时心，梁燕双来去。
琴韵对薰风，有恨和情抚。肠断断弦频，泪滴黄金缕。

清代的万树在《词律》中讨论魏承班的这首《生查子》："五言八句四韵，作者平仄多有参差。此词八句第二字俱用仄者。"又称："按韩偓

[①] 曾昭岷等：《全唐五代词·五代词·魏承班》，中华书局1999年版，第482页。

第四章 诗耶词耶:古代文学中的另一种边界

词前第三句'那知本未眠',后第四句'和烟坠金穗',此乃初创之体,故只如五言古诗。至五代而宋,渐加纪律,故或亦依此魏体,而前后首句第二字用平者为多。虽间有一二拗句者,然名流则如出一轨也。"① 由万氏所述可知,《生查子》词牌其实亦是源出于五言诗。

既是源出于诗,通常便会保留下一些诗的特点。比较突出的一个表现,就是这个词牌常常以一对句子作为一个意义单元——如果一个词牌的每片恰好是奇数句,这种特点几乎是不可想象的,而句数呈偶数,则是诗的一个特征。

魏承班的这首《生查子》,亦保持着这种特点。"烟雨晚晴天",细雨稍停,晚晴方至,这样的光景,本来可悲可喜,并不一定要有什么固定的心情。但下一句"零落花无语",随即便为此时的心境定了调。飘零的落花默默无语,面对生命的凋落,这样的情景,谁又能高兴得起来呢?"难话此时心,梁燕双来去。"说是此时的心境难以说明,但通过下面的梁间燕子双双来去的描写,我们已经可以猜出个十之八九。一个"双"字,早已写出了主人公的孤独。面对双宿双飞的燕子,她所感到的,其实便是那所谓的失侣之痛吧。上片的这四句,在逻辑上恰如一问一答,上句提起,下句托出,每两句构成一个相对完整的意义单元,而各个意义单元又被置于一个大的抒情框架之内,显现出一种层层递进的关系。

下片的四句,依然延续这种写法。"琴韵对薰风,有恨和情抚。"既然无人来作伴,能陪伴主人公的,便也只有这鸣琴了。琴韵随着暖风飘荡,弯弯曲曲,道尽无穷心事。只因胸中有难消之恨,故这琴声中有不尽之情。前句但写弹琴,后句又补充道乃是含情而奏,同样的一提起一说明,构成了一个相对完整的意义单元。"欲将心事付瑶琴",只可惜,"弦断有谁听"(岳飞《小重山》)?"肠断断弦频,泪滴黄金缕。"暖风轻拂,并没有抚息心中的悲怆;银筝轻响,却反叫人痛断肝肠。弹琴的人儿似乎还想演奏下去,但琴弦却屡屡崩绝。琴声戛然而止,只有飘落的泪,打湿了绣金的衣襟。至此,主人公的悲痛已到达顶点,她终于控制不住自己,任由泪水纵情奔涌了。

魏承班的这首《生查子》,层层铺垫,层层递进,各层次间,错落有致,极富变化。通篇贯穿一个"情"字,却自始至终不肯说破。写主人

---

① (清)万树:《词律》,清文渊阁四库全书本,卷三。

公之柔婉性格、状主人公之深情缱绻，读来使人觉得但在目前，而毫不觉其做作。全词含蓄蕴藉，正所谓不着一字，而得不尽之意，无论当时现在，均可称佳作。

以上诸作，所述情怀各有差别，但在风格上则存在着很大的共通性。这表现在：其一，所用词调都比较短；其二，句式上还保留着从五、七言诗中脱出的痕迹，句子虽已变成长短句，但尚未远离五、七言诗的基本句式；其三，所描写的形象，以女性为主，作者所传达的情感，也多是借女性的形象隐约传出，虚构感很强，和真实的生活事件之间很难建立联系。这种情况，直到北宋初期，还是相当普遍的。也正是因为这些词在风格上具有很大的通约性，故某一词作窜入他人名下的情况在当时十分多见。

三　对于风格边界的坚守：以二晏为核心

早期词风虽有很大的通约性，但若细细观来，诸如白居易等人所作之《杨柳枝词》等，与和凝所作《薄命女》等，还是有所区别。白居易等人作小词，受民歌影响很大，故其语整体清新自然，而和凝等人所作，技巧虽然用得更多，但却多了些扭捏做作之态。而后者，更能代表晚唐五代文人词的特点。在这中间，一条文人词的风格边界已经隐隐建立起来了。

陈廷焯《白雨斋词话》卷九：

> 山歌樵唱，里谚童谣，非无可采，但总不免俚俗二字，难登大雅之堂。好奇之士，每偏爱此种，以为特近于古。此亦魔道矣。（锺、谭《古诗归》之选，多犯此病。）《风》、《骚》自有门户，任人取法不尽。何必转求于村夫牧竖中哉。[①]

这其实就是一种文人词相对于民间歌词的切割。晚唐五代的文人词，成了宋代早期文人词发生发展的基础。其后，宋代词风在此基础上屡经变换，便又因此有了守体与破体之争。蒋兆兰《词说》专门有"宋初诸公

[①]　（清）陈廷焯撰，彭玉平纂辑：《白雨斋诗话·白雨斋词话》，凤凰出版社2014年版，第210页。

第四章 诗耶词耶：古代文学中的另一种边界

工小令"条：

> 欧阳、大小晏、安陆、东山，皆工小令，足为师法。词家醉心南宋慢词，往往忽视小令，难臻极诣。鄙意此道，要当特致一番功力于温韦李冯诸作，择善揣摩，浸淫沉潜，积而久之，气韵意味，自然醇厚不复薄索。盖宋初诸公，亦正从此道来也。[1]

其语正道出了宋初词与五代词之间的关系。甚至亦有人以五代令词的词风为正宗者。

清陈洵《海绡说词·通论·贵拙》：

> 唐五代令词，极有拙致，北宋犹近之。南渡以后，虽极名隽，而气质不逮矣。昔朱复古善弹琴，言琴须带拙声，若太巧，即与筝阮何异。此意愿与声家参之。[2]

五代词之所以能够在某些人眼里成为正宗词的代表，在很大程度上是由于其在发生学上的先发性。陈洵谓其"拙"，大约是因其还未发展出后世词的那些繁复的技巧。另外，因其始创，和诗的边界还未割离清楚，这反而在某种程度上抬高了它的声价。夏敬观《吷庵词评·金荃集》：

> 唐词初由诗变，所以浑厚，故学词者必先知诗，乃能造诣上乘。飞卿深美闳约，神理超越。张皋文、周止庵知其无迹象之中字字连系，得其章法、脉络。持此法寻《花间》诸词之绪，庶不浮泛、笼统，而亦悟南宋词之过露针缕痕迹为薄也。[3]

大约是因秉持着同样的"词为诗变"的理念，陈廷焯才说：

---

[1] 唐圭璋编：《词话丛编·词说·宋初诸公工小令》，中华书局2005年版，第4637—4638页。
[2] 唐圭璋编：《词话丛编·海绡说词·通论·贵拙》，中华书局2005年版，第4840页。
[3] 葛渭君编：《词话丛编补编·吷庵词评·金荃集》，中华书局2013年版，第3441页。

文学史的文本透视

> 诗词一理。然不工词者可以工诗,不工诗者断不能工词。故学词贵在能诗之后,若于诗未有立足处,遽欲学词,吾未见有合者。[1]

宋初词家,多承晚唐五代以温、韦为代表的词风。而其中对该传统最为坚守者,则为晏殊、晏幾道父子。尤其是晏幾道,其所处时代,词体已经大变,长调已经渐趋流行,但其始终不为所动,仍然坚持以令词为主的创作,可谓把持词体边界最严者了。

然而,文学之发展,终究有其自己的规律,完全的复古是不可能的。即使二晏在整体上坚持了晚唐五代的词风,但其中也有属于自己的变化。下面即举几词,对二晏词进行一探讨。首先是晏殊的《浣溪沙》。

浣溪沙

红蓼花香夹岸稠,绿波春水向东流。小船轻舫好追游。
渔父酒醒重拨棹,鸳鸯飞去却回头。一杯销尽两眉愁。

宋初词人,多承花间余绪。周济《宋四家词选目录序论》说:"晏氏父子,仍步温、韦,小晏精力尤胜。"[2] 然温词绮靡香艳,韦词婉约清丽,二者已是不同。二者相较,晏殊的词更近于韦词。而他接受最多的,其实还是南唐词风。刘攽曾说"晏元献尤喜冯延巳词,其所自作,亦不减延巳"[3]。晏殊继承的主要是南唐词风,但对南唐词风亦有所推进和发展。晏殊的词作,不仅承传了冯延巳词中已出现的生命意识,而且有意识地摒弃了五代词中那些充满脂粉气的描写,使得词进一步士人化。不同时代的士人有不同的风尚标准,这里的士人,主要是就宋代的士大夫而说的。优秀的宋代士大夫,通常富有修养而又沉静内敛,身上既有入世性的担当又有出世性的超然。这种超然性反映到诗词上,就是他们在创作之时常常避开对生活的直接描写,而去追求一种超世俗的"气象"或者情怀。吴处厚《青箱杂记》卷五曾有一段话说到"气象":

---

[1] (清)陈廷焯撰,彭玉平纂辑:《白雨斋诗话·白雨斋词话》,凤凰出版社2014年版,第210页。
[2] 傅璇琮、王兆鹏主编:《宋才子传笺证·词人卷·晏幾道传》,辽海出版社2011年版,第86页。
[3] (宋)刘攽:《中山诗话》,明津逮秘书本。

第四章　诗耶词耶:古代文学中的另一种边界

> 晏元献公虽起田里,而文章富贵,出于天然。尝览李庆孙《富贵曲》云:"轴装曲谱金书字,树记花名玉篆牌。"公曰:"此乃乞儿相,未尝谙富贵者。故余每吟咏富贵,不言金玉锦绣,而唯说其气象。若'楼台侧畔杨花过,帘幕中间燕子飞','梨花院落溶溶月,柳絮池塘淡淡风'之类是也。"故公自以此句语人曰:"穷儿家有这景致也无?"①

可见,所谓"气象",其实就是要求作者实现对基本世俗的超越,进而体现出一种安之若素的超然情怀。气象与情怀,是真正的富贵生活的两面。明白了这一点,也就很容易理解晏殊的这篇"富贵"词了。

"红蓼花香夹岸稠,绿波春水向东流。"写景甚是动人。以红配绿,极有视觉感。以花香配流水,静态中又包含动感。红蓼花期在六月到九月,故词中所写,当是一幅夏日丽景。"小船轻舫好追游。"此句接得极轻快。既有此兴,便能有此游,能具此条件者,想必亦非普通人了。

"渔父酒醒重拨棹,鸳鸯飞去却回头。"此又写游览之情景。渔父,在中国的文学传统中,常常是世外高人或隐士的代表。楚辞《渔父》:"渔父曰:'圣人不凝滞于物,而能与世推移。世人皆浊,何不淈其泥而扬其波?众人皆醉,何不餔其糟而歠其醨?何故深思高举,自令放为?'"这里的渔父,显然就是个有思想的世外高人。大晏所写之渔父虽非得道之隐士,但其酒醒而拨棹,任情醉醒的洒脱神态,仍然可以想见。船的移动,使鸳鸯受到了惊吓,猛然飞去,这是画面由静态向动态的转变。鸳鸯飞去,却又回头,这倒又为这画面增添了几分人情味。结句,"一杯销尽两眉愁",是写作者面对如此风光,不觉消解了所有愁绪。但是,这愁绪到底是因何而起,作者却始终没有说明。这种含蓄,大约和冯延巳"独立小桥风满袖"(《鹊踏枝》)的含蓄类似,也是属于所谓富贵风度的一种吧!

《青箱杂记》卷五说晏殊尤爱韦应物的诗,只因其诗"全没些脂腻气"。又说他曾"于文章尤负赏识,集梁《文选》以后迄于唐,别为《集选》五卷,而诗之选尤精,凡格调猥俗而脂腻者皆不载也"②。由此可以

---

① (宋)吴处厚:《青箱杂记》,明稗海本,卷五。
② 同上。

❖ 文学史的文本透视

见出晏殊对清雅婉丽文风的喜好。而清雅婉丽四字，用来形容本词，却也刚好。本词设色明丽，语浅而不俗，更重要的，是其中始终投射出一种雍容的大家气度，这对于五代词，确是一种超越。唯有大家，方能对世俗中的一切轻松把握，也唯有在对世俗中的一切轻松把握之后，人才能回归那种自然而又超然的生活态度。从这一点理解去，本词中虽未写什么富艳的景物，但从"气象"上来看，终究也还是一首"富贵"之词。

再选晏殊的一首《采桑子》。

采桑子

阳和二月芳菲遍，暖景溶溶。戏蝶游蜂，深入千花粉艳中。
何人解系天边日，占取春风。免使繁红，一片西飞一片东。

四库馆臣谓晏殊"赋性刚峻而词语特婉丽"，又说"赵与旹《宾退录》记殊幼子幾道尝称殊词不作妇人语，今观其集，绮艳之词不少，盖幾道欲重其父名，乃故作是言，非确论也"[①]。细思其语，再参以大晏集中之作，未必全是。盖当大晏之时，词风仍以晚唐五代的花间词风为主。婉丽绮艳的词风，仍然还是主流。花边酒下，娱情遣兴，也还是词的主要作用。不仅大晏的词中有绮艳之作，就是后来的欧阳修的集中，也包含不少类似的作品。这些作品，都是男性士大夫所为，其亦一时风气而已。故将绮艳之词直接等同于妇人之语，并不能成立。除此之外，晏殊词中虽亦有绮艳的词语，但此一"绮艳"又和南朝宫体诗以及花间词的绮艳不同。晏殊词中的"绮艳"，已基本上摒除了早期花间词的"脂腻"之气，且已经和"生命的忧思"以及"士人的雅趣"相结合，故其即使是作艳语，也往往有着不同于以往的情中有思、思中有致的特点。从这一点来说，晏幾道说他父亲的词并不是软绵绵的无内容的妇人之语，其实倒也不为过。

以绮艳之语写深挚之思，本词便是一个例子。

词之上片，但写春景，虽然写的不是浓妆艳抹的美女，设色却也甚是秾艳。"阳和二月芳菲遍，暖景溶溶。""芳菲遍"，向读者展示的是一片热烈的花海。而"暖景溶溶"，则为读者带来了体感。这不是一种冷艳之

[①] （清）爱新觉罗·永瑢等：《四库全书总目·词曲类一·词集上·珠玉词一卷》，中华书局1965年版，第1807页。

第四章　诗耶词耶:古代文学中的另一种边界

美,而是一种热烈之美。"戏蝶游蜂,深入千花粉艳中。"这种热闹,又有游蜂戏蝶的加入。躁动的生命与艳丽的色彩,组合成了一幅令人目眩神迷的画面。

只因画面如此热烈动人,反而使人生出了时不我与、佳时易逝的恐惧。故下片转而有了一问:"何人解系天边日,占取春风。"谁能够阻止时间的流逝,长久地留住这美好的春天?"免使繁红,一片西飞一片东。"这同样是一个充满画面感的句子。词至下片,其实已经由上片的喜春、惜春转向了对生命的思考。为何美好的事物不能永恒?为何春光不能常在?这背后,蕴藏的是一种强烈的生命意识。

表达对生命的体悟与反思,感慨人生的短暂不可留,在晏殊的词中是常见的主题。只不过,在通常情况下,这种主题都不是通过欢快热闹的意象来表达的。像《木兰花》中的"燕鸿过后莺归去,细算浮生千万绪。长于春梦几多时,散似秋云无觅处",像《浣溪沙》中的"一向年光有限身,等闲离别易销魂,酒筵歌席莫辞频",像《破阵子》中的"不向尊前同一醉,可奈光阴似水声,迢迢去未停",其场面的设置,都远没有本词这般热闹。作者身处温暖热闹的春光当中,却遥想到百花"一片西飞一片东"的凋零景象,上下片落差之大,在晏殊的其他作品里也不多见。这种落差以及词中所包含的对于生命的感悟,无疑增加了本词的艺术深度。

晏殊在宋初词坛地位很高,曾被称为"北宋倚声家初祖"[①],他的这种词风,影响到了很多人。后来很多的婉约词人,多从晏殊的词中汲取营养。像欧阳修、李清照、周邦彦等人,无不或多或少受到他的影响。晏殊的词,代表了一个时代的主流,也昭示了一种即将到来的新变。而到了晏几道,当其固执地坚守乃父的创作传统、拒绝向当时流行的新词风妥协之时,则又多多少少显得有些另类了。

下面即选几首这位有些另类的晏几道的词。先是一首《临江仙》。

临江仙

淡水三年欢意,危弦几夜离情。晓霜红叶舞归程。客情今古道,秋梦短长亭。

---

① 冯煦:《蒿庵论词》。见傅璇琮、王兆鹏主编《宋才子传笺证·词人卷·晏几道传》,辽海出版社 2011 年版,第 67 页。

❉ 文学史的文本透视

> 绿酒尊前清泪，阳关叠里离声。少陵诗思旧才名。云鸿相约处，烟雾九重城。

大小二晏，均以善作令词闻名。在词体屡生新变的北宋词坛，小晏始终将令词作为创作的主要方向，这一点无疑是受到家学传统的影响。然小晏之作，又多和大晏不同。大晏身为太平宰相，其词作，主要以"气象"为追求的目标，[①] 表现的多是富贵闲愁，故其词句虽雅，读久之后却往往觉得意气单薄。大晏生时诗作近万篇，[②] 而传者寥寥，或许正和他的作品相对缺乏现实内容有关。至于小晏，虽亦生于贵人之家，但当其时，其家道已经衰落。小晏虽才高八斗，但一生却只能沉居下僚，故其作词，常暗含身世之感。小晏生性高傲，虽饱受挫折，却终不肯依人下人，即使心中充满不平，亦不肯作一愤激失态之语。不平的生活遭遇、高傲的性格、文雅内敛的贵族修养以及天生的深情痴性，这一切结合在一起，催生出晏幾道独特的温婉深挚的词风。从词以言情这个角度来说，晏幾道其实比乃父更进了一步。本词就是晏幾道这种深挚词风的一个代表。

"淡水三年欢意，危弦几夜离情。"首句起得颇为急切，一下子便将读者拉入告别的场景当中。同时，这种急切的切入，也暗示了离别结果的不可改变——因为，它已经成为事实。《礼记·表记》："故君子之接如水，小人之接如醴。君子淡以成，小人甘以坏。"[③] 所谓"淡水"云云，并非是形容情谊平淡如水，而是着重强调情感与交往的纯正性。"危弦"，犹言急弦。《文选·张协〈七命〉》："抚促柱则酸鼻，挥危弦则涕流。"李善注："郑玄《论语》注曰：'危，高也。'侯瑾《筝赋》曰：'急弦促柱，变调改曲。'陆机《前缓歌行》曰：'大客挥高弦。'意与此同也。"[④] 古人迎来送往，常有音乐相伴。声弦急促，如催告别，又为这离别的场面配上了一种声音效果。行文至此，按照一般的习惯写法，词的下文可能会有两种不同的接续方式：一种是接写倒时序的追忆。这样的好处是会造成一种章法上的跌宕，使词显出一种回环之美。另一种是顺接顺时序的铺

[①] 参见（宋）吴处厚《青箱杂记》明稗海本，卷五。
[②] 参见（宋）宋祁《宋景文笔记》，清文渊阁四库全书本，卷上。
[③] 王文锦：《礼记译解·表记第三十二》，中华书局2016年版，第845—846页。
[④] （南朝梁）萧统编，（唐）李善等注：《六臣注文选》，四部丛刊景宋本，卷三十五。

第四章 诗耶词耶:古代文学中的另一种边界

写,展望离别之后的种种场景。这样的好处是能够体现出感情的绵绵不断,且能为作品留下绕梁不绝的余绪。小晏基本上采取了后一种的写法,只不过,他稍稍改变了叙事的节奏,用一种场面描写稍稍缓和了一下上文的奔泻直下之势。"晓霜红叶舞归程。"这是写眼前景,这样的句子,实在是充满了画面感。归程已在眼前展开,人却将行而未行。霜风渐起,红叶飘飞,一条迢迢的道路,一端连接着即将告别的现在,另一端则是连接着别后遥远的未来,时间与空间合二为一了。"客情今古道,秋梦短长亭。"今古道,点出古往今来,事皆如此。一条古道,不知承载了多少离别,这就再使眼前的离别具有了一种超越时空的含义。短长亭,本是古人分手话别或是旅行时休息的地方,所谓"十里一长亭,五里一短亭",如今却仿佛变成了刻度,刻画下了离别的距离。以长亭古道为背景来设置人物和铺写感情,是晏幾道非常喜欢的方法。他在另一首《浣溪沙》中亦有句:"衣化客尘今古道,柳含春意短长亭。"与本词一写春一写秋,倒也可形成映衬。

词之上片写将别而未别,充满了张力。下片却又回荡一笔,不写离别,而继续写离别之场面。"绿酒尊前清泪,阳关叠里离声。"古人送别,历来有唱《阳关曲》的传统。含泪举杯,唱曲作别,离别的对象终于出现了。"少陵诗思旧才名。"少陵,即杜甫。"旧才名",犹言才名已老,享名已久而终无所用之意。这句是小晏自况平生,是对眼前人的诉说,也是抒发心中的感慨和牢骚。李明娜《小山词校笺注》引杜甫《戏简郑广文虔兼呈苏司业源明》诗:"广文到官舍,系马堂阶下。醉则骑马归,颇遭官长骂。才名四十年,坐客寒无毡。赖有苏司业,时时与酒钱。"以为小晏是以郑广文自比,正不必如此坐实。[1]

"云鸿相约处,烟雾九重城。"至词的末尾,词人终于把词笔荡向远处,展望了一下未来。云、鸿,当是晏幾道挚爱的两个歌女的名字。在《小山词》的自序当中,作者曾经谈到过自己早年和几位歌女的情感经历:"时沈十二廉叔、陈十君宠有莲、鸿、苹、云,品清讴娱客。每得一解,即以草授诸儿。吾三人持酒听之,为一笑乐。已而,君宠疾废卧家,

---

[1] 参见(宋)晏幾道撰,李明娜笺注《小山词校笺注》,(台北)文津出版社1981年版,第3页。

文学史的文本透视

廉叔下世，昔之狂篇醉句遂与两家歌儿酒使俱流转于人间。"[1] 这几位歌女的名字，常常出现在晏幾道的词作当中。她们既是晏幾道挚爱的对象，亦是晏幾道精神上的慰藉者。在仕途受到挫折之后，爱情几乎成了晏幾道全部的精神寄托。他的理想，他的情绪，全是借助对爱情的描写抒发出来。可是这爱情与最终的结局又是怎么样呢？"云鸿相约处，烟雾九重城。"即使是用真心许下约定，这约定就一定能够实现么？九重城，本是天子居住的地方。天子之居有门九重，故称。这里盖亦泛指而已。相约之地雾锁重城，到末了，还是一个看不清楚的未来。

李清照作《词论》，曾说小晏的词"苦无铺叙"，粗看有理，细分析，却未必精当。小晏所写，多为小令，而铺叙，则是作长调之法。词体既短，自无太多渲染铺写的空间。故作小令者，多把注意力转向情感的提升和词句的锻炼方面。小晏此词，语句醇雅，感情真挚，场面安排上亦是别见匠心，总体而言，还是成功之作。

随后一首是《玉楼春》。

玉楼春

清歌学得秦娥似。金屋瑶台知姓字。可怜春恨一生心，长带粉痕双袖泪。　　从来懒话低眉事。今日新声谁会意。坐中应有赏音人，试问回肠曾断未。

在小晏的《小山词》中，《玉楼春》有二十余调，可见这是小晏很喜欢的一个词牌。

"清歌学得秦娥似。"词的首句，就点出了主人公的身份，乃是一名歌女。秦娥，本指美女。扬雄《方言》卷二："秦晋之间美貌谓之娥。"[2] 又常常用来指代歌者。《文选·陆机〈拟今日良宴会〉诗》："齐僮《梁甫吟》，秦娥《张女弹》。"李周翰注："齐僮、秦娥，皆古善歌者。"[3] 秦穆公的女儿弄玉精通音律，曾有凤凰台上吹箫的典故，秦娥有时又专指她。小晏用此语，是在称赞歌女的技艺超绝。技艺超绝，故名达于诸侯，遂有

---

[1] 据（明）卓人月《古今词统》，明崇祯刻本，卷六。
[2] （汉）扬雄撰，周祖谟校笺：《方言校笺》，中华书局1993年版，第10页。
[3] （南朝梁）萧统编，（唐）李善等注：《六臣注文选》，四部丛刊景宋本，卷三十。

第四章　诗耶词耶:古代文学中的另一种边界

下句,"金屋瑶台知姓字"。金屋,指华美的屋子。瑶台,本是仙人所居。金屋与瑶台,代指的是富贵之家。

色艺超人,名声显赫,这在普通人的眼里,已经值得艳羡了。然而,谁又知道,这样一种光鲜的人生背后,却隐藏着别样的悲哀。"可怜春恨一生心,长带粉痕双袖泪。"春,在古诗词中常常代表着青春与爱情,用以修饰"恨"字,更点明了"恨"之缘由与本质。人前与人后的对比,显示出歌女不幸的生活际遇。词家借这对比,使章法上生一顿挫。

过片,"从来懒话低眉事",是承上片末句而写。虽有悲伤,却懒与人说起。说亦枉然,又何必多说!然而,今天的情况却有些不同了。"今日新声谁会意",今日面前,出现了一位真正知音的佳公子,故歌女不禁打开心扉,以曲传情了。"坐中应有赏音人,试问回肠曾断未。"一个"应"字,既是揣测,又是回答。既希望对方能理解自己,亦深信对方能够理解自己,所谓"心有灵犀一点通"是也。因真理解而能有真同情,因真同情而能回肠断,这是一种至真至纯的知己之爱。能够在飘忽无定的生命中遇到如此的知己之爱,这既是一种偶然,也是一种幸运。本词虽短,读起来却是百折千回,其细致的笔触,写尽恋爱中人的万般感慨。所写的虽只是爱情生活中一个短暂的场面,但其褒扬的,却是一种永恒的价值理想。

小晏一生仕途坎坷,加以家道衰落、不会治生,生活更是常常陷入窘迫。故其虽生于仕宦之家,却可以对下层民众抱以真正的理解和同情。当然,这里的下层民众主要是指那些歌儿舞女而言。在与她们相对时,小晏似乎完全忘记了自己世家公子的身份,始终是以完全平等的心态去和她们交流。这些歌儿舞女是真实的,因为她们本是小晏现实中的朋友。但同时她们亦是虚幻的,因为她们身上,寄托的乃是小晏所有的希望和理想。怜人者实亦自怜,那个小晏用如花之笔构建起的情感世界,其实本身就是小晏心灵世界的映射。小晏在现实世界中遭受的辛酸挫折,全部在这里得到了表达。黄庭坚在《小山集序》中曾论晏幾道有四痴:

> 仕宦连蹇,而不能一傍贵人之门,是一痴也;论文自有体,不肯一作新进士语,此又一痴也;费资千百万,家人寒饥,而面有孺子之色,此又一痴也;人百负之而不恨,已信人,终不疑其欺己,此又一

痴也。①

痴，表明了小晏的付出常常是单向的。这是一种执着，但其实也是一种发泄。将所有的情感都投入一场不求回报、不求结果的付出中，此非愤激人不能作此想。正是因为有了这样一种一往无前的痴心作动力，小晏才能最终做到"淡语皆有味，浅语皆有致"②，在词与情两个维度上把令词推向进一步的发展。

四　守体与破体：以柳永、李清照为核心

"宋代以后，文学创作和批评明显存在着两种对立倾向：辨体和破体。前者坚持文各有体的传统，主张辨明和严守各种文体体制；后者则大胆打破各种文体的界限，使之互相融合。"③吴承学先生在这里所说的"破体"，主要是指大的文体之间的相互融合和相互借鉴，如苏轼"以诗为词"、辛弃疾"以文为词"等。然所谓"破体"，有时亦未必有如此激烈的动作。在本文体的范围之内，逐步地发展其体制、改进其技巧，以致逐渐改变其旧有传统，此亦"变体"之一种也。和"以文为诗""以诗为词""以文为词"等相比，这算是一种温和的变体方法。而宋初的柳永，便是此种"温和的变体"的代表人物。

清陈锐《裒碧斋词话》：

> 词源于诗，而流为曲。如柳三变，纯乎其为词矣乎。④

清郑文焯《大鹤山人词话续编》卷一：

---

① 傅璇琮、王兆鹏主编：《宋才子传笺证·词人卷·晏幾道传》，辽海出版社2011年版，第85页。
② 冯煦：《蒿庵论词》。见傅璇琮、王兆鹏主编《宋才子传笺证·词人卷·晏幾道传》，辽海出版社2011年版，第86页。
③ 吴承学：《辨体与破体》，见罗宗强主编《古代文学理论研究》，湖北教育出版社2002年版，第531页。
④ 唐圭璋编：《词话丛编·裒碧斋词话·柳三变纯乎其为词》，中华书局2005年版，第4197页。

第四章　诗耶词耶：古代文学中的另一种边界

　　耆卿词以属景切情，绸缪宛转，百变不穷，自是北宋倚声家妍手。其骨气高健，神韵疏宕，实惟清真能与颉颃。盖自南唐二主及正中后，得词体之正者，独《乐章集》可谓专诣已。以前此作者，所谓长短句，皆属小令，至柳三变乃演赞其未备，而曲尽其变，讵得以工为俳体而少之？尝论乐府原于燕乐，故词者，声之文也，情之华也，非娴于声，深于情，其文必不足以达之，三者具而后可以言工，不綦难乎？求之两宋，清真以外微耆卿其谁欤？……美之者或附于秦七、黄九之末，诚不自知其浅妄，甚可悯笑也。①

　　说柳永之词乃"纯乎其为词"，盖即因其多创长调，使词真正的从五、七言诗的笼罩下而脱离了出来。"柳三变乃演赞其未备，而曲尽其变"，柳永不仅丰富了词的体制，而且极大地推进了词的表现技巧，使词体走向了真正的成熟。正因这一点，郑文焯才认为其成就远在秦七、黄九之上。

　　先选一首《少年游》，以明柳永词与五代词的联系与区别。

少年游

　　一生赢得是凄凉。追前事、暗心伤。好天良夜，深屏香被，争忍便相忘。

　　王孙动是[1]经年去，贪迷恋，有何长。万种千般，把伊情分，颠倒尽猜量。

注释：

　　[1] 动是：犹言动不动就是。动，往往、经常、动不动之意。《三国志·吴志·周瑜传》："曹公，豺虎也，然托名汉相，挟天子以征四方，动以朝廷为辞。"王禹偁《中秋月》："莫辞终夜看，动是来年期。"薛瑞生《乐章集校注》注"动"为"惑"，又据《诗词曲语词汇释》指"是"与"甚"音近，故相通，释"动是"为"惑于甚"，大误。

---

① 葛渭君编：《词话丛编补编·大鹤山人词话续编·柳永》，中华书局2013年版，第3134页。

文学史的文本透视

在中国古典文学中，存在着很多"代言"型的作品。作者根据不同的情况，或者转变政治身份，或者变化性别，或者变身为某个角色，模仿他人的身份、心理、口吻、语气来代人设辞，进行创作，这种手法由来已久。像屈原的《山鬼》和《古诗十九首》中的《行行重行行》等，都是此类作品的代表。晚唐五代词多承袭之，每用虚构的情境传达虚拟的感情。从代女性立言这一点而言，柳永的词可以说是承续了晚唐五代词的遗绪，只不过，他用一种经过锤炼的日常语言，洗掉了晚唐五代文人词的矫揉之气。

"一生赢得是凄凉"，首句不用铺垫，起得奇崛而又沉痛。反观一生之种种，思绪万千，主人公的脑海中不知有几多事正在奔腾翻涌，词的起首便已经为下文奠下了一种追忆的基调。果不其然，下句"追前事、暗心伤"便直承此笔势。有此一承，则笔意不断，抒情节奏亦稍趋和缓，正是顿挫收放之法。"好天良夜，深屏香被，争忍便相忘。"此又由追忆写到眼下。今日之孤单，正映出往日之缠绵。"争忍"二字，透出哀怨之意。

下片便又承此哀怨之意来写。"王孙动是经年别"，至此，我们方能肯定词中的主人公是一位女性，而负心汉，则是一位公子哥。王孙，本是指王的子孙，后来意义逐渐泛化。《楚辞·招隐士》："王孙游兮不归，春草生兮萋萋。"清王夫之《楚辞通释》："王孙，隐士也。秦汉以上，士皆王侯之裔，故称王孙。"[1] 又《文选·蜀都赋》："有西蜀公子者，言于东吴王孙。"李善注引张华《博物志》："王孙、公子，皆相推敬之辞。"[2] 原来女主人公爱慕的乃是一位公子哥。这样的恋爱，恐怕连读者见了，都会觉得现在的结果完全正常，但作为当事人的女主人公却偏偏不能理解："贪迷恋，有何长。"女主人公或是涉世未深，或是过于痴情，显然还没有看透王孙公子们风流寡幸的本性。"万种千般，把伊情分，颠倒尽猜量。"他到底是有情还是无情？他到底是真心还是假意？全词便也就在这样无休无止的猜测中结束了。用的是口语化的表达，传达出的却是无尽的深沉的哀苦。痴心的枉自情深，薄情的依旧快活，这样的爱情，恐怕是永远注定不会有什么结果了。

本词的首句，乃是直用韩偓《五更》的诗句，而其所描写的细节和

---

[1] （清）王夫之：《楚辞通释》，清船山遗书本，卷十二。
[2] （南朝梁）萧统编，（唐）李善等注：《六臣注文选》，四部丛刊景宋本，卷四。

第四章 诗耶词耶:古代文学中的另一种边界

情感,亦多和韩诗相似。韩偓《五更》诗云:"往年曾约郁金床,半夜潜身入洞房。怀里不知金钿落,暗中唯觉绣鞋香。此时欲别魂俱断,自后相逢眼更狂。光景旋销惆怅在,一生赢得是凄凉。"所谓"好天良夜,深屏香被",所谓"怀里不知金钿落,暗中唯觉绣鞋香",影射出的其实都是同样的肉体感受。而"王孙动是经年去"与"光景旋销惆怅在",写的则都是好梦易碎、理想难成的悲哀和怅惘。同样的突破礼教的界限,同样的难以求得合法的结局,这反映出了不同时代不同女性的相同命运。而二者在主题以及情节设置上的相似性,则很好地说明了宋初文学与晚唐文学之间的承传关系。所不同的是,柳永的词在很大程度上洗去了韩偓诗中的那种浓香重彩,从而将晚唐诗的秾艳一变为清丽。

男女主人公的分别,到底是因为感情不和还是因为阶级差异?男子对于女子的始乱终弃,到底是其风流的本性使然,还是因为这本身就是一个强者玩弄弱者的游戏?通过对一个普通个体的情感生活进行描写,揭示出一个跨时代存在的社会问题,这,恐怕是本词所具有的文学史之外的另一种意义吧。

这首《少年游》已经多少显现出了纤艳的成分,下选两首纤艳成分更明显的词。先是一首《玉女摇仙佩》。

玉女摇仙佩

飞琼伴侣,偶别珠宫,未返神仙行缀。取次梳妆,寻常言语,有得几多姝丽。拟把名花比。恐旁人笑我,谈何容易。细思算、奇葩艳卉,惟是深红浅白而已。争如这多情,占得人间,千娇百媚。

须信画堂绣阁,皓月清风,忍把光阴轻弃。自古及今,佳人才子,少得当年双美。且恁相偎倚。未消得、怜我多才多艺。愿奶奶、兰心蕙性,枕前言下,表余心意。为盟誓。今生断不孤鸳被。

柳永词"掩众制而尽其妙"[1],其中虽有"纤艳之词,然多近俚俗,故市井之人悦之"[2]。从某种意义上来说,"纤艳"亦算是柳词的一种个人

---

[1] (宋)胡寅:《向芗林酒边集后序》。参见曾枣庄主编《宋代序跋全编·向芗林酒边集后序》,齐鲁书社2015年版,第3788页。
[2] (宋)黄昇:《花庵词选》。参见葛渭君编《词话丛编补编·花庵词评·柳耆卿》,中华书局2013年版,第155页。

文学史的文本透视

特色。本词就是这样一首纤艳俚俗之词，因其已是长调，故更尽铺排细写之能事。

全词可以分成两个部分，第一部分即上片，主要是描述和称赞爱慕对象的风情仪态。"飞琼伴侣，偶别珠宫，未返神仙行缀。"飞琼，即传说中西王母的侍女许飞琼。行缀，犹言行列。此句是将意中人比喻成仙女。仙女乃是偶然离开仙庭，突出了其在世间的不可再得，能与之相逢，实属幸运。"取次梳妆，寻常言语，有得几多姝丽。"上文虽将意中人比喻成仙女，但此"仙女"却非像很多唐诗中所写的那样，环佩叮当，珠光宝气。取次，意为随便、任意。这位"仙女"画着随意的妆，说着普通的言语，虽然是平民女子的做派，却别有一种娇媚之态，只此一写，柳永便把花间词家描写女性的旧传统打破了。面对如此秀丽的女子，赞叹之语不免要冲口而出，而最易想见的称赞语，无外乎是将其比作花了。"拟把名花比。恐旁人笑我，谈何容易。"但是转念一想，这样的比喻又会不会太俗呢？"奇葩艳卉，惟是深红浅白而已。争如这多情，占得人间，千娇百媚。"仔细思想，花之美，唯在颜色，哪里比得上眼前人，靓丽且又多情？说人如花，乃是常见俗套，但柳永在此轻轻一转，反说花不如人，则又使得这俗套变得生新了。清代沈谦在《填词杂说》中曾有语："'云想衣裳花想容'，此是太白佳境。柳屯田'拟把名花比，恐旁人笑我，谈何容易'大畏唐突，尤见温存，又可悟翻旧为新之法。"[①] 说的正是这两句的妙处。

第二个部分即下片，记述的是向意中人求爱的场景——说是场景，其实主要是男主人公的独白。"须信画堂绣阁，皓月清风，忍把光阴轻弃。""须信"二字，是劝说语。皓月清风，画堂绣阁，良辰美景，本来就应该珍惜，更何况"自古及今，佳人才子，少得当年双美"？此一番劝说，可谓是极富鼓动性了。如果柳词到此为止，勉强还可说是在"发乎情止乎礼义"的范围之内，毕竟，男女相爱，也算是世俗中正常之事。但柳永却偏不这样，且看他如何续写："且恁相偎倚。未消得、怜我多才多艺。愿奶奶、兰心蕙性，枕前言下，表余心意。"相偎相依他已是不满足，他更要于枕席之间卿卿我我，山盟海誓！奶奶虽是尊称，但于此时说出，却颇带亲宠狎昵之意。而其求爱的理由，"怜我多才多艺"，如此自矜自夸，已

[①] 唐圭璋编：《词话丛编·填词杂说·柳词翻旧为新》，中华书局2005年版，第631页。

第四章　诗耶词耶：古代文学中的另一种边界

近乎有些涎脸赖皮。至此，一个风流才子的形象已跃然纸上。至于结尾的盟誓"今生断不孤鸳被"，和柳永的很多其他的词一样，充满了一种肉体印迹。事实上，女性轻柔而亲切的怀抱，一直都是柳永逃避冷酷现实的温暖的避风港。

柳永此词，描绘的乃是亲密爱侣之间极具私密性的生活场面。从其描写的肆无忌惮这一点来说，它有点像南朝的宫体诗。但本词却又和宫体诗有着很大的不同：虽然同样是从男性的视角来观望和描摹女性，但宫体诗的观望点往往是居高临下的，而本词的观望点却是平等乃至仰视的。在柳永的词中，我们不仅看到了一位靓丽动人的平民美女，更看到了一位热情男子对她的细致呵护。从对一个比喻的细心反思，到对其近乎低声下气的哀求解劝，再到最后的赌咒发誓，无处不显示出男主人公对女主人公的深深爱意。这种基于平等基础上的世俗爱意，无论是在宫体诗中，还是在先前的花间词中，都是十分少有的。清代田同之曾在《西圃词说》中引王世贞论词说，称《国风》《骚》《雅》同扶名教，即宋玉赋美人，亦犹主文谲谏之义。至若柳屯田"兰心蕙性""枕前言下"等言语，乃使"风雅扫地"[①]。事实上，这段话正好说明了柳永词在文学史上的创新意义。浅显直白的语言，表达的是普通而真挚的情感。而对于爱情的最高向往，亦不过是"枕前言下""不孤鸳被"而已。这种真挚的情感、近乎寻常的理想要求，再加上日常化的语言和回环曲折的叙说结构，使得柳永的词彻底世俗化了。柳永的词，真正地将爱情和女性从传统的"主文而谲谏"的宏伟神话中解救了出来。

柳永一生仕途不利，这尤使他渴望男女之间爱情的温暖。而这种渴望，又使其可以比其他人更亲近女性的内心世界。再看一首《慢卷袖》[②]。

慢卷袖

闲窗烛暗，孤帏夜永，欹枕难成寐。细屈指寻思，旧事前欢，都来未尽，平生深意。到得如今，万般追悔。空只添憔悴。对好景良辰，皱着眉儿，成甚滋味。

---

① 参见唐圭璋编《词话丛编·西圃词说·王世贞论词》，中华书局2005年版，第1452页。
② 原作《慢卷紬》，万树《词律》以为"紬"字无义理，当是"袖"字之讹。参见（清）万树《词律》，清文渊阁四库全书本，卷十九。

❖ 文学史的文本透视

> 红茵翠被。当时事、一一堪垂泪。怎生得依前,似恁偎香倚暖,抱着日高犹睡。算得伊家,也应随分,烦恼心儿里。又争似从前,淡淡相看,免恁牵系。

诗到李贺、李商隐,开始将描写的笔触转向人的心理和情感世界。词到柳永,也发生了一个类似的转向。花间词写女性,往往侧重于女性的外貌。而北宋早期的一些词家,如晏殊、欧阳修等人,虽亦曾触碰到女性的情感世界,但其描写却常常是写意式的。像晏殊的"心事一春犹未见,红英落尽青苔院"(《蝶恋花》),像欧阳修的"蓦然旧事上心来,无言敛皱眉山翠"(《踏莎行》),其写情都是点到即止。唯有柳永,最善用赋法写情,又多用长调,渲染铺陈,环环曲折,摹情状物,层层递进,于细枝末节处,无不刻写备尽,故最能得酣畅淋漓之美。这一首《慢卷袖》,就是这样一首以长调写情的名作。

"闲窗烛暗,孤帏夜永,欹枕难成寐。"这是为相思提供了一个时间和场所。像柳永的很多词一样,相思是由肉体上的冷落引发的。中国式的爱情,往往是和肉体直接相联的,这恐怕是和西方柏拉图式的精神恋爱不同的。"细屈指寻思,旧事前欢,都来未尽,平生深意。到得如今,万般追悔。"人犹然欹枕而卧,但思想却突破了时空的限制,这是柳永词中常见的写法。都来,犹言算来。两人曾经有过快乐的日子,但这快乐却反将现在衬托得更加孤清。"万般追悔",似乎暗示了当时的分别并不是不可挽回,能挽回而未挽回,则更使人觉得遗憾。"空只添憔悴。对好景良辰,皱着眉儿,成甚滋味。"此句又回到了现实。由现在而追忆,由追忆又回到现实,这不是章法上的错乱,而是对人思维活动的本然呈示。

"红茵翠被。当时事、一一堪垂泪。"此却又由眼前写到过去。"怎生得依前,似恁偎香倚暖,抱着日高犹睡。"毋庸讳言,这里面所写的又是一种肉体记忆。宋朝的沈义父曾说:"康伯可、柳耆卿音律甚协,句法亦多有好处,然未免有鄙俗语。"[①] 将人类内心最隐秘的感受呈现于人前,从这个角度来说,柳永的这段描写,大约也算是"鄙俗语"的一种吧。但从心理描写的角度来说,这种描写却又是如此真实。这种描写并非是借助象征或暗示来完成——就像李贺或李商隐常做的那样——相反,直白和

---

① (宋)沈义父:《乐府指迷》,清指海本。

第四章 诗耶词耶:古代文学中的另一种边界

不加修饰才是其最突出的亮点。文学的最高准则是什么?是真实标准还是道德信条?对于这个问题,柳永似乎和其他大多数人有着不同的答案。

"算得伊家,也应随分,烦恼心儿里。"到了后面,主人公又来了一个换位思考。"也应随分",即"也应同样"之意。明明是自己为相思烦恼,却偏偏写对方烦恼,这和老杜《月夜》诗"公本思家,偏想家人思己"[①]的写法十分类似。这一想,越发地显出二者的亲密。"又争似从前,淡淡相看,免恁牵系。"因为相思缠绵不断,故末尾下了一断语:如果早知如此为爱受伤,为爱牵挂,还不如保持君子之交淡如水的关系,也省得劳神牵想!正因有此深情,故而有此痛语。

柳永此词所写,内容其实十分简单,唯一情字而已。除此之外,再无惊天动地的题材。而其所写之情,显然也属于婚姻之外的非道德情感。这种情感来源于民间,深沉而又平凡,并且和肉体的感受紧紧纠缠在一起。在一个古典道德盛行的时代,柳永的这种词的出现,无疑是带有某种现代意义。柳永用他的词,为我们揭开了一段久被道德的面纱所掩盖的真实的世俗记忆。

郑文焯说柳永的词"娴于声,深于情",以上所举,固是情深,然稍涉轻艳,故难免为卫道士所不容。下举一纯粹以情动人者,其为柳永写情之名作,调名《凤栖梧》。

凤栖梧

独倚危楼风细细。望极春愁,黯黯生天际。草色烟光残照里,无言谁会凭栏意。

拟把疏狂图一醉。对酒当歌,强乐还无味。衣带渐宽终不悔,为伊消得人憔悴。

中国古人,向来有登高怀远的传统。其所登之高,或山,或楼,或台,要之因地而异。而其所怀的对象,亦各有不同:像"陟彼岵兮,瞻望父兮"(《诗经·陟岵》),登的是山,怀念的是父亲;像"高台多悲风,朝日照北林。之子在万里,江湖迥且深"(曹植《高台多悲风》),登的是

[①] (明)王嗣奭:《杜臆》。参见(唐)杜甫撰,(清)仇兆鳌注《杜诗详注·月夜》,中华书局1979年版,第309页。

❀ 文学史的文本透视

台，怀念的是友人。柳永的这首词，怀念的是恋人，而登的则是楼。

"独倚危楼风细细。""独倚"，他本或作"伫倚"，意思差不多，但情态稍异。盖"独倚"者，在强调孤独，而"伫倚"者，复能见出立之久也。"细细"二字，用得虽然普通，但却为下文的抒情奠定了起始基调，故又不可作等闲观。微风细细，已经注定了下文抒发的必定是一种绵密的情感，此正所谓"一切景语皆情语也"①。下一句"望极春愁，黯黯生天际"，果然印证了我们的想法。春愁，无疑正如上文所说的，是"一种绵密的情感"。至于"黯黯"，其意义就比较丰富了。黯黯，本用来形容光线昏暗或颜色深，如陈琳《游览》诗："萧萧山谷风，黯黯天路阴。"但这个词本身又可以用来形容心情，如韦应物《寄李儋元锡》："世事茫茫难自料，春愁黯黯独成眠。"也就是说，"黯黯"作为一个符号，可以同时关联起自然和心灵两个世界。正是因为有了这种符号上的贯通性，所以我们在读这句诗时往往会产生双重的感受：视觉上，我们似乎看到了天庐之下、四野周边正渐渐弥漫起一圈淡淡的青色，这是由于夕阳光线的变化所造成的；而在心灵上，我们似乎也能在同时感受到一种挥之不去的哀愁正在胸中缓缓升起，而这，则恐怕是由"黯黯"的情感关联性造成的。从逻辑上来讲，在某一特定的语境下，某一词语的所指应该是单一的。但作为审美而言，其心理行为却常常是超逻辑的。"黯黯"一词的运用，恰恰可以形成一种超逻辑的多重效果。视觉的感受和心中的情绪，仿佛正在眼前交织、弥漫，因而产生了一种审美上的"错综感"。审美，带给人们的感受永远比逻辑思考更为丰富，在某种意义上，这或许正是艺术思维超越逻辑思维之处。

"草色烟光残照里"，这一句是柳永词中写景的名句，其境界之清阔、情感之落寞，和柳永另一写景名句"渐霜风凄紧，关河冷落，残照当楼"（《八声甘州》）颇为类似，所不同者，二者一春一秋而已。"无言谁会凭栏意"，回扣首句，结束上片。正因孤独而无人理解，故满怀愁绪不说也罢。读者至此，唯知其愁，但不知愁自何来，只觉情感不停地被作者向下压抑。

上片的情感不断被压抑，下片转首便稍稍振起。"拟把疏狂图一醉。"

---

① 语出王国维《人间词话》。参见唐圭璋编《词话丛编·人间词话·景语皆情语》，中华书局 2005 年版，第 4257 页。

110

第四章　诗耶词耶:古代文学中的另一种边界

昔日曹孟德曾有诗曰:"对酒当歌,人生几何。譬如朝露,去日苦多。"又曰:"何以解忧,唯有杜康。"(《短歌行》)既然愁怀难解,何不放纵自己,借酒销忧?然而结果却是"对酒当歌,强乐还无味。"正因酒不能销,更见出感情之坚厚、哀怨之缠绵。

"衣带渐宽终不悔,为伊消得人憔悴。"既然愁不可销,又何必销!一直受抑制的情感到了末尾忽然一扬,缠绵一变而为决绝。为伊相思,纵使瘦损腰身、憔悴容颜,也在所不惜!作者终于揭晓了满怀幽怨的缘由:原来是为她!一个志诚男子的形象,因之而跃然纸上。

本词写作,采用了一种先抑后扬的手法。上片主要是写景,层层铺叙渲染,借助景物和动作描写来反映人物的内心情绪。到了下片,则先设一转折,再下一断语,借断语而扬其势,转得有理而断得有力。《五代诗话》引《词筌》有云:"小词以含蓄为佳,亦有作决绝语而妙者。如韦庄'谁家年少足风流,妾拟将身嫁与一生休。纵被无情弃,不能羞'之类是也。牛峤'须作一生拚,尽君今日欢'抑亦其次。柳耆卿'衣带渐宽终不悔,为伊消得人憔悴'亦即韦意而气加婉矣。"[①] 其论小词需含蓄及决绝语等尚具情理,但论柳词不过亦"韦意而气加婉矣",则未免把柳词看得太低。盖耆卿此词,虽属短调,但其抑扬顿挫,屈折部置,却颇具长调笔意,而其写景之妙,高处更是不减唐人。试引韦庄词全文:"春日游,杏花吹满头。陌上谁家年少足风流,妾拟将身嫁与一生休。纵被无情弃,不能羞。"(《思帝乡》)不过是写女子被风流少年所吸引,遂生狂想,无论是气度格调还是铺叙笔法,和柳词差得都不是一点半点,二者几乎是不可同日而语的。说柳词是"韦意而气加婉",显然不是明智之论。

柳氏之词,郑文焯称其"属景切情,绸缪宛转""骨气高健,神韵疏宕",然论者亦有持不同意见者。薛瑞生《乐章集校注·增订本前言》:

> 至若柳氏家法,宋人即有赞之者,而以清人为盛,近人郑文焯为最。郑氏在手校石莲庵刻本《乐章集》卷首总评曰:"耆卿词以属景切情,绸缪宛转,百变不穷,自是北宋倚声家妍手。其骨气高健,神韵疏宕,实为清真能与颉颃。盖自南唐二主及正中后,得词体之正者,独《乐章集》可谓专诣也。""柳词浑妙深美处,全在景中人,

---

[①] (清)郑方坤:《五代诗话·韦庄》,清粤雅堂丛书本,卷四。

文学史的文本透视

人中意,而往复回应,又能寄托清远,达之眼前,不嫌凌杂。诚如化人城郭,惟见非烟非雾光景,殆一片神行,虚灵四荡,不可以迹象求之也。"誉之太过,则胜于毁,郑氏欲为耆卿功臣,实坏柳家门墙。所谓"绸缪宛转"、"神韵疏宕"、"浑妙深美"、"寄托清远"、"虚灵四荡"等等,根本与柳词无涉,且恰好相反,柳词之胜,正在于以赋为词、善于写景叙事与明白家常而已。若论柳氏家法,舍此三者而旁求,究属隔靴挠痒。

又言:

> 北宋词坛是极其变的时代,其中有两个瞩目的人物,一个是柳永以赋为词,另一个是苏轼以诗为词,他们都胜利了。以赋为词是"变旧声作新声"的需要,慢词的体制,给赋以用武之地,而在小令中却是难以驰骋挥戈的。周济谓其"铺叙委婉,言近意远,森秀幽澹之气在骨",夏敬观谓其"用六朝小品文赋作法,层层铺叙"可谓要言不烦。①

则其又认为"以赋为词"才是柳永词的最突出贡献。柳永用赋法作词最著名的代表作乃是《望海潮》(东南形胜),读者多已熟悉,其不仅极尽铺排模写之能事,而且是开了用词以通景形式描写城市生活的先河。《望海潮》的以赋为词,重在铺排,然赋之另一特点乃在用词、用事,兹举另一侧重用词、用事的作品,调名《玉楼春》。

玉楼春

星闱上笏金章贵[1]。重委外台[2]疏近侍。百常天阁旧通班[3],九岁国储[4]新上计。

太仓日富中邦[5]最。宣室夜思前席对[6]。归心怡悦酒肠宽,不泛千钟应不醉。

---

① (宋)柳永撰,薛瑞生校注:《乐章集校注·增订本前言》,中华书局2012年版,第42—43页。

第四章　诗耶词耶:古代文学中的另一种边界

注释:

[1] 星闱:闱,本指古代宫室、宗庙的旁侧小门,又可指宫门、宫殿。星闱,代指朝廷。薛瑞生《乐章集校注》注"星"为"星郎","闱"为"宫旁门",又引《史记正义》"郎位十五星,在太微中帝祚东北"云云,属于过度诠释,未免南辕北辙。

上笏:薛瑞生注"一名手板,朝见时所执者,有事则书于上",此但注出"笏"意而已,按此理解,则"上笏"为一偏义词。谢桃坊《柳永词选评》注"上笏"为"向帝王呈上奏章",意似可通。然翻检其他古籍,从未见以"上笏"指上书者,故谢此说亦属望文生义。按:上笏者,盖代指高官显贵而言。宋叶廷珪《海录碎事》卷十一下"上笏"条:"和惠颁上笏,恩渥浃下筵。注:上笏,大夫之爵。下筵,下席也。"又宋夏竦《文庄集》卷三十《奉和御制宣读天书》:"大裘陟降既登歌,群后延登皆上笏。"群后者,本泛指诸侯公卿,故"上笏"者,亦指官位而言。本词中"上笏"到底是作爵位解还是代指官员,取决于首二句如何理解。如果将首二句连读,将"重委"之"委"理解为委赐爵位,则"上笏"当作官爵讲,此二句犹言高官厚禄皆委赐外台之臣,而不赐近侍。如果将首二句分读,则"上笏"当指为官之人,首句但言高官显贵布满朝廷,如众星罗列天庭而已。

金章:一指官印,一指高级官员的官服。又清惠士奇《礼说》卷五:"周时称印曰玺,未闻称章。愚谓金章者,金节也。"可备一说。谢桃坊《柳永词选评》注"金章"为"贵重奏章",此是承上文将"上笏"理解为上书奏事而言。检古籍,以"金章"代指"贵重奏章"者同样缺乏他例,故谢说不确。

[2] 外台:泛指外廷诸臣。《后汉书·袁绍传》:"坐召三台,专制朝政。"李贤注引《晋书》:"汉官,尚书为中台,御史为宪台,谒者为外台,是谓三台。"薛瑞生《乐章集校注》以"谒者"为"宦官之称,外台亦即宦官",非也。按此"外台"与"近侍"(内侍)意义相对,故当是泛指外臣。《东汉会要》卷二十:"或谓刺史为外台。谢夷吾为荆州刺史,第五伦荐之曰:'寻功简能为外台之表,听察声实为九伯之冠。'"《历代职官表》卷十八:"唐自开元置采访使,始以中丞兼之。其后为节度、观察刺史者多兼大夫、中丞之号,以至幕

113

文学史的文本透视

府参佐僚属皆以御史为之,谓之外台。此即后世行台之制所自昉也。"所谓台官,主要的职责就是监察检举。本句意在褒扬宋真宗抑制内侍宦官,使其不能干涉朝政,故"外台"也并不一定坐实为某种特定官吏,泛泛理解即可。

[3] ①百常:一千六百尺。八尺为寻,倍寻为常。言极高。《文选·张衡〈西京赋〉》:"通天訬以竦峙,径百常而茎擢。"薛综注:"倍寻曰常。""百常"是修饰下文"天阁"的,与"九岁"相对。谢桃坊《柳永词选评》注"常"为"常规",误。

②天阁:本指尚书台。《初学记》卷十一引《宋元嘉起居注》:"领曹郎中苟万秋每设事缘私游,肆其所之,岂可复参列士林,编名天阁,请免万秋所居官。"此亦泛指朝廷而已。薛瑞生《乐章集校注》引《宋史》宋真宗天禧四年(1020)丁谓等请作天章阁事,指"天阁"为宋真宗藏书之"天章阁"。下文既已将此词作年定于天禧二年(1018),又岂能以后事反证前事?其说误。

③通班:通于朝班,谓显要的官职。唐刘知幾《史通·忤时》:"仆少小仕,早蹑通班。"薛瑞生《乐章集校注》以"通班"指汉代的张武、宋昌等。按张武、宋昌扶助汉孝文事,是在诸吕乱朝被平之后,柳永安能以此事比真宗朝?其说误。

[4] 九岁国储:指太子赵祯。天禧二年(1018)九月,宋真宗册立赵祯为太子,时赵祯年方九岁。薛瑞生《乐章集校注》谓九岁国储指汉景帝,宋仁宗被立为太子时亦九岁,是与汉景帝巧合,又指本词"明写汉文帝,实则写宋真宗",是把整首词倒看了。按本词所作,意在称颂本朝,所咏皆宋代之事,其意并不在借古讽今也。借用汉典以言本朝事,如白居易《长恨歌》"汉皇重色思倾国"云云,乃是古诗词中常用手法。

[5] 中邦:中原,中国。《书·禹贡》:"成赋中邦。"蔡沈集传:"中邦,中国也。"

[6] 宣室:古代宫殿名,此泛指帝王所居的正室。汉焦赣《易林·师之恒》:"乘龙从蜺,征诣北阙,乃见宣室,拜守东城。"《史记·屈原贾生列传》:"后岁余,贾生征见。孝文帝方受釐,坐宣室。上因感鬼神事,而问鬼神之本。贾生因具道所以然之状。至夜半,文帝前席。"本句是称颂真宗礼贤下士,能虚心接受意见,

第四章　诗耶词耶：古代文学中的另一种边界

典故用法与李商隐"可怜夜半虚前席，不问苍生问鬼神"（《贾生》）恰好相反。

在看完这长长的注释之后，就可略知此词用事之多了。

大约在宋真宗天禧元年（1017）前后，柳永离开了故乡崇安，怀抱着满怀的理想来到了京城，从此开始了其旅居京华的十载生涯。[①] 初到京城的柳永，心中充满了进取的热情，而此时的北宋又恰逢盛世，经济发展，政治亦比较清明，故柳永的心中对朝廷充满了认同感。宋真宗天禧二年（1018）九月，宋朝发生了一件大事：时年年方九岁的赵祯被真宗正式册立为皇太子。消息传出，朝野称贺，柳永便也于此时写下了这首称颂朝廷的《玉楼春》词。正是因为抱有称贺的意思，故此，本词实际上又带着很强的颂体的味道。

"星闱上笏金章贵。"首句即极富丽。帝都之中，朝廷之上，各式各样的达官显贵，一个个衣紫腰黄，围绕着皇帝，仿如众星捧月一般，好一派热闹气象。"重委外台疏近侍。"外台，与"近侍"对言，盖泛指外廷诸官。历来各朝，朝政多有乱于宦官近侍者，故自大宋建立以来，各朝君主无不小心防范内臣对朝政的腐蚀与影响。《宋史全文》卷五："丁未景德四年（1007）春二月，上（宋真宗）谓辅臣曰：'前代内臣恃恩恣横，蠹政害物，朕常深以为戒。至于班秩赐与，不使过分，有罪未尝矜贷。'王旦等曰：'陛下言及此，社稷之福也。'"[②] 能杜绝内宦之祸，历来被看作成为明君的必要条件。而明白了这一点，本朝为何会出现首句所说的那种升平气象，似乎便也有了答案。

"百常天阁旧通班，九岁国储新上计。"上文赞颂真宗"以外统内"的明智做法，此又夸赞其另一圣明举措，即早定太子。所谓太子者，乃国储副君，立太子则民心知所归依，同时又不知能避免多少争权夺利的宫廷内斗。而从日后仁宗皇帝的所作所为来看，真宗此刻的选择还真不是太坏。"旧通班"云云，盖谓朝中皆耆旧重臣，并非是特指某一人、某一官。

下片"太仓日富中邦最"与"宣室夜思前席对"是继续称颂宋真宗的治绩。太仓，原指京城储谷的大仓，此泛指官仓。在皇帝的圣明治下，

[①] 参见（宋）柳永撰，谢桃坊选评《柳永词选评》，上海古籍出版社2002年版，第31页。
[②] （元）佚名：《宋史全文》，清文渊阁四库全书本，卷五。

文学史的文本透视

社会财富与日俱增，中国之富庶天下称最。况且皇帝又是如此的礼贤下士，日夜勤政，我们怎么能不爱戴这样一位明君呢？"宣室夜思前席对"和李商隐"可怜夜半虚前席，不问苍生问鬼神"（《贾生》）用的是同一个典故，不过所表达的意思恰好相反。

"归心怡悦酒肠宽，不泛千钟应不醉。"结尾终于由宸闱上笏写到了市井民间。生在如此的富裕之国，拥有如此贤明的君主，又身处如此繁华的京城，怎能不开心、不开怀痛饮呢？此是道天恩下沐、举国俱欢之意。其写法和柳永的另一首《玉楼春》的结句"金吾不禁六街游，狂杀云踪并雨迹"类似，都是称颂朝廷的恩典及于民间。归心，犹言安附之心。或言"归心"为欲归之心，其说值得商榷——柳永下一年还要在京城参加进士考试（此按谢桃坊说），若此时言归去，未免太早。

本词从内容上来讲，属于称颂朝廷的颂体词。现代人对此种词往往不太重视，但古人对这类词看得却颇高。宋黄裳《演山集》卷三十五《书乐章集后》："予观柳氏乐章，喜其能道熹祐中太平气象，如观杜甫诗，典雅文华，无所不有。是时予方为儿，犹想见其风俗，欢声和气，洋溢道路之间，动植咸若。令人歌柳词，闻其声，听其词，如丁斯时，使人慨然有感。呜呼！太平气象，柳能一写于乐章，所谓词人盛世之黼藻，岂可废耶？"[①] 对于柳词的艺术表现力作了高度肯定。又宋李之仪《姑溪居士前集》卷四十《跋吴师道小词》论词之流变："唐人但以诗句而下用和声抑扬以就之，若今之歌《阳关》是也。至唐末，遂因其声之长短句而以意填之，始一变以成音律，大抵以《花间集》中所载为宗，然多小阕。至柳耆卿，始铺叙展衍，备足无余，形容盛明，千载如逢当日。"[②] 对于柳词的文学史地位亦有说明。所谓"铺叙展衍"，其实就是通常所说的"赋"法，"赋者，铺也。铺采摛文，体物写志也"（《文心雕龙·诠赋》）。将赋法引入词，尤其是长调词的创作，是柳永最大的艺术贡献之一。而所谓的"形容盛明"，恰恰也是传统的赋体文所要承担的任务之一。故从"文用"论，柳永其实也是将词"赋化"了。人但知苏轼"以诗为词"推高了词体地位、扩大了词的表现范围，却很少意识到柳永"以赋为词"同样是抬高了词体地位、扩大了词的表现范围。为了使传统

---

① （宋）黄裳：《演山集·书乐章集后》，清钞本，卷三十五。
② （宋）李之仪：《姑溪居士前集·跋吴师道小词》，清文渊阁四库全书本，卷四十。

第四章 诗耶词耶:古代文学中的另一种边界

的词体能够适合表现政治生活的需要,柳永不仅广泛地使用长调,而且大大增加了词中的知识密度。本词之所以会引得众多注者犯下种种错误,实际上就跟这种知识的丰富性有关。古人批评柳永,多有言其词语卑下者,然观本词所使用的种种词语,如星闱、上笏、宣室等,都本于经史,皆出有源。故知决定词的语体风格的,其实主要还是内容。柳词所包括之内容极多,故其具有的语言风格亦极多,正不可一概而论。

所选本词词调较短,对于柳永的"以赋为词"只可见一斑。其他长调,更有妙者。不过,话说回来,柳永的以赋为词也不是没有缺点:

> 赋作为文体,要求"铺采摛文",作为表现手法,要求直陈其事,这二者都在柳词的"铺叙委婉"中找到了契机。……但赋若不参以比兴,则少寄托,欠含蓄,这正是柳词长中之短。故读柳词,常觉一泻无余,却难于流连忘返。①

其说亦并非没有道理。值得说明的是,"以赋为词"只是后人根据柳永词的创作特点,再参照古人"以文为诗""以诗为文"等说法所造的一个"仿词",在古代的典籍中,是缺乏这种说法的。

柳永变晚唐五代之词为宋词,然则宋体词又该如何?对宋体词进行了阶段性总结的则有李清照。李清照的词学观点,集中体现在其所作的《词论》(有的版本又作《论词》)中。兹录于下,且略作解说。

词论

乐府声诗[1]并著,最盛于唐。开元天宝间,有李八郎[2]者,能歌擅天下。时新及第进士开宴曲江,榜中一名士先召李,使易服隐名姓,衣冠故敝,精神惨沮,与同之宴所,曰:"表弟愿与坐末。"众皆不顾。既酒行乐作,歌者进。时曹元谦、念奴娇为冠,歌罢,众皆咨嗟称赏。名士忽指李曰:"请表弟歌。"众皆哂,或有怒者。及转喉发声,歌一曲,众皆泣下,罗拜,曰:"此李八郎也。"自后郑卫之声日炽,流靡之变日繁,已有《菩萨蛮》《春光好》《莎鸡子》

---
① (宋)柳永撰,薛瑞生校注:《乐章集校注·增订本前言》,中华书局2012年版,第43—44页。

《更漏子》《浣溪沙》《梦江南》《渔父》等词，不可遍举。五代干戈，四海瓜分豆剖，斯文道熄，独江南李氏君臣[3]尚文雅，故有"小楼吹彻玉笙寒""吹绉一池春水"之辞[4]。语虽奇甚，所谓"亡国之音哀以思"[5]也。

逮至本朝，礼乐文武大备，又涵养百余年，始有柳屯田永者，变旧声，作新声，出《乐章集》，大得声称于世。虽协音律，而词语尘下。又有张子野、宋子京兄弟[6]、沈唐[7]、元绛[8]、晁次膺[9]辈继出，虽时时有妙语，而破碎何足名家。至晏元献、欧阳永叔、苏子瞻，学际天人，作为小歌词，直如酌蠡水于大海，然皆句读不葺之诗尔，又往往不协音律者。何耶？盖诗文分平侧，而歌词分五音[10]，又分五声[11]，又分六律[12]，又分清浊轻重[13]。且如近世所谓《声声慢》《雨中花》《喜迁莺》，既押平声韵，又押入声韵，《玉楼春》本押平声韵，又押上去声韵，又押入声。本押仄声韵，如押上声则协，如押入声则不可歌矣。王介甫、曾子固，文章似西汉，若作一小歌词，则人必绝倒，不可读也。乃知别是一家，知之者少。后晏叔原、贺方回、秦少游、黄鲁直出，始能知之。又晏苦无铺叙，贺苦少典重。秦即专主情致，而少故实，譬如贫家美女，虽极妍丽丰逸，而终乏富贵态。黄即尚故实，而多疵病，譬如良玉有瑕，价自减半矣。

注释：

[1] 乐府声诗：关于此句之理解，向来存在争议。郭绍虞主编之《历代文论选》注"声诗"为"指乐府以外唐人采作歌词入乐歌唱的五七言诗"。徐北文主编之《李清照全集评注》亦持此说。按此理解，则"乐府"当指传统之乐府诗，乐府声诗是并列结构。然徐培均《李清照集笺注》引张炎《词源序》"古之乐章、乐府、乐歌、乐曲，皆出于雅正。粤自隋、唐以来，声诗间为长短句"之说，认为"此从音乐与歌辞两方面论词之特征"。按此理解，"乐府"则为主语，"声诗"云云则为谓语。任半塘《唐声诗》："李清照谓：'乐府、声诗并著，最盛于唐开元、天宝间。'揣原意：'乐府'指长短句词，'声诗'指唐代歌诗，二者同时并行。近人黄墨谷对此别有解释，谓'词源流于乐府，词的性质是声、诗并著'（《文学遗产增刊》第十二辑）。如此，将声与诗分作两事，恐非李氏原意。至于此处'乐府'

第四章 诗耶词耶:古代文学中的另一种边界

指词,抑指古乐府,抑指唐大曲,非主要问题。"可备一说。另可参看李定广《"声诗"概念与李清照〈词论〉'乐府声诗并著'之解读》(《文学遗产》2011 年 1 期》)。

[2] 李八郎:即李衮。李清照所叙事见唐李肇《国史补》卷下。按此,下文"榜中一名士"即指崔昭。

[3] 江南李氏君臣:指南唐中主李璟、后主李煜、宰相冯延巳等人。

[4]《十国春秋》卷二十六:元宗尝因曲宴内殿,从容谓:"吹皱一池春水,何干卿事?"延巳对曰:"安得如陛下'小楼吹彻玉笙寒'。"按:此二句分见冯延巳的《谒金门》词和李璟的《摊破浣溪沙》词。

[5] 语见《礼记·乐记》。

[6] 宋子京兄弟:指宋祁(宋子京)及其兄宋庠(原名郊,字公序)。

[7] 沈唐:字公述,熙宁间曾官大名府签判,后改渭州,卒于官。

[8] 元绛:字厚之,神宗朝参知政事。

[9] 晁次膺:即晁端礼,熙宁六年(1073)进士,曾为县令,宣和间充大晟府协律郎,晁补之的十二叔。

[10] 五音:一说指宫、商、角、徵、羽五个音阶,一说指发音部位,唇、齿、喉、舌、鼻。此二说张炎《词源》中并存。在古人著作中,"五音"与"五声"常常混同,因语境不同而意义各有侧重。易安此说到底何指,无法确证。

[11] 五声:一说指音阶,一说指发音部位,参上注。王仲文《李清照集校注》认为当指"阴平、阳平、上、去、入五声解"。

[12] 六律:此用六律代指音乐中的十二律。十二律中,阳为律,阴为吕。

[13] 清浊轻重:指清音、浊音、轻音、重音。虞集《中原音韵序》:"高安周德清工乐府,善音律,自制《中原音韵》一帙……其法以声之清浊定字为阴阳,如高声从阳,低声从阴,使用字者随声高下,措字为词,各有攸当,则清浊得宜,而无凌犯之患矣。"可资参考。

李清照的《词论》,是中国词论史上的著名篇章。篇中所论的"北宋

文学史的文本透视

作家，止于元绛、晁端礼（次膺），而不提及周邦彦，也无一语涉及靖康之乱"[1]，基本可以肯定是李清照早年遭乱以前的作品。徐培均《李清照集笺注》将此文作年定于政和三年（1113）[2]。李清照于公元1084年生，写此文时方当二三十岁的年纪，故全文投射出一种年轻人特有的锐气和勇敢精神。

全文内容，可以分成两个大的部分。第一部分，是略论唐以后宋以前词的发展历史。今人若作分体文学史，常会依据词近诗而可歌的特征，将词的源头追溯到《诗经》时代——其实这种做法古人亦曾有过，上文已经举过例子——但古人并无今人发生学的观念，其研究问题，亦并不完全会秉持今人"知识考古"似的研究方法，讲求证据和理论的结合，故其所论，往往带有例举式和印象式的特征。而对某一问题持有何种印象，则和个人的知识储备和人生阅历息息相关。在李清照的意识当中，"词"乃是一种新体，故其并未将词的发生远溯至先秦，而只是将它的发展繁荣上推到开元天宝时代。唐代能歌者甚众，文中所举李八郎者，盖不过以点代面，略叙其意而已。在点明一时风尚的同时，亦强调了词以歌为本的特征，而这一点，将成为下文论述的基础。随着词体的发展，词牌开始出现，这是词史的重大发展，故下文又一一例举《菩萨蛮》《春光好》《莎鸡子》《更漏子》《浣溪沙》等词牌来说明问题。以后说及南唐，又穿插了一个南唐君臣谈词的典故，着墨较多，实际上是突出了南唐词在词史上的重要地位。南唐君臣词，虽有独造之处，但其作，正当国家风雨飘摇、山河巨变之际，故李清照又称其为"亡国之音"。

上段所述的词史，十分简略，亦不过略示其意而已，论述的重点，乃在于下一部分。"逮至本朝，礼乐文武大备"，此句直承上文"亡国之音"语而来，说明了宋词成长的大体背景。"始有柳屯田永者，变旧声，作新声"，这是对柳永词史地位的肯定。柳永对词的贡献，古今认同，尤其其所作长调，对于开拓词的新境界来说，作用更是不可估量，在这一点上，李清照的观点和大家是一致的——但其亦在同时指出了柳永词"词语尘下"的毛病。柳永之词，很多是写在秦楼楚馆之中，其部分作品多有鄙俚

---

[1] 郭绍虞主编：《中国历代文论选》（一卷本），上海古籍出版社2001年版，第192页。
[2] （宋）李清照撰，徐培均笺注：《李清照集笺注》，上海古籍出版社2002年版，第270页。

第四章 诗耶词耶:古代文学中的另一种边界

恶露之词,这在当时也是公论。下文对张子野、宋子京兄弟、沈唐、元绛、晁次膺辈的评论,则表明了李清照非凡的勇气。上述数人,在当时均是有名的人物,但李清照却评价他们"虽时时有妙语,而破碎何足名家",这种口吻,即使是旁观者见了,恐怕亦难免引起不快。"至晏元献、欧阳永叔、苏子瞻,学际天人,作为小歌词,直如酌蠡水于大海,然皆句读不葺之诗尔,又往往不协音律者。"因晏殊、欧阳修、苏轼皆为北宋一流词人,故需细论之。下文李清照一一细举《声声慢》《雨中花》《玉楼春》等词牌来阐明声律对于填词的重要,也同时回答了认苏轼等人之词为"句读不葺之诗尔"的理论依据。值得注意的是,李清照此番的论述是在词"歌本位"的基础上作出的,这和其上文对词流变史的认定是一致的。今人谈及苏轼等人的"以诗为词",常说其具有推升词体、开拓词境的作用,这其实主要是就词的意义层面而言,同李清照根植形式层面的立论,还是有所差别。"王介甫、曾子固,文章似西汉,若作一小歌词,则人必绝倒,不可读也。"在这段话里,我们其实能多少嗅出一些曹丕"文非一体,鲜能备善"(《典论·论文》)似的天赋论的味道。而"不可读也",强调的仍然还是声音层次。李清照在为自己的论点又增添了几个例证之后,顺势推出自己的结论:"乃知别是一家。"这个结论,使得"词"终于和"诗"成了并列的文体。

在完成了对于词的"定体"之后,李清照又对其他几位"始能知之"的作家进行了评价:"晏(幾道)苦无铺叙,贺(铸)苦少典重。秦(观)即专主情致,而少故实","黄(庭坚)即尚故实,而多疵病"。后人因此"逆向推理",总结出易安的词美学主张:铺叙、典重、故实、无疵病。结合上文其对柳永、苏轼等人的评价,认为其同时还主张词要高雅、协律。因为行文之故,将"协律"置后,但在易安的观点中,"协律"其实是最重要的,因为其直接和词的歌本质相关。

关于李清照在此篇中所论,前人其实以抨击者居多。如宋胡仔《苕溪渔隐丛话·后集》卷三十三所论:"易安历评诸公歌词,皆摘其短,无一免者,此论未公,吾不凭也。其意盖自谓能擅其长,以乐府名家者。退之诗云:'不知群儿愚,那用故谤伤。蚍蜉撼大树,可笑不自量。'正为此辈发也。"[1] 又如《词苑萃编》卷九所引裴畅语:"易安自恃其才,藐视一

---

[1] (宋)胡仔:《苕溪渔隐丛话·后集》,清乾隆刻本,卷三十三。

切,语本不足存,第以一妇人能开此大口,其妄不待言,其狂亦不可及也。"① 再如夏承焘《唐宋词字声之演变》所论:"易安好为高论,据其今存各词,校其所说,未必尽合,其同时人论词,亦无及此者。"② 如此等等。有从其自身创作未能达到自己的要求而论述者,有从其评论过于苛刻而论述者,最有甚者,乃是以恶毒的言语直接攻击易安的女性身份。

平心而论,易安在此文中的观点,未必全然公允,其所述之词史源流,亦远未臻丰富全面。但其紧紧抓住词的声音层面来理解词,却是对的。音乐的变化对词体的催生作用,今日早已为学界所公认。即使是到明代王世贞论曲,说"曲者,词之变。自金元入中国,所用北乐嘈杂凄紧,缓急之间,词不能按,乃更为新声以媚之"③,秉持的其实亦是同样的认识。唐乐之变,使得整齐的"声诗"变成了长短错落的长短句,因此关注词体首先要关注它的声音层,这在逻辑上是毫无问题的。而论者因易安对其他作者的批评而"逆向"为其总结出所谓的美学主张,并用这些主张来要求批评者的做法则是不恰当的。首先,指出批评对象的缺陷,并不意味着批评者自身的价值观里必须同时包含着一个完全"反向"的价值取向。其次,价值评判的话语体系,在很多时候并不仅仅是依照二元对立的关系建立的。另外,文学评论的展开,也并不以自身的创作为前提,在这一领域,话语权应该是被平等共享的——很多现代的文学评论家,自己并不创作文学作品,但这并不妨碍其成为批评者。

宋代是一个"辨体"意识开始兴起的时代,虽然所有的争论未必能结出公认的结果,但其毕竟体现了古人将世界重新范畴化的最新努力。当此之时,李清照写作《词论》,提出"词别是一家"之说,的确是具有一定的开拓意义。而其对于诗与词文体界限的划分,在客观上,确实也能像某些学者所说的那样,对词起到"尊体"的作用。在男性作家林立的北宋词坛,李清照以傲然的姿态,指点江山,激扬文字,这在中国的整个性别文化史上,亦是浓墨重彩的一笔。李清照在文中所使用的"情致""故实""铺叙"等术语,实际上是对北宋以来作词技法的一大总结。这些词

---

① (清)冯金伯:《词苑萃编》,清嘉庆刻本,卷九。
② (宋)李清照撰,黄墨谷重辑:《重辑李清照集·历代评论·夏承焘》,中华书局2009年版,第281页。
③ (明)王世贞:《弇州四部稿·艺苑卮言·附录一》,明万历刻本,卷一百五十二。

第四章　诗耶词耶：古代文学中的另一种边界

语反映了当时学人在观照词体文学之时所能达到的思维境界，同时亦反映了其时人的审美侧重点。关注这些术语的使用，或许远比关注李清照的创作是否达到了其自身所要求的标准更为重要。

既然李清照有如此强的文体意识，那其自身创作又如何呢？略举二例。

浣溪沙

小院闲窗春色深，重帘未卷影沉沉。倚楼无语理瑶琴。

远岫出云催薄暮，细风吹雨弄轻阴。梨花欲谢恐难禁。

关于此词作者，说法不一，或曰欧阳修作，或曰周邦彦作，或曰吴文英作，这或许从另一侧面说明了宋代的令词在风格上有着很大的通约性。陈祖美以为此词当作于清照待字汴州时期，徐培均则根据下文"远岫"句，推断其作于清照"屏居青州时期"，而其所见之"远岫"即青州的仰天山[1]。他本或于词牌下缀以标题，曰"春景"。虽然作者说法不一，这个题目却是不错，此词就是一首写春日中所见所感的闺情词。

"小院闲窗春色深，重帘未卷影沉沉。""小院闲窗"，交代的是时间和场景。"重帘未卷"，映带出的是心情。时值春日，鸟语花香，年轻的生命正该与这青春一起灿烂飞扬，但这重重的帷幕，却将这春日和少女的深闺隔成了两个世界。"倚楼无语理瑶琴。"少女的寂寞，似乎永远只有瑶琴能懂。我们似乎能听到那淙淙的琴声透过密遮的帘幕、曲折的回墙，将少女的心事带向遥远的水湄山际。

"远岫出云催薄暮，细风吹雨弄轻阴。"上文既然已经用"闲窗""倚楼"等语暗示出"望"的立足点，此句就不免顺写一笔，交代一下望到的景物。远岫浮云，清风吹雨，薄暮轻阴，一切的景象，衬托的都是一种挥之不去的缠绵之绪。深闺之女，讲求的是沉静温婉，故其选词，皆用"薄""细""轻"等轻柔的字眼，这在切合春天景色的同时，亦表现出主人公温柔敦厚、怨而不怒的精神修养。明代沈际飞《草堂诗余》评此词

---

[1] 参见（宋）李清照撰，徐培均笺注《李清照集笺注》，上海古籍出版社2002年版，第68页。

曰"雅练"①，以"雅"字居首，其实也正是对这种精神修养的肯定。"梨花欲谢恐难禁。"词至末句，则语带双关。"梨花"当然是花，但它代指的，更是青春与生命。春夏秋冬，四时轮转，似乎恒久不息，或许每一季节，都会再有花开，但眼前的梨花的生命，却确确实实要于此时飘逝了。惋惜当中，又饱含着诸多人生的无奈。青春流驶，少女心中的所想，却未知能否最终达成。在因梨花飘落而生发出的伤感之中，我们看到了一种自然世界和生命世界的错落相违。

北宋的大家作令词，多以含蓄清婉为其美学取向。或许也正是由于这种共同的价值取向，才导致此词被混入诸多其他作家的名下而难以分辨。易安此词，一洗五代以来花间词风的靡丽香艳，以清新细致的笔触，描写出青春少女幽婉的内心世界。读罢此词，少女独立闺中而眼望遥天，身为所困却心怀遥远的画面仿佛就在面前。其语近，其情切，其词丽，其味永，此词所表现出的，正是正宗婉约词的艺术特色。

浪淘沙

帘外五更风，吹梦无踪。画楼重上与谁同？记得玉钗斜拨火，宝篆成空。

回首紫金峰[1]，雨润烟浓。一江春浪醉醒中。留得罗襟前日泪，弹与征鸿。

注释：

[1] 紫金峰：徐培均《李清照集笺注》以为此"紫金峰"为镇江之紫金峰。王仲闻《李清照集校注》以检宋代地志无此峰名，而镇江虽有紫金、浮玉等处，亦不能指实，疑"紫金峰"即紫金色山峰之意，非一专称也。

这一首词的作者，亦存在争议。不同的本子上或曰欧阳修作，或曰幼卿作，说法不一。幼卿者，宣和间女词人，《能改斋漫录》存其词一首，姓氏不详，大抵与易安同时。徐培均《李清照集笺注》以此词"感情深挚，技巧高超"，"非有李清照之遭遇与才情，绝不能写出"，仍断为是李

---

① 参见（宋）李清照撰，徐培均笺注《李清照集笺注》，上海古籍出版社2002年版，第69页。

第四章 诗耶词耶：古代文学中的另一种边界

清照的作品。建炎三年（1129）八月十八日，赵明诚以四十九岁的壮龄卒于建康。李清照在为夫君营葬与作祭文后，亦大病一场。十一月，金兵陷洪州，赵氏"连舻渡江之书"丧失殆尽。在仓皇无依的境况之下，李清照不得不"追随帝踪，流徙浙东"。如果此词确为李清照所作，则其当是作于赵明诚亡故之后，因其内容，颇具怀旧悼亡的情调。而观其词中有"回首紫金峰"等句，则大概是李清照离开建康之后，沿江经镇江南下时的作品。[①]

"帘外五更风，吹梦无踪。"梦可由风吹散，足可见出其脆弱无凭。梦，代表的或是美好的想往，或是温暖的记忆，但无论它是怎样的温暖，怎样的美好，此刻都是如此的缥缈失据。如果说所谓的黑甜之乡代表的乃是灵魂的安居之所，那么，此刻，作者的一颗心早已经伴随着这早上的一缕晨风，跌入了动荡失衡的现实世界。"画楼重上与谁同？"有此一问，乃知作者是身处于丈夫早已故去的现实当中。"记得玉钗斜拨火，宝篆成空。"有此一忆，乃知作者的灵魂，流连的仍是那一片心灵的幻妄。玉钗拨火、焚香夜谈的旧事，早已成为遥远的过去。所谓回忆，其实不过是梦境在醒着时的替代品而已。

"回首紫金峰，雨润烟浓。"到了下一片，却连这种替代也要失去了。"回首"二字，描绘出作者对曾经生活过的故地的不舍，却也在同时透露出不得不离开的无奈。回忆是一种虚幻，只要你愿意，可以永远沉浸其中。而离开却是一种现实，是你不得不作出的选择。回顾紫金峰上，雨润烟浓，青山自绿，云水自生，其又何尝肯为世人的哀苦稍改其容。多少幽情往事，就这样埋葬在一片烟水苍茫之中。"人世几回伤往事，山形依旧枕寒流。"（刘禹锡《西塞山怀古》）读词至此，始觉青山绿水背后，隐藏的乃是一种别样的残忍。"一江春浪醉醒中。"一江春浪，是途中所见。醉醒中，则是途中所感。只因受了突然的重大打击，故一时还分不清它是否真是现实。只因流连于梦境和回忆，故一时分不清己身是醉是醒。这一种如梦如醒的恍惚状态，是每个曾遭受过重大打击的人都不难理解的。"留得罗襟前日泪，弹与征鸿。""前日泪"，可见作者连日来泪未曾断。鸿雁，本是为离散的人传书的使者，作者在此却反用其意。斯人已去，纵

[①] 参见（宋）李清照撰，徐培均笺注《李清照集笺注》，上海古籍出版社2002年版，第122页。

有相思堪寄,又该传给何人呢?徐士俊评此词"雁传书事,化得新奇"[①]。雁不传书而传泪,与其说化得新奇,其实还不如说是化得凄厉。

易安此词,清丽传神,然不使人见雕画之功,铺写一波三转,而不使人见部置之迹。本词场面调度较为频繁,但一以真情贯之,故词意虽然在梦境与现实、回忆与遥想中不断迁移转徙,但毫无形散神离之弊。古人以为"此词极与后主相似"[②]。考后主词[③],亦作在亡国破家之后,其当时心境,确有和易安相似之处。然后主以亡国之君,追念"无限江山,别时容易见时难",其身份、声调,又有和易安不同者。易安之词,以一己之生活遭遇,折射出国家的命运以及乱离中的人世情感,如果在抒发家国之思的层面上考虑,其和后主之作相较,亦一隐而一显乎?

以上所举两词,各有特色,是否达到了易安自己的要求,恐怕读者亦是见仁见智。而李清照最强调的词要合律,因为古调多已失传,恐怕也难以考证。无论如何,李清照之词在境界与技巧上已经超越了晚唐五代词,这一点是可以肯定的。而她对于北宋词体的辨析和总结,亦足以成为后世词学推衍发生的基础。

五　诗与词的高端融合:以姜夔为核心

上文所引诸说,在论文体时多是围绕着诗与词的二元展开。诗与词的这种纠缠不清,有其发生学的原因,因为词本身就是由诗演化而来。另一方面,亦有个人认识的问题,譬如李清照就提出要尊重词的音乐特性,要分清歌词的五音、六律,以及清浊轻重等,不能像诗那样,只分平仄,不协音律。然无论字句之长短多少,还是音韵之清浊轻重,都属于作品的表面形式。如果只局限在这个层面上谈论文体,则虽对于辨明文体的形式特征有益,但对于促进文体的互相学习、借鉴发展来说,却并没有多大作用。所谓天下大事,合久必分,分久必合,文体的发展也是这个样子。某

[①] (明)卓人月:《古今词统》,卷七。参见(宋)李清照撰,徐培均笺注《李清照集笺注》,上海古籍出版社2002年版,第123页。

[②] (明)钱允治:《续选草堂诗余》,卷上。参见(宋)李清照撰,徐培均笺注《李清照集笺注》,上海古籍出版社2002年版,第123页。

[③] 按:指《浪淘沙·簾外雨潺潺》一首。

第四章　诗耶词耶:古代文学中的另一种边界

一文体发展到某一程度,必须向其外部吸取养料,才能维持其自身的发展,这也正如生物体的同化作用一样。生物体吸取外部物质,以使其构成自身的一部分,但这并不意味着它需使这些物质保持其原来的样貌。文体之间的吸收借鉴亦是如此,真正的融合,并不仅仅是形式方面的低级吸纳,而还应包括神理意趣层面的高级贯通。既能尊重词体的音乐特质,又能将诗的神理意趣糅入词作当中,做到字法、句法锤炼无迹,且一洗柳永等轻艳纤佻词风者,南渡之后,首推姜夔白石。

白石之所以能够越度前家,首先就是因为其能超越字句的形式因素。《白石道人诗说》:

> 意格欲高,句法欲响,只求工于句、字,亦末矣。故始于意格,成于句、字。句意欲深、欲远,句调欲清、欲古、欲和,是为作者。①

同时,对于诗中的情感,也要有所限制,不能陷入轻俗:

> 大凡诗,自有气象、体面、血脉、韵度。气象欲其浑厚,其失也俗;体面欲其宏大,其失也狂;血脉欲其贯穿,其失也露;韵度欲其飘逸,其失也轻。②
>
> 意出于格,先得格也;格出于意,先得意也。吟咏情性,如印印泥,止乎礼义,贵涵养也。③

再者,语又需含蓄,不可直白:

> 三百篇美刺箴怨皆无迹,当以心会心。
>
> 语贵含蓄。东坡云:"言有尽而意无穷者,天下之至言也。"山谷尤谨于此。清庙之瑟,一唱三叹,远矣哉!后之学诗者,可不务乎?若句中无余字,篇中无长语,非善之善者也;句中有余味,篇中有余

---

① (清)何文焕:《历代诗话·白石道人诗说》,中华书局2004年版,第682页。
② 同上书,第680页。
③ 同上书,第682页。

文学史的文本透视

意，善之善者也。①

这些虽是论诗，但移之于词，亦是通的。上文说到柳永的词往往少寄托，故少余味，而姜白石则通过将诗中的比兴寄托之法移入词中，克服了柳词的这种缺陷。

《白雨斋词话》卷二：

> 南渡以后，国势日非。白石目击心伤，多于词中寄慨。不独《暗香》、《疏影》二章，发二帝之幽愤，伤在位之无人也。特感慨全在虚处，无迹可寻，人自不察耳。感慨时事，发为诗歌，便已力据上游，特不宜说破，只可用比兴体。即比兴中，亦须含蓄不露，斯为沉郁，斯为忠厚。②

正是因为诗讲寄托，故论词主张寄托者多赞成由诗入词之说。《白雨斋词话》卷七：

> 诗词一理。然不工词者可以工诗，不工诗者断不能工词。故学词贵在能诗之后。若于诗未有立足处，遽欲学词，吾未见有合者。③
> 古人词胜于诗则有之，未有不知诗而第工词者。④

既有诗之寄托遥深，又有词之清空含蓄，而又做到了血脉贯穿、格高调逸，这才是诗与词之间高层次的融合。

白石讲寄托之词，论者多举《暗香》《疏影》为例，解词者甚多，今不赘引。兹引一词，以说明姜夔所惯用的另一种沟通文体的方法：词序。唐五代词情节多为虚构，且多为樽前消遣之物，故无词序。迨张先、苏轼等人用词记录自身生活或反映自身情感，词序之写作渐多，但内容多局限于介绍词的写作原因或是写作的时间、地点等，篇幅都比较短，文句亦不

---

① （清）何文焕：《历代诗话·白石道人诗说》，中华书局2004年版，第681页。
② 唐圭璋编：《词话丛编·白雨斋词话·白石词中寄慨》，中华书局2005年版，第3797页。
③ 唐圭璋编：《词话丛编·白雨斋词话·学词贵在能诗之后》，中华书局2005年版，第3936页。
④ 唐圭璋编：《词话丛编·白雨斋词话·词由诗入门》，中华书局2005年版，第3937页。

第四章　诗耶词耶:古代文学中的另一种边界

一定经过精心锤炼。直到姜夔,才使词序大放异彩。姜夔的词序不但多,而且文笔精巧,篇幅也较前人为长,其所述内容,常常能和词作相互参照,真正做到了文词相生、意韵相合。在意韵上沟通,在形式上又各存其体,这亦算是姜夔的一个艺术创举。选词为《清波引》。

清波引

予久客古沔,沧浪之烟雨,鹦鹉之草树,头陀、黄鹤之伟观,郎官、大别之幽处,无一日不在心目间。胜友二三,极意吟赏。揭来湘浦,岁晚凄然,步绕园梅,摘笔以赋。

冷云迷浦,倩谁唤、玉妃起舞。岁华如许,野梅弄眉妩。履齿印苍藓,渐为寻花来去。自随秋雁南来,望江国、渺何处。

新诗漫与,好风景长是暗度。故人知否?抱幽恨难语。何时共渔艇,莫负沧浪烟雨。况有清夜啼猿,怨人良苦。

这是一首缅怀旧日经历的怀旧之作。从序言中即可看出本词写作之缘起。词序文字虽不多,但对比今夕,幽怀婉转,颇有骚人之意。

古沔,即今湖北汉阳。白石之父曾在汉阳为知县,故白石少年时曾在此度过一段漫长的时光。白石另有一首《探春慢》词,其序曰:"予自孩幼从先人宦于古沔,女须因嫁焉。中去复来几二十年,岂惟姊弟之爱,沔之父老儿女子亦莫不予爱也。"① 从中很可以看出白石与古沔的渊源及感情。白石本为江西人,留居古沔,故称"客"。序文中所提及之沧浪,即指汉水。其余鹦鹉(洲)、头陀(寺)、黄鹤(楼)、郎官(湖)、大别(山,山中有寺)云云,皆为附近的名胜。夏承焘《姜白石词编年笺校》将此词系于宋淳熙十三年(1186)下,② 白石时正客于湘中。

"冷云迷浦,倩谁唤、玉妃起舞。"冷云迷浦,四字正扣序中"岁晚凄然"之意。玉妃,虽非专指名词,但因序中有"步绕园梅"之语,故亦不难明了其是指梅花。刘熙载曾说白石词是"幽韵冷香"③,这体现在

---

① (宋)姜夔撰,夏承焘笺校:《姜白石词编年笺校》,上海古籍出版社1981年版,第17页。
② 同上书,第12页。
③ 唐圭璋编:《词话丛编·词概·姜词如琴如梅》,中华书局2005年版,第3694页。

文学史的文本透视

形式上,就是白石常常喜欢用"冷""翠""压""玉"这类能体现出静态感受的字眼。观诸首句,白石不但接连嵌入"冷""玉"等字眼,更在中间着一"迷"字,这就将眼前的江景梅花渲染得更加如梦如幻了。

"岁华如许,野梅弄眉妩。"既然上句是以人代梅,那么下句就不妨在拟人的路径上再推进一步,继续用传情弄眼的字面意义来造成人与物的双关。眉妩,又作眉怃,本谓眉样妩媚可爱,此但概指眉目而言。《册府元龟·总录部·佻薄》:"汉张敞为京兆尹,无威仪……又为妇画眉,长安中传张京兆尹眉妩。"[①] 观其所言,"眉妩"亦侧重在眉样的名词意而已,非在"妩"字。

"屐齿印苍藓,渐为寻花来去。"刘熙载又曾评白石词"拟诸形容,在乐则琴,在花则梅"[②]。观此句,白石又何止是词如梅花而已,其本人亦正是不折不扣的爱梅之人。"屐齿印苍藓",只因爱花,故在花下徘徊不去,又因孤独,故能细数屐痕。至此,下文所言之情绪已呼之欲出。"自随秋雁南来,望江国、渺何处。"正因眼下的孤独无友,故遥想当日的畅聚欢愉。想当日"胜友二三,极意吟赏",到如今只落得形单影孤,纵有佳词丽句,却不知与谁分享。

"新诗漫与,好风景长是暗度。"词之换片之时,常常是词意转折之际。白石此词,却偏不用此法。此句直承上片所思所念而来,声情断而辞情不断。漫与,犹言随便应付。只因无友,故诗句只求遣情,而不严求工整。这其中不知有多少良辰佳景,未被诗笔所捕捉,就这样不知不觉地白白流过了。这,不能不说是一种遗憾。

"故人知否?抱幽恨难语。"正因思切,故有此一问。"何时共渔艇,莫负沧浪烟雨。"正因孤独寂寞,故有此一想。"何时"句承上句承得甚急,显出心中向往的强烈与急迫。然倘若让情绪过于急迫而至于焦躁,则又未免有失士人风度,故诗人又于下句加一连字荡开一笔。"况有清夜啼猿,怨人良苦。"一个况字,将诗意又从遥想的将来拉回到了现在。词的节奏在此一缓,却生出一种别样的跌宕之美。此写眼前境况,却欲友人能遥知遥解,又是章法上的一种回环。

词至南宋,表现方法愈加多样。其表现之一,就是词的章法变得愈来

---

① (宋)王钦若等:《册府元龟·总录部·佻薄》,明刻初印本,卷九百四十四。
② 唐圭璋编:《词话丛编·词概·姜词如琴如梅》,中华书局2005年版,第3694页。

第四章 诗耶词耶:古代文学中的另一种边界

愈繁富。白石既作小令,亦作长调,然读其小令,总觉不如其长调。盖因白石所长,乃在铺叙部置。其所作长调,譬如本词,往往节节相生,句句相承,回环曲折,句琢字炼,而一归于醇雅,可谓尽得宋词章法之妙。至其小令,因篇章限制,则往往不能尽施拳脚,故虽亦有清峻之美,却难有如此词般余韵曲包之味。而词序之运用,至白石亦一变。白石词序,非如他人,仅是交代写作缘起。其词序往往清丽妙洁,形如美文,常常与本词词意互生,尽得互文之妙。本词之序,和前人相比,篇幅已大大增加,这部分地显现出白石词的新变,但其却非白石词序中最佳、最典型者。欲体会白石词序运用的高妙,还需结合其他作品来看。

稼轩与白石,向被视为南宋词坛豪放与婉约两派的高峰,两人之间亦多有交往,且有词章相互唱和。稼轩周边,对其词风进行模仿者甚多,然多局于表面形迹,终难逃出稼轩樊篱。唯有白石,虽受辛词影响,但却能脱略形似,取其神髓,将稼轩的豪放纵出一化为刚健清雅,其正可谓善于化神而不化形者。

清代田同之《西圃词说》曾有云:

> 填词亦各见其性情,性情豪放者,强作婉约语,毕竟豪气未除。性情婉约者,强作豪放语,不觉婉态自露。[①]

白石与稼轩的确性情有差,那像白石这样的文雅婉约之人,受了豪放词风影响之后,该是怎样呢?不妨举一词为例。

汉宫春
次韵稼轩蓬莱阁

一顾倾吴,苎萝人不见,烟杳重湖。当时事如对弈,此亦天乎?大夫仙去,笑人间、千古须臾。有倦客、扁舟夜泛,犹疑水鸟相呼。

秦山对楼自绿,怕越王故垒,时下樵苏。只今倚阑一笑,然则非与?小丛解唱,倩松风、为我吹竽。更坐待、千岩月落,城头眇眇啼乌。

---

① 唐圭璋编:《词话丛编·西圃词说·填词见性情》,中华书局2005年版,第1455页。

❖ 文学史的文本透视

宋宁宗嘉泰三年（1203）六月十一日，辛弃疾被朝廷起为绍兴知府兼浙东安抚使。十二月，召赴行在。在会稽，辛弃疾先后写下《汉宫春·会稽秋风亭观雨》《汉宫春·会稽蓬莱阁怀古》等词作，并寄与友人索和。姜夔此词，便是上述第二首的和作。为便于对比，兹将原词附录于下。辛弃疾《汉宫春·会稽蓬莱阁怀古》：

> 秦望山头，看乱云急雨，倒立江湖。不知云者为雨，雨者云乎？长空万里，被西风、变灭须臾。回首听、月明天籁，人间万窍号呼。
> 谁向若耶溪上，倩美人西去，麋鹿姑苏。至今故国人望，一舸归欤？岁云暮矣，问何不、鼓瑟吹竽。君不见、王亭谢馆，冷烟寒树啼乌。

辛词所感怀的，乃吴越争霸的旧事，乃是典型的豪放词风。姜词因属和作，故在内容和音律上都受到辛词的牵制。辛词音调激荡，已经定下了基本的豪放基调，白石即使不接受也得接受了，但白石却利用自己高超的艺术技巧，成功地转换了辛词的原有格调。

"一顾倾吴"，此直用西施典故，亦是对辛词内容的顺承。汉代李延年曾作有《北方有佳人》歌，其词曰："北方有佳人，绝世而独立。一顾倾人城，再顾倾人国。宁不知倾城与倾国，佳人难再得。"吴王夫差因为宠爱西施而致倾国破家，白石此句，乃是将不同时代的两个典故捏合起来写。"苎萝人不见，烟杳重湖。"苎萝人，即西施，其本为越国苎萝村人。传说西施于破吴之后与范蠡泛舟五湖，不知所踪。吴越厮杀，本是男人之间的事，其中更有几多腥风血雨。作者谈及此事，却偏要从美人写起。隐身于烟水苍茫之后的美人，唤起一种别样的温柔情调，使得那段峥嵘的历史显得格外遥远，更为眼前的现实，带来了某种虚无感。稼轩之词，起得激烈；白石之词，起得悠远。稼轩之词，乃英雄之词；白石之词，乃文士之词。只此一句，便露端倪。

"当时事如对弈，此亦天乎？"此一句，将首句的这种虚无感更推进一步。彼时之人，以性命相搏，以机谋邀胜，用尽心力，但以现时观之，不过如弈棋一般，一切不外乎天意偶然。"大夫仙去，笑人间、千古须臾。"当事人已经不见了踪影，而他们所建立的所谓功业，一旦放到时间的长河中，更是渺小得不值一提。中国诗词中的悲感和虚无感，常常是从

第四章 诗耶词耶:古代文学中的另一种边界

时间或空间中生出,此句是个明证。大夫,一说指文种。文种在破吴后,不听范蠡之劝,终被越王勾践所杀,葬于卧龙山(种山)。但范蠡也曾为越大夫,故此处之大夫谓指范蠡,亦未尝不可。辛词原题怀古,此词以上文字,便是承辛词"怀古"之意而来。

"有倦客、扁舟夜泛,犹疑水鸟相呼。"到了此句,作者开始写到自身。"扁舟夜泛",代表的是一种漂泊的生活。而一"倦"字,表明的则是一种心态。白石一生,才高而不遇,时常漂泊于江湖之中,故未免时觉身心疲倦。而上文所提到的那种历史的虚无感,无疑又加重了作者的这种倦怠感。如果千秋功业只是梦幻,人又有什么理由执着于现实人生呢?故其不免以水鸟为伴,以为其在招呼自己不如归去了。

"秦山对楼自绿,怕越王故垒,时下樵苏。"上片由古写到今,过片却又由今写到古,再扣怀古的主题。秦山,即辛词里提到的秦望山,在会稽东南,传说秦始皇曾登此山而观海。樵,取薪也。苏,取草也。樵苏,盖指砍柴打草之人。秦山因时而绿,是写眼前景,是实写。怕,则点明是想象、推测,是虚写。越王留下的遗垒边,恐怕早已经成为打柴割草人的出没之所了吧?"只今倚阑一笑,然则非与?"既然古今的功业最后都难免变成了虚无,那么当时人的所作所为,难道就都是错的么?词人有此一问,却无最终的回答。其实,在虚无作为最终的结局来临之际,当时的人究竟做了怎样不同的选择,到底做了怎样不同的事情,又有什么区别呢?故此问题,还不如将其彻底悬置吧!有此一想,下句便不免又回到眼下的现实:"小丛解唱,倩松风、为我吹笙。更坐待、千岩月落,城头眇眇啼乌。"既然功业如烟,英雄似梦,那还不如欣飨眼前的一切。请靓丽的女子歌唱,倾听风声吹起的天籁,坐看千山月落,城头乌鹊惊起,渺如烟尘,那又该是怎样的一番景色和一番怎样的心情!盛小丛,唐代有名的歌者。宋曾慥《类说》卷四十一引《云溪友议》"盛小丛":"李讷尚书夜登越城楼,闻歌曰:'雁门上,雁初飞。'爱其激切,召至,曰:'去籍之妓盛小丛也。'曰:'女歌何善也?'曰:'是梨园供奉南不嫌之甥,所唱不嫌授之也。'时崔元范御史赴阙,讷饯于镜湖,命小丛歌,在坐各为一绝。"[1] 因盛小丛本是越中人,故白石用其代指稼轩之侍儿,从中可以见

---

[1] (宋)曾慥:《类说·云溪友议·盛小丛》,文渊阁四库全书本,卷四十一。经核对,该书引文与《云溪友议》原文略有差异,因《类说》叙述较为简洁,故引该书。

文学史的文本透视

出白石词用典之严格贴切。

对比稼轩与白石之词,稼轩之词以气胜,其写景如"秦望山头,看乱云急雨,倒立江湖",其写声如"回首听、月明天籁,人间万窍号呼",皆雄阔有力。而白石词,则以章法见长,其从"一顾倾吴"的"苎萝人"直写到"扁舟夜泛"的"倦客",再由"倦客"写到"对楼自绿"的"秦山"以及"时下樵苏"的"越王故垒",再由此写到倚风而唱的"小丛",其回环部置,非句句读去、认真剖析而不能得其美。在义脉的转折上,稼轩显,如"岁云暮矣,问何不、鼓瑟吹竽",以"问"领下文,则其直露;白石隐,如"只今倚阑一笑,然则非与?小丛解唱,倩松风、为我吹竽",不用转折词,而只用意绪对思维的世界和现实的世界进行衔接,则其曲婉。宋人论诗有云"语忌直,意忌浅,脉忌露,味忌短"(《沧浪诗话·诗法》),白石此词,恰好体现了宋人的这种审美喜好。白石作词,本不太喜欢用散文句法,但本词中先后两次使用了"此亦天乎""然则非与"这样的散文句式,这显然是受到辛弃疾原词的影响。宋人的"以文为词",于此又可见一斑。稼轩、白石写此词时,心中无疑都存在着深深的感慨,但因二者性格不同,故以不同的形式表现出来。受到辛词基调的限制,白石此词虽然婉约,但却不柔软。人言白石词风清刚劲健,于此可见。刘熙载《艺概》有言:

> 张玉田盛称白石,而不甚许稼轩,耳食者遂于两家有轩轾意。不知稼轩之体,白石尝效之矣,集中如《永遇乐》《汉宫春》诸阕,均次稼轩韵。其吐属气味,皆若祕响相通,何后人过分门户耶。[1]

说辛、姜二人气味相通,确属的论。又曰:

> 白石才子之词,稼轩豪杰之词,才子豪杰,各从其类爱之,强论得失,皆偏辞也。[2]

豪杰、才子固然有所区别,但倘若豪杰、才子才力雄厚,则将词风互化,

---

[1] 唐圭璋编:《词话丛编·词概·辛姜气味相通》,中华书局2005年版,第3693页。
[2] 唐圭璋编:《词话丛编·词概·不宜强论辛姜得失》,中华书局2005年版,第3693页。

第四章 诗耶词耶:古代文学中的另一种边界

亦未尝不可也。

《白雨斋词话》云:"不工诗者断不能工词。"则白石之诗又是如何呢?兹引一诗以窥其风貌。

京口留别张思顺

伯劳飞燕若为忙,还忆东斋夜共床。别后无书非弃我,春前会面却他乡。连宵为说经忧患,异日相逢各老苍。更欲少留天不许,晓风吹艇入垂杨。

古人常常因为宦游或谋生等故,不得不在江湖中流徙。流徙当中,难免识友或遇旧,而当分别之时,又常会有诗词酬赠。古人的这种习惯,在中国的诗词文化中催生出了一个独特的"惜别"母题。姜夔的这首诗,就属于这类"惜别"型的作品。宋光宗绍熙二年(1191)正月,白石由合肥出发,前往金陵,于京口(镇江)遇到张思顺,遂写下此诗。张思顺,即张履信。《宋诗纪事》卷五十七:"(张)履信,字思顺,号游初,鄱阳人。侍郎南仲之子,尝监京口镇,官至连江守。"[1]

"伯劳飞燕若为忙",此直用古人诗意。《玉台新咏》载有梁武帝歌辞一首,其首句曰:"东飞伯劳西飞燕,黄姑织女时相见。"毛奇龄《续诗传鸟名卷》卷二"七月鸣鵙"有语:"古词以伯劳与燕相较,有云'东飞伯劳西飞燕'。谓燕以仲春来仲秋去,而鵙(按:即伯劳)以仲夏来仲冬去,来去相背,故曰东西飞。"[2] 白石用此诗意,表达的乃是一种生命的无奈。

虽然为了生活奔忙而无法相见,但却从未有一刻忘记曾经的友情。故下文又承一句,"还忆东斋夜共床",是知二人乃往日至交也。下句"别后无书非弃我","别后无书"四字,是承首句之"若为忙"意,而"非弃我"则暗承"东斋夜共床"之意。唯知交能相互理解,由此更见出二人情谊之厚。"春前会面却他乡",一扣伯劳分飞之意,一发身世漂泊之感。

"连宵为说经忧患",此又道眼前景,写眼前情。因久别重逢,故通

---

[1] (清)厉鹗:《宋诗纪事》,清文渊阁四库全书本,卷五十七。
[2] (清)毛奇龄:《续诗传鸟名卷》,清文渊阁四库全书本,卷二。

❀ 文学史的文本透视

宵夜语。"异日相逢各老苍",则又转写未来他日。无论是身为朝廷官宦,还是身为山野布衣,生命的结局却是相似的。正因如此,二人的友情才能超越身份与地位的限制,实现一种生命的"通约"。

"更欲少留天不许,晓风吹艇入垂杨。"上文写别而又逢,此句则写逢而又别。"欲少留",是有情,"晓风吹艇",则是无情。用无情来反衬有情,人生之无奈,复现其中。

白石此诗,无高深之典故,亦无华丽之辞藻,但在章法上却极尽曲折变化之能事。现在、过去、未来,不同的时空场面在其中不断重叠交叉,确有一种缠绵之美。白石之诗,恰如其词,正需逐句品读,方能见其滋味。四库馆臣说白石诗"运思精密而风格高秀"[1],"高秀"云云,此诗未必能当,但就"运思精密"而言,此诗可以是一个很好的例子。清王士禛《香祖笔记》卷五:

> 宋姜夔尧章《白石集》,予钞之近百首,盖能参活句者。白石词家大宗,其于诗亦能深造自得,自序同时诗人,以温润推范石湖,痛快推杨诚斋,高古推萧千岩,俊逸推陆放翁。白石游于诸公间,故其言如此。其诗初学黄太史,正以不深染江西派为佳。[2]

姜夔虽然不落江西诗一般的俗套,但其诗词却均吸收了江西诗瘦硬的风格。只不过姜夔运用自己的才智巧思,把江西诗比较表面化的瘦硬转换成了自己的含蓄兴寄、柔中带刚罢了。王士禛说其"不深染"而不说其"不染",大约也是因为看到了这一点吧。

> 诗余以鼓吹名,取谐歌曲之律云耳。夫诗可以歌功德、被金石而垂无穷,其来尚矣。自黄桴土鼓泄而韶濩,桑间濮上转而郑卫,玉树后庭变而霓羽,于是亡国之音肆,正雅之道熄。悲夫!词起于唐而盛于宋,宋作尤莫盛于宣、靖间,美成、伯可各自堂奥,俱号称作者。近世姜白石一洗而更之,"暗香""疏影"等作,当别家数也。大抵

---

[1] (清)爱新觉罗·永瑢等:《四库全书总目·别集类十五·白石诗集一卷、附诗说一卷》,中华书局1965年版,第1392页。

[2] (清)王士禛撰,宫晓卫点校:《香祖笔记》,齐鲁书社2007年版,第4561页。

第四章 诗耶词耶:古代文学中的另一种边界 ❃

词以隽永委婉为尚,组织涂泽次之,呼噪叫啸抑末也。惟白石词登高眺远,慨然感今悼往之趣,悠然托物寄兴之思,殆与古《西河》、《桂枝香》同风致,视青楼歌、红窗曲万万矣。①

兹将宋代柴望的这段话,作为此部分文字的一个总结。

---

① 曾枣庄主编:《宋代序跋全编·〈凉州鼓吹诗余〉自叙》,齐鲁书社2015年版,第1597—1598页。

第五章

韵文体的终极形式：
散曲的文体扩张与融合

  诗后有词，词后有曲，所谓唐诗、宋词、元曲，鼎足而三。古人常说诗变而生词，词变而生曲，这是一种看似明晰但是却不太负责任的说法。事实上，曲体之演变远远复杂得多。从最早的源头上而言，它和词其实是有着共源性的，即都发源于所谓的"唐曲"。但因着客观历史条件的演变，以及文人的参与和改造，词与曲又发展出各自不同的演化系统。曲之繁荣鼎盛，晚于诗、词，故其本身又吸取了很多诗、词以及其他既已成熟的文体的诸多要素。"从古代韵文体形式发展史角度观察，曲体所以成为古代韵文体的终极形式，是因曲体包涵了古代几乎一切语体——诗、赋、词、散文、白话——的若干要素，作为一种韵文体，其语言形式的涵量已达到饱和点。……在古代的语言条件下，韵文体已不可能再寻得其他突破、丰富和扩展的新要素、新形式。因此，曲体就必然成为古代韵文体发展史上的终极形式。"[①] 本章即结合一些作品，探讨一下曲体的特点。

一　相似的形式：令曲

  明代的王世贞有言：

    三百篇亡，而后有骚、赋。骚、赋难入乐，而后有古乐府。古乐府不入俗，而后以唐绝句为乐府。绝句少宛转，而后有词。词不快北

[①] 李昌集：《中国古代散曲史》，华东师范大学出版社1991年版，第216—217页。

第五章 韵文体的终极形式:散曲的文体扩张与融合

耳,而后有北曲。北曲不谐南耳,而后有南曲。

又说:

> 曲者,词之变。自金元入中国,所用北乐嘈杂凄紧,缓急之间词不能按,乃更为新声以媚之。①

其所述诗变而为词,词变而为曲的线索,如果仅就文人词、文人曲的层面而言,大抵亦算不错。尤其是其指出的音乐演变对词体演变所造成的影响,可谓是切中了问题的肯綮。郑文焯《瘦碧词自序》:

> 古之乐章皆歌诗。诗之外,又有和声,所谓曲也。隋唐以来,声诗间为长短句。至唐贞元、元和间,新奏竞作,乃以词填入曲中,不复用和声,是为歌词之始。然唐人制曲,多咏其曲名,故文之哀乐,犹与声相谐会。洎乎宋崇宁立大晟府,美成诸人,增演慢曲引近,或移宫换羽,为三犯四犯之曲,依月律进之,其音遂繁,而古节驳矣。②

由其所述可知,无论是词还是曲,对于其形式的演变而言,音乐的影响都是第一性的。而一旦回到历史的真实情境中,像王世贞等人的说法,则又显得过于简单,因为其只考虑了文人文学演变的一面,而没有考虑文体的民间演化系统——尤其对于曲这种民间色彩极浓的文体而言,其民间演化的线索,更是应该考虑的。

说曲有一条民间演化的线索,证据有很多。比如有一个曲牌《后庭花》,是在唐曲子词、宋词、北曲中都有的。其本为唐曲,后因陈后主游宴用之而渐渐流行。后蜀的孙光宪、毛熙震、李珣均作有此曲,不著宫调,形式也分为三种,可见当时的乐式是较为活泼的。但到了宋代,这个曲子却变成了冷牌,仅可见张先一首、无名氏二首。而在北曲兴起后,这个词牌重又变得活跃,小令、散套、剧套皆可用,可体式却与五代词、宋词均不同。至元代的赵孟頫作《后庭花》,已全然变为北曲。再如《水仙

---

① (明)王世贞:《弇州四部稿》,文渊阁四库全书本,卷一百五十二。
② 冯乾编校:《清词序跋汇编·瘦碧词自序》,凤凰出版社2013年版,第1715—1716页。

子》，唐时也为教坊曲，晚唐五代时入词，又名《湘妃怨》。在宋词中也是冷调，仅见无名氏所作二首，在北曲中则极为活跃。可见北曲中其实是有着一条不经宋词的演化路线的。[1]

文人线索与民间线索的相互交杂，使得辨析曲的发展线索变得十分困难。诗姑且不说，即只说词、曲，要划清二者的界限就不容易。比如曲中有些曲牌，本是和词中共有的，如《人月圆》《太常引》《鹧鸪天》《忆王孙》《满庭芳》《行香子》等，其格律要么与词牌相同，要么是略有改动。在具体的音乐唱法失传的情况下，要辨别二者何者为词，何者为曲，是很困难的。[2] 尤其是一些短小的令曲，由于其中几乎没有衬字，表述又比较文雅，就更难和词区别了。这种情况，恰可以成为上文所说的几种文体具有共源性的一个证明。下即举几首令曲，借以体会一下词与曲的相似性。

说到散曲，学者多以元曲为最高。然"朱明一代别擅胜场"，又"绝非元人所能笼罩"，"散曲之发扬光大，故不能无待于明人"。明代实"是散曲的第二黄金时代"[3]。普通的读者对于明代散曲往往不够熟悉，有鉴于此，在保证说明问题的情况下，例子皆举明人作品。先举李昌祺的一首〔越调·天净沙〕。李昌祺（1376—1452），名祯，号侨庵，江西庐陵人。永乐二年（1405）进士，选庶吉士，预修《永乐大典》。擢礼部郎中，迁广西左布政使，后起河南布政使。为人廉洁宽厚，《明史》记其曾"家居二十余年，屏迹不入公府"，以致"庐裁蔽风雨，伏腊不充"。有《运甓漫稿》《剪灯余话》《侨庵乐府》等集，人称其"学博而才富，识高而指远"。

〔越调·天净沙〕

枯松倒挂悬崖，寒梅正对空斋。惯见山光水色。不求身外，黄金任筑高台。

若提起〔天净沙〕小令，大多数人恐怕首先想到元代曲家马致远的

---

[1] 参见李昌集《中国古代散曲史》，华东师范大学出版社1991年版，第24—25页。
[2] 同上。
[3] 参见赵义山《明清散曲史》，人民出版社2007年版，第2—3页。

第五章　韵文体的终极形式：散曲的文体扩张与融合

"枯藤老树昏鸦"，固已知其为曲牌。然作为一首令曲，[天净沙]还是和词有着很多相似性，比如其基本不用衬字，格律也基本固定，如果不考虑曲子的旋律、唱法，只就文字上考虑，它和词几乎无大不同。明了了这一点，再进而分析一下这个曲子的文学特点。

马致远的[天净沙·秋思]被称为秋思之祖，其曲之妙，乃在于其能够完全不用连接词，只通过组织罗列一系列经过精心筛选的自然意象便达成了抒情造境的目的。然而马氏之作虽精妙，其成功模式却不可能被所有[天净沙]小令的写作者所复制，于是，我们在这里看到另一种写作思路。

如果只将"枯松"和"枯藤"相比，我们恐怕很容易得到李昌祺在模仿马致远的印象，因为他们二人作品中出现的第一个意象，表现在字面上竟然只有一字之别。但随着阅读的延展，我们很快便可发现二者的不同：马氏的作品接下来是一系列景观意象的罗列，而李昌祺的作品却引入了精致的连接词。这里的连接词指的不是现代语法中的"关联词语"或"连词"，它指的是那些能够对上下两个意象或物象起到连接作用的字或词语。紧接着"枯松"之后出现的"倒挂"不仅将"枯松"和"悬崖"连接起来，甚至还表明了二者所处的空间关系。

接下来的"寒梅正对空斋"使用了同第一句同样的写法，这一句不仅和第一句形成一种对偶关系，而且通过连接词"正对"的使用，使自然景物（寒梅）和人文景物（书斋）在空间上形成了对应关系。而从文理相扣相应的角度来讲，第二句其实还起着一种更为重要的作用，那就是它进一步限定了第一句所表达的主题。和起首第一句相似的例子，我们至少还可以找出李白《蜀道难》中的一句："连峰去天不盈尺，枯松倒挂倚绝壁。""枯松倒挂倚绝壁"与"枯松倒挂悬崖"一句，在取象上可以说几乎毫无区别。而本首小令之所以没有变成李诗那样的豪放奔腾之作，其枢机全在第二句。"寒梅"与"书斋"本都是文人高洁品性的象征物，而二者的"正对"又为这种高洁品性带来一种额外的庄严整肃，本支令曲的主题到此已隐隐逗出。

"惯见山光水色"一句是对前二句的扩大：所谓"山光水色"，自然不是仅包括枯松、悬崖、寒梅、书斋数种景物，它代表的是一种更为广阔的生活空间和生活阅历。于是末句的高潮便也顺势而出：黄金筑台用燕昭王筑金台千金延士的典故，代表着世俗生活中的功名富贵，而"不求身

141

"外"与"任"字则代表了对于这种世俗价值的拒斥。文人雅士秉持初心、淡泊功名的高洁形象跃然纸上。

此小令字数虽不多,然环环相扣,于短小篇幅中见出文思之辗转递进,和马致远的[天净沙·秋思]同为佳作。

曲与词有很多相同之处,但它们之间也有很多不同。突出的一点,就是曲有着更多的俗化色彩,其内容也更贴近现实生活。下面这首王磐的[沉醉东风·蛙鼓]即是一例。王磐(约1470—1530),字鸿渐,高邮人。生于富室,曾为诸生,然终弃科举,筑楼于高邮城西,常与名士欢会于此,因以自号。王磐善为散曲,与金陵陈大声并为南北曲之冠。其散曲题材较广,风格清丽高雅与俳谐风趣并陈,而常具悲天悯人之怀抱。王磐所作,有《西楼乐府》《西楼律诗》《野菜谱》等。《全明散曲》收其小令66首,套数9首。

[双调·沉醉东风]
蛙鼓

梅雨后千声乱发,草堂中两部频挝。擂池边鸥鹭惊,震水底鱼龙怕。报丰年底是催花,一派村田乐可夸。村社里农夫醉杀。

蛙鼓,即群蛙的叫声。夏日里群蛙鼓噪,这在农村生活中乃是一个常见的场景。

标题中既已标明所写的对象,作者一开始便直奔主题。"梅雨后千声乱发",起得干净利落,一下子便进入对蛙声的具体描写,正因起得突兀迅急,使得读者仿佛突然一下掉进了一个由震耳的蛙声组成的声场当中。第一句交代完时间之后(梅雨后),第二句顺下来交代场所:"草堂中两部频挝。"两部,原指乐队中的坐部和立部。挝,即敲鼓,既然称为"蛙鼓",当然是好敲了。作者在这里把群蛙比喻成乐队,两部具备,足见这群蛙组成的乐队的盛大了。而这乐队演奏的地点,便是草堂。紧接着的两句对这乐队演奏的声音进行描写。"擂池边鸥鹭惊,震水底鱼龙怕。"这响声擂得池边的鸥鹭都心惊,震得水底的鱼龙都害怕,足见其声音之响了。小小的青蛙,竟仿佛变成了威风凛凛的大将军。"报丰年底是催花,一派村田乐可夸。"虽然这蛙鼓声震得鱼龙惧怕,可是这蛙鼓却并不是什么灾祸的兆头,相反,它却是丰年的征兆。"底是"犹言这样。这蛙声不

第五章　韵文体的终极形式：散曲的文体扩张与融合

仅预报着丰年，而且催开了繁花，既如此，这由小青蛙们所演奏的"村田乐"岂不堪夸么？也难怪那村社里的农夫都要高兴得醉倒了。

本曲之妙，乃在于起结。起得迅急，使读者直入其境；结得朴质，使读者仿佛和农夫一起分享了那种乐见丰年的朴实而又真实的情感。全曲流畅明快，带着浓浓的生活气息，完全不同于传统士大夫诗词的那种淡雅清高。这，也正是"曲"这一文学样式常具的抒情特色。

曲自元代起，便有了一个常见的避世主题。这一主题有时体现为一种历史的虚无主义，有时又表现为一种对于世俗追求的背离。在元代文人普遍生活窘迫，欲仕进而无路的背景下，这种情况是极易理解的。时至明朝，文人的生活情况已有较大改观，而很多文人也是有过仕宦经历的，但在其散曲作品中却依然保持和继承了这一主题。无论是在使用的艺术手法上，还是在表达的思想上，明人散曲和元人散曲都是极为类似的。这一方面表明了文学话语具有历时延续性，另一方面，也表明了文学文体具有自身的规定性——尤其是对于那些提倡"守体"的文人们来说，更是如此。以王九思的两首曲子为例，来看一看明代文人散曲的避世主题。王九思（1468—1551），字敬夫，号渼陂，别号紫阁山人、碧山野叟，陕西鄠县（今户县）人。弘治九年（1496）进士，选庶吉士，后授检讨。正德四年（1509），升任吏部考工员外郎，后至郎中。旋因刘瑾案受牵连被贬为寿州同知。复被论，勒致仕。日以诗词曲文自娱。王九思与李梦阳、何景明、康海等号"前七子"，为有明一代复古潮流中颇有影响之文人，而其在散曲、戏剧方面的创作成就，更为许多其他的文人所不及。九思所作有《渼陂集》（及《续集》）、《碧山乐府》、《碧山续稿》、《碧山新稿》、《南曲次韵》及杂剧《中山狼》等。《全明散曲》收其小令448首、套数38首。

[中吕·普天乐]
重游化羊谷赠樵夫

问樵夫，来何处。云山依旧，风景何如。贫则贫梦不惊，苦则苦心无虑。宝马香车长安路，那些儿容得樵夫。功名抱虎，光阴烂斧，谁是安途。

王九思另有一首《普天乐》，题名《游化羊谷赠樵夫》，此题"重

🌟 文学史的文本透视

游",当是再游化羊谷时所作。《陕西通志》卷九引《咸阳县志》:"泥渠水在县南十五里,一名扈水,出鄠县化羊谷流入县境,又东北经钓鱼台入渭。"又引《鄠县志》:"鄠南化羊谷有水出焉,或本名扈阳,讹为化羊也。其水流至咸阳县,为泥渠之上源。"① 则化羊谷实乃王九思家乡鄠县附近的一个山谷。我们也可以据此推测此曲是写在正德七年(1512)之后。

曲的前两句是写问。"问樵夫,来何处。云山依旧,风景何如。"既是二人相见,自然是以问询开始谈话。作者首先问起樵夫从何处而来,紧接着又问起风景如何。

紧接着的几句则是叙,既可以理解成作者向樵夫说的话,也可以理解成樵夫自道。由于题目中有一"赠"字,我们在理解上取前者。"贫则贫梦不惊,苦则苦心无虑。"这是作者向樵夫说的话,意思是做樵夫穷是穷些,苦是苦些,但梦里却不必吃惊受怕,醒来也不必有什么担心牵挂,过的是安心的日子。"宝马香车长安路,那些儿容得樵夫。"那些驾宝马坐香车争名夺利的生活,又哪是樵夫过的呢?"功名抱虎,光阴烂斧,谁是安途。"追逐功名就像抱虎枕蛟那样凶险,而时光流驶如电,就像王质观棋那样,一瞬之间已是百年。相比之下,哪条路才是安途呢?最后这句寓答于问,实际是对樵夫的生活进行了高度的肯定。

本曲所记的是小事,说的是白话,但只言片语之间却包含了作者半生的生活体验。言浅意深,是本曲的特色。

[商调·梧叶儿]
对酒

斗来大黄金印,瓢样多白玉瓯,珊瑚树似车轴。走珠履三千客,聚春风十二楼。终日家锁眉头,怎似我吟诗吃酒。

本曲之妙,全在敞开喉咙,直抒胸臆,片言只语之间说尽人生哲理。"斗来大黄金印,瓢样多白玉瓯,珊瑚树似车轴。"这几句极写人间富贵。黄金印有斗大,显然官已做到极高。所谓"斗大黄金印,天高白玉堂。不因书万卷,那得近君王"(明神宗《劝学诗》),高官厚禄不但是世

---

① (清)官修:《陕西通志》,清文渊阁四库全书本,卷九。

第五章　韵文体的终极形式：散曲的文体扩张与融合

所珍爱，亦是帝王家常悬于百姓头顶的诱饵。白玉瓯多了，自然变得像瓢一样不值钱。珊瑚树多了，也变得贱似车轴。瓢和车轴在这里有着双重的比喻意义，一说明多，二说明因多而贱。这得是一个什么样的富贵人家啊！

可只有富贵还不完，还有满堂的座上宾客呢。"走珠履三千客"。珠履，本指以宝珠做装饰的鞋子，这里是用此来形容来往宾客的高贵。《史记·春申君列传》："春申君客三千余人，其上客皆蹑珠履。"[1] 富贵之家的座上客，自然个个身份不凡。"聚春风十二楼。"《史记·孝武本纪》："方士有言：黄帝时，为五城十二楼，以候神人于执期，命曰迎年。"[2] 十二楼本为仙家居住之所，这里同样是借用来以状富贵之势。

富则富矣，贵则贵矣，但接下来的事情却急转直下。"终日家锁眉头，怎似我吟诗吃酒。"为富的总怕人家来谋夺他的十二楼、白玉瓯，为贵的又总担心有朝一日失去了他的黄金印，终日惕惕，整日里总是难展眉头。有了富贵却失去了真正的快乐，这不仅使得我们要追问："人生的意义到底是什么呢？"拥有一个不快乐的富贵，真的不如像作者一样天天开开心心地吟诗吃酒了。

曲之所以能和诗、词鼎足而三，一个原因是因为曲几乎具有了诗与词同样的功能。正如诗、词发达之日，诗人和词人们可以做到无事不可入诗，无事不可入词一样，在曲之发达之时，曲家们亦可做到无事不可入曲。文人诗、词之特点，是其常为文人心思、情趣之表达，故一时兴会之作甚多。文人散曲，亦是同样。继举王九思两首同样的兴会之作。

[双调·沉醉东风]
西村晚归

明暮野青山彩霞，绕孤村流水桃花。天生成杜甫诗，雨染就王维画。落东风数点栖鸦。本待还归兴转加，因此上垂杨系马。

此写生活中的一个场景，正如前文所述，总体上属于一种即时即兴之作。

---

[1] （汉）司马迁：《史记·春申君列传》，清文渊阁四库全书本，卷七十八。
[2] （汉）司马迁：《史记·孝武本纪》，清文渊阁四库全书本，卷十二。

文学史的文本透视

时间虽已接近傍晚,但是夕阳斜照,天地间还很明亮,故说是"明暮野"。明,说明了当时的光照条件。暮,点明了时间。野,是身处的地点。因为光线充足,故还可以清晰地看到"青山"。而霞光灿烂,更为这傍晚时光添上一种额外的妩媚。正因为光线还明亮,而又身处野外,故可以清晰地看到"青山彩霞"。"孤村流水桃花。"青山彩霞之下,是桃花流水人家,这图景有静有动,色彩明艳,真是堪比图画。果然,作者和我们一样发出了感叹:"天生成杜甫诗,雨染就王维画。"这美丽的图景真就像杜甫的诗句和王维的绘画一样动人!王维曾将他所居住的辋川的风景绘成图画,而且还写有许多关于辋川的诗,像他的诗句"雨中草色绿堪染,水上桃花红欲然"(《辋川别业》)等,就一向为人们所称颂。至于杜甫的写风景的诗句同样也不少,像什么"桃花一簇开无主,可爱深红映浅红"(《江畔独步寻花七绝句》),像什么"短短桃花临水岸,轻轻柳絮点人衣"(《十二月一日三首》),所描写的风景和作者眼前所见真是相似极了。所谓诗情画意,今天竟在这里统一了。"落东风数点栖鸦。"伴随着几只归鸟的盘旋降落,这风景之中又增加了几分动感。归家的暮鸟不禁勾起了人们对于家的亲切记忆,在这美丽的图画之上又增添了几分温情的色彩。栖鸦的加入使我们不禁又联想到秦观的词句:"斜阳外、寒鸦数点,流水绕孤村。"(《满庭芳》)古今胜景,真是所见略同。只不过,王九思笔下所写的景象,实在要远比秦观所写的欢快得多,因为二者的心情本不相同。"本待还归兴转加,因此上垂杨系马。"本来已到了归去的时候,但作者的兴头却反而增加了,索性系马于垂杨之下,再欣赏一刻这动人的美景吧!那"停车坐爱枫林晚"(《山行》)的杜牧,当初的境况和如今的作者当是相差不多吧。

[越调·寨儿令]
夏日即事

豆角儿香,麦索儿长,响嘶啷茧车儿风外扬。青杏儿才黄,小鸭儿成双,雏燕语雕梁。红石榴花满西窗,黄蜀葵叶扫东墙。泥金团扇影,香玉紫纱囊。将佳节遇端阳。

短曲小令之作,最要留心色彩之调配,以用画面之明丽隽永弥补篇幅不长、铺染不够之不足。这支曲子可以为我们提供这方面的一个例证。

第五章　韵文体的终极形式：散曲的文体扩张与融合

本曲题为《夏日即事》，我们由此可知本曲同样是一时兴会之作。"豆角儿香，麦索儿长，响嘶嘟茧车儿风外扬。"曲的一开始，我们就感觉到一片勃勃生机。豆角儿散发着幽幽的清香，香味随着风儿飘荡，而和这和风一起传来的，还有养蚕人家侍弄茧车时所弄出来的阵阵声响。有声音，有风吹在肌肤上的感觉，有味道，这画面一下子就变成立体的了。作者带给我们的，乃是一种全方位的感受。再下面，就是我们上面所说的画面色彩的调配了，我们且看看作者是如何构筑画面的。"青杏儿才黄"，青色的杏子刚刚转黄，这本身已经包含了色彩。"小鸭儿成双"，那刚出世不久的小鸭子羽毛还未完全长成，我们在它身上似乎还能看到那未完全褪去的雏黄。"雏燕语雕梁"，燕子黑羽白腹，而"雕梁"也很有可能是经过描画的。这一切都可以引发我们在视觉上的想象。"红石榴花满西窗，黄蜀葵叶扫东墙。泥金团扇影，香玉紫纱囊。"在接下来的几句里，明丽的色彩更是连续出现。红石榴、黄蜀葵、泥金扇、紫纱囊，虽艳而不密，毫无脂浓粉腻之感，和前文所写的那种虽忙碌却轻松的农村夏日生活的基调完全相符。"泥金团扇影"，人们打起团扇，因为夏日将深，天气开始热起来了。但人们为何要准备紫纱囊呢？曲的最后一句给了我们答案："佳节遇端阳。"噢，原来是因为端阳节已经到了，人们要制作香囊佩戴辟邪呢！

本曲不仅写自然风光，更写人事，这使得本曲带有浓重的生活气息。画面艳丽而又不隔绝人情，读了这样的曲作，我们或许要开始羡慕那些农村普通百姓的具有诗意的生活了。

二　文体的扩张之一：带过曲

词有所谓小令、中调、长调，有所谓单片、双片、三片、四片等。但词的体制无论多长，从词牌上来看，仍是一支曲子。亦即是说，词主要是以单调只曲的形式流传的。[①] 曲则不同，它可以以多种方式，实现多支曲子的组合。这些组合方式可以在多种场合下被灵活运用，这无疑极大地增

[①] 虽然宋词中亦有所谓的联章体，但并不多见，且其联用的往往也是同一支曲子，故此不具论，唯言其大概。

147

文学史的文本透视

强了曲体的包容性和表现性。

如果按所用曲子的数量由低到高排列的话,单调只曲之外,便是所谓的带过曲。"带过曲,在过去通常被认为是套数的'摘调',即将套中具有较稳定衔接关系的几支曲子'摘取'出来,成为一种特殊的'小令'。然而,事实可能正好相反。""带过曲不具备一种'通格'。但是,带过曲又不是随意的'带过',……在这个意义上,带过曲又是一种'定格',其根本性质在于它体现了一种有着某种内在规定的、稳定而有序的二曲(或三曲)相'衔接'的方式。""带过曲中的'习见之格'恰恰是在套曲中经常出现的。……可以说明带过曲这一形式本是曲体寻求'衔接'不同曲牌的最初尝试的产物。……在这尝试的历史过程中,'衔接'得较完美的'带过曲'便被吸收入散套。"① 可见,带过曲正是只曲向套曲过渡的中间形式。带过曲通常不会超过三支曲子,因此其长度是有限的。不过相对于只曲来说,文体的容量已经在扩张的方向上迈进一大步了。下举两首王九思的带过曲,并略作解析。

[双调·水仙子带过折桂令]
归兴

一拳打脱凤凰笼,两脚蹬开虎豹丛,单身撞出麒麟洞。望东华人乱拥,紫罗襕老尽英雄。参详破邯郸一梦,叹息杀商山四翁,思量起华岳三峰。

思量起华岳三峰。掉(《全明散曲》作棹)臂淮南,回首关中。红雨催诗,青春作伴,黄卷填胸。骑一个蹇喂儿南村北垅,过几处古庄儿汉阙秦宫。酒盏才空,鼾睡方浓。学得陈抟,笑杀石崇。

此曲按内容推断,可能是写于王九思最终离开官场之前或之后不久。"一拳打脱凤凰笼,两脚蹬开虎豹丛,单身撞出麒麟洞。"作者一开始便为我们描绘出一幅孤胆英雄独自搏杀的激烈画面。"凤凰笼""虎豹丛""麒麟洞"本都是囚禁威迫英雄之所,但却被英雄"一拳打脱""两脚蹬开""单身撞出",我们在为英雄暗捏一把汗的同时,也不得不暗赞英雄之神勇。但我们随后便发现这"虎豹丛"等原来并非实写,乃是比喻。

---

① 参见李昌集《中国古代散曲史》,华东师范大学出版社1991年版,第58—60页。

第五章　韵文体的终极形式:散曲的文体扩张与融合

"望东华人乱拥"。东华,本为东华门简称。明清两代中央官署设于东华门内,故可指代朝廷。作者一道出此二字,我们马上就明白了他的"虎豹丛"是指什么了。官场上争名夺利,你争我抢,阴谋百出,朝廷中那些弄权小人之歹毒凶狠岂不又在虎豹之上?"紫罗襕老尽英雄"。罗襕,本指官服,按官阶高下而颜色不同。紫罗襕代表着一种比较高的官阶等级。这半句既承又转,既承上句说明官场的求名逐利使人青春空耗壮志消歇,又将意脉引向下面的退隐之思。既然功名利禄总是使人空老,我们又该如何呢?"参详破邯郸一梦,叹息杀商山四翁,思量起华岳三峰。"到如今,我早已经看透了官场上的出将入相实在不过是邯郸一梦,忍不住要为那不甘于终生老于林下的商山四翁叹息,转而思想起那华岳三峰来了。邯郸一梦的典故无须多说。所谓"商山四翁",即东园公、绮里季、夏黄公、甪里先生,又称"商山四皓"。此四人皆秦末隐士,避秦乱隐于商山,年皆八十有余,因须发皓白,故以"四皓"名。汉初,高祖刘邦曾召之,不就。然后来终因张良之计而出山辅佐太子,使太子得不废。此处作者用"叹息杀"三字,其意盖为四皓不能终老林泉以全隐士之节而惋惜。(叹息又有羡慕之意,亦可讲通。如按羡慕解,句意就变成羡慕商山四老的隐居生活了,则此四老晚年出山之事皆忽略不计。)何为"华岳三峰",说法不一。一说谓"三峰"是指莲花、玉女、松桧三峰。然据《山西通志》卷八:"华岳三峰,芙蓉、明星、玉女也。"同卷又引《方舆胜览》:"按芙蓉即莲花,明星玉女疑是一名。"[1] 则"华岳三峰"之说一时尚难统一。好在这里"三峰"作何解释并不妨碍我们的理解,要知道,其实"华岳三峰"所代表的只不过是一种理想中的山林生活而已。

既然"思量起华岳三峰",马上就做出反应。"掉臂淮南,回首关中"。掉臂,本不顾而去之意,但用在此处,却很容易造成理解上的歧义,因为"掉臂淮南"既可以理解成"掉臂离开京城往淮南而去",又可以理解成"从淮南掉臂而返"。相应地,"回首关中"就既可以理解成"回首望关中",又可以理解成"回首向关中"。这两种理解哪种对呢?仅凭这一句我们还无法判断。我们在这里先留下一个悬念,看后面的文字能不能为我们提供答案。

"红雨催诗,青春作伴,黄卷填胸。"这是写离开官场之后的生活。

---

[1] (清)官修:《陕西通志》,清文渊阁四库全书本,卷八。

作者既是文人，当然胸中尽是书卷。而在红花细雨芳草春日的陪伴下，作者当然要诗思如泉涌。此三句本是所谓的鼎足对，三句可以彼此成为对仗，而红雨、青春、黄卷三个词，更在我们的眼前调出一片明艳的色彩。"骑一个塞喂儿南村北垅，过几处古庄儿汉阙秦宫。"既然朝事已不相干，作者自然是一身自由，可以骑着牲畜去村南村北闲游，去秦宫汉阙瞻仰。读到了这里，我们的眼前不禁一亮，前面的问题似乎有了答案：秦汉两代，都是以西北为政治中心，所谓的秦宫汉阙当然是指西北一带的秦汉古迹。再加上我们所知的王九思于正德七年（1512）回到故乡鄠县的史实，我们终于可以完全确定作者所说的"掉臂淮南，回首关中"是指从淮南离开，回到关中去。只不过，作者在此时提到的秦宫汉阙，对于其本人来说，已经变成了纯粹的历史记忆，不再代表什么政治上的丰功伟绩了。"酒盏才空，鼾睡方浓。"醉与睡代表的并不是愚昧糊涂，相反，这代表着一种"名士风度"。"学得陈抟，笑杀石崇。"这最后一句则表明了作者最终的人生态度。陈抟为宋初著名道士，元剧有《陈抟高卧》写其拒绝宋太祖征召之事，故其向为弃世独立之代表。而石崇本为晋代富豪，一生穷奢极侈，备极荣华，然终不免丧身刑场。两者相较，作者自然学陈抟而笑石崇。贪富贵而亡身，石崇的经历正可催人警醒。

王九思的散曲，不乏文采而多豪气，于起收转折之际常可见作者之高风骏骨。本曲虽写归乡，却激情奔放而不萎靡颓废，正是作者曲风之典型代表。

[双调·雁儿落带过得胜令]
醉后作

沉醉了花间鹦鹉卮，倒写了笔底龙蛇字。酒淹了销金翡翠衫，墨溅了腕玉蜂蝶使。歌一曲风雪子瞻词，赠一首锦绣李白诗。舌吐尽磊落胸中气，除非那飘飘天样纸。参差，笑万古兴亡事。寻思，不如咱饮三杯快乐时。

王九思曾说自己归隐之后的生活是整日里"吟诗吃酒"（[商调·梧叶儿]《对酒》），本曲题为《醉后作》，应该也是他酒后的作品了。

"沉醉了花间鹦鹉卮，倒写了笔底龙蛇字。酒淹了销金翡翠衫，墨溅了腕玉蜂蝶使。"四句一出，将作者的醉态写了一个可笑可掬。作者在花

第五章　韵文体的终极形式：散曲的文体扩张与融合

间饮酒，醉得忘形，提笔写字，不觉把字都写倒了。一摇一晃，忙乱之间又碰倒了酒盏，弄翻了砚台。酒洒出来，弄湿了画上美人的翡翠衫，墨溅出来，又弄脏了画上美人的玉腕和身边的蜂蝶。这一个醉后的诗人实在是又可笑又可气。诗人用了"淹""涴"二字，从中我们可以推测出所谓的"翡翠衫"和"腕玉蜂蝶"大体是置于一张平放的纸上，亦即是在画上，因为现实中活的蜂蝶是很难被墨"涴"到的，而这和前边作者挥笔写字的情节也完全相符。作者前边所做的，大约是想在画上题字吧。

"歌一曲风雪子瞻词，赠一首锦绣李白诗。"酒后胸胆开张，作者不由得豪兴大发，打开喉咙歌起苏词，吟起李诗。苏轼、李白皆为好酒豪放之人，但同时又都是仕途不得志之人，作者在心中已将其视为同道。而整首曲所表达的情绪，在此时也发生了变化。"舌吐尽磊落胸中气，除非那飘飘天样纸。"作者心中的磊落之气终于被这热酒激发出来。平生所受的不公平待遇使得作者热血澎湃心绪难平。要写尽这胸中的种种不平，除非用一张天那么大的纸。到这里，我们终于看到了作者那纵情诗酒的外表下的另一面。在这归隐的诗人的旷荡外表下，我们发现了一颗永不屈服的心。我们的情绪不禁也为作者的情感所鼓动，变得躁动起来。

"参差，笑万古兴亡事。寻思，不如咱饮三杯快乐时。"参差，本长短不齐貌，用在这里是形容事物的纷纭繁杂。万古之间的成败兴亡纷纷扰扰毫无头绪，我仔细想一想，这些事实在是可笑，还不如我痛饮三杯来得简单快乐。如果说前几句写的是刚刚醉后的癫狂之态，那么这几句写的则是略微清醒之后的状况了。刚才还在热血沸腾的作者似乎一下子又跌入了一种无法摆脱的虚无当中。纵有无数的豪情壮志，纵有满腹的不平牢骚，我们又能怎么样呢？现实是无法改变的，而命运似乎也并不是掌握在作者手中。于是这"笑"、这"寻思"便似乎变成了唯一的解脱途径。"看得开"虽然有时候是消极的，但有时候它又是一种超越，而处在这二者之间的，便是那变幻不居的生命。

短短的一首曲子之中，作者的情绪发生了极大的变化，由前数句的热闹到后两句的冷静，情绪变化之快，对于读者来说，实在有些来不及适应。这倒使我们联想到文学理论中的"叙述时间"概念：读者所感受到的时间其实和现实中的时间并不是一回事。

这首曲和王九思其他一些曲的不同之处，在于它表现出了一种峥嵘之气，从而使我们得以窥见王九思的另一面目。而这，对我们全面理解王九

❀ 文学史的文本透视

思这个人物来说,具有重要的意义。

三　文体的扩张之二:套数

套数相对于带过曲,可以容纳更多的曲子,其在表现力上自然也强过带过曲。"北曲所以形成自身体系和独特形式,是以套数的形成为标志的。如果北曲不以套数这一形式吸引文人,而仅仅以小令的形式存在,今日所谓的北曲曲牌的演变方向只可能成为继宋词以后的新词牌。"[1] 散套在体制上比词更为巨大,而和剧套相比,又可不受剧情和演出的限制,故其在文人中更受欢迎。散套虽是用多支曲子串联,但一个散套基本上是同调同韵,且后有煞或尾。举几个散套为例。先是王磐的两个套子。

套数
村居

[南吕一枝花] 不登冰雪堂,不会风云路。不干丞相府,不谒帝王都。乐矣村居。门巷都栽树,池塘尽养鱼。有心去与白鹭为邻,特意来与黄花做主。

[梁州] 我是个不登科逃名进士,我是个不耕田识字农夫,我是个上天漏籍神仙户。清风不管,明月无拘,孤云懒出,野鸟难呼。只俺这牛背上稳似他千里龙驹。只俺这花篷下近似他方丈蓬壶。兴来时画一幅烟雨耕图,静来时著一部冰霜菊谱,闲来时撰一卷水旱农书。茶炉,酒炉,杏花深处桃花坞。水绕着门,云遮着屋,端的是隔断红尘一点无。那里有官吏催租。

[尾声] 我向这暖茸茸白云被底闲伸足。我向这锦片片红叶庄前醉坦腹。一任这流光眼前度。者么您能飞的白鸟,快奔的乌兔,总不如俺慢慢腾腾傲今古。

从这个套子中,我们可以清晰看出散套的体制:首先,是同一宫调(这里是南吕宫);其次,同一宫调下是几支不同的曲子;最后,套子的

---

[1] 李昌集:《中国古代散曲史》,华东师范大学出版社1991年版,第167页。

第五章 韵文体的终极形式:散曲的文体扩张与融合

结末还有尾声。明了了体制上的要素,我们再看其文学上的表现。

按照一般人的理解,在乡村里闲居,乃是一种甚没出息的生活,甚至直可以与平庸和碌碌无为画上等号。然而,在看过王磐的这套描写村居生活的套曲之后,人们的看法恐怕不能不有所改变。平常的村居生活在经过王磐的描写之后,不仅摆脱了其庸常之意,而且蜕化成一种士人高傲人格的生活化象征。

第一支曲子首先写村居生活之乐和何以乐。"乐矣村居",村居生活到底为什么这么快乐呢?我们不妨把语序调换一下之后再理解。哦,原来是因为过这样的生活可以"不登冰雪堂,不会风云路。不干丞相府,不谒帝王都"。"不干""不谒"二句比较容易理解,其意大概是说不必卑躬屈膝地去巴结当朝权贵。比较难理解的是"冰雪堂""风云路"二句。冰雪堂,原指破漏之堂室。元代金仁杰的《追韩信》第一折有句道:"冰雪堂冻倒苏秦,漏星堂颜子难熬。"究其意,盖指寒士居住、读书之所,有人解作神仙居住之地,显然不对。又元无名氏有《冻苏秦衣锦还乡》一剧,中有一情节,即张仪为激励苏秦上进,故意在冰雪堂以冷酒款待之,后苏秦果然奋发向上,成就功业。若由苏秦之故事看来,则此"冰雪堂"实为士子成功路上的一个阶梯,故也可以成为"求功名之路"的一个代语。如将"冰雪堂"理解为"求功名之路",则后面的"风云路"便好理解了,因为它本身指的也是这样的一种"求取功名"之途。这样理解并没有错,但这种理解却会带来几个小小的问题:首先,假设"冰雪堂"有典,"风云路"的典故却不好确定(因为前者使用的是剧中之典,我们很难为后者再寻出一个同样而具体的典故),这样,从对仗的角度来考虑,前句有典,后句无典,显得有些头重脚轻。其次,如果这两句都是指"不登求功名之路"的话,那么前四句的意思便基本变成了同义反复,少了一点顿挫之感。因此,笔者倒倾向于另一种理解,即将前一句"冰雪堂"所包含的典故淡化,将它简单地理解为破陋寒冷的屋子,而后一句的"风云路"也可以简单地理解为"有风有云之路",亦即披星戴月的奔波劳苦之路。这样,前两句的意思就变成了不肯为了功名而在风雪陋室中苦读受累、在风雨之途上奔走劳形。这样理解之后,就和后面的屈尊拜谒在意思上有了一点差别变换,读起来更觉得曲折有趣些。两种理解方式都不能算错,其在读者自择。接下来的几句便好理解了。"与黄花做主",我们在这里再一次看到了陶渊明。

❖ 文学史的文本透视

从下面的〔梁州〕开始，作者转入了骄傲的自述。

"我是个不登科逃名进士，我是个不耕田识字农夫，我是个上天漏籍神仙户。"前两句有意强调了自己读书人的身份——按理说读书人士是有机会去追求功名利禄的，正因为有机会而放弃，更见出作者对于一般俗世功名的厌弃。而第三句中的"神仙户"更写出作者的逍遥散淡。接下来，作者一连用了四个比喻来形容自己的自由："清风不管，明月无拘，孤云懒出，野鸟难呼。"作者把自己比喻成清风、明月、孤云、野鸟，其自由自在的生活状态又何必多言！"只俺这牛背上稳似他千里龙驹。只俺这花篷下近似他方丈蓬壶。"接下来的两句"只俺"写出了作者对于当下生活的充分肯定。"牛背"，再一次和标题《村居》中的"村"字相呼应，强调了这种生活的乡土本性。而把花下的生活和方丈、蓬壶中的仙家生活相对比，更表明了这种村居生活中所包含的超越性。"兴来时画一幅烟雨耕图，静来时著一部冰霜菊谱，闲来时撰一卷水旱农书。"画画、著谱、撰书，作者再一次证明了他"识字农"的身份。他乃是一个风流雅士，而非百分百的乡野村夫。"茶炉，酒炉，杏花深处桃花坞。水绕着门，云遮着屋"，在杏花深处的桃花坞里居住，与茶炉、酒炉为伴，门前流水，屋顶白云……作者仿佛将我们带入了一个人间仙境，连作者本人都觉得"端的是隔断红尘一点无"了。不仅风景如同仙境，更要紧的，乃是那里没有官吏催租！不受人间世俗力量的压迫，乃是大多数人共同的梦想。如果真的远离了世俗的势力，即使仍然停留于人间，这又与居住在仙境有何区别？村居生活的真正乐趣终于显现出来了。

"我向这暖茸茸白云被底闲伸足。我向这锦片片红叶庄前醉坦腹。一任这流光眼前度。"悠闲生活的最后，便是忘记了时光的流逝，消融了今古之间的差别。"者么您能飞的白鸟，快奔的乌兔，总不如俺慢慢腾腾傲今古。"者么，意犹尽管、即使。这句话字面上的意思大体是说：尽管你白鸟能飞，乌兔能跑得很快，但你们如此劳累地在岁月里奔忙，毕竟比不上我可以悠闲地、慢慢腾腾地傲视今古。而在修辞的层面上，作者巧妙地将代表日、月的乌鸦、兔子合成了一个词"乌兔"，并将"乌"和代表颜色的"白"相对（这就使"乌兔"的意思变成了"黑色的兔子"），这又使本套曲的末尾生出了一种文学构思上的奇趣，多了几分俏皮之感。

王磐的曲作，常能在描写平常生活对象的过程中体现出作者的清高品性，本套曲便是这样。王磐写的是村居生活，但他笔下的村居生活却又显

第五章　韵文体的终极形式：散曲的文体扩张与融合

然不是庸常的农村生活。他的村居生活无论在内容（比如饮酒作画等）上还是在品性上，都是文人化的。用色之明丽，格调之高雅，使得王磐的曲作表现出很多文人词的特点。

套数
久雪

　　[南吕一枝花] 乱飘来燕塞边，密洒向程门外。恰飞还梁苑去，又舞过灞桥来。攘攘皑皑，颠倒把乾坤碍，分明将造化埋。荡磨的红日无光，隈逼的青山失色。

　　[梁州] 冻的个寒江上鱼沉雁杳，饿的个空林中虎啸猿哀。不成祥瑞翻成害。侵伤陇麦，压损庭槐，眩昏柳眼，勒绽梅腮。遮蔽了锦重重禁阙宫阶，填塞了绿沉沉舞榭歌台。把一个正直的韩退之拥住在蓝关，将一个忠节的苏子卿埋藏在北海，把一个廉洁的袁邵公饿倒在书斋。哀哉，苦哉，长安贫者愁无奈。猛惊醒，忒奇怪，这的是天上飞来的冷祸胎，遍地下生灾。

　　[尾声] 有一日赫威威太阳真火当头晒，有一日暖拍拍和气春风滚地来，就有千万座冰山一时坏。扫彤云四开，现青天一块，依旧晴光瑞烟霭。

　　本套曲题名《久雪》，一开篇即先写雪。"乱飘来燕塞边"，"燕塞"，意指北方，因北方寒冷，故说雪来自燕塞边。一个"乱"字写尽雪借风势漫天飞舞的样子。紧接着又写雪之绵密："密洒向程门外。"则雪不仅急，而且密，足见雪势之大。"程门"，这里使用了一个典故。《宋史·杨时传》："一日见颐，颐偶瞑坐，时与游酢侍立不去。颐既觉，则门外雪深一尺矣。"[①] 后人将此事总结成成语"程门立雪"。作者此处用此典非用其尊师本意，只因此典故中亦有雪，故言及之。二句中一"来"字、一"去"字，在分写雪之急、密的同时，又造成了一种观察角度的流动变化，使人读起来丝毫不觉重复板滞。"恰飞还梁苑去，又舞过灞桥来。"梁苑，本汉梁孝王所建，为当时名苑，故址在今河南开封。南朝作家谢惠连曾写有《雪赋》，为一时妙文。灞桥，亦为汉代建筑，在长安城东，为

---

① （元）脱脱等：《宋史·杨时传》，清文渊阁四库全书本，卷四百二十八。

❋ 文学史的文本透视

汉人送客折柳赠别之地。古又有灞桥风雪之说。《绀珠集》卷六:"或问棨近日有诗否。对曰:'诗思在灞桥风雪中驴子上,此处何以得之?'"① 此二典皆非实用,作者之意,一在借此沟通现实和历史,一在借此写下雪的范围之大。而从"飞还""舞过"等词语来看,作者的主要用意还在后者。"攘攘皑皑,颠倒把乾坤碍,分明将造化埋。"如果说前几句主要在写动态的飞雪,那么这几句就是在写静态的积雪。"乾坤碍""将造化埋",这雪仿佛把天地都拥塞了。"荡磨的红日无光,隈逼的青山失色。"这两句隐隐地写出雪之淫威。

　　第一支曲子围绕"雪"来写,第二支曲子就要写到"久"了。"冻的个寒江上鱼沉雁杳,饿的个空林中虎啸猿哀。"大雪封江,故不见鱼雁之迹。又因为久雪,山中的野兽无法觅食,故一个个饿得不停哀号。"不成祥瑞翻成害。"雪本是祥瑞之兆,但因为下得过久,反而成了灾害。"侵伤陇麦,压损庭槐,眩昏柳眼,勒绽梅腮。"不仅是动物,就是植物现在也受不了了。"柳眼",本指初生之柳芽,因其形状似人的眼睛得名。作者在这里说"眩昏柳眼",乃是一种拟人的写法。它和"梅腮"一起,把这处于风雪之中的娇柔植物写得更加楚楚可怜。"遮蔽了锦重重禁阙宫阶,填塞了绿沉沉舞榭歌台。"风雪之灾随即蔓延到了人世。"锦重重禁阙"本是常人难以进入之所,而如今这飞雪竟也侵入了,把重重宫阙的台阶都淹没了。"绿沉沉舞榭歌台"本是富贵人家寻欢作乐之所,平时乐声不断,歌舞不绝,可到如今也被一片大雪填塞了。这被雪填塞的空空的沉寂的舞台,如今倒越发地衬托出一种难以言表的寂寞。紧接着作者又把描写的范围由宫室扩展到具体的人物。"把一个正直的韩退之拥住在蓝关",韩退之即唐代诗人韩愈,这句乃是根据韩愈的诗句"雪拥蓝关马不前"(《左迁至蓝关示侄孙湘》)而来。"将一个忠节的苏子卿埋藏在北海",苏子卿即汉代名臣苏武,北使匈奴十九载而不得归,牧于北海,亦曾饱受风雪之苦。"把一个廉洁的袁邵公饿倒在书斋",袁邵公,即袁安,乃汉代名士。《艺文类聚》卷二引《录异传》曰:"汉时大雪,积地丈余。洛阳令身出按行,见民家皆除雪。出至袁安门,无有路,谓安已死。令人除雪入户,见安僵卧。问何以不出,安曰:'大雪,人皆饿,不宜干人。'

---

① (宋)朱胜非:《绀珠集》,清文渊阁四库全书本,卷六。

第五章 韵文体的终极形式:散曲的文体扩张与融合

令以为贤,举为孝廉。"① 这就是袁安卧雪的故事。后人多以袁安为廉洁,但这廉洁的人和那正直的诗人、忠节的臣子一样,都逃不了这漫天的风雪的迫害。这三个故事并非发生在同一时间,但它们却同样可用一个"雪"字贯联。这三个名士并非和本曲的作者同一时代,但他们却可代表与作者同一时代的和他们同样命运的寒士。既是写古,又是写今;既是写虚,又是写实,这就是用典之妙。士人忠贞高洁尚不能与此风雪之淫威相对抗,那么普通的贫穷百姓就更要陷入绝境了。"哀哉,苦哉,长安贫者愁无奈。"百姓们如今恐怕已经无米下锅了。"猛惊醒,忒奇怪,这的是天上飞来的冷祸胎,遍地下生灾。"初以雪为祥瑞的作者如今终于被惊醒了,不由得发出了"冷祸胎"这样的咒骂。

[尾声]由憎恨转入期待。"有一日赫威威太阳真火当头晒,有一日暖拍拍和气春风滚地来,就有千万座冰山一时坏。"当太阳显威的时候,就算是有千万座冰山也无法抵挡。"扫彤云四开,现青天一块,依旧晴光瑞烟霭。"彤云散去,湛蓝的天空再次显现,晴光万里,天地间再次显示出勃勃的生机。风雪终结其淫威的一刻,便也是天下寒士俱欢颜之时。

王磐的散曲,常常体现出一种悲天悯人的怀抱,本套散曲也体现出这种特色。当风雪肆虐之时,作者的思绪便如前所述的那样在天地之间巡回,其情怀已足贯彻今古。在结构布局上,本套三支曲子一曲一转折,一曲一递进,有开端,有高潮,有结尾,篇幅虽小而格局完具。在修辞上,本套曲不仅多用排比之句以状情势,而且多用典故来强化抒情。白皑皑的一片世界中又调入柳眼梅腮的艳丽色彩,读来确使人感到赏心悦目。由于本曲所涉及的三个人物韩愈、苏武、袁安都是正直忠节之士,这使我们联想到迫害这些忠直之士的这场大雪可能是在影射某些现实中的权贵,而从王磐的性格来看,这也确有可能。只是到底影射的是谁,我们已无法具体指实,亦只能统称其为恶势力了。虽然一直有人说王磐的此套曲意在"刺阴邪"(张守中《王西楼先生乐府序》),但我们仍相信王磐不大可能会突然想到用一场凭空捏造出的雪来行讽刺。更大的可能,乃是王磐借着一场现实中的大雪来借题发挥。因此,我们依然可以认为本套曲是属于半写实的作品。一场久不停息的大雪不仅激出了一片文人的旷古情怀,而且成为一篇不朽诗篇的第一见证。

---

① (唐)欧阳询:《艺文类聚》,清文渊阁四库全书本,卷二。

文学史的文本透视

下面再看一个王守仁的散套。王守仁（1472—1529），字伯安，号阳明，浙江余姚人，世称阳明先生。弘治十二年（1499）进士。历任贵州龙场驿丞、庐陵知县、南太仆寺少卿、右佥都御史等职，以平定宁王之乱拜南京兵部尚书，封新建伯。阳明卒后，朝廷谥为"文成"。阳明所创学派称为"王学"，为理学中心学一派发展到明代的代表。王阳明是明代少有的在文化和政治上均有建树的文人，其影响远及海外。阳明所著，有《传习录》《大学问》等，后门人集为《王文成全书》。阳明所作曲，《全明散曲》收有套数2套（1套复见王思轩集中）。王骥德《曲律》称其《步步娇》（宦海茫茫京尘渺）曲乃"儒先大老之笔，不得以曲道绳之"①。龙榆生则称王守仁"以一代大儒，偶为南曲，一洗妖媚绮靡之习，充分表现作者抱负；风格不在北调王、冯诸家之下，亦南曲中之生面别开者也"②。二者之意，似乎皆在肯定王曲乃是以思想内容为主，非一般的形式技巧主义所能涵盖。

套数
归隐

[南仙吕入双调步步娇] 宦海茫茫京尘渺，碌碌何时了。风掀浪又高，覆辙翻舟，是非颠倒。算来平步上青霄，不如早泛江东棹。

[沉醉东风] 乱纷纷鸦鸣鹊噪，恶狠狠豺狼当道，冗费竭民膏。怎忍见人离散，举疾首蹙额相告。簪笏满朝，干戈载道，等闲间把山河动摇。

[忒忒令] 平白地生出祸苗，逆天理那循公道，因此上把功名委弃如蒿草。本待要竭忠尽孝，只恐怕狡兔死、走狗烹，做了韩信的下梢。

[好姐姐] 尔曹，难与我共朝，真和假那分白皂。他把孽冤自造，到头终有报。设圈套，饶君总使机关巧，天网恢恢不可逃。

[嘉庆子] 算留侯其实见高，把一身名节自保，随着赤松子学道，也免得赴云阳市曹。

---

① （明）王骥德：《曲律·杂论第三十九下》，见中国戏曲研究院辑校《中国古典戏曲论著集成》第4册，中国戏剧出版社1959年版，第177页。
② 龙榆生：《中国韵文史》，上海古籍出版社2002年版，第133页。

第五章 韵文体的终极形式:散曲的文体扩张与融合

［双蝴蝶］待学,陶彭泽懒折腰。待学,载西施范蠡逃。待学,张孟谈辞朝。待学,七里滩子陵垂钓。待学,陆龟蒙笔床茶灶。待学,东陵侯把名利抛。

［园林好］脱下了团花战袍,解下了龙泉宝刀,卸下了朝簪乌帽。布袍上系麻绦,把渔鼓简儿敲。

［川拨棹］深山坳,悄没个闲人来聒噪。跨青溪独木为桥。跨青溪独木为桥。小小的茅庵盖着,种青松与碧桃,采山花与药苗。

［锦衣香］府库充,何足道。禄位高,何足较。从今耳畔清闲,不闻宣召。芦花被暖度良宵,三竿日上,睡觉伸腰。对邻翁野老,饮三杯浊酒村醪。醉了还歌笑,齁齁睡倒。不图富贵,只求安饱。

［浆水令］赏春时花藤小轿,纳凉时红莲短棹。稻登场鸡豚蟹螯,雪霜寒纯棉布袍。四时佳景恣欢笑。也强如羽扇番营[1],玉珮趋朝。溪堪钓,山可樵,人间自有蓬莱岛。何须用,何须用楼船彩轿。山林下,山林下尽可逍遥。

［尾声］从来得失知多少,总上心来转一遭。把门儿闭了,只许诗人带月敲。

注释:

[1]羽扇番营,他本或作"羽扇翻赢",或作"覆雨翻云",未详出于何典。按唐时有"翻营"语。刘禹锡《边风行》诗:"将军占气候,出号夜翻营。"戎昱《出军》诗:"龙绕旌竿兽满旗,翻营乍似雪中移。"皆指军队的移动。意本句之"番营"同于"翻营",乃是指大群人马的移动。而"羽扇"即宫扇,本是宫廷器物。这两个词合起来乃是一种对于朝廷生活的描写:皇帝身边众人围绕,臣子前后趋奉,恰如军队调动,旗山人海,涌动不息。如此则可和后文"玉珮趋朝"相对。未知当否,留待商榷。

明朝中后期,随着政治气候和社会风气的变化,文学中讽刺现实、抨击生活阴暗面的作品多了起来,这种文学倾向,在明初的政治高压下几乎是不可想象的。

王守仁的这套套曲,就显示出明代文学中后期的这种特点。

"宦海茫茫京尘渺,碌碌何时了。风掀浪又高,覆辙翻舟,是非颠

文学史的文本透视

倒。"套曲首先从官场的凶险难测写起。"宦海""风掀浪又高",可以"覆辙翻舟",但它最可恶之处却并不全在此。"宦海"的最可恶之处,乃在于它的"是非颠倒"!"京洛多风尘,素衣化为缁。"(陆机《为顾彦先赠妇》)帝京虽为人之所期,但其中的污浊却绝非外人所能想象。即使平步青云,身为显宦,也可能随时被那宦海中的风涛掀翻在地,算来还不如早日驾舟归隐。至此,作者写出了归隐的初衷。

接下来是对官场的更激烈的抨击与揭露。"乱纷纷鸦鸣鹊噪,恶狠狠豺狼当道,冗费竭民膏。"这是朝中的群臣。"怎忍见人离散,举疾首蹙额相告。"这是每个有正义感的人痛苦的心。"簪笏满朝,干戈载道",一方面是满朝朱紫贵,人人簪冠捧笏,另一方面却又是干戈载道,民不聊生。"等闲间把山河动摇",打江山不易,守江山不易,败江山却真是容易极了!

"平白地生出祸苗,逆天理那循公道,因此上把功名委弃如蒿草。"功名不是不可贵,但倘若它是通过违背天理公道得来的,那就真的等同于草芥了。我本待要尽忠尽孝,可想想那汉朝的韩信,我的心亦不免冷了。

"尔曹,难与我共朝,真和假那分皂白。"真与假有时难像皂白那样分明,但君子和小人却总是难以相处。解决的办法,当然是君子离开。那些小人们"把孽冤自造,到头终有报"。

想来真正的聪明人,还算是那留侯张良啊。他同样跟着汉高祖打天下,却并不过分计较名利。"愿弃人间事,欲从赤松子游"(《史记·留侯世家》),不仅得以善终,更存令名于身后,这比起那些被在法场上斩首的人来说,不知高出多少倍。云阳,古代常用来指行刑之地。《史记·秦始皇本纪》:"韩非使秦,秦用李斯谋,留非,非死云阳。"桓宽《盐铁论·毁学》:"李斯相秦,席天下之势,志小万乘;及其囚于囹圄,车裂于云阳之市,亦愿负薪入东门,行上蔡曲街径,不可得也。"李斯害人,随后自己也被在同样的地方处死,这本身便是一次天理的循环。

"待学,陶彭泽懒折腰。待学,载西施范蠡逃。待学,张孟谈辞朝。待学,七里滩子陵垂钓。待学,陆龟蒙笔床茶灶。待学,东陵侯把名利抛。"作者列举出一系列的隐士形象,声明要以他们为今后的榜样。张孟谈是赵襄子的谋士,他在帮助赵襄子巩固了地位之后拂衣而去;严子陵本是汉光武的同学,但在光武登基后却屡拒征召,垂钓于七里滩;陆龟蒙,是唐朝著名的隐士诗人,史书载他"时乘小舟,赍书一束、笔床、茶灶自随，时谓江湖散人，累召不出"（《江南通志》卷一百六十八）；东陵侯，就是《史记·萧相国世家》中所提到的"召平"，他在秦代为东陵侯，秦破，在长安城东种瓜为生，亦是历史上有名的隐者。

"脱下了团花战袍，解下了龙泉宝刀，卸下了朝簪乌帽。布袍上系麻绦，把渔鼓简儿敲。"如果说前面的"待学"描写的还是一种心情和向往，这里描写的却是一种实际的行动了。换上布袍，拿起渔鼓简儿，作者如今已是活脱的一个江湖游士形象了。

接下来的几首曲子写归隐后的生活。"深山坳，悄没个闲人来聒噪。"既是隐居，自然是要安静。青溪独木桥，小小的茅庵，四种青松碧桃……寂静之中，却是一片活泼的色彩。

财富即使多，也不值得炫耀；爵禄高低，本也不值得计较。难得的是我再也不必听朝廷的宣召了。芦花被虽不高级，但我却可以酣眠到日上三竿，免受朝臣待漏之苦。同我喝酒的变成了普通的野老村翁，酒也变成了浊酒村醪，我却可以欢快地"醉了还歌笑，齁齁睡倒"。

时光流逝，使人暗老，但它却也可随时献上美景，使人欢笑。春天来时可以乘着花藤小轿去赏春，夏天纳凉时可以划着小船去采赏红莲，秋天稻谷收获之际，恰也逢鸡肥蟹满之时，冬天霜雪寒冷，却可以穿着棉布袍御寒，顺便赏赏雪景，只需乐天安命，自然"四时佳景恣欢笑"。这样的日子，实在远胜于那"羽扇番营""玉珮趋朝"的朝臣生活。所谓的蓬莱仙山，其实人间自有。"何须用楼船彩轿。山林下，山林下尽可逍遥。"

可惜总有人庸人自扰，心中总记挂着得失多少。如今我却要"把门儿闭了"，不准那俗客来扰。"只许诗人带月敲"，陶渊明的"三径就荒"，大概说的也是和我同样的意思吧。

本套曲，前半部分对官场之黑暗有极深刻之揭露，后半部分则又对归隐生活极尽铺排渲染之能事，两相对照，深刻地揭示出中国传统文人所遭遇的精神困境。关于人生的进退和坚守，像王阳明这样同时兼具军事家、思想家、诗人身份的杰出人物，或许有着较常人更为深切的体悟吧。

四　文体的扩张之三：联章体

散套之于词，其文体可谓已大大扩张矣，然论其体制，还不是最巨。

❆ 文学史的文本透视

散曲之中还有一种联章体,曲调可反复运用,累积至数十甚至上百支,容量可谓无上限,乃属曲中篇幅最巨者。"联章一体在唐代极为流行,《敦煌歌辞总编》辑有若干,但在宋词中却极少。……然而,在北曲中,联章却是通见的一种形式。在元代早期散曲中尤多。如元好问[中吕·喜春来]《春宴》一组四首,末句分别为'齐唱喜春来''宜唱喜春来''低唱喜春来''且唱喜春来',是一种稍变化了的重句联章体;杨果[越调·小桃红]八首,乃是一种进化了的复式联章结构(见《全元散曲》第六、七页),可看出北曲对重句联章体的发展。"① 在这里,需要提请读者注意的是,本章所排列的"令曲—带过曲—套数—联章体"的顺序,是按其大概能容纳多少支曲子的数量关系而定的,而绝非指一种发生学上的先后顺序。

明人承继元人,所创作的联章体曲子亦甚多。先举一首用几支曲子写同一主题的,王九思的[南仙吕·醉罗歌]。

[南仙吕·醉罗歌]
闺情

雨催雨催花枝放,风送风送鸟声长。花鸟无情为谁忙,都来到咱心上。花枝开尽,也不见郎。鸟声啼彻,也不见郎。一春消息成虚旷。厌厌病,暗暗伤。闲庭无语对斜阳。

懒绣懒绣鸳鸯带,倦整倦整凤凰钗。斜倚纱窗上心来,还不了相思债。何时花下,笑看杏腮。何时灯下,笑脱绣鞋。逐朝倚定门儿待。辗转望,做意猜,楚天云雨暗阳台。

有情有情灯花报,频听频听鹊声高。试挽乌云隔簾瞧,恰正是他来到。一春间阔,都在此宵。两情欢结,都在此宵。碧天明月团圆照。低低问,慢慢学,千金一刻莫虚抛。

北山北山石常烂,东海东海水曾干。此情若比海和山,今世里成姻眷。石头烂也,情离较难。水波干也,情离较难。苍天万古为公案。休孤负,莫浪攀,交人容易可人难。

古人写情,常常处于奇怪的两端。写到端庄处,仿佛个个都是道学先

---

① 李昌集:《中国古代散曲史》,华东师范大学出版社1991年版,第37—38页。

第五章 韵文体的终极形式:散曲的文体扩张与融合

生,凛然不可侵犯。写到热烈处,却又常常可以不顾一切,描摹曲尽,令现代人读了都要难为情。而古人写情事的这两端,在明人身上有着极为特出的表现,现在我们可以用王九思的这几首曲来作一个例子。

本组曲题名《闺情》,写的就是闺中女子的种种情感。第一首的"雨催雨催花枝放,风送风送鸟声长",这既是写景物,同时也是交待事情发生的时间。雨催花枝,风送鸟啼,这应该正是一年春光初放之时。万物复苏,人的心灵也随着自然的节奏波动起来。"花鸟无情为谁忙,都来到咱心上。"花鸟无情,空自忙碌,可它们的忙碌却引动了闺人的情思。闺人为何烦恼呢?原来是因为"花枝开尽,也不见郎""鸟声啼彻,也不见郎"。空有这鸟语花香,却无人可以共赏,怎不让人伤怀!"一春消息成虚旷。"这春天里的良辰美景就这样耗费掉了。"厌厌病,暗暗伤。闲庭无语对斜阳。"因相思而颓丧,因颓丧而伤情。独立庭前,默默地看着春日的斜阳慢慢坠去,这情景真是我见犹怜了。

第二首接着写闺中人物的相思之态以及内心活动。"懒绣懒绣鸳鸯带,倦整倦整凤凰钗。"一个懒字,一个倦字,精确地传达出了人物内心的百无聊赖。"斜倚纱窗上心来,还不了相思债。"易安居士有词云:"此情无计可消除,才下眉头,却上心头。"(《一剪梅》)这涌上心头的一段挥之不去的相思当真是难偿难解。"何时花下,笑看杏腮。何时灯下,笑脱绣鞋。"接下来的两句更深入闺人的内心,描写得也更加直白。笑看杏腮,是指两人在灯下深情相视。笑脱绣鞋,更是二人同入罗帏的前奏。而两个笑字,更是表达了一种从内而外的喜悦。由于这本是闺人内心中的私人幻想,所以一切不必装腔作势、扭扭捏捏。诗人在这里用一种率直的笔法,营造出一种艺术上的真实。"逐朝倚定门儿待。辗转望,做意猜,楚天云雨暗阳台。"逐朝,意犹天天。每日里倚着门辗转相望,好动人的一段闺中痴情!

第三首,笔调一转,这日日的幻想忽然变成了现实,一片烦恼终成喜悦。"有情有情灯花报,频听频听鹊声高。"人言灯花爆时心里的梦想可以成真,如今果然如此,连喜鹊都高叫着来给报喜了。"试挽乌云隔簾睄,恰正是他来到。"那病恹恹的闺人高兴地挽起了头发,兴冲冲地奔到帘前一望,果然是那个朝思暮想的他来了。"试挽乌云"是一放,极写闺中人内心的兴奋。"隔簾睄"是一收,"隔簾"说明了闺中人的克制,更强调了其女性身份。"一春间阔,都在此宵。两情欢结,都在此宵。"两

163

※ 文学史的文本透视

句写尽了两情之热烈，而描写的对象也转入了屋帘之内。间阔，意为久别。慰藉这一春来久别的寂寞全在这一宵之中，达成两情的欢爱完满也同样地在这一宵之中。"碧天明月团圆照。低低问，慢慢学。千金一刻莫虚抛。"碧天上圆月悬空，它似乎也在为我们的团圆作见证。柔声低语，着意温存，皆因相会得来不易，故不得不加倍珍惜。

第四首写欢会之后二人的对语，而此时的对语，最多的自然还是誓言，这本身恰形成爱情对于肉欲的超越。"北山北山石常烂，东海东海水曾干。此情若比海和山，今世里成姻眷。"二人相对盟下誓愿，二人此生愿结为连理，今生此情恰如山海。"石头烂也，情离较难。水波干也，情离较难。苍天万古为公案。"就算是水枯石烂我们的感情也不会改变，这一切完全可以由苍天来作证。"休孤负，莫浪攀。交人容易可人难。"正因为人生相交容易称意难，所以我们更要慎重交结，不要彼此辜负。

王九思这四首曲受民间创作影响很大，其写情之直接大胆，既不同于大多数文人词，也不同于士大夫所创作的多数曲，而是和《挂枝儿》《山歌》等民歌相类似。明代文人往往对民歌有所钟爱，王九思也是其中的一个。在其他的一些曲作中，王九思常常夸大其洞彻世事、忘事忘情的一面，但是通过此组曲，我们却可以看出，他心中其实一样存在着对于感情的细腻感受。正因为其出发点是纯正的，故其作品，虽涉性而不淫邪，虽涉情而不低俗，我们读其作品，虽惊讶于其大胆，但却绝不会认其为浅薄。

类似的还有他的南［商调·黄莺儿］《劝世六首》。

南［商调·黄莺儿］
劝世六首（选第三、第五首）

世事少咨嗟，想人生一梦蝶，眼前几度花开谢。得耍时耍些，得哈时哈些，此心要使常欢悦。少咨嗟，能知能做，才是个老豪杰。

终日笑呵呵，看光阴疾似梭，粗衣淡饭随缘过。兵权有几何，相权有几何，一朝祸起天来大。笑呵呵，无灾无祸，做一个傻哥哥。

王九思前半生的仕途还算顺利，二十二岁（1489）通过乡试，二十九岁（1496）中进士，选庶吉士，后授翰林检讨（1499），又充经筵讲官

第五章　韵文体的终极形式：散曲的文体扩张与融合

（1508）、调吏部侍郎①，照此趋势下去，王九思很有可能会成为当朝的一位显贵。但他的命运却在正德五年（1510）发生转折。因受刘瑾一案所牵，他不得不在不久之后完全放弃了仕途。经过了官场上的风云变幻，王九思清楚地看透了世态炎凉。这几首《劝世》由他这样一位人物来写，真是再合适不过。

"世事少咨嗟，想人生一梦蝶，眼前几度花开谢。"作者在这里用了庄生梦蝶的典故，更突出了人生本身的那种虚幻感。正是因为人生须臾即过，所以人们不应该再浪费时间去自嗟自叹。"得要时要些，得哈时哈些，此心要使常欢悦。"哈，欢乐。人生的真趣不在于官做得大，重要的是要开心快乐。"少咨嗟，能知能做，才是个老豪杰。"有些人虽然能够看到，却永远做不到。不仅能看到，而且能做到，才是真正的豪杰啊。

"终日笑呵呵，看光阴疾似梭，粗衣淡饭随缘过。"简单的人总是拥有更永久的快乐。正因为他已经悟透了人生，掌握了人生的真趣，所以也不在乎日子的流逝了。"兵权有几何，相权有几何，一朝祸起天来大。"手握兵权、相权自然使人威风凛凛，但一旦天降横祸，这权柄反而成了惹祸的根芽。远的不说，就是那权倾一时的刘瑾，最后不也被凌迟处死了么？"笑呵呵，无灾无祸，做一个傻哥哥。"终日里笑呵呵的平民百姓看起来似乎有些傻，却常常能无灾无祸保其天年。转念一思，后者才是真正的智者啊。"唯其不争，所以善胜物，又恶能伤之哉？"②

本组曲名为《劝世》，就不仅是作者本身思想的单纯记录，它同时更是一种分享和表达，有智慧的人自然能从中悟出人生的道理。

再选一首用四支曲子分说四事的。王九思的［双调·水仙子］。

［双调·水仙子］
园中四艳
垂眉

春蛾窗下翠痕低，烟柳风前绿叶齐，晓山云外青峰细。想瑶台初睡起，紫霜毫蘸在端溪。描不尽西施俏，端详的张敞痴，兴绕香闺。

---

① 参见陈靝沅《失序与抗衡——王九思曲作中的两种归隐》，（台湾）《戏剧研究》2009年第3期。

② （宋）褚伯秀：《南华真经义海纂微》，清文渊阁四库全书本，卷二十二。

文学史的文本透视

小斗

巧琢象首玉泥重，恨绕鸿门宝帐空，浅涵蛇影金波送俏。规模容易捧唤，琼壶款款相从。杜子美吟喉热，李谪仙饮兴浓，醉倚春风。

金菊

远峰一带碧云寒，明月千林白露溥，小园半亩黄花绽。正东篱秋向晚，老渊明携酒来。看嫩色莺难见，清香蝶未餐，付与诗坛。

仙桃

彩霞声绕凤凰箫，红雨香生翡翠巢，紫云影趁骅骝道。望瑶池春正好，舞天风万种妖娆。东方朔思量的瘦，董双成守护的牢，海阔天高。

此组曲名为《园中四艳》，乃是吟咏园中的四种植物。

对于垂眉的吟咏，紧紧围绕着一个"眉"字。"春蛾窗下翠痕低"，春蛾，即眉毛。《诗·卫风·硕人》中有句："螓首蛾眉，巧笑倩兮。"美人窗下，蛾眉淡扫，微微低首，在春日的明媚阳光里，这该是一幅多么动人的画面。"烟柳风前绿叶齐"，在古人的语汇里，柳叶也常常可以用来指代眉毛。梁元帝的《树名诗》中有句："柳叶生眉上，珠珰摇鬓垂。"刘禹锡《同乐天和微之深春二十首》中有句："人眉新柳叶，马色醉桃花。"都是将柳叶和眉毛相联系。"晓山云外青峰细"，晓山，同样可以用来形容眉毛。《艺林汇考》卷四引《西京杂记》云："司马相如妻文君眉色如望远山，时人效画远山眉。"又云："五代宫中画眉，一曰开元御爱眉，二曰小山眉，三曰五岳眉，四曰三峰眉（下略）。"[1] 所谓山眉，大概就是指画成山样的眉毛。辛弃疾《临江仙》词"晓山眉样翠，秋水镜般明"，则又是将山反过来比喻成眉毛了。这三句将植物和美人相互联系，辗转比喻，造出了一幅如梦似幻的画面。"想瑶台初睡起，紫霞毫蘸在端溪。描不尽西施俏，端详的张敞痴，兴绕香闺。"张敞，汉宣帝时人，为汉京兆尹。《汉书·张敞传》："（张敞）又为妇画眉，长安中传张京兆眉忤。有司以奏敞，上问之，对曰：'臣闻闺房之内，夫妇之私有过于画眉者。'上爱其能，弗备责也。"[2] 此即著名的张敞画眉之典故也。正因画眉

---

[1] （清）沈自南：《艺林汇考·服饰篇》，清文渊阁四库全书本，卷四。
[2] （汉）班固：《汉书·张敞传》，清文渊阁四库全书本，卷七十六。

第五章 韵文体的终极形式:散曲的文体扩张与融合

需要用笔,故前句提到笔(霜毫)和砚(端溪)。西施,乃春秋战国时著名美人,传说中的中国四大美人之首,这里用她的眉毛来喻垂眉之美。将植物和佳人相联系对照,使其彼此成喻是本曲的特色。作者使用这种方法造出了一种花面交相映的效果。

下面的《小斗》,基本采用相同的写法,全曲围绕着"斗"字展开。而由于"斗"本是酒器,所以曲作就不仅涉及杯,而且还涉及酒。"巧琢象首玉泥重",这本身是对"斗"的外形的描摹。象首,既可指器物之造型,又可指器物上之花纹。《玉海》卷八十九有所谓象尊、象首罍,皆为盛酒之器。"恨绕鸿门宝帐空",这里用了鸿门宴的典故,樊哙曾在这里卮酒彘肩,因此这酒斗也算是历史风云的见证者。"浅涵蛇影金波送俏",既是盛酒之器,当然要用来装酒献饮。这里的蛇影盖指波光之灵动而言,非正用"杯弓蛇影"的典故。"规模容易捧唤,琼壶款款相从。"容易捧唤,犹言容易使唤。斗是杯,自然要有壶相随。且斟且饮,优雅中又透着闲适。"杜子美吟喉热,李谪仙饮兴浓,醉倚春风。"杜子美和李太白就不用说了,都是好酒之人,三杯下肚,怎不引动他们的诗兴呢。醉眼微眍,独倚春风,再吟上三两首诗,真是舒服得紧。

对于金菊的吟咏,则侧重于外部形态的描摹。"远峰一带碧云寒,明月千林白露溥,小园半亩黄花绽。"碧云清冷,远山如带,月出于千林之上,白露初降,而正当此时,半亩黄花开放,这真使人有莫名的惊喜。"正东篱秋向晚,老渊明携酒来。"陶渊明的诗句"采菊东篱下,悠然见南山"[《饮酒》(其五)]向来脍炙人口,人看到菊花怎能不想起陶渊明和他的酒呢?"看嫩色莺难见,清香蝶未餐,付与诗坛。"因为菊花晚开,所以它的嫩色莺儿难见,它的清香蝶儿难餐,所以它的娇嫩与清香只能留给诗人来吟咏了。虽有遗憾,但毫不悲戚,这晚开的黄菊正是高士清节之体现。

与咏金菊的清远相比,咏仙桃的就显得热闹起来了。"彩霞声绕凤凰箫,红雨香生翡翠巢,紫云影趁骅骝道。"既然是"仙"桃,出场自然要带些仙家气象。彩霞围绕,笙箫齐奏,可谓"仙"味十足。后面的红雨、紫云,色彩调配得也好,而紫云本身也常被看作仙家吉祥的象征。"瑶池春正好,舞天风万种妖娆。"瑶池本是仙家之地,这里还是突出仙桃的"仙"味。"东方朔思量的瘦,董双成守护的牢,海阔天高。"《太平御览》卷三百七十八引《汉武故事》:"东郡送一短人,长七寸,衣冠具足,

167

文学史的文本透视

疑其山精，常令在案上行。召东方朔问，朔至，呼短人曰：'巨灵，汝何忽叛来，阿母还未？'短人不对，因指朔谓上曰：'王母种桃，三千年一作子，此儿不良，已三过偷之矣。遂失王母意，故被谪来此。'上大惊，始知朔非世中人。"[1] 东方朔因思桃而瘦，即本于此。董双成，按《汉武内传》所载，乃是西王母仕女。有董双成守护仙桃，又加上海阔天高，此与上皆言仙桃得来不易也。言下之意，既然仙桃为人间所不易得，我们更该珍赏之。

此四首曲子虽为吟咏植物，但皆以人事贯穿之，且辅以各种传说典故，这也是传统文学中吟咏类诗词（包括曲）所常用的创作方法。难得的是，作者在这四首曲中传达的乃是一种欢快闲适之情，读了这些曲，我们终于可以为这仕途上屡遭挫折的诗人一展眉了。

再选一类用同一曲子反复堆叠、不断咏叹的，王九思的南［仙吕·傍妆台］。

南［仙吕·傍妆台］
选五首

叫查查，逢人都念善菩萨。谁知心似斑斓虎，贼胜老乌鸦。精铜却把银皮裹，道四原将三个拿。堪学稼，且种瓜，怎教习染做油滑。

景辉辉，世间绝艺赏音稀。岂无巧似公输子，射比养由基。奈何谗客心田恶，可笑陈人眼界微。弋凫雁，啖蕨薇，一时难救万民饥。

水源源，傍花随柳过前川。后生有志探学海，努力治心田。慎独方许贤希圣，养寿何须汞与铅。美新莽，学太玄，子云终愧下乘仙。

眼睁睁，口谈仁义行如伶。宦途交结为良友，敬爱似亲兄。争名暗使贼心害，狡诈还将笑面迎。龙蛇窟，虎豹营，怎交那里去求生。

草芊芊，正当雨过午风前。春来翠色不择地，生意总由天。梦回灵运吟诗日，思入濂溪讲道年。叶合匾，茎尽圆，无心造化自周全。

《全明散曲》中所收的王九思［傍妆台］多达百首。这百首［傍妆台］的内容十分庞杂，既有书写文人雅趣的，也有刺世嫉邪的；既有感叹人生短暂生命易逝的，也有自我激励一心向学的。从曲体上来看，这百首

---

[1]（宋）李昉等：《太平御览》，清文渊阁四库全书本，卷三百七十八。

第五章 韵文体的终极形式:散曲的文体扩张与融合

[傍妆台]应该属于联章体,而就内容来看,这百首[傍妆台]似乎乃是随时随心随笔之作,就像是一篇散文,由岁月在无意间积成,而非写定在一个预先精心设计好的框架之下。

所选的五首曲作当中,有两首是刺世的,先来看第一首。"叫查查,逢人都念善菩萨。谁知心似斑斓虎,贼胜老乌鸦。精铜却把银皮裹,道四原将三个拿。"最妙的就是"叫查查"三字,一下子就把一个伪善者的虚张声势刻画出来。此种人不仅伪善,还喜欢到处惺惺作态。满口里都是善菩萨,心中却像老虎一样狠毒,像老乌鸦一样阴险狡诈。精铜,比喻人的精细狡猾。银皮,是指表面上的亮丽光滑。表里不一、说四拿三是这种虚伪的人的典型特征。"堪学稼,且种瓜",学稼,犹言务农,《论语》里有樊迟学稼的典故,但这里并非借用其事,只是借用其语。"种瓜",用秦东陵侯召平青门种瓜之典。《史记·萧相国世家》:"召平者,故秦东陵侯。秦破,为布衣。贫,种瓜于长安城东,瓜美,故世俗谓之东陵瓜。"[1]此语和"学稼"一语概谓隐居稼穑自给之意。作者为何要学稼种瓜呢?"怎教习染做油滑"。原来是因为不愿意和这些人在一起,怕的是沾染上他们的虚伪油滑之气。这里肯定归隐之后的学稼、种瓜的生活,也就点明了前面的所谓的阴险狡诈的人物其实是官场中的大小官僚,因为只有他们的生活才是和学稼、种瓜相对立的。

再来看第四首。"眼睁睁,口谈仁义行如伶。宦途交结为良友,敬爱似亲兄。争名暗使贼心害,狡诈还将笑面迎。"这同样写的是官场人物的虚伪。伶,指演戏的优伶。满嘴的仁义道德,做事却总像演戏一样心口不一,毫无忠诚可言。一起在官场上争名夺利,表面上看起来彼此敬爱像亲兄弟,实际上在背地里暗使心机互相戕害,这就是官场人物。"龙蛇窟,虎豹营,怎交那里去求生。"这使我们想起了王九思另一首曲中的"一拳打脱凤凰笼,两脚蹬开虎豹丛,单身撞出麒麟洞"。在那里,他同样将官场比作虎豹丛生之所。既然官场上的人凶狠如虎豹,自然不能去那里求生了。言下之意,还是及早脱身为好。

以上两首曲总体上都属于刺世之作,故归在一起讨论。通过这两首曲,我们可以看到王九思对官场人物的极度厌恶。

和上面的两首在内容上有些联系的是下面这首"景辉辉",只是这首

---

[1] (汉)司马迁:《史记·萧相国世家》,清文渊阁四库全书本,卷五十三。

曲子在所表达的思想情感上和上面两首略有不同。

"景辉辉，世间绝艺赏音稀。岂无巧似公输子，射比养由基。奈何谗客心田恶，可笑陈人眼界微。"辉辉，光芒显赫貌。赏音，即知音之意。公输子，即鲁班，乃是春秋末期著名的能工巧匠，后来被尊为木匠的祖师爷。养由基，春秋时期楚国的神箭手，据说能百步穿杨箭透七铠。谗客，指进谗言的人。陈人，指老朽昏庸之人。这几句话不好逐字实译，它的大意是说：这世间光明朗照，可是那怀有绝艺的人却很难遇到赏识他们的知音。难道这世上真的再没人能像鲁班那样巧或是像养由基那样善射吗？不是的。只是由于那进谗言的人心肠险恶，而那些当权的老朽们又个个眼界狭小、目光短浅，所以把他们都埋没了。"弋凫雁，啖蕨薇，一时难救万民饥。"而正因为这样的人当道，所以真正的能人反而受到排挤，被逼得去弋雁采薇，难以救万民于水火了。弋凫雁，语出《诗经·郑风·女曰鸡鸣》："将翱将翔，弋凫与雁。"蕨薇，较早之文献记载见于《诗经·召南·草虫》："陟彼南山，言采其蕨。""陟彼南山，言采其薇。"然此处之"啖蕨薇"非用《诗经》原意。历史上又有伯夷、叔齐不食周粟，于首阳山采薇而食最终饿死之典故。本曲所用意，实近于后者。采蕨薇而食，犹谓高士清洁自守，不与世俗同流合污也。这一首曲与前面所分析的两首同属刺世之作，但本曲却在痛恨奸邪的主题之外多了一重感慨唏嘘之意。在前面两首曲中，作者只是表明要清洁自保，但在这首曲中，作者却多了一种不能救万民饥渴的愧疚。而这种愧疚，才是证明作者高尚人格的所在。

下面的两首曲则体现出一些理学特色。

"水源源，傍花随柳过前川。"这句是写景，但同时也有学理上的暗示。自宋代理学兴起以来，学者们常用观察天地自然景物的方式来对所谓的"道"或"理"进行参悟。所谓"道之体用，流行发见，充塞天地，亘古亘今"，"未尝有一毫之空阙一息之间断"①，故世间的一切都可以视为"道"或"理"的反映。流水源源，恰好代表心或道之灵动活泼。傍花随柳流过前川，恰又可代表"道"之体用的周流不息。可以说，这简单的一句话，实际上可以生发出许多大的道理。"后生有志探学海，努力治心田。"果然，作者的下一句话转入了对志与学的探讨。心田，本佛教用语，将心比作田，意谓善恶都可在其中生长。但在理学兴盛的背景下，

---

① （宋）朱熹：《四书或问》，清文渊阁四库全书本，卷四。

第五章　韵文体的终极形式:散曲的文体扩张与融合

它的佛学意义早已被大大削弱。"慎独方许贤希圣,养寿何须汞与铅。"慎独,语出《礼记·大学》"君子必慎其独也",意谓君子在独处时更要谨慎坚守。在理学兴盛后,这同样成了一种修身功夫。以上的两句很好地体现出了王九思的儒学背景。"美新莽,学太玄,子云终愧下乘仙。"子云,即汉代文学家兼经学家扬雄,曾著有《太玄》《法言》。扬雄一生学术成就甚高,但传说其晚年曾依附于谋权篡位的王莽,为其一生污点。所谓"美新莽",即指此事而言。这句话的大意是说:扬子云一生虽学识渊博,曾著《太玄》等著作,但他却不能坚守气节,转而去美化王莽一流,所以终究还是下等人物。这最后的一句话,为前面所谈到的治学之路加上了一个限定,即君子修身治学的同时,更要辨明善恶,坚定自己的立场,不能随便丢掉气节。这本身也是王九思自身人格的体现。

如果说上一首曲最终还是体现出一些道学先生的面目,那这下面的一首倒显出一些"活泼泼地"。

"草芊芊,正当雨过午风前。春来翠色不择地,生意总由天。"绿草芊芊,风雨初过,正当明媚的中午,好一派迷人的春色。而这春色从不择地而生,它的生长只是由于天道的自然运作。从这第一句中,我们同样可以嗅出理学的气味。"梦回灵运吟诗日,思入濂溪讲道年。"看着青青的草色,不由想起谢灵运的诗句:"池塘生春草,园柳变鸣禽。"(《登池上楼》)同时又想起了那曾在濂溪讲道的周敦颐。周敦颐,字茂叔,曾在江西庐山莲花洞创办濂溪书院,号"濂溪先生",为北宋著名大儒。提到周敦颐,更说明了本曲的理学基础。"叶合匾,茎尽圆,无心造化自周全。"叶子该着就是扁的,茎本来就是圆的,这本身并没有什么特别的设计,是造化的自然流转将其生成如此,无心却又使其完满周全。这最后的一句就是作者的体认,也是所谓"理趣",虽然它在字面上讲造化,有些像道家的观点,但其出发点却是理学的。

这五支曲子只是从上百支曲子中选出来的极少的一部分,但它们却可以使我们更深切地贴近王九思的精神世界。这五支曲子中有一大部分涉及对于世间小人的讽刺挖苦,这和王九思被人谗害、被迫放弃仕途的经历分不开,代表了其情绪中的主要部分。但这五支曲子同时也有涉及参学悟道、即事明理的内容,这又可见出王九思精神生活的另一部分。慷慨激愤多,达观了悟少,这其实也是王九思这百首[傍妆台]的总体特色。

五　文体融合之一：南北合套

　　曲的发展初期，南北曲各自发展。然至元代中期，南北乐曲已有融合之态势。散曲中的南北合套，据说始自沈和甫，剧中之南北合套，则始自南戏《小孙屠》。到了明代，南北合套已经成为普遍潮流。明代曲家，普遍会兼填南北曲。南北合套代表着南北曲体的融合，也增强了曲的艺术表现力。南北合套的形式很多，既可将各不相重的北曲与南曲相互交叉，亦可以在一套北曲中反复插入同一支南曲。但总体而言，在南北合套曲中，仍以北曲占主导。

　　举一首杨一清的南北双调合套曲。杨一清（1454—1530），字应宁，号邃庵，又号石淙。其先云南安宁人，父景以化州同知致仕，携之居巴陵。后由于父丧葬于丹徒，遂家于是。明成化八年（1472）进士，授中书舍人，迁山西按察佥事，以副使督学陕西。入为太常寺少卿，进南京太常寺卿，先后任都察院左副都御史、吏部尚书、武英殿大学士、太子太傅、华盖殿大学士等职，并曾参与诛杀刘瑾的斗争。一清一生政绩卓著，尤晓边事，为明代名臣，与刘大夏、李东阳并称"楚之三杰"。所著有《石淙类稿》四十五卷、《石淙诗集》二十卷。人以为其"古诗原本韩苏，近体一以陈简斋、陆放翁为师"。所作曲，今《全明散曲》存套数 2 首。

南北双调合套
闲情

　　[新水令] 小窗高卧日三竿，近年来性疏心懒。利和名两不关，千钧檐已息肩。任咱消散，睁眼看他人寒暖。

　　南[步步娇] 也不须劳碌碌广置千金产，但随时加餐饭。论人生百岁间，阴晴悲喜常相半。百忙里且偷闲，把琴棋诗酒来消遣。

　　[折桂令] 到春来临水登山，柳陌花街，歌舞吹弹。到夏来水阁盘桓，眠翠簟对着红莲。到秋来沉醉倒在黄菊花前，真个是地偏心远。到冬来雪花飞乱，暖阁红炉，尽消得暮岁残年。

　　南[江儿水] 本是龙门客，今为鹤发仙。少年叨醉琼林宴，挥毫直上黄金殿。两番文柄司衡鉴，桃李门墙栽遍。总有谗言，白璧青蝇

第五章　韵文体的终极形式：散曲的文体扩张与融合

难玷。

　　［雁儿落带得胜令］俺也曾握虎符镇塞垣，俺也曾假黄钺诛叛乱，俺也曾掌天曹统百官，俺也曾草黄麻侍主言。念鸾凤胜鹰鹯，怕蒿艾混芝兰。小人哉多行险，君子兮不素餐。清闲，不知机心怎闲。平也么安，不知足心怎安。

　　南［侥侥令］天家多雨露，宦海有波澜。因此上乞骸骨归故里，从此后谢龙池鸳鸯班。

　　［收江南］呀。虽然在山涧乐考槃，心敢忘庙堂前。奈年华向晚雪盈颠，且颐养天和保天年。慕古先圣贤，愿取清风高节永流传。

　　南［远邻好］我今来开笼放鹇，我于今持竿学钓鲜。与棋客诗朋为伴，娱舜日，乐尧年。

　　［沽美酒］风和月错迭如转丸，屈指数俺归田有六七年。一任山花开落云舒卷。幸当今主圣臣贤，鉴成法，永无愆。喜天下文修武偃，缵列祖裕后光前。念衰残有非常恩典，荷存问天语拳拳。我呵，到今来才浅识浅，谋浅智浅。呀。要驱驰争奈势力不全，况是鸟飞知倦。

　　南［尾声］历侍三朝多宠显，归去星霜今已换。愿祝皇图亿万年。

　　这套曲子中南北曲是交互出现的，而且还插入了一支带过曲。这恰好成为前文所说带过曲可以被吸收入套的一个证明。

　　本套曲题名为《闲情》，首先便从"闲"写起。"小窗高卧日三竿"，日上三竿了还在窗下高卧，这可真算得上闲了。而且作者闲下来的还不仅是身体，"近年来性疏心懒"，作者实在是连心灵都已经闲了下来。作者何以能够如此消闲呢？"利和名两不关，千钧檐（音 dàn）已息肩。"原来是因为名和利的心已经息了，而肩头的千斤重担也已经卸下。"任咱消散，睁眼看他人寒暖。"到如今，作者一心享受逍遥散诞的生活，世间的一切似乎都已和他无关了。

　　接下来的［步步娇］和［折桂令］两支曲子便具体地写作者这逍遥散诞的生活。

　　"也不须劳碌碌广置千金产，但随时加餐饭。"既然作者的名利之心已息，他自然不必再劳劳碌碌地去置办什么产业，他只需随时加餐，保重

173

身体便是了。"论人生百岁间，阴晴悲喜常相半。"细想人生不过短短的百年，而悲愁和欢喜差不多平分了这短短的时光，到这时候，什么都该看透了。"百忙里且偷闲，把琴棋诗酒来消遣。"在繁忙劳碌的人生里偷一段悠闲的光阴吧，琴棋诗酒正可以作为消遣。

"到春来临水登山，柳陌花街，歌舞吹弹。"春天里，我们可以去登山观水，漫步于绿柳婆娑、繁花似锦的街头，吹奏歌舞，和大自然一起唤起勃勃生机。"到夏来水阁盘桓，眠翠簟对着红莲。"到夏时，我们可以一起到水阁里去游玩消暑，安眠于翠簟（席子）之上，与红莲相伴，享受一段宁静的夏日时光。"到秋来沉醉倒在黄菊花前，真个是地偏心远。"到秋天，我们可以像陶渊明那样去东篱下赏菊饮酒，在菊花前醉倒，我们也真的像陶渊明的《饮酒》（其五）诗中所写的那样"心远地自偏"了。真正的隐士，正需要这样平静淡远的心怀啊。"到冬来雪花飞乱，暖阁红炉，尽消得暮岁残年。"冬天里，白色的雪花飞舞，我们可以在暖阁中生起红红的炉火，隔窗望雪。"晚来天欲雪，能饮一杯无？"（白居易《问刘十九》）在这种温暖的安宁中，我们尽可期待着旧的一年的结束和新的一年的开始。这一支［折桂令］分写一年四季，在将作者的归隐生活具体化了的同时，又用精心选择的意象为我们构筑起一幅立体的色彩斑斓的画面。从春天里的绿柳，到夏天里的红莲，到秋天里的黄菊，到冬天里的白雪，每一个季节都用一种色彩作为主调，而到最后，这些色彩和时光的变换相融合，便造成了一个具有观感性的流动的世界。我们阅读原文，可以发现这支曲子包含的几个句子虽然句式相同，但读来却毫不觉得板滞，这正是由于作者进行了上述的艺术处理的结果。

或许是静极生动吧，在逍遥散诞之余，作者的思绪忽又回到了从前，回忆起一生中的峥嵘岁月。下面的［江儿水］［雁儿落带得胜令］［侥侥令］总结的就是这段日子。

"本是龙门客"，龙门客，本指高门上客，此盖指作者曾在朝廷位居高品而言。"今为鹤发仙"，这是写今日的归隐生活。两句涵盖一生的始终。"少年叨醉琼林宴，挥毫直上黄金殿。"这是回忆当年科举之事。琼林宴，本为殿试后天子所赐之宴。能在"琼林宴"上"叨醉"，自然是一件极为荣耀的事。叨，这里是谦词。"挥毫直上"，杨一清十四岁乡试高等，即以经术为人师，十八成进士，少年得志，才学之高，天下罕有，此四字足以当之。"两番文柄司衡鉴"具体所指何事一时难以确认，大概是

第五章　韵文体的终极形式：散曲的文体扩张与融合

指早年以山西按察佥事提调学校及任副使提调陕西学校二事。《嘉靖以来首辅传》："丁母忧归，服除，改提调陕西学校，寻进副使。一清乃益自振励。创正学书院，选英俊其中而躬自教督之。所识拔李梦阳以文学名天下，而状元康海、吕柟与名士马理、张璇辈皆与焉。"① 由此可见，一清自言"桃李门墙栽遍"亦非言过其实。"总有谗言，白璧青蝇难玷。"在此期间作者也曾遭到过谗言的中伤，但只要行履端正，真正的白璧是不会被苍蝇玷污的。这里反用陈子昂"青蝇一相点，白璧遂成冤"（《宴胡楚真禁所》）诗句，反衬出作者人格的刚贞与高洁。

"俺也曾握虎符镇塞垣，俺也曾假黄钺诛叛乱，俺也曾掌天曹统百官，俺也曾草黄麻侍主言。"四个句子一连串地喷出，对于自己一生功业的回忆到此进入高潮，作者描写记叙的笔调也由先前的清疏平稳转入慷慨激昂。一清一生通兵法，晓权谋，曾督边事，名镇西北，参与平定安化王和诛杀刘瑾，先后历任户部尚书、吏部尚书、兵部尚书、武英殿大学士等职，平生事业，在文人中足称出类拔萃（事详见《明史》。杨一清后以华盖殿大学士等职而为当朝首辅，考虑到本套曲的写作时间，暂不将其包括，详见下文），此四句即作者对于以往功业的具体总结。读到此，我们禁不住觉得有一股豪气逼人。然而，"念鸾凤胜鹰鹯，怕蒿艾混芝兰。小人哉多行险，君子分不素餐"。作为祥瑞的鸾凤和那鹰鹯等猛禽并不是一类，"鹰隼横厉，鸾徘徊兮"②，我所担心的，是蒿艾和芝兰终不能混同。小人总是冒险取利，而君子却总要恪守自己的职责，小人和君子终是势同水火啊。"清闲，不知机心怎闲。平也么安，不知足心怎安。"都说清闲，不知道判断形势心怎么能闲？都说平安，不知足，心怎么能安？"天家多雨露，宦海有波澜。因此上乞骸骨归故里，从此后谢龙池鸳鸯班。"皇家多恩，而宦海里多风险，我还是乞骸骨告别朝廷归乡吧！

虽然是乞骸骨归乡，可是作为一代名臣，作者又怎能将国家之事完全抛开呢？"虽然在山涧乐考槃，心敢忘庙堂前。"考槃，语出《诗·卫风·考槃》，"考槃在涧，硕人之宽"，本意是指成德乐道，这里借指隐居生活。庙堂，本是帝王祭祀议事之所，这里指的就是朝廷。"形在江海之上，心存魏阙之下"（《文心雕龙·神思》），这倒成了作者此时心境的一

---

① （明）王世贞：《嘉靖以来首辅传》，清文渊阁四库全书本，卷一。
② （汉）司马迁：《史记·息夫躬传》，清文渊阁四库全书本，卷四十五。

❀ 文学史的文本透视

个概括表达。"奈年华向晚雪盈颠,且颐养天和保天年。"我当然还是想为国家出力,只是我如今真的已经老了。向晚,本指天色将晚,这里意指人近晚年。雪,指白发。颠,指头。我的头上已经生满了白发,我现在只是"慕古先圣贤",愿我的"清风高节"也能够永远流传。

"我今来开笼放鹇,我于今持竿学钓鲜。""放鹇",放飞鹇鸟,这其实也是作者的自喻,作者如今终于成了出笼的小鸟,可以自由飞翔。"学钓鲜",意谓模仿姜太公垂钓之故事,只不过这里少了姜太公的那种邀取功名的意味。"与棋客诗朋为伴,娱舜日,乐尧年。"舜日、尧年,这里面含着对当今朝廷政事进行称赞的意思,歌颂朝政,这也是由作者特殊的政治身份所决定的。

根据下一首《沽美酒》的首句"风和月错迭如转丸,屈指数俺归田有六七年",再结合下文的"历侍三朝多宠显",我们可以大体上推断出这套曲写作的年代。杨一清为成化八年(1472)进士,卒于嘉靖九年(1530),先后历侍宪宗、孝宗、武宗、世宗四朝,此称"历侍三朝",故本套曲很有可能是写在正德末嘉靖初(最迟不晚于嘉靖三年,因嘉靖三年十二月朝廷有旨令一清以兵部尚书左都御史总制陕西三边军务,一清复被启用了)。由嘉靖初年向上推六七年,正当正德十一年(1516)前后,而此时杨一清正由于得罪钱宁而被迫离朝。前后对照,一清此套曲的写作基本上可以确定在嘉靖一年或二年。又按《明史》所载有"世宗为世子时,献王尝言楚有三杰,刘大夏、李东阳及一清也。心识之,及即位,廷臣交荐一清,乃遣官赐金币存问,谕以宣召期"[①]云云,考此事和下文"念衰残有非常恩典,荷存问天语拳拳"所记正相符合,足可为上文的推断再添一佐证。

此事既明,我们就可以明白后面的"幸当今主圣臣贤,鉴成法,永无愆。喜天下文修武偃,缵列祖裕后光前",其实都是歌颂新君嘉靖帝(世宗)的。这几句话意在奉承新君,不知不觉地带出几分台阁气。"我呵,到今来才浅识浅,谋浅智浅。呀。要驱驰争奈势力不全,况是鸟飞知倦。"这几句话乍看上去口气十分谦虚,和前面几支曲子里表现出来的高傲和自信截然不同。但如果我们知道了如前所述的朝廷曾经对作者"谕以宣召期"之事,作者何以作此语我们便可以完全理解了。这几句其实是作

[①] (清)张廷玉等:《明史·杨一清传》,清文渊阁四库全书本,卷一百九十八。

176

者和朝廷的对话：我本愿意为朝廷效力，无奈我已经老了，力气不济，我也是倦鸟知还了啊。

下面的［尾声］是这话头的延续：我历侍三朝已经很荣光了，归去之后星霜屡换也有多年，我还是衷心地祝愿当朝（皇图）能够福延亿万年吧！整个套曲在祝福声中终结。

中国文学传统中的"闲"字，绝不仅仅是个简单的形容词，它往往更带有一种形而上的哲学意味。在这个字的背后，常常隐藏着中国士人对于日常生活的超越性态度，而同时，它的背后也可能隐含着某种激昂慷慨的不平之气。联系杨一清写作这个套曲前后的人生经历，我们不难发现，本套曲标题中的这个"闲"字背后隐藏的，正是后者。作者从政治生活中暂时隐退出来，这促成了他在前半套曲中对于"闲"的那种艺术表现，而中国士人的进取精神，又在他的后半套曲中催生出一种以"闲"为面目的郁郁不平。中国士人精神中的儒、道二元性由此可见。

六 文体融合之二：叙事性的增强

散曲虽非为戏剧演出服务，但它却兼具了剧曲的一个特点，即带有很强的叙事性。而散曲的叙事又不完全和剧曲一样，它的结构更像是散文。从叙事性这一角度而言，词因篇幅所限，是无法和曲相比的。叙事诗在规模上或许还能和曲一较高下，但若论起叙事的手段，曲就比诗灵活多了。从叙事角度而言，诗、词皆有所谓"自言""代言""他言"，曲在吸收了诗、词的这三种叙事方式之后，又都对其有所发展。"散曲代言体模拟的形象远比代言体词丰富多样。以元散曲为例，其代言体中所模拟的形象有历史人物（如孔文卿《禄山谋反》套），有现实中形形色色的众生相：风流倜傥的浪子（如关汉卿《不伏老》）、穷途末路的清客（董君瑞《硬谒》套）、情窦初开的少女、孤寂怀春的少妇……憨傻的乡民（如杜仁杰《庄家不识勾栏》）等……这是代言体词所远不能相比的。"[①] 而至于自言体，本是古代诗歌中最常见的叙述方式，散曲也不例外。"作为古代诗歌韵文体的终极形式，散曲既吸收了前代诗、词韵文体的艺术建构方式，同

---

① 参见李昌集《中国古代散曲史》，华东师范大学出版社1991年版，第220—221页。

❀ 文学史的文本透视

时又形成了某些自身的特色。……如果说'意象组合结构'体现了散曲继承前代诗歌优秀传统的一面,'意念直陈结构'则是散曲所特有的一种形式。所谓'意念直陈结构',指诗人不借助于形象(意象),而将其所思、所感、所悟的种种意念直接加以表述。……若干套曲将人生哲理和情感意念的直陈与意象的组合烘染,浑融为一体,极大地丰富了其作品的文学内涵和艺术魅力。"①

先举一个用曲叙事的例子。李昌祺的［南吕·金字经］。

［南吕·金字经］
喜舍弟昌明至

雨意斑鸠唤,春光杜宇催,刚得相逢怎便回?陪,旋筹新酿醅。同欢会,饮干休厮推。

门掩斜阳暝,檐垂静夜长,儿女灯前笑捧觞。尝,满杯清更香。怀宜放,醉呵能几场。

瓦釜芹羹美,磁瓯茗饮清,垂老天伦喜合并。听,两三归雁声。鸣相应,感咱同气情。

白丁留迹少,红甲进畦稠,淡泊相看不强求。休,老身今自由。心无疚,随意度春秋。

这一组曲题为《喜舍弟昌明至》,却是从"舍弟昌明"的告别开始写起。"雨意斑鸠唤,春光杜宇催",在一片动人的春光当中,"舍弟昌明"忽然来访,春色加上亲情,这使得作者的整个身心都不由自主地激动起来。"舍弟昌明"在短暂的造访之后便要起身告辞,这怎么可以呢?作者急忙劝阻:"刚得相逢怎便回?"真正的欢会还没开始呢?!主人赶紧叫人过滤好新酿的酒,摆好酒席,准备和客人一饮千杯。

接下来的二首曲子写二人欢饮交谈的情景:斜阳慢慢从门外落下,夜幕悄悄降临,四外人声渐静,但是室内却是一片欢欣热闹的景象。儿女们笑着向前捧觞祝寿,兄弟二人的话也越说越多。品着杯中的美酒,不由得想起人生短暂,感慨这样的痛快豪饮究竟能有几回。"瓦釜芹羹美,磁瓯茗饮清",所餐所饮以及所用的器具都称不上奢侈豪华,但是作者却毫不

---

① 参见李昌集《中国古代散曲史》,华东师范大学出版社1991年版,第224—232页。

第五章 韵文体的终极形式:散曲的文体扩张与融合

在意,作者最高兴的乃是自己在暮年能够拥有父子兄弟团聚的天伦之喜。言谈之间,天空中忽然有两三声雁叫传来,声声和鸣,主人笑谓昌明道,这雁似乎也是感动于你我兄弟的声气相应。

第四首曲子似乎还是在写对话,但实际上,它已经成为作者心灵的独白。"白丁留迹少",盖隐刘禹锡《陋室铭》"往来无白丁"之意,而"红甲进畦稠"一句则用唐代诗人皮日休《访重元寺元达种名药诗》"雨涤烟锄伛偻赏,绀牙红甲两三畦"的诗意。交朋种药,这即是作者目前的生活,而"淡泊相看不强求",这便是作者目前的心态。这两句隐隐包含着作者对于自己一生的总结:功名富贵早已退出作者的视野之外,作者目前所拥有的,乃是一种阅尽风雨之后的恬淡自然。既然已经摆脱了功名利禄的牵绊,生命自然便会回复到它原初的自由状态。"心无疚,随意度春秋",参透生命玄机的作者不仅可以纵身于大化之中,而且,似乎连生命本身的长短都已经毫不在乎了。这最后的一支曲子在语气上由上两支曲子的活泼热烈一变而为沉静,这不仅和第一支曲子所制造出的艺术氛围相互呼应,而且,更成为作者个人意绪的幽远而含蓄的表达。

这四支曲子有开篇(第一支曲子),有高潮(第二、第三支曲子),有结局(第四支曲子),篇幅虽然不大,但是结构却很完整。由开头写道别,再到中间的别而未别、添酒开筵,再到结尾的自陈心迹,有欢快处,有热闹处,有沉静处,有含蓄处,调度得当,笔法调匀,足可见作者之功力。

再举一个体现"意念直陈结构"的例子。李昌祺的[中吕·满庭芳]。

[中吕·满庭芳]
自述

年衰病攻,旬宣[1]任重,仕进心庸。纵令勉强成何用,齿豁头童。急退步离他闹丛,便随意学做庄农。辞官俸,勤耕苦种,岁计不愁空。

侨庵野夫,文章本少,事业全无。半生苦被虚名误,早乞微躯。纳印绶辞归里间,买田园教绕村居。忘形处,麻衣草屦,放浪狎樵渔。

闲中自怜,人心不足,世事难全。算惟引退真长便,过活随缘。

179

文学史的文本透视

叹老矣非徒此日，赋归欤且待明年。思量遍，心阑意倦，极品也徒然。

荣枯吉凶，都由自己，不属天公。得时莽把聪明弄，逞尽英雄。怎知道祸由恶积，错埋冤命与灾逢。床头瓮，香浓味重，引到醉乡中。

江南故乡，山青水绿，竹翠松苍。年来旋把幽居创，菜圃禾场。看花访黄家四娘，插秧倩许宅二郎。忘官况，狂吟醉唱，退老白云庄。

追思旧游，芳年岂再，胜事都休。几回暗数当时友，半在荒丘。将马上风霜弊裘，换鸥边野水轻舟。天成就，忘怀宇宙，无喜亦无忧。

天涯自伤，叨恩禄厚，永恩心长。故园遥在西江上，几度斜阳。好弟妹相抛殒亡，老情怀只抱凄惶。那堪望，云山烟浪，真是断人肠。

归田兴饶，官登二品，世阅三朝。粉闱画省皆清要，误玷元僚。爱隐逸烟霞海峤，恋恩荣雨露云霄。量才调，休闲最妙，偃息伴鹓鹩。

蹒跚病躯，人怜显宦，我笑贫儒。乌飞兔走何曾驻，白尽髭须。有断简残编可娱，无赢金剩帛堪储。清幽趣，炉香一炷，坐爱小窗虚。

光阴易道，诸般勘破，万事宜休。抗尘走俗干生受，着甚来由。卖了带安排买牛，缀成簑准备划舟。招朋旧，晴窗永昼，浊酒且淹留。

盈虚往来，亡身为色，丧命因财。乖的罢了愚的在，莫笑痴呆。种地亩勤薅草莱，启轩窗净扫尘埃。心无累，逍遥物外，且放好怀开。

注释：

[1] 旬宣，本为遍示之意，此处盖指为朝廷奔走趋驰宣示政命而言。

这组曲当为作者晚年离开官场后不久之作。整组曲抚今追昔，既追述

第五章　韵文体的终极形式:散曲的文体扩张与融合

作者一生之事迹,同时又吐露人生感慨,题名《自述》,确有回顾一生、抒发抱负、一吐胸中幽情之意。

"年衰病攻,旬宣任重,仕进心庸。"这是作者对当下情形的自述:年老多病,政务繁重,早已失去了在仕途上继续进取的热情。那在这种情况之下作者又该怎么办呢?"急退步离他闹丛,便随意学做庄农。辞官俸,勤耕苦种,岁计不愁空。"不待读者相问,作者自己便作出了回答:我要离开那闹吵吵的官场,回乡去做个自在的农民。虽然我没有了官家的俸禄,可是我努力耕种,一年的生计还是不愁空。这第一首曲子交代了当下的现实,同时也为后面曲子的议论和抒情奠下了基础。

第二首,"侨庵野夫,文章本少,事业全无"。这当然说的反话,作者虽然不能说是当朝一流的勋臣显宦,但他平生的事业文章却也并非"全无",作者这样说,一方面是出于谦虚,另一方面,最主要的,还是因为作者现在已经站到了一个放弃政治功名、追求个人自由的新的生活立场。"半生苦被虚名误,早乞微躯。纳印绶辞归里间,买田园教绕村居。"这是对第一首曲中所说的那种回乡归隐念头的进一步肯定和强化。而在最后一句"忘形处,麻衣草屦,放浪狎樵渔"中,我们可以看到一种道家哲学已经隐隐登场了。在第一首曲中,作者还在说归乡后的"岁计"问题,而在第二首曲中,这种对于现实生活的或隐或显的担忧,已经被一种带有形而上色彩的对于自由的向往所取代了。

下面的两首曲子主要是写作者的人生体悟和感慨。"人心不足,世事难全",只要欲望存在,人就永远不会满足,而世事本身也永远无法达到圆满,这是尽人皆知的道理。既然对于功名利禄的欲望永远无法止息,那就不如退后一步。"算惟引退真长便,过活随缘。"长便,意犹长久方便。算起来,也只有辞职归田,生活随缘,才是真正的长久方便之计啊。即使官封极品又能如何呢?反复的思量,越发地使人觉得"心闲意倦",没什么意思了。"荣枯吉凶,都由自己,不属天公。"命运始终掌握在自己手里,人的结局成败其实都是由自己的所作所为决定,并非全由天定。在得志时耍弄聪明,"呈尽英雄",殊不知从来福祸相倚,善恶有果。床头瓮中的美酒香浓味重,似乎正在召唤作者进入那不计是非、自由的醉乡之中。

第五首曲子是对归隐生活的展望式的描写:江南的故乡山青水绿,松苍竹翠。作者重整幽居,修理圃场,访花种禾,完全忘却了官场上的一

181

切，狂吟醉唱，一心要在退隐生活中归老。

接下来的第六、第七、第八首曲子是作者对于一生经历的回顾，而这种回顾是实述少而抒情多，在回顾一生的同时，伴随着作者对于人生感触的沉痛抒发。

第六首，"追思旧游，芳年岂再，胜事都休"，这其中隐含着作者对于青春少年的无限留恋。"几回暗数当时友，半在荒丘。"人间的生死离别，怎能不触痛作者的心灵。唯一值得庆幸的，是作者现在已经决意归隐，他终于不必再在马背上突霜冒雪地南北驱驰，他终于可以享受到那野水边轻舟上的自由自在的生活。和逝去的故友相比，作者是幸运的，因此他说这是"天成就"。但是，作者真的能够做到"忘怀宇宙，无喜又无忧"么？我们相信，这只是他心中的一种理想罢了。

下面的第七首转入对于骨肉亲情的回忆。"叨恩禄厚，永恩心长。"从字面上来看，作者似乎是在表达对朝廷的感激之情——作为一个封建时代的知识分子，他的这种感恩戴德，无论是出于真情，还是出于假意，都是合理的——但从深层的文思脉络上，这却是在为一种文学上的转折做准备。庄严而崇高的仕宦生活在一种惶恐和感恩并存的复杂心情中终结，作者的情感，将由此流向一种普通而又真切的世俗生活。"故园遥在西江上，几度斜阳。"遥远的故乡犹在变幻的时光里苦苦相待，此刻作者的心中，又怎能不充满思乡之情。"好弟妹相抛殒亡，老情怀只抱凄惶。"回想到故园，自然要想到那些曾经朝夕相处的亲人。兄弟姐妹们当中有很多已经相继离世，而这种至亲骨肉离去后所留下来的悲痛和孤独，实在比那种仕宦生涯中的奔波劳苦更让人难受。人近老年，所体会到的离别的哀苦，和青年时又是不同。回首故园，只见一片云山烟浪，怎不叫人痛断肝肠！和前几首中那种略带哲学意味的抒情相比，这首曲中所描写的人间亲情，显然更加真实动人。

第八首的起首，仍然是对于仕宦生涯的总结。"官登二品，世阅三朝。粉闱画省皆清要，误玷元僚。"这是作者对于自己仕宦生活的总结性回顾。李昌祺于明成祖永乐二年甲申（1404）三月选翰林院庶吉士，英宗正统四年乙未（1439）致仕，先后仕历成祖、仁宗、宣宗、英宗四朝，此说三朝，大概只是个约数。粉闱、画省原本都指尚书省，这里盖指高级的政府机关而言。误玷，犹偶然忝列之意，这里又包含着谦虚的成分。"爱隐逸烟霞海峤，恋恩荣雨露云霄。"一个对偶的句子，很精妙传神地

第五章 韵文体的终极形式:散曲的文体扩张与融合

刻画出作者的双重心态:一方面喜欢隐逸的生活,想要归隐,和烟霞海峤为伴,另一方面却又对皇朝对自己的高恩盛典无限感念。那么这两种思想斗争的结果如何呢?"量才调,休闲最妙,偃息伴鹪鹩。"自己思考衡量一下自己,还是隐逸休闲的生活最妙啊,也只有那种和小鸟为伴的自由生活才最适合我啊!

剩下的三首曲子,是对归隐后的生活的描写,从内容上来讲,它们和第五首曲子恰成呼应。

第九首,"蹒跚病躯,人怜显宦,我笑贫儒",这里的"笑"当作喜爱欣赏解。人渐老迈,病体蹒跚,有些人贪恋高官,我却宁肯去做一介穷儒。在这里,我们可以发现,作者在前几首曲中所表现出来的那种略带犹豫的态度没有了,作者离官归隐的态度越发坚定鲜明。"乌飞兔走何曾驻,白尽髭须。"乌、兔代指日、月。时光的流转,已经催白了人的须发,到了这个时候,还有什么可犹豫的呢?他理应选择他喜爱的生活才对。"有断简残编可娱,无赢金剩帛堪储。"又一个对偶句,很好地说明了作者对于两种生活的态度。作为没有官职的贫儒,他当然没有多余的金帛物品来满足奢欲,但他却可以享受到自由读书的快乐。燃点起"炉香一炷",静坐于小窗之下,自然可以享受到一种清幽之趣。

在第十首曲子中,这种态度得到进一步的发展。"光阴易遒,诸般勘破,万事宜休。抗尘走俗干生受,着甚来由。"遒,这里作穷尽讲。抗尘走俗,意喻为世俗名利而奔波。生受,即受苦。光阴易尽,到了这个时候,什么都该看破了。为了世俗名利奔波受苦,想一想,到底又为了什么?干脆,"卖了带安排买牛,缀成蓑准备划舟。招朋旧,晴窗永昼,浊酒且淹留"。把玉带卖了买耕牛,编制好蓑衣准备好去划舟,呼朋唤友,在阳光明媚的窗下聚众欢饮,以此来度过漫长的日子,这样的生活岂不是更加快活么?

到了最后,作者已经完全看开。"盈虚往来,亡身为色,丧命因财。"这句话虽说得近于常俗,但真实的世界确乎如此。"乖的罢了愚的在,莫笑痴呆。"乖的,即聪明者。那些乖巧的聪明人都没有了,倒是我这愚蠢的还在,你们大家可不要笑我痴傻呵。从中我们可以看到典型的庄子哲学。作者到此已臻悟境。"种地亩勤薅草莱,启轩窗净扫尘埃。心无累,逍遥物外,且放好怀开。"除草种地,擦窗除尘,作者已经安于这样平静而又普通的生活了。心中没有牵挂,自然可以逍遥物外,且让我们打开胸

文学史的文本透视

怀,快乐地享受这种生活吧。

这一组散曲,我们初看之时,觉得内容彼此重复,似乎在写作之时带着很大的随意性。但是如果细加分析,我们还是可以看出一条如上文所述的若隐若现的思想情感线索。从大的方面来看,作者也确实有着一种对自己的生命历程进行归纳和总结的意思。所谓"自述",本就是一种自我说明。这种说明,既是说给别人,也是说给自己。这一组曲用这么大的一个篇幅来说明作者的心迹,很好地说明了当中国诗歌发展到"曲"这一步时所产生的变化。曲比词更俗,形式上的变化也更为丰富,它和人的日常情怀更加贴近了。这,也是中国诗歌发展到近世之时的一个特点。

所选的两组曲,均采用了同调联章的形式,抒情叙事可谓曲尽人意,亦可谓将联章体的表现功能发挥到淋漓尽致了吧!

第六章

游艺抑或游戏:古代文学中的
文化完形与个体安放

"文学同时属于个人智慧、抽象形式及集体结构这三个世界的情况，给研究工作带来重重困难；尤其当我们必须为它编写一部历史时，这种三维现象实在让人难以想象。"[①] 仅仅探讨文学与"个人智慧""抽象形式"以及"集体结构"之间的关系，已经足够复杂，而更复杂的是，"个人智慧""抽象形式"以及"集体结构"这三者之间，亦并非一种完全平行的关系。这三者之间，既可以形成相互诠释的背景，而同时，在某些条件下，亦可形成某种嵌套式的关系。要之，这三者之间的关系如何，仍然取决于阐释理论是如何建构的。世界如何，取决于你的观察方式。这倒是像一种文学世界中的观察渗透理论。本章即围绕着古代文学理论中的游艺说，来探讨在一种历史文化的"集体结构"之中，文学家们是如何安放自己的。

一 来自轴心时代的话语规定

几乎任何一个文明，只要其延续得足够长久，都会拥有一个属于自己的"轴心时代"。轴心时代并不代表发生学意义上的起源，但通常而言，对于一种文明最重要的思想往往都从这一时代开始。文明的基因在此时播下，最初的文化结构也在此时开始建立，而当此文明的传续遭受困境时，其继承者也会把目光重新投向这一时代，以寻找新的应对现实的动力。而

---

① [法]罗贝尔·埃斯卡皮:《文学社会学》，浙江人民出版社1987年版，第1页。

❋ 文学史的文本透视

对于中国的古代文明而言,这一轴心时代无疑便是先秦时期。中国历来有原道、征圣、宗经的传统,而所谓的道、圣、经基本产生或形成于这一时代。这一时代所使用的诸多话语,成为后世学术话语中的"元话语",而这一时期所形成的一些文化观念,亦成为后世文化思想发生和再生产的基础。某一朝代在文化治理上是否成功,在很大程度上取决于其能在多大程度上统协、处理这些原初的话语和结构。从某种意义上来说,这些来自轴心时代的观念很可能成为社会发展的绊脚石,但从另一个角度来讲,其却保证了一种文明形态的持久延续。

中国文学理论中对于文学、个人智慧、抽象形式以及集体结构的原初描述,同样肇始于这一时代。比如孔子所说的"诗三百,一言以蔽之,曰思无邪"(《论语·为政》),即是对文学的评价;又说"知者乐水,仁者乐山。知者动,仁者静"(《论语·雍也》),便涉及对个人智慧的描述;而其所言的"质胜文则野,文胜质则史",虽非完全针对文学而论,但却被常常引来当作对文学内容与形式关系的评述,如此,则又涉及文学的"抽象形式"。而作为中国传统文化二元的另一方的道家,对相关问题亦有所论述,只不过,其观点又常和儒家相反。老子曰:"绝圣弃智,民利百倍;绝仁弃义,民复孝慈。"(《老子》第十九章)又曰:"知者不言,言者不知。"(《老子》第五十六章)已是对个人的智慧作了拒绝。而庄子则曰:"筌者所以在鱼,得鱼而忘筌;蹄者所以在兔,得兔而忘蹄;言者所以在意,得意而忘言。"(《庄子·外物》)则更是对语言形式把持了一种工具论的态度。就儒家的观念而论,个人与文学、个人与社会的集体结构、文学与社会的集体结构之间,终归还算保持了某些关系,而到了道家那里,文学与社会集体结构则早已成了被抛弃的对象。《庄子·徐无鬼》:

> (子綦曰)吾所与吾子游者,游于天地。吾与之邀乐于天,吾与之邀食于地,吾不与之为事,不与之为谋,不与之为怪。吾与之乘天地之诚,而不以物与之相撄;吾与之一委蛇而不与之为事所宜。[①]

对于道家而言,其所尊敬的乃是至高的天地之道。而对于人世间的现实生活,其总是持一种疏离的态度。于是,后世对于文学以及社会结构的论述

[①] (晋)郭象:《庄子注·徐无鬼第二十四》,清文渊阁四库全书本,卷八。

第六章 游艺抑或游戏:古代文学中的文化完形与个体安放

主要在儒家的话语系统内展开,便也是理所当然了。

儒家的话语体系虽然更贴近社会现实,但其也有着先天的缺陷,即过于强调文学与政治的一致性,而忽视了这二者的相对独立性。与此相关,儒家文化所想象出的"个体",则往往是道德性的,缺乏根本的生命活力。套用精神分析学派的一个术语,儒家所强调的,实际上是一个道德上的"超我",而不是生物学或社会学意义上的"个体"。那么,在儒家的话语体系中,个体的自由精神便真的无处安放了么?事实当然并非如此。在儒家的话语结构中,还是给个体精神的存在预留了一定的空间的,只不过,这种空间,需要受到种种的限制。譬如,在儒家话语体系中的"游艺"论,便为个体精神的自由存在以及文学的存在预留了空间。《论语·述而》:

> 子曰:志于道,据于德,依于仁,游于艺。①

又《礼记·少仪》:

> 士依于德,游于艺。工依于法,游于说。②

郑玄注曰:"德,三德也。一曰至德,二曰敏德,三曰孝德。艺,六艺也。一曰五礼,二曰六乐,三曰五射,四曰五御,五曰六书,六曰九数。"所谓"志于道""据于德""依于仁"强调的乃是道德性的自我要求,而"游于艺"则为个体兴趣的发展留下了空间。所谓"游",暗含了一种个体的自由的态度,而所谓"艺",虽然其在最初的时候只是指儒家传统的六艺,但其内涵却可因时代发展而不断丰富。譬如,在先秦时代,"艺"中本是不包括所谓"书法"的,但当后来书法产生了之后,文人们却借助六艺中原有的"书"的符号,将其纳入了"艺"的范围之中。宋代王钦若等人编有一部《册府元龟》,其卷二百六十六曾列出历代宗室之"材艺",如:

---

① (魏)何晏解,(梁)皇侃疏:《论语集解义疏》,清文渊阁四库全书本,卷二。
② (汉)郑玄注,(唐)陆德明音义:《礼记·少仪》,四部丛刊景宋本,卷十。

❀ 文学史的文本透视

> 后汉北海王睦，光武兄伯升孙也。善史书，当世以为楷则。及寝疾，明帝驿马令作草书尺牍十首。
> 濮王泰，（唐）太宗第五子，少好学，善属文，工草、隶，待贤礼士，深为太宗所爱。
> 永王璘，（唐）玄宗第十六子，少聪敏，善草。①

其中都提到了个人的书法才能。可见，所谓"艺"的范围，是随着历史发展而扩展的。元代的杨桓撰有一部《六书统序》，他的门生国子博士刘泰为其作序，曰：

> 书，六艺之一。孔子曰：游于艺。游，玩物适情之谓。艺，则礼、乐之文，射、御、书、数之法，皆至理所寓，而日用不可阙者。朝夕游焉，以博其义理之趣，则应物有余，而心不放矣。②

所谓"玩物适情"，便是一种个体情趣，而又说艺中有至理存焉，则又是将游艺拉回了儒家的话语体系之内。只不过此时理学流行，这里面已经融入了理学格物论的气味。

再如画，本来也是不包括在六艺里的，但后人也将其纳入了进去。《宣和画谱》卷一《道释》：

> 志于道，据于德，依于仁，游于艺。艺也者，虽志道之士所不能忘，然特游之而已。画亦艺也，进乎妙，则不知艺之为道，道之为艺。此梓庆之削镰，轮扁之斫轮，昔人亦有所取焉。于是画道、释像与夫儒冠之风仪，使人瞻之仰之，其有造形而悟者，岂曰小补之哉。③

这里面不仅将画亦视作艺，而且融进了道家的学说。

虽然在正式的场合，人们对于艺的言说，仍然坚持了儒家传统的"六艺"的基础，但在现实的生活中，人们对"艺"的认识早已超出了这一

---

① （宋）王钦若等：《册府元龟·宗室部·材艺》，明刻本，卷二百六十六。
② （元）杨桓：《六书统·刘泰序》，清文渊阁四库全书本。
③ （宋）官修：《宣和画谱·道释叙论》，明津逮秘书本，卷一。

第六章　游艺抑或游戏:古代文学中的文化完形与个体安放

范围。宋王观国《学林》卷五《艺》:

> 孔子曰:志于道,据于德,依于仁,游于艺。盖艺非不可为也,特不可使艺胜德耳。德成而上,艺成而下。君子可使德胜艺,不可使艺胜德。艺太精则掩德,古今之常理也。师旷,晋之贤人也,而以知音胜;养由基,楚之贤人也,而以善射胜;王羲之、献之、刘伶、嵇康、石崇,皆晋之贤人也,而二王以书胜,刘伶以酒胜,嵇康以琴胜,石崇以富胜;严君平、管辂、司马季主皆汉三国之贤隐也,而皆以卜胜;虞世南、褚遂良、欧阳询、薛稷、颜真卿、柳公权,皆唐之贤人也,而皆以善书胜;而阎立本以画胜。凡此诸贤,皆以艺胜德者也。后世称其人者不称其德,而唯艺之称,盖艺太精斯掩德矣。①

观其所说的"艺",又何止限于书、画。而与此同时,随着文学文的兴起,亦有人将"文"视为"艺"了,认为只需"游"之即可。此举招来了朱子的不满。朱熹《四书或问》卷六:

> 谢氏以学文为游于艺,似亦太轻。程子以为读书则凡所以讲乎先王之道,以为修己治人之方者,皆在其中矣。岂特游于艺而已哉?②

一方面是"艺"的不断膨胀,另一方面又是不断地回归"道—德—仁—艺"的原始结构,强调"不可使艺胜德",这体现了轴心时代的元初话语对后世话语所具有的约束性。

二　游戏之文:"游于艺"的一种极端显现

> 涵泳于道,履践于德,体切于仁,游涉于艺。艺者,亦以养吾德性而已。③

---

① (宋)王观国:《学林·艺》,清武英殿聚珍版丛书本,卷五。
② (宋)朱熹:《四书或问》,清武英殿聚珍版丛书本,卷六。
③ (宋)张栻:《癸巳论语解》,清文渊阁四库全书本,卷四。

❀ 文学史的文本透视

不知是不是因为看不惯唐宋以来"艺"的过度膨胀，以及文人们在所谓"艺"上花费了太多的精力，宋代的张栻在他的《癸巳论语解》中特意强调了艺的次要性。儒家思想的元始结构在不同时代被屡次重复，这本身是文化再生产的一种方式。但所谓"踵事增华"，文艺形式一旦形成，就难免向着多样化的方向发展。而游艺之文发展出的一种较为极端的形式，便是所谓游戏之文。游戏之文中寄托了作者的自由情趣，是个体获得独立性的一种表现，另外，这种独立性往往又受到作者以往接受的先在知识的限制，因此又只是相对性的。下即举两篇带有游戏性质的文字，一是唐代邱鸿渐的《愚公移山赋》，二是宋代陈与义的《玉延赋》。邱鸿渐，贝州人，官左司郎中。陈与义，即便不加介绍，读者亦会知晓，乃是宋代江西诗派的"三宗"之一。愚公移山的故事，古已有之，邱鸿渐将其敷衍成了一篇赋，而玉延，即所谓的山药，陈与义亦用了好多文字对其进行铺写，两篇文字，都带有游戏的味道。

愚公移山赋

止万物者艮[1]，会万灵者人[2]。艮为山以设险，人体道以通神[3]。是知山之大，人之心亦大，故可以议其利害也。昔太行耸峙，王屋作固，千岩纠纷，万仞回互[4]。蓄冰霜而居夏凝结，联源流而飞泉积素。爰有谆谆[5]愚叟，面兹林麓，怆彼居之湫隘，愍祁寒之惨毒。激老氏之志[6]，且欲移山；当算亥之年，宁忧就木[7]。乃言："日月无私照也，山则蔽之；春夏无伏阴也，山则藏之。倾阻我比屋，拥隔我通逵[8]。我将拔本塞源，使无孑遗。得则为功之美，否则为身之耻。终当诒厥孙谋，施于翼子[9]。"于是协室而一乃心力，荷担而三夫杰起。畚砺斯备，其功聿修，于涧于沼，爰始爰谋。一之日土垦石凿，二之日崩崖陨崿，三之日夷峰弥壑[10]。云林摧以盖偃[11]，火石迸而星落。尔其洞突堙塞[12]，阴阳交错。飞禽走兽，魄褫气慑，而不复巢居穴托；王乔偓佺[13]，低徊频蹙，而无所骖鸾驾鹤。山神操蛇闻之，乃壮其功，深其计，将惧不已，先谒于帝。命夸娥二子，发神威，振猛厉，始将怒目决眦，终欲飙举电逝。遂乃干硠莽[14]，挟崔嵬，下拔乎三泉[15]，上冲乎九垓[16]，突兀云动，磅礴天回，遽投雍朔，而不复来。世人始知愚公之远大，未可测已；夸娥之神力，何其壮哉！傥若不收遗男之助，荷从智叟之辨，则居当困蒙[17]，往

第六章 游艺抑或游戏:古代文学中的文化完形与个体安放

必遇塞[18],终为丈夫之浅。今者移山之功既已成,河冀之地又以平,则愚公之道行。客有感而叹曰:事虽殊致,理或相假。多岐在于亡羊[19],齐物同于指马[20]。我修词而忘倦,彼移山之不舍。吾亦安知夫无成与有成,谅归功于大冶[21]。

注释:

[1] 艮:卦名,象征山。《易·说卦》:"艮,止也。"高亨注:"艮为山,山是静止不动之物,故艮为止。"

[2]《尚书·泰誓》:惟天地,万物父母;惟人,万物之灵。《传》:生之谓父母。灵,神也。天地所生惟人为贵。

[3] 体道:体有体会、躬行、施行之意,这里皆可讲通。道,天地之道,正道。通神:通于神灵。

[4] 纠纷:交错杂乱貌。

回互:回环交错貌。

[5] 爰:语助词。

谆谆:有二意。一是谓迟钝昏乱貌。《左传·襄公三十一年》:"且年未盈五十,而谆谆焉如八、九十者,弗能久矣。"王引之《经义述闻·春秋左传中》:"谆谆,眊乱也。"一是谓忠谨诚恳之貌。《后汉书·卓茂传》:"劳心谆谆,视人如子。"李贤注:"谆谆,忠谨之貌也。"此处当兼有二意,谓愚公虽处昏老之年,又似乎不太聪明,但人很忠恳,无贬义。

[6] 老氏:可称"老氏"者有多人,此当指老子。《老子道德经·异俗第二十》:"众人皆有余,而我独若遗,我愚人之心也哉!"旧题河上公注曰:"不与俗人相随,守一不移,如愚人之心也。"

[7] 箕亥之年:犹言暮年。亥为地支的第十二位,古人用之以纪年。

宁:犹言难道不。

就木:进棺材,意指死亡。

[8] 比屋:相邻的屋舍,此泛言房屋。

通逵:通途。

[9] 语本《诗经·大雅·文王有声》:"诒厥孙谋,以燕翼子。"翼子:翼助子孙。此句谓为子孙留福。王楙《野客丛书·诒厥友于等

191

语》：洪驹父云世谓兄弟为友于，谓子孙为诒厥，歇后语也。

[10] 夷：铲平。

弥：意填满。

[11] 盖偃：像车盖一样倒下。盖，车盖，用以形容树之形貌。

[12] 尔其：连词，表承接。辞赋中常用作更端之词。

洞穾：洞穴。

[13] 王乔偓佺：二仙人名，此泛指神仙。王乔，指周灵王太子晋，即王子乔。孙绰《游天台山赋》：王乔控鹤以冲天，应真飞锡以蹑虚。偓佺，事参《列仙传》《搜神记》等书。《列仙传·偓佺》：偓佺者，槐山采药父也。好食松实，形体生毛，长数寸，两目更方，能飞行逐走马。

[14] 斡：旋转。

砢莽：此处指山。砢，大石。莽，草。

[15] 三泉：三重泉，指地下极深之处。

[16] 九垓：此指九天。

[17] 困蒙：意谓处于窘迫之境。蒙，又为卦名。

[18] 遇蹇：遭遇困厄。蹇，又为卦名。

[19]《列子·说符第八》：杨子之邻人亡羊，既率其党，又请杨子之竖追之。杨子曰："嘻！亡一羊，何追者之众？"邻人曰："多岐路。"既反，问："获羊乎？"曰："亡之矣。"曰："奚亡之？"曰："岐路之中又有岐焉，吾不知所之，所以反也。"杨子戚然变容，不言者移时，不笑者竟日。……心都子曰："大道以多岐亡羊，学者以多方丧生。学非本不同，非本不一，而末异若是。唯归同反一，为亡得丧。子长先生之门，习先生之道，而不达先生之况也，哀哉！"

[20]《庄子·齐物论》："以指喻指之非指，不若以非指喻指之非指也；以马喻马之非马，不若以非马喻马之非马也。天地一指也，万物一马也。"郭象注："今是非无主，纷然殽乱，明此区区者各信其偏见而同于一致耳。仰观俯察，莫不皆然，是以至人知天地一指也，万物一马也。"

[21] 大冶：本指技术精湛的铸造金属器物的巧匠，这里指天地造化。

第六章　游艺抑或游戏:古代文学中的文化完形与个体安放

本赋所敷衍的愚公移山的故事,人人耳熟能详。其本出于《列子·汤问》,是夏革向殷汤所讲述的十数个充满奇幻色彩的故事之一。

"太行、王屋二山,方七百里,高万仞",《列子·汤问》起首说山,本赋便也从山写起:"止万物者艮。"艮是《易经》中的卦名,象征着山,山高则意味着阻断,故其曰"止万物"。而和《汤问》不同的是,赋者紧接着跟了一句"会万灵者人"。这样,只通过一组对句,赋者便构建起了一种自然(山)与人的二元关系,其进入主题的节奏,显然比《汤问》要快得多。"艮为山以设险,人体道以通神",是进一步陈说。"是知山之大,人之心亦大,故可以议其利害也",是类比,亦是过渡。秦少游曾有言:"小赋如人之元首,而破题二句,乃其眉。"(《师友谈记》)所论虽是应试的律赋,但我们仍不妨借用其思其语:"山之大""人之心亦大"两句,实在便是本文"眉目"。山与人的关系,构成了本文的基本矛盾。

"昔太行耸峙"以下,全用赋法。赋者,敷也(《释名》),故其对山之高寒及愚公言语的描写,都较原文详尽。《汤问》写山,只写其隔断道路,而本赋写山,不仅写出其"千岩纠纷"的山势,更写出其居夏凝霜的自然景况。《汤问》写愚公受山之苦,只写他"惩山北之塞,出入之迂",而本赋写愚公受山之苦,则不仅写他受交通闭塞的困扰,更写他受到潮湿和奇寒的折磨。"日月无私照也,山则蔽之;春夏无伏阴也,山则藏之。"自然本是无私的,但山却用其自身制造出了一种极大的不公平,这怎能不令人气愤!故愚公不顾已届垂暮之年,"激老氏之志",誓要移除之。所谓"老氏之志",原本老子之语,亦即"不与俗人相随,守一不移"的"愚人之心"(见注释[6])。本赋中所构建起的人与山的关系,远较《汤问》中紧张。山以其势压人,而人之精神亦因压力而越发突显。

以下"荷担而三夫杰起","畚斫斯备,其功聿修,于涧于沼,爰始爰谋"几句,是隐括《汤问》中"聚室而谋曰"至"箕畚运于渤海之尾"一段,原文叙述较详,而本赋则略。而至具体的挖山过程,本赋则又趋于详切。一之日如何,二之日如何,三之日如何,赋者不仅详细记录下愚公工作的进程,更极尽铺排渲染之能事。火石迸落,走兽褫魄,神仙失所,这固是夸张,但彰显出的,却是一种一往无前的人间伟力。

人与山的斗争,终于惊动了上天。"山神操蛇闻之,乃壮其功,深其计,将惧不已,先谒于帝",山神对于愚公,亦是既敬且惧,只好向天帝禀告。在这里,赋者将前文的自然(山)、人的二元对立,扩充成了一种

193

❖ 文学史的文本透视

自然、人、神（天）的三角关系。关于神人移山的过程，《汤问》里只有一句"帝感其诚，命夸蛾氏二子负二山，一厝朔东，一厝雍南"，写得很简单，而本赋则写得较为详细。"下拔乎三泉，上冲乎九垓"，同样写出了神人的伟力。

正因人和神同样具有惊天动地的力量，所以下文才将两者并列："愚公之远大，未可测已；夸娥之神力，何其壮哉！"愚公和神，同样值得敬佩。人和神的这种并列关系，是《汤问》原文中所没有的。

移山之功成就，意味着愚公之道得行。可是在其未成功之前，有谁知道他的道正不正确呢？难道河曲智叟说的话真的一点道理也没有么？赋者联想到自身，不由得发起了感慨："多岐在于亡羊，齐物同于指马。"歧路，所指的其实是各种不同的行为方式或思维的方法。人之所以会觉得无所适从（多歧），正是因为远离了最根本的大道（羊）。如以大道为本，则人世间的种种行为其实皆为末异，从这个角度看，谈论齐物和指马并无分别。同理可推，无论是愚公的"移山不舍"，还是我的"修词忘倦"，亦都不过是人世间"歧路"之一种。愚公最后侥幸成功了，似乎证明他的路是对的，那么我呢？"吾亦安知夫无成与有成"，我所能做的，恐怕最多亦只能是像愚公那样"守一不移"吧。至于能否成功，亦只能听命于造化了。赋者最末的这一段消沉的议论，使得全文由热闹归于冷静。表面上，本赋似乎在阐发一种"秉要执本"[1]的道家思想，实际上，折射出的却是现实世界中迷茫的生活苦闷。这亦可算是利用游戏文字寄托内心情感的一个典型。

在中国文学史上，有很多这样的情况，一个题材或某一主题被用不同的文体反复重写，这其实构成了不同文体之间的互文。阅读本赋，可以参照《列子·汤问》中的原文来读，这对于认识不同文体的特点、历史思想的前后流变，还是具有一定意义的。本赋对《汤问》原文描写简略的地方进行了充实，展现出丰富的想象力，所描写的场面广阔壮观，韵律亦调配得十分和谐，结尾的论调虽略显低沉，但仍不掩其艺术上的成功。

玉延[1]赋

吾闻阳公之田，不垦不耕，爰播盈斗，可获连城[2]。资阴阳之淑

---

① （战国）列御寇：《列子·刘向列子目录原序》，清文渊阁四库全书本。

第六章 游艺抑或游戏:古代文学中的文化完形与个体安放

气,孕天地之至精。蜿蜒赤埴[3]之腴,煌扈白虹[4]之英。惊山木之润发[5],冒朝采之余荣[6]。逮百嘉[7]之泽尽,候此玉之丰成。王公大人方以不贪为宝[8],辞秦玉而陋楚珩[9]。虽三献其谁售,乃举赘[10]于老生。老生囊中之法[11]未试,腹内之雷久鸣[12]。搴石鼎以自濯,揞豕腹之彭亨[13]。春江浩其波涛,远壑飑以松声。俄白云之涨谷[14],乱双眼于晦明[15]。擅人间之三绝[16],色味胜而香清。捧杯盂而笑领,映户牖之新晴。斥去懒残之芋[17],尽弃接舆之菁[18]。收奇勋于景刻,匕[19]未落而体轻。凌厉八仙,扫除三彭[20]。见蓬莱之夷路,接闻阖于初程[21]。彼徇华之大夫,含三生之宿醒[22]。污之以蜂蜜,辱之以羊羹。合尝逸少之炙[23],同传孝仪之鲭[24]。叹超然之至味,乃陆沉[25]于聋盲。岂皆能于我遇,亦或卿而或烹[26]。起援笔而三叫,驱蛇蚓以纵横。吾何与大夫之迷疾[27],盖以慰此玉之不平也。

注释:

[1] 玉延:即山药。唐孙思邈《备急千金要方·薯蓣》:薯蓣生于山者名山药,秦楚之间名玉延。

[2] 《搜神记》卷十一:杨公伯雍,雒阳县人也。本以侩卖为业,性笃孝。父母亡,葬无终山,遂家焉。山高八十里,上无水,公汲水作义浆于坂头,行者皆饮之。三年,有一人就饮,以一斗石子与之,使至高平好地有石处种之,云:"玉当生其中。"杨公未娶,又语云:"汝后当得好妇。"语毕不见。乃种其石。数岁,时时往视,见玉子生石上,人莫知也。有徐氏者,右北平著姓,女甚有行,时人求,多不许。公乃试求徐氏,徐氏笑以为狂,因戏云:"得白璧一双来,当听为婚。"公至所种玉田中,得白璧五双,以聘,徐氏大惊,遂以女妻公。天子闻而异之,拜为大夫。乃于种玉处四角作大石柱,各一丈,中央一顷地名曰玉田。

[3] 赤埴:红色的黏土。《书·禹贡》:"厥土赤埴坟,草木渐包。"孔传:"土黏曰埴。"

[4] 煌扈:壮盛之貌。《文选·上林赋》:"煌煌扈扈,照曜巨野。"郭璞曰:"言其光采之盛也。"

白虹:日月周围的白晕。《礼记·聘义》:子贡问于孔子,曰:"敢问君子贵玉而贱碈者何也?为玉之寡而碈之多与?"孔子曰:"非

❧ 文学史的文本透视

为磻之多故贱之也，玉之寡故贵之也。夫昔者君子比德于玉焉，温润而泽，仁也；缜密以栗，知也……气如白虹，天也……故君子贵之也。"

［5］《荀子·劝学》：玉在山而木草润，渊生珠而崖不枯。

［6］冒：覆盖，包容。

朝采：《前汉书·司马相如传》："朝采琬琰，和氏出焉。"颜师古注曰："朝，古朝字也。朝采者，美玉每旦有白虹之气，光采上出，故名朝采。"

荣：可指花木之光泽，亦可指云气，古人以为是吉祥之兆。

［7］百嘉：众善，各种吉祥好事。《国语·楚语下》："天明昌作，百嘉备舍。"韦昭注："嘉，善也。"《用易详解》卷一：一阴一阳之谓道，继之者善也。善为道之继，则元为善之长，可知矣。大哉乾元，万物资始，此所以为善之长也。亨者，通也。元降而为亨，百嘉之生于是和会。云行雨施，品物流形，此亨所以为嘉之会也。

［8］《左传·襄公十五年》：宋人或得玉，献诸子罕。子罕弗受。献玉者曰："以示玉人，玉人以为宝也，故敢献之。"子罕曰："我以不贪为宝，尔以玉为宝。若以与我，皆丧宝也，不若人有其宝。"

［9］《国语·楚语下》：王孙圉聘于晋，定公飨之，赵简子鸣玉以相。问于王孙圉曰："楚之白珩犹在乎？"对曰："然。"简子曰："其为宝也几何矣？"曰："未尝为宝。楚之所宝者，曰观射父，能作训辞，以行事于诸侯……若夫白珩，先王之玩也，何宝焉？"

［10］赘：见人时所执的礼物，动词意义是赠送。

［11］杜甫《去矣行》："未试囊中餐玉法，明朝且入蓝田山。"王洙注："《周礼·天官·玉府》：'王齐，则供食玉。'注：玉是阳精之纯者，食之以御水气。"

［12］《论衡·雷虚篇》：人伤于寒，寒气入腹，腹中素温，温寒分争，激气雷鸣，三验也。

［13］搘：支撑。

豕腹：猪的腹部。

彭亨：胀大貌。

［14］李白《瀑布》：天河从中来，白云涨川谷。

［15］《周易口义》卷八：是故君子……考步其阴阳寒暑，日月

第六章 游艺抑或游戏:古代文学中的文化完形与个体安放

星辰,风雨晦明,以察天时之早晚,以观四时之代谢。

[16] 三绝:指色、香、味。苏轼有《过子忽出新意,以山芋作玉糁羹,色、香、味皆奇绝,天上酥陀则不可知,人间决无此味也》诗,见《东坡全集》卷二十九。

[17]《分门古今类事》卷三引袁郊《甘泽谣》:衡岳寺有执役僧性懒而食残,人多呼为懒残,独李泌常异之。一日往见,正拨火出芋啖之,取其半以授泌,曰:"勿多言,领取十年宰相。"泌后果相肃宗十年。

[18]《说郛》卷五十七下:陆通字接舆,楚人也,好养性,躬耕以为食。……于是夫负釜甑,妻戴纴器,变名易姓,游诸名山,食桂栌实,服黄菁子,隐蜀峨眉山,寿数百年,俗传以为仙云。

[19] 匕:古代取食的用具,曲柄浅斗,类似于调羹。

[20] 凌厉:凌空高飞;升腾直上。

八仙:说法众多,或指汉锺离、张果老、吕洞宾、李铁拐、韩湘子、曹国舅、蓝采和、何仙姑,或指容成公、李耳、董仲舒、张道陵、庄君平、李八百、范长生、尔朱先生等,此盖泛指神仙。

三彭:指三尸神。《宣室志》卷一:桦子曰:"夫彭者,三尸之姓,常居人身中,伺察功罪,每至庚申日,籍上上帝。故凡学仙者,当先绝其三尸,如是则神仙可得,不然虽苦其心无补也。"

[21] 蓬莱:古代传说中的神山,泛指仙境。

夷路:平坦的道路。

阊阖:传说中的天门,代指仙界。

初程:刚开始的旅程,此意轻易就到达。

[22] 徇华之大夫:意谓追求尘世浮华的俗士。张协《七命》:"冲漠公子,含华隐曜……于是徇华大夫,闻而造焉。"李善注:"徇,荣也;华,浮华。"吕延济注:"徇,求;造,就也。假立此求华大夫,闻冲漠公子就问焉。"吕说是。

三生:即佛教所说之前生、今生、来生。

宿酲:犹言宿醉。

[23]《晋书·王羲之传》:王羲之字逸少……幼讷于言,人未之奇。年十三,尝谒周𫖮,𫖮察而异之。时重牛心炙,坐客未啖,𫖮先割啖羲之,于是始知名。

※ 文学史的文本透视

[24]《西京杂记》卷二：五侯不相能，宾客不得往来。娄护丰辩，传食五侯间，各得其欢心，竞致奇膳。护乃合以为鲭，世称五侯鲭，以为奇味焉。

[25] 陆沉：陆地无水而沉。这里意谓埋没。

[26]《左传·哀公十六年》：生拘石乞，而问白公之死焉。对曰："余知其死所，而长者使余勿言。"曰："不言将烹。"乞曰："此事克则为卿，不克则烹，固其所也。何害？"乃烹石乞。

[27]《列子》：秦人逢氏有子，少而惠，及壮而有迷罔之疾。闻歌以为哭，视白以为黑，飨香以为朽，尝甘以为苦，行非以为是。

宋代的士人相较唐代士人来说，具有更多的"平民"意识。这种"平民意识"在进一步扩大了宋代文学表现范围的同时，也改变了其表现方式。这篇《玉延赋》，正好可以成为一个例证。

首先，这篇赋所选取的题目便很有意思。玉延，名字很好听，但其实不过就是山药。作者描写的既不是上林、两都那样的大景物、大场面，也不是纨扇、洞箫这类极具象征意味的文化物件，而是日常生活中极常见的一种食材——或者，在某些情况下，也可以被称作药材。这样的选题，本身就体现了宋代文学的平民特色。

其次，在结构及思想表达上，这篇赋也体现出一些新的特点。就结构而言，此赋大体上可以分作三个部分：第一部分是从开头到"乃举赘于老生"，是写玉延之种植及到作者手中之经过。第二部分是从"老生囊中之法未试"到"接闻阆于初程"，是写食用玉延之过程及其功效。第三部分是从"彼徇华之大夫"到末尾，是抒情和发议论。结构虽不甚复杂，但其缝合转接之笔法却极精妙。

且看第一部分，本欲写山药，却故意"避实而就名"，从其名字中的"玉"字写起。阳公种玉典故的引用，不仅拓宽了读者的想象域，而且为本赋带来了一种历史感。而以下"资阴阳之淑气，孕天地之至精"等语，更是将玉的产生神秘化，充满了浪漫色彩。本部分之结用了两句："王公大人方以不贪为宝，辞秦玉而陋楚珩。虽三献其谁售，乃举赘于老生。""王公大人方以不贪为宝"，表面上是赞扬，背地里却是讽世；"虽三献其谁售"，表面上是说历史，其实却是发牢骚。在转结中阐发议论，是本赋的妙处之一。

198

第六章　游艺抑或游戏:古代文学中的文化完形与个体安放

而到了第二部分,作者则再用一句"老生囊中之法未试,腹内之雷久鸣"承之。腹中雷鸣,显然是饿了,需要食物来果腹,作者终于将不能充饥的"玉"引到了可以吃的"玉延"。昔日秦少游论赋有云:"凡赋句,全藉牵合而成。其初两事,甚不相侔,以言贯穿之,便可为吾所用。此炼句之工也。"[①] 以本赋观之,正与其言合。需要指出的是,有注者将第二部分中的"揩豕腹之彭亨"解释成"此喻玉延满鼎,鼓胀如猪腹",将"懒残之芋"解释成"残腐有毒之芋",将"接舆之菁"解释成"枝蔓纷披散乱的蔓菁",皆不正确。按"豕腹",侧重点乃在一"腹"字,意指作者的肚子,加一"豕",是有自嘲、调侃的意味。"揩",虽本意为"支",但这里引申为填满的意思。"豕腹彭亨"是指作者终于吃饱了。正因为吃饱了,作者才会有下文所写的那种飘飘欲仙的感觉。至于"懒残之芋",指的是懒残吃的芋头,"接舆之菁"指的是接舆吃的黄菁子,作者为突出山药之价值,故将其与二者并提。文中所说,并非择菜的过程。

赋的第三部分,则纯是议论抒情。上文既已将玉延还原成一种食物,下文就继续沿着食物这一线索来写。"徇华大夫",是作者嘲讽的对立面。这些人只知追求俗世的繁华,故虽经三生轮转,仍如酒醉之人一样,毫无开悟的灵性。他们食用玉延,只是追求口感,用蜂蜜拌,同羊肉煮,殊不知正是这些世俗的口味,遮蔽了玉延天然的色味清香。超然的至味,终被尘世的暗昧所掩。"岂皆能于我遇,亦或卿而或烹",是感叹。或卿或烹,代指的是这样或那样的命运,亦即不同人对待玉延的不同方法,感慨的是玉延命运的无主与沉沦。有人把"卿"解释成一种烹调方法,这是不对的。而"起援笔而三叫,驱蛇蚓以纵横",抒发的则是一种愤怒。正因对玉延的命运不平,作者才在大叫之后写下激烈的文字。"吾何与大夫之迷疾,盖以慰此玉之不平",到了赋的末尾,作者终于不再遮掩,显示出了昂然不世的丈夫气。结尾的这段议论和抒情,占了全文三分之一的篇幅,体现了宋人好说理、好议论的文学习惯。就文学表现形式而言,这是宋代文学的一种新的进展。

这篇赋总的来说,使用的正是秦少游所谓的"牵合贯穿"之法,但其在转折贯穿处常能见出巧思。借转折而发议论,借议论而抒情,一语而兼数意,是本文之长。而其用事之精切,用韵之妥帖,亦足称道。本

---

① (宋)李廌:《师友谈记》,清文渊阁四库全书本。

文第一部分的特点是奇幻，暗含士人怀才不遇的牢骚；中一部分的特点则是幽默、滑稽，甚至带有一点"油滑腔"，显现出宋代文人特有的处世态度；末一部分的特点则是激扬慷慨，显现出对世俗黑白淆乱的愤怒和对正确道德准则的坚守。细味之下，本赋虽然篇幅不长，但其意则不可谓不丰矣。

赋虽然在很早以前就被认为有"润饰宏业"的作用，但因其文体要求，常常需要作者引东据西、夸大强言，所以这种文体在某种意义上又可以被看作一种在原初即缺乏庄重性的文体。而到了汉代以后，伴随着小赋的兴起，它又逐渐成了文人们骋才遣兴的工具。虽然其中亦可包含些许情绪和寄托，但那些夸张的铺排，则难免使人觉得其"繁采"而"寡情"。炫耀知识，铺排牵合，这着实是一种高级的符号游戏。

三 私人游艺生活的再结构化：以明清文人的花艺活动为核心

上文所讲到的文字，虽然带有游戏的味道，但其总体仍是处在儒家的话语体系之内。尤其是赋中所涉及的各种知识，更是封建知识分子体现其优越感、标志其身份的重要表征。《礼记·曲礼》：

> 博闻强识而让，敦善行而不怠，谓之君子。[①]

所谓的"博闻强识"其实亦成了古代文人游心于经典知识之外的一条突破路径。

伴随着时代的发展，社会生活渐趋丰富。而随着知识阶层的不断壮大，也开始有越来越多的知识分子游离于国家的主体政治生活之外。知识分子游离于政治，这一方面促成了日常生活的进一步艺术化，另一方面，也带动了日常生活在儒家话语体系内的再结构化。下面即以明清文人的"花艺"类著作为例，来说明这一问题。

[①]（汉）郑玄注，（唐）陆德明音义，（唐）孔颖达疏：《礼记注疏·曲礼上》，清文渊阁四库全书本，卷三。

第六章　游艺抑或游戏：古代文学中的文化完形与个体安放

伴随着"颇具本土色彩的'生活艺术化'的命题在中晚明时期普遍流行起来"，明人的游艺生活也变得日趋丰富。"古刻碑拓、雕虫篆籀、琴棋书画、文玩金石、赏瓶鉴陶、刻竹制扇、造壶煮茶、唱曲填词、建园莳花等活动成为人们优游人生至境的绝好选择。"① 与此相伴随，一时间涌现了诸多和这些休闲生活相关的著作。即以与花艺有关的作品为例，明代即有高濂的《瓶花三说》、张谦德的《瓶花谱》、袁宏道的《瓶史》、王路的《花史左编》等。而到了清代，更出现了《御定佩文斋广群芳谱》这样的由官方主编的、体制宏大的花艺类著作。明代的花艺著作，多系文人编成。这些著作虽然广泛涉及花卉采植、养护等"技"的层面的内容，但在宏观的价值取向上，仍是以体现文人的超拔意趣为主，更侧重于花艺"赏鉴"的精神层面。这一类的著作，以王路所编的《花史左编》最具代表性。而到了清代以后，这种情况有所改观。政治上的压力及传统经学的复活，使得花艺著作中那些体现文人超离志趣的内容受到了压抑，而那些属于知识或"技"的内容则开始日渐丰富，并在儒家博物、育民的宏观话语指导下，形成了一系列的专书。这后一类著作，又可以《御定佩文斋广群芳谱》为代表。通过梳理从《花史左编》到《御定佩文斋广群芳谱》的发展线索，其实就可以从某一侧面透视出明清之际文人消闲生活的再度结构化的过程。

中国最早的植物学的专著，向推嵇含的《南方草木状》。嵇含，西晋时人，曾任振威将军、广州刺史等职。嵇含身为西晋高官，不可能去亲自参与草木的种植，故此书编写之目的，仍在于上膺儒家的"博物强识"、"以教子弟"的学说。其序中曾交代写作的缘起："南越交趾植物，有四裔最为奇，周秦以前无称焉。自汉武帝开拓封疆，搜来珍异，取其尤者充贡。中州之人，或昧其状，乃以所闻诠叙，有裨子弟云尔。"② 所谓增广子弟之耳目见闻，正合于夫子"多识于鸟兽草木之名"之教（《论语·阳货》）。该书三卷，共分草、木、果、竹四类，记载南越交趾一带的花木果植等凡八十种。其记法，盖先记植物之形状颜色，后记其功用、产地等。凡有其他经籍、史事相及者，亦酌情附记之。如记耶悉茗花、末利花："耶悉茗花、末利花，皆胡人自西国移植于南海。南人怜其芳香，竞

---
① 张文浩：《张谦德〈瓶花谱〉"天趣"美学观念疏解》，《农业与考古》2014年第6期。
② （晋）嵇含：《南方草木状》，宋百川学海本，卷上。

文学史的文本透视

植之。陆贾《南越行纪》曰：南越之境，五谷无味，百花不香。此二花特芳香者，缘自胡国移至，不随水土而变，与夫橘北为枳异矣。彼之女子，以彩丝穿花心，以为首饰。"[1] 又如记豆蔻花："豆蔻花，其苗如芦，其叶似姜。其花作穗，嫩叶卷之而生。花微红，穗头深色，叶渐舒，花渐出。旧说此花食之破气消痰，进酒增倍。泰康二年，交州贡一箧，上试之有验，以赐近臣。"[2]《南方草木状》在写作体制上为后世类似的著作树立了一个模板，其后之著作，比如宋代蔡襄之《荔枝谱》、明代陈正学之《灌园草木识》、清代余鹏年之《曹州牡丹谱》等，在形式上对其均有承袭之处。而其所体现出的"好古博物、多识无惑"的编纂思想，亦成为联结传统儒家思想与花植类著作的一座桥梁，变成了衡量类似著作价值的最初的一条"元标准"。

嵇含的《南方草木状》虽然谈到了各种植物的应用之效，但却几乎没有谈到具体的植物栽培技术。这说明传统的士族文人，对于"形而下"的"术"仍然是持一轻视的态度。同时，此书在谈及与花物有关的历史时，也是侧重于记述具体的"掌故"，而没有带入更多的个人情感或审美情趣。这表明了其基本上还是属于一种"客观化"的知识型著作。而这种情况，到了唐宋之后，则有了很大改变。伴随着文人意识与游艺文化的兴起，此类著作中体现文人理想和志趣的成分开始逐渐增多。而由于文人身份的下移，此类著作中对于"技"的关注也多了起来。到了明代，出现了一系列谈论花艺的专门著作，而其中，往往是体现知识的"技"与体现"道"的志、趣并存。比如袁宏道的《瓶史》，在记录了诸多折枝、水煮、灯燃、封泥等具体的插花之"技"的同时，又单列《清赏》《监戒》等目，专谈赏花之道，便是一例。[3] 文人作花艺类著作，为原本质木无文的花植类著作带来了一个新的"言志寄意"的文化意义域，但文人情趣的过度表达，则又可能使其脱离其原本的"技"与"知识"的形而下的基础，变成一种单纯的掌故类编，伤及其实用功能。能在两者之间取得较好平衡的，有明一代，当推王路编的《花史左编》。

王路，字仲遵，明万历时浙江嘉兴人，具体的生卒年不详。据其书中

---

[1]（晋）嵇含：《南方草木状》，宋百川学海本，卷上。
[2] 同上。
[3] 参见（明）袁宏道《瓶史》，清借月山房汇钞本。

第六章　游艺抑或游戏：古代文学中的文化完形与个体安放

"小引"所述，其书之作，肇自万历丙辰（1616）夏日，历三季始脱稿。原书二十四卷，可见者又有二十七卷本，则又系后人增补刊刻者。无论是二十四卷本还是二十七卷本，均采用了按卷立题的形式。譬如其第一卷名《花之品》，第二卷名《花之寄》，第三卷名《花之名》，第四卷名《花之辨》等。① 各卷皆以花名，这样，就将所有与花木有关的资料，皆围绕着花串联了起来，这无疑突出了花在本书中的结构性地位。虽然本书内容多系迻编他书，但经此一编，则显得首尾有序，浑然一体矣。书中对各种花草，多有辨识，如卷四《花之辨》辨石榴："其本名安石榴，亦名海榴。一种富阳榴，结实大者如碗。饼子榴则花大而不结实。山东有番花榴，其花尤大于饼子榴。"这部分内容，颇类于《南方草木状》。除去此部分内容，该书中亦包括许多花卉种植方面的内容，如卷十三《花之忌》记"疗牡丹法"："或有蛀虫、蛴螬、土蚕食髓，以硫黄末入孔，杉木削针针之，则虫自死。若折断捉虫，则可惜枝干矣。"又谈种栀子："此花喜肥，宜以粪浇。然浇多太肥，又生白虱。"则其又是对《南方草木状》的突破。而更重要的，是《花史左编》的编纂中，体现出了浓厚的文人情趣。譬如，其书首卷名曰《花之品》，题下便有自注曰："凡立言无所关切，虽充栋无益。是卷成于草草，然统纪悉寓渐微必杜，敢曰花经，用惩孟浪。"其下又首标"花正品"，分列"花王"（拟照临万国）、"花后"（拟母仪天下）、"花相"（拟台衡元转）、花男（拟男正位外）、花姜（拟女正位内）等目，其用意，正在用一种人世的生活，来拟照花的世界。而其评花的依据，大多数仍是来自历史典故或是诗文章句。如其所说的"君子"（拟正直忠厚）便是根据周濂溪的《爱莲说》："以莲为花中之君子，亭亭物表，出于泥而不滓。"经过这样的操作，一部介绍知识与技术的花艺作品，便带上了一种"超越之维"，成了文人寄意言志的工具。《花史左编》的成书，虽然可能受到丘璿《牡丹荣辱志》的影响②，但其内容，却远较丘书为丰富。该书之中，既包含了传统的"博物之学"，又包含了当代的农林技术，又体现了文人的现实情怀和超离之志。可以说，王路的这部《花史左编》乃是一部极具时代气息的兼容并包之作。

尽管《花史左编》具有以上的一些优点，但清人对其评价却不甚高。

---

① 参见（明）王路《花史左编》，明万历刻本。下所引均据此本。
② 参见（清）周中孚《郑堂读书记》，民国吴兴丛书本，卷五十一。

文学史的文本透视

《四库全书总目》评价该书："此书皆载花之品目、故实,分类编辑,属辞隶事,多涉佻纤,不出明季小品之习。"[①] 明季小品,最能体现明末文人之情怀雅趣,但四库馆臣却目其为"佻纤",这足以证明了时代风气之演变。

而最能体现这种风气转变的,当属官方编定的《御定佩文斋广群芳谱》。

《御定佩文斋广群芳谱》,计一百卷,由汪灏等奉敕于康熙四十七年(1708)编成。其书的主要基础,是明代王象晋的《群芳谱》,而在其上又有删减或增补。"并其《天谱》《岁谱》为《天时谱》,而删其《鹤鱼》一谱及诸谱中疗治一条,并更改其次序,移易其种类。凡《天时谱》六卷、《谷谱》四卷、《桑麻谱》二卷、《蔬谱》五卷、《茶谱》四卷、《花谱》三十二卷、《果谱》十四卷、《木谱》十四卷、《竹谱》五卷、《卉谱》六卷、《药谱》八卷。每一物详释名状,列于其首。次征据事实,统标曰汇考。传记、序辨、题跋、杂著、骚赋、诗词,统标曰集藻。其制用、移植等目,统标曰别录。"[②]"原本梅、杏、桃、李之类俱载入花中",今则分见于"花、果两处";"原本诸谱中多有疗治一条",今又以"医疗自有专书",故皆删去;"原本终以《鹤鱼》一谱",今则以"禽鱼既与群芳命名不符,且类族众多,禽中不得专举一鹤,鱼中不得专举金鱼"[③],亦复删减。经此调整,全书体式更加精严,分类也更加精确,但原书"托兴众芳、寄情花木"[④] 的文人旨趣却受到了大大的压抑。关于此书编刊之缘起,"御制序"则有云:"粤自神农氏尝草辨谷,民始知树艺医药;伊耆氏命羲和推步定历以授时,民始知耕获之不愆……朕听政之暇,披阅典籍,留意农桑……每思究百昌生殖之理,极万变消长之情,著为成编,以佑吾民。尝谓《尔雅》具其名物,而郭璞、陆佃、孙炎之流,疏注埤翼,又加详焉。……比见近人所纂《群芳谱》,搜辑众长,义类可取,但惜尚多疏漏。因命儒臣即秘府藏帙,擥撮荟萃,删其支冗,补其阙遗,上原六经,旁据子史,洎夫稗官野乘之言,才士之所歌吟,田夫之所传述,皆著

---

① (清)爱新觉罗·永瑢等:《四库全书总目》,清乾隆武英殿刻本,卷一百一十六。
② (清)周中孚:《郑堂读书记》,民国吴兴丛书本,卷五十一。
③ (清)王灏等:《御定佩文斋广群芳谱·凡例》,清文渊阁四库全书本。
④ 同上。

第六章　游艺抑或游戏：古代文学中的文化完形与个体安放

于篇。而奇花瑞草之产于名山，贡自远徼绝塞，为前代所未见闻者，亦咸列焉。……总一百卷，命名曰《佩文斋广群芳谱》。冠以天时，尊岁令也；次谷、次桑麻，崇民事也；次蔬茶果木花卉，资厚生溥利用也；终以药物，重民命也。"① 言中值得关注之处，一是将对花卉植物的考察重新拉回到了农业史的视野之内，二是提出了"思究百昌生殖之理"的明理之说，三是表达了敬天佑民的治国愿景，四是提出了"上原六经，旁据子史"，兼收稗官野乘之言、才士农夫之所传述的编纂方法。可以说，这段序言虽然不长，但却包含了传统儒家至有清一代所产生过的几乎全部思想。无论是先秦儒家的博识思想，还是汉儒的经学思想，抑或是宋儒的理学思想，在这段话中均得到了体现。而在编纂的体制上，《广群芳谱》也的确很好地遵循了这种思想。如《天时谱》之记"春"，即首引《礼记·乡饮酒义》之说："东方者春，春之为言蠢也。"此段文字，为《群芳谱》原书所无，可以说很好地体现了《广群芳谱》作者的尊经思想。又如《桑麻谱》记苎麻，首引《广雅》："苎，三稷也。"又引《说文》："麻草也，可以为绳。"同样体现了一种对于经学知识的尊重。《广群芳谱》的卷二十二至卷五十三为《花谱》，从卷数上论，多达三十二卷，所记之花，远超了《花史左编》所载。而其所收罗的记花卉的典文诗句，亦不在《花史左编》之下。唯独所缺者，是《花史左编》中那种活跃的文人之气。王路"小引"中曾谈到自己编纂《花史左编》的情形："试镜自验，瘦削见骨者凡再。心血不知耗去几斗，乃成此事。又念古人一倾一吐，皆以鸣心，潇洒风神，见于笔墨之外，是可为谭资者未尽也。不惜因花憔悴，补缀数条，复为'花麈'，其闻分耳。虽劳顿自私，略足为花神生色。……予落落自负情痴，过怜隙驹，深惭凉德，而鸿骏又不可冀，趁此衰迈未逼，辄复死心蠹鱼，食神仙字，做得一事，是我生之一日也。若曰好闲，予方欲偷闲未得，窃慕古人秉烛夜游者，不胜呼跃也，此闲功夫又从何处得来？故以我为闲，固非知己，以我为非闲，亦非深知予者也。"试与康熙御制序较，则其中所寓的不同情感，分明若判也。

中国古代的花植之书，其源流甚为复杂。各书或重历史掌故，或重词翰章句，或重种植技巧，或重文人雅趣，承袭不同，也导致体制各异。但无论如何，各书为彰显自己的价值，往往都需要攀附某种既有的宏观的价

---

① （清）汪灏等：《御定佩文斋广群芳谱·御制序》，清文渊阁四库全书本。

值话语。或依托文史，发掘花植的文化意义，以寄托人文情怀，或追求博物明理，以收其实用之功，在明清之际，成了花艺类著作编纂过程中最为常用的两种话语方式。而《御定佩文斋广群芳谱》所使用的，显然是后者。这种话语选择，其实也是国家维持儒教的文化权威、力图将全部社会文化生活整合到一个统一的话语体系里的体现。

四　入画与入诗：生活世界中的文化完形

　　上文所举，是一种社会文化结构的自我约束与自我完成，它和整个国家政治相关，因此是比较宏观的。其实在文学或艺术系统内部，也存在着一些微观的文化结构，同样对文学或艺术的发展起着约束作用。因为这种约束和政治上的约束相比，力量较弱，因此本书借用一个格式塔心理学中的术语"完形"来对其进行描述。"完形"，在格式塔心理学中，原本指的是个体有将零碎的经验组织成有意义的整体的倾向。比如，一条百分之九十封闭的圆弧形曲线，即使两端之间仍留有一定空隙，但观察者却往往倾向于把其理解为是一个完整的圆。完形心理，代表了一种心理趋势，在某种意义上也代表了一种心理驱力。本书将它移用于对于文化的描述，借以形容微观文化结构中那种带有微微的强迫性的自我完成、自我追寻意义的倾向。

　　仍以上文提到的花艺生活为例。中国很早就有关于花卉审美活动的记载，自汉唐以后，又兴起以瓶插花之俗。而到了明清时，制、赏瓶花已成了士庶生活中不可或缺的一个部分。明代中后期生活"美学化"或曰"艺术化"风气的兴起，是在政治的高压逐渐减弱、礼教的束缚逐渐变得松弛之后，故对其的宏观解读，常常和平民社会的发展以及人性和欲望的解放联系起来。从某种角度而言，这种解释并不错，毕竟，这种"生活美学"的发展，使得士人生活和普通百姓生活中具有共质性的那一面更加凸显了出来。但同时，对于此种解释，却也必须将其限制在一定的范围之内，不能作过度的引申。文人的著作中融入了越来越多的讲述"形而下"的"艺"的内容，固然可以看作其身份和思想的"下移"，但另一方面，也需看到他们的这些理论著作在潜移默化之中改变了生活的自在状态，造成了社会生活的文化分层。文人站在自身既有的文化立场上对生活进行审

第六章 游艺抑或游戏:古代文学中的文化完形与个体安放

视,并为其赋予新的文化意义,这实际上是文人社会层级意识向着日常生活的另一种投射和渗透。明代鼓吹性灵说的袁宏道,诗文颇有新俗气,然其作《瓶史》,亦有所谓"花折辱"二十三条,认为"主人频拜客""俗子阑入""丑女折戴"等乃花之辱①。丑女何辜,竟亦成花辱,此中足可见出旧时文人清高自许的文化等级意识。

寻常百姓植瓶花,多在求其形而下的直观之美。而文人雅客,则又须在其上寻求一种不同的形而上的意义。这种寻求意义的行为,其实即是一种"文化完形"。寻求意义,最得力的工具乃在文字,咏瓶花之诗由是而兴。唐代的罗虬曾作《花九锡》:"一曰重顶幄障风,二曰金错刀剪折,三曰甘泉浸,四曰玉缸贮,五曰雕文台座安置,六曰画图写,七曰艳曲翻,八曰美醑赏,九曰新诗咏。"② 这一二三四五的下来,其实即指出了进行文化完形的步骤和环节。入画、入曲与入诗,成为瓶花获得其文化意义的重要途径。入画,比较侧重于视觉表达,这和平常百姓的直观性审美比较贴近,约略可以看作一个层次。而曲,又可包含器乐曲和曲词两个层面。器乐曲注重声音形象,其虽可感,但其意义仍需借助文字表达。而倘若单论其曲词,则又庶几可与诗同观。故所谓"新诗咏"者,从文化意义分层的角度而论,实代表着文化表达的最高层面。

而一旦回到"意义"的层面,话语的选择就开始变得较为有限。在宏观的层面上,正如上文所指出的,古代文人常常借助《论语·述而》中"志于道,据于德,依于仁,游于艺"的话语来处理这种"审美化"的现实生活与儒家既有的历史传统之间的关系,认为其乃是圣贤所教导的"游艺"生活的一部分。但实际上,明清之际,这种品花莳草的清赏活动,早已超出了孔子所谓"艺"的范围。按照理学家的一般认识,"志道、据德、依仁、游艺,此本末内外一以贯之之学","工夫"本应"一齐俱到"③,但"艺"的范围的过度膨胀,显然拉远了其与"道"和"德"的关系。这种"艺"与"道"的断裂,在文学上的一个表现,就是言志传统的衰落。清强汝询《诗集类序》:"自汉以后,古乐渐废,而学士多好为诗,由是诗与乐分,作者亦渐失古人之意。盖酬应游览咏物之作

---
① (明)袁宏道:《瓶史·十二监戒》,清借月山房汇钞本,卷下。
② (明)王路:《花史左编·崇奉》,明万历刻本,卷十一。
③ (明)孙应鳌:《四书近语》,清光绪刻本,卷四。

盛，而言志之义荒矣；文采声病之说胜，而兴观群怨之旨微矣。"①

咏物之诗，本是普通的日常事物获得其文化意义的一条途径。但如果过分地注重对本物进行雕绘描写，则又会对其意义生产造成破坏。"咏物之诗，要托物以伸意。要二句咏状写生，忌极雕巧。"② "咏物之诗，题面本狭，只就本事发挥，则淡无意味。"③ 咏状"极雕巧"和"只就本事发挥"，是将注意力放在了被咏之物本身，也就是过分凸显了物的情状而忽略了其文化意义。从这个角度而言，明清文人普遍强调咏物之诗要有言外之意，实际上也可以看作对现实中过分"物化"诗风的一种反弹。清屈大均《咏物诗引》④：

> 《诗》之风生于比兴，其诗婉而多风，无物不入，油然而感人心，善于比兴者也。咏物之诗，今之人大抵赋多，而比兴少，求之于有而不求之于无，求之于实而不求之于虚，求之于近而不求之于远，求之于是而不求之于非，故其言愈工而愈拙。

又清陈仪《竹林答问·问咏物诗以何道为贵》⑤：

> 咏物诗寓兴为上，传神次之。寓兴者，取照在流连感慨之中，三百篇之比兴也；传神者，相赏在牝牡骊黄之外，三百篇之赋也。若模形范质，藻绘丹青，直死物耳，斯为下矣。

强调比兴，实际上也就是要复活上文提到的《诗经》以来的言志传统。而最权威的说法，则当是出自四库馆臣。《四库全书总目·御定佩文斋咏物诗》⑥：

> 夫鸟兽草木，学诗者资其多识，孔门之训也。郭璞作《山海经

---

① （清）强汝询：《求益斋文集》，清光绪江苏书局刻本，卷五。
② 旧题（元）杨载：《诗法家数·咏物》，明格致丛书本。
③ （明）万时华：《诗经偶笺》，明崇祯李泰刻本，卷七。
④ （清）屈大均：《翁山文外》，清康熙刻本，卷十一。
⑤ （清）陈仪：《竹林答问·问咏物诗以何道为贵》，清镜滨草堂钞本。
⑥ （清）爱新觉罗·永瑢等：《四库全书总目》，中华书局1992年版，第1726页。

第六章 游艺抑或游戏:古代文学中的文化完形与个体安放

赞》,戴凯之作《竹谱》……并以韵语叙物产,岂非以谐诸声律,易于记诵欤。学者坐讽一篇,而周知万品,是以摘文而兼博物之功也。至于借题以托比,触目以起兴,美刺法戒,继轨风人,又不止《尔雅》之注虫鱼矣。知圣人随事寓教,嘉惠艺林者深也。

"摘文而兼博物""借题托比""触目起兴""随事寓教""嘉惠艺林",这就在儒家的话语体系之内,重塑了咏物与志、与道、与艺之间的关系。这又是一种儒家宏观文化结构上的"完形"了。

在理论的层面,儒家话语无疑具有统摄作用,但文学自身,无疑也具有自己的传统。即使同在儒家话语的框架之内,不同的文人亦依据不同的个人性格与爱好,寻找着与传统进行再平衡的方式。同样是吟咏与休闲生活紧密相关的瓶花,其性格颉颃者,每好遵循《诗经》以来的比兴言志之教,在诗歌中张扬其个性;而其性格温婉又或具特殊身份不便放言者,则往往依照孔教据德游艺之说,喜欢在诗歌之中彰显其周知万品的学问或是温柔敦厚的闲雅气质。前者,可以李梦阳和他的《咏瓶中柏限韵》[1]诗为例,而后者,则可以爱新觉罗·弘晓的《咏瓶花》《咏瓶中秋兰寄友得详字》等诗为例。

李梦阳,字献吉,庆阳人,乃明代前七子之领袖。其为人,慷慨激烈;其为诗,则专主盛唐,诗风雄健多气。其《咏瓶中柏限韵》诗,见其《空同集》卷三十三,其文曰:

> 爱汝侧叶寒能青,插之铜瓶依石屏。昼屯云气果不俗,夜飞光芒疑有灵。森耸似学鸾凤翼,屈曲已具虬龙形。更欲移栽万仞岭,待与松桂凌冥冥。[2]

起首一联,实扣题中"瓶"与"柏"二字。"寒能青"者,谓柏叶也。而"插之铜瓶"云云,则又顺手带出"瓶"字。"昼屯云气""夜飞光芒"

---

[1] 此言插柏,而文中称其为"咏瓶花"诗,按现代"花"的概念衡量,略有不合。然古人言"瓶花"云云,亦借其语泛言瓶中植而已。袁宏道《瓶史·瓶花之法》首条即论插松竹之法,可以为参证。

[2] (明)李梦阳:《空同集·咏瓶中柏限韵》,清文渊阁四库全书本,卷三十三。

文学史的文本透视

一联,是运用想象与夸张之法,以说明此柏并非凡品。似实写,其实却是凌虚。而其下"森耸似学鸾凤翼,屈曲已具虬龙形"二句,则是运用比喻之法,对柏枝之形态进行描摹,则又由凌虚而返实矣。正因柏有龙凤之姿,故又需有凌云之势。"更欲移栽万仞岭,待与松桂凌冥冥。""凌冥冥"者,一是承上文龙凤之喻,以完其势,二是言作者之志,以生题外之意。他人写瓶花,多是采取由室外而写入室内的"带入"之法,如宋晁公遡《咏铜瓶中梅》① 中"折得寒香日暮归,铜瓶添水养横枝"之句,就是写将梅花的香气带入室内,而梦阳此句,偏要反其道而行之。"移栽万仞岭",是说要将柏枝带出室外,使其打破瓶与房间的束缚,以一展其天纵之才,此又所谓顿挫倒插之法。梦阳论诗主盛唐,其所作诗,遵循的亦真是流行的"盛唐之法"。《诗法指南》卷四引《瀛奎律髓》:

> 六朝咏物诗,皆就本物上雕刻进去,意在题中,故工巧。唐人咏物诗,皆就本物上开拓出去,意包题外,故高雅。②

实际上,不仅六朝咏物诗"就本物上雕刻进去"者居多,即是有明一代,用此作法的亦不属少。明代的张居正曾有《应制咏瓶花六言二首》:

> 彩笔图将瑞蕚,金瓶贮取仙葩。冉冉清香浥露,盈盈丽色凝霞。旖旎一丛春色,葳蕤数朵寒香。不是丹青造化,谁知禁苑芬芳。③

除去对瓶花形态的描摹,既无深沉的情感,亦无高远的情怀。张居正并非无才之人,只是"应制"诗的体制,限制了他的发挥。对于"应制"诗而言,诗才或是气骨都是次要的,重要的,是要能够渲染出承平的"气象"。在这里,可以清楚地看到身份的社会层级对文学风格产生的影响。

诗歌所关涉的社会层级越高,其艺术技巧及思想便会受到越多的限制,这在等级秩序严格的清代上层社会,表现得尤为明显。清代的几位有作为的皇帝,都对文学表现出了浓厚的兴趣,而几乎每一位清代皇帝,都

---

① (宋)晁公遡:《嵩山集》,清钞本,卷十四。
② (清)蔡钧:《诗法指南》,清乾隆刻本,卷四。
③ (明)张居正:《张太岳先生文集》,明万历四十年唐国达刻本,卷六。

第六章　游艺抑或游戏:古代文学中的文化完形与个体安放

有其自己的"御制诗集"传世。清帝的"御制诗"代表了清代诗歌的最高范式,而云集在皇帝身边的亲王、贝勒等人创作的皇室诗歌,则又成为这些"御制诗"的羽翼。以一种宽泛的标准来衡量,这些皇室成员的诗,其实和御制诗一样,均同属于社会文化的顶层,因此,它们便也体现出了很大的同质性。爱新觉罗·弘晓,字秀亭,怡贤亲王爱新觉罗·胤祥第七子,他虽然不是皇帝,但作为皇族的他的咏物诗,同样体现出了清代社会顶层文化的特征。弘晓的《明善堂诗文集》[①]中载有多首咏瓶花的诗,卷一有《咏瓶花》一首:

剪得秋花三两枝,瓶中新水养幽姿。清香阵阵因风起,伴我闲窗自咏诗。

又有《咏瓶中兰花》:

秋兰瓶贮异群芳,赐出萱堂意味长。一种清幽尘不染,方知空谷有余香。

卷十又有《咏瓶中荷花》四首:

夏日炎蒸静掩门,一泓水色映遥村。红香解语凌波好,折向芸窗仔细论。
花名君子孰争先,水注磁瓶分外妍。如画疏棂相掩映,香风几阵拂帘前。
风姿绰约谢娥鬟,瓶际清芬拂拭新。冰簟梦回花态好,沁心凉气净罗尘。
出自泥中不染泥,亭亭玉立几茎齐。佛身现处因缘在,静对军持性不迷。

卷十二又有《咏瓶中秋兰寄友得详字》:

[①] (清)爱新觉罗·弘晓:《明善堂诗文集》,清乾隆四十二年刻本。

※ 文学史的文本透视

> 本是灵均佩,移来有国香。退朝餐秀色,新水注幽芳。空谷谁为伴,骚经著自详。小窗清绝处,臭味淡而长。

通观几首诗,风格比较一致,皆极具清幽闲雅之气。从写法上而言,亦皆符合咏物诗的一般套路。除《咏瓶中荷花》的第一首和《咏瓶中秋兰寄友得详字》外,诗中皆有对花与瓶的直接描写。即使没有直接的描写,作者亦通过"水色"或是"新水"暗示出了瓶的存在。咏物之诗往往是先有物、先有题,然后才有所谓吟咏文字,故其在形式上颇类科举考试诗,需要牵合题目。弘晓如此分别处理"花"与"瓶",方不算"丢题",亦可谓中规中矩。其在诗法上,已和李梦阳的跳宕倒插有所区别,而在所表现的思想上,二者的差别则更大。李梦阳诗中表达的,乃是一种凌云之志,其代表的,其实是一种世俗世界里的进取之心。而弘晓诗中,体现得更多的,则是一种雍容平整、与世疏离的生活态度。而其所云"静对军持性不迷"等,又体现出鲜明的佛教和理学的影响。在咏物诗中渗透理学的心性思想,这一点,乃是弘晓咏瓶花诗区别于张居正应制咏瓶花诗之处。先是假设出一种心境上的圆满,然后再用这种心境去反观日常生活,这倒多少使过度"艺术化"的生活,再次回到了孔夫子所要求的"先道而后艺"的框架之内。

如果将弘晓的诗与清代其他皇室成员的诗作一对比,就会知道他所代表的,其实是一种普遍的诗风。这种普遍性,转而说明了社会层级对于文化的反塑和抽象作用。越高层级的文学,其风格往往就愈单调,这在某种意义上,也是文学获得其社会通约性的一种必然手段。无论是李梦阳还是弘晓,其文学理念都是笼罩在儒家话语体系之下的。但是其性格与地位的不同,却决定了他们必须采取不同的方式来求得自身心志与儒家传统的再平衡。在李梦阳那里,"言志"的成分多了一点,故我们可在其诗中看到更多的个人的因素。而对于弘晓而言,他特殊的社会地位却使得其始终没有机会放弃传统儒家先道德而后文艺的通识信条。对于这种信条的坚守,使弘晓放弃了对诗歌繁复技巧的追求,而选择以展现风度气象为胜。按照这种逻辑,弘晓的咏瓶花诗虽然在表面上很贴近世俗生活,但其实,其却构成了"清代文学不断平民化"的一个反例。

第七章

国家与民族：国家建构过程中的清代皇室文学

在清代的国家建构历程中有两个问题特别值得注意，一个是民族的区隔与融合，一个是皇族形象与文化的自我型塑。在中国历史上，从没有一个皇权像清代统治者这样，既要讲民族之区别，同时又要费尽心力地使自身成为各种不同文化的优秀代表——这里的代表并不仅仅是象征意义上的，它还指实际的操作和掌握水平。这种文化上的操作，是和国家的政治建构、文化建构紧紧联系在一起的，同时也涉及皇族个人的个体选择问题。本章即通过一些清代皇室的文学作品，来透视这一复杂的文化建构活动。因所涉问题较为宏观，本章将适量压缩对作品具体内容的阐释。

一 从私人文本到公众的道德范训：清代皇帝的御制诗

明清两代，虽然统治者的族属不同，但在皇权不断加强这一线索上，却保持了一贯的连续性。而相较于明朝的皇帝，清代的皇帝，尤其是清代前期的几位皇帝，使自己成为文化表率的兴趣似乎更高。明代的皇帝，虽然从理论的层面上而言，其也是社会文化的最高占有者和代表者，但其对文化实践的兴趣其实并不大。无论是实际的文学创作，还是日常的道德操守，都与社会对其期待相差甚远。而清代的皇帝则不同，清代的皇帝，几乎每一个皇帝都有御制诗文集传世，这其中，还不乏质量上乘的作品。在道德操守方面，清代的皇帝也总体好于明代的皇帝，无论是康熙帝的睿智、雍正帝的勤政、乾隆帝的多才，还是嘉庆帝的朴素，在明代皇帝中都

文学史的文本透视

难逢其匹。和汉武帝那种只热心追求政治上的大一统的皇帝不同,清代的皇帝在追求政治大一统的同时,还想使自身成为道德和文化的表率。如果联想到清代所实行的民族隔离政策,这一点就会变得饶有意思。清代皇帝这种想要成为各种文化的优秀表率的意图,实际上已经在客观上构成了其民族隔离政策的反动:既然文化可以集于一身,民族又为何不可融为一体呢?

尽管清代皇帝的文学创作并不能完全排除其个人兴趣的因素,但从总体上而言,它主要还是一种包含着政治意图的极为特殊的文化产物。在这种作为表象的现象背后,其实隐藏着诸如知识、权力、道德以及社会结构等诸多方面的复杂运作。它涉及的不仅是一种心理取向,而且还有一系列复杂的社会操作规则。

欲证明清代的御制诗本是一系列复杂的社会学因素运动的结果,最好的例子其实是顺治帝的《万寿诗》。虽然依时序的线索而言,这本是清代皇帝流传下来的最早的一部"御制诗集",内容上远不如后出的御制诗集丰富,但正因其早出并且内容单纯,反而更能显示出早期御制文本的原初特征。

在这卷诗的序中,顺治帝宣称他进献此卷是因为感念"圣母皇太后劬劳鞠育,教育殷勤","故当圣诞之辰,谨制诗三十首随表进呈,恭申祝颂"[①]。这在表面上,似乎是一个非常个人化的理由——一个儿子因为感念母亲的辛劳教养之恩,故在其寿诞之日,作诗以献——但从另一方面而言,这一进诗的举动,却更像是一场仪式化的文化表演。从诗的内容来看,诸如"德俪英皇符帝子,化覃江汉播王风"之类的句子,所称颂的,显然已超出了母子间的私人感情。而从传播学的角度来看,这些诗不仅被仔细地刊刻保存,而且被有意识地推广流传,因此它们在实际上已不再是私人作品,而是一种"公共文本"。顺治帝在序言中构建起的,乃是一种贯穿古今的道德价值。所谓"徽号鸿称,难酬高厚。锦衣玉食,讵表衷诚。惟是仰遵慈训,祇遹先猷"——"慈训"代表的是亲情与"孝","先猷"代表的是先圣之道,这两者,正是传统儒家道德的根本出发点。

一旦将私人情感和历史传统相勾联,这种私人情感便具有了某种超个

[①] (清)顺治帝《万寿诗》,清顺治十三年内府刻本。

第七章　国家与民族：国家建构过程中的清代皇室文学

人性。如果我们将这种"私人性"视为一种"个人道德"，那么这种"超个人性"显然使得这种"私德"成为一种对于大众的"范训"。使私德成为公众的典范，这已经说明了清代统治者建立其文化伦理的基本模式，而这在某种程度上，似乎恰好也回答了一个古典伦理学争论不休的问题：所谓伦理的基础，到底应该是什么？"帝王尚德缓刑，化民成俗"，"敦孝弟以重人伦"①，而"父子之道，天性也"②。从某种角度来说，清代帝王对于道德伦理的认识或许有些是近于康德的，因为他们同样认为"道德不依赖于人之外的外在因素，而是依赖于人自身"③。另外，这种认识和康德所秉持的理性主义传统又有所区别，其合法性并非来自一种形而上学的思考，而是基于一种"仰则观象于天，俯则观法于地"④的法天意识。

使御制文学成为全民范训，这种意识到康乾朝达到顶峰。在康熙皇帝的《御制文集》中，不仅收有《慈宁宫问太皇太后安》这类彰显个人孝敬品德的诗，亦还收入许多诸如《红川秋兴》之类的吟咏性情之作。这种具有"标准"风格的诗歌和各类谕旨、政论文被一并置于大皇帝的御制集中，形成了一种饶有兴趣的对比：如果说《谕户部》《谕吏兵二部》这类文字代表的是一个处于权力关系域中的皇帝，那么《红川秋兴》这类诗，则恰好代表了皇帝处于私人领域时所应具有的文化形象。只不过，这一私人性的文化形象因为处于社会文化层级的顶层，已经在某种程度上变成了一种公开宣示。康熙帝的《御制文集》成，蒋廷在他的《进表》中有云："盖闻日月经天，焕阴阳之精蕴，图书授圣，宣明旦之光辉。观象成文，可大而可久，体元合撰，有德必有言。……钦惟我皇上，道高周孔，统接羲轩，晰至理为至文，发挥纯粹，涵太极于无极，妙合真精，玉振金声，自然条贯，河流岳峙，允矣高深，盛德难以形容，圣学莫能赞叹。"⑤"盛德难以形容，圣学莫能赞叹"，在表面上称颂的乃是皇帝个人的才能，突出了皇帝本人在面对文化系统时所具有的主体性，但其背后却彰显出皇帝欲将文化结构和社会结构合一的真实野心——无论是从一般的

---

① （清）康熙帝《圣祖仁皇帝御制文集·谕礼部》，清文渊阁四库全书本，卷二。
② （清）蒋赫德：《御定孝经注》，清文渊阁四库全书本。
③ ［意］丹瑞欧·康波斯塔：《道德哲学与社会伦理》，黑龙江人民出版社2005年版，第16页。
④ （清）爱新觉罗·弘昼等：《周易注疏》，清文渊阁四库全书本，卷十二。
⑤ （清）蒋廷：《〈圣祖仁皇帝御制文集〉进表》，清文渊阁四库全书本。

文学史的文本透视

逻辑来讲,还是从一般的历史事实而论,处于社会权力顶层的皇帝本人,都未必有必要同时成为一个文化上的模范,而清代皇帝的努力,恰恰体现出一种相反的倾向。"体元合撰,有德必有言",在已攫取了最高政治权力之后,又力图成为道德和文学上的最高典范,清代皇帝的这种热情,在历代的统治者中都算是少有的。

　　如果说在对康熙御制诗的描述当中,我们还能找到一种对立的结构性的关系(德与言),那么到了乾隆御制诗的出现,这种对立已经被捏合成一种新的范式。乾隆二年丁巳(1737),乾隆皇帝的《乐善堂集》成,皇帝自为序言,阐述编辑缘起,且进而表称曰:"非欲以文辞自表著,盖是集乃朕夙昔稽古典学所心得,实不忍弃置。自今以后,虽有所著作,或出词臣之手,真赝各半。且朕亦不欲与文人学士争巧,以转贻后世之讥。则是集之辑,有不得已者。《记》曰:'本诸身,征诸庶民。'曩予自检所行,以勉副所言者,乃日用酬酢之常。今兹所行,事无大小,莫非政教之平陂,生民之苦乐相倚,不可以中立者也。因此益自警惕。而克艰天位,顾畏民岩,庶几明理立诚之学,参前倚衡,永永勿替也夫。"[①]"不与文士争巧",从社会学的角度而论,本是皇帝自我类别化的一种举动。而从文学的角度而言,这解释了御制诗为何通常都拒绝使用过多的文学技巧。"今兹所行,事无大小,莫非政教之平陂","参前倚衡,永永勿替",这显现出一种鲜明的垂范意识。乾隆二十三年(1758)六月,乾隆帝下谕旨将自己的《乐善堂集》重新裁订,以付剞劂。协办大学士户部尚书蒋溥等在重校之后的奏议中称:"仰见我皇上德协天行,学勤时敏,散体之文囊括六经,自先圣以至先儒之理无不陶镕贯串,体大思精,骈体之文轶唐驾汉,笼罩群言,风格高古,诗章则融洽三百篇温柔敦厚之旨,博采历代之英华,而机杼自出,是内圣外王之全学无不统备兼赅,实足以训行万祀。"又奏"至原本久经颁行,今后订成定本,在我皇上,制作如日月经天,原可听其并行,但现在定本既经详订而出,海内艺林宝购,必当奉为指归,所有原本自应陆续恭缴。臣等请旨,凡内外臣工曾蒙颁发初刻及书坊翻板并外省官刻本,并令随时收缴。不必立定限期及行文追查,在内交军机处汇缴,在外由各该地方官转送布政司敬谨收贮。定本刻成时,仍乘便发交各布政司,照依摹刻印行,嘉惠天下"。

---

① (清)乾隆帝《〈乐善堂集〉自序》,清文渊阁四库全书本。

第七章　国家与民族：国家建构过程中的清代皇室文学

八月十五日旨下，制义不必刊刻，余依议。由官府收缴旧本，颁发新版，这本身是属于经验层面的政治事件。而所谓的"训行万祀""奉为指归"云云，显然是揣摩上意之言。可以说，自从清帝开始创作御制诗文开始，其中就包含着一种"范训"的意识，但直到乾隆，这种范训模式才最终建成并达到顶点。

在清代皇帝的文学创作中，不仅南朝皇帝口中的那种"立身之道与文章异，立身先须谨重，文章且须放荡"[①]的二元论调已不复存在，就连被唐太宗李世民这样有为的皇帝所喜爱的"新宫体"诗风，也被一扫而空。香草、美人、衣带、脂粉，这些在南朝宫廷诗中常常出现的意象已经很少出现，而明朝皇帝那种略显粗鲁的御制诗风亦得到纠正。一种雅正清纯的诗风最终成了清代御制诗的标准风格。事实证明，清朝皇帝的御制诗，比历史上任一朝代的御制诗都更经过精心的选择和修饰。于是，在大皇帝及其臣下的一唱一和当中，本来作为入侵者的满族皇帝，反而建立起了比汉族统治者更完美的文化形象。

二　调试道德、知识与信仰冲突的基本方式：以"心镜"诗为例

虽然社会层级与文化结构的同构在某种程度上只是儒家政治的理想愿景，但在清代前半期，这种愿景却至少部分地得到了实现。虽然在社会的下层，由于经济、政治、地域等原因，生活世界中的"经验者"们并未能完全被按照理想的模式整合起来，但在社会上层，非生活化的"文化要素"却借助权力的运作和话语的实践被建设成一个层次分明的"整体"。御制诗与其标准风格的出现，至少部分地证明了这一构造活动的成功。作为居于整个社会文化顶层的文化产品，"御制诗"体现出一种其他层次的文化产品都不具有的"纯一性"。其作为整个社会文化范训的特性，决定了其至少从理论上来讲，应该是一种消除了各种分歧的理想作品。只是，这些分歧的消除，到底是依靠何种方式呢？下面以御制诗集中的"心镜"诗为例，说明这一问题。

[①]　（明）梅鼎祚：《梁文纪·简文帝·诫当阳公大心书》，清文渊阁四库全书本，卷二。

217

❖ 文学史的文本透视

  所谓"心镜"诗,是指与古典哲学中"心镜"论有关的一些诗。这些诗或直接以"心镜"命名,又或以"心镜斋"这样的题目,通过建筑命名的方式和"心镜"论发生间接的联系。根据笔者的统计,在康熙、乾隆、嘉庆、道光、同治、光绪的御制集中,这类的诗分别为1首、31首、16首、1首、2首和1首。在康熙的集子中,"心镜"只是作为一个常识术语偶尔被使用,而到了乾隆的诗集中,这一词语的使用达到了高峰,不仅它的理论内涵被一再探讨,而且还至少三次成为考试的试题。"心镜"诗在乾隆帝的诗集中高频度出现,这或许显示了乾隆皇帝个人的理论兴趣,但当这类诗在其后皇帝的集中出现时,却更多地显现出一种文化仪式的味道。在嘉庆帝集中的16首诗中,有14首是重复地以"心镜斋""心镜轩""心镜轩自警"这样的题目命名,这似乎表明在创作主体周期性地出现于某一场所之时,他也在周期性地重味这一场所所具有的文化意义。道光皇帝的诗名为《赐游心镜斋》,但其内容并非记游,而是侧重于探讨"心镜"的内涵。同治皇帝的诗名为《心镜》,题下有小注"得心字",这表明它可能是某次宫廷聚会的分韵作品,又或者,它本身就是属于"试帖诗"之类的命题习作。总之,不管作品多寡,我们都可以看出,这在清帝的作品集中,始终是一个具有延续性的话题。

  试先将各朝皇帝具有代表性的心镜诗迻录数首。乾隆的《御制诗集》五集卷七《赋得至人心镜》,曾为江南试题:

    轩皇造为器,庄子喻成谟。造则镜标有,喻惟心表无。蕴之寸田约,照乃万方俱。水火宁资取,阴阳自合符。将迎实非也,妍丑任呈乎。赋一可封著,鉴三贞观殊。放弥拟满月,卷退静融珠。望道聊吟此,行躬实愧吾。

另有《赋得至人心镜》《赋得心镜》,都是考试试题,内容相类,不录。此处录两首有代表性的诗:

    心镜若喻言,其实乃至理。试问世间镜,何非从心起。造镜缘心巧,照镜由心使。无心斯镜无,造照胥糠秕。觅心不可得,而况月与

第七章 国家与民族:国家建构过程中的清代皇室文学

水。(《心镜斋有会》①)

池上轩斋朴以清,因之心镜得为名。设无心则应无照,不有镜斯那有呈。何况喻言更千里,了当忘物泯诸情。一泓乃具甚深义,风自成漪月自明。(《心镜斋》②)

嘉庆帝的"心镜"诗录二首:

建极抚黎庶,守成尊所闻。心如百炼镜,事似九霄云。以静息群动,至诚消众纷。无私照方朗,业广本为勤。(《题心镜轩》③)

古籍为吾鉴,集虚受益多。光辉孕澄澈,位育至中和。外诱恐遮掩,内观常琢磨。养心图政治,坐照庶无讹。(《心镜轩自警》④)

道光帝的《赐游心镜斋》⑤:

良工铸宝镜,鉴物止鉴形。圣人有心镜,今古烛分明。融理性自得,洞彻遍八纮。民隐无不周,一室开升平。

同治皇帝的《心镜》⑥:

灵台常静默,应物本无心。皎皎如明镜,澄怀鉴古今。

光绪皇帝的《如水如镜》⑦:

水镜能含物,虚明不染尘。只因光内敛,烛照妙如神。

---

① (清)乾隆帝《御制诗集·三集》,清文渊阁四库全书本,卷八十八。
② (清)乾隆帝《御制诗集·四集》,清文渊阁四库全书本,卷三。
③ (清)嘉庆帝《御制诗·二集》,清嘉庆十六年武英殿刻本,卷四十七。
④ 同上书,卷五十八。
⑤ (清)道光帝《养正书屋全集定本》,清道光十七年泾川书院刻本,卷十五。
⑥ (清)同治帝《御制诗集》,清光绪武英殿刻本,卷一。
⑦ (清)光绪帝《御制诗》,清内府钞本。

❀ 文学史的文本透视

为理解"心镜"诗的内涵,有必要简单回顾一下"心镜"论的历史系谱。

中国的"心镜"论,最早始于神话传说。"《轩辕内传》曰:'帝会王母,铸镜十二,随月用之。'此镜之始也。"① 这里的镜,指的实物。又《尚书大传》:"夫握方诸之镜,处深泽之下,而上引太清,物类相随,可不慎耶?"② 此则将实物的镜神化。而中国早期将"镜"与"心"相联系的最重要的人物则是庄子。《庄子·应帝王》:"至人之用心若镜,不将不逆,应而不藏,故能胜物而不伤。"郭象注曰:"鉴物而无情……物来即鉴,鉴不以心,故虽天下之广而无劳神之苦。"③ 庄子将用心之法比喻成以镜鉴物,意在鼓吹其"无情论",然究其心与镜,仍为两物。"镜"逐渐在本体论的层面上分享"心"的含义,是在佛教传入之后。《佛说四十二章经》卷一:"沙门问佛……佛言:'净心守志,可会至道。譬如磨镜,垢去明存。'"④ 这种"磨镜"说影响甚大,最后也被道教所采纳。《真诰》:"我昔问太上何缘得识宿命,太上答曰:'道德无形,知之无益。要当守志行道,譬如磨镜,垢去明存,即自见形。'"⑤ 又《大成起信论》:"众生心者,犹如于镜。镜若有垢,色像不现。"这样的说法,虽未将心、镜合一,但"镜"在功能上已有逐渐取代"心"的趋势,成为"心"本体意义的文学显现。然而,佛家所论之"心镜"远较他家为复杂。唐宗密《圆觉经大疏释义抄》卷七:

> 彼显四种大义,与虚空等,犹如净镜。……一者如实空镜。远离一切心镜界相,无法可现,非觉照义故。二者因熏习镜。谓如实不空,一切世间境界,悉于中现。……三者法出离镜。谓不空法,出烦恼碍,离和合相,智淳净故。……四者缘熏习镜。谓依法出离故,遍照众生之心,令修善根,随念示现故。

---

① (清)王士禛等:《御定渊鉴类函》,清文渊阁四库全书本,卷三百八十。
② (清)孙之騄:《尚书大传》,清文渊阁四库全书本,卷二。
③ (晋)郭象:《庄子注》,清文渊阁四库全书本,卷三。
④ (汉)迦叶摩腾等:《佛说四十二章经》,乾隆大藏经本,卷一。下所引佛经皆为此本,不再注出。
⑤ (南朝梁)陶弘景:《真诰》,清文渊阁四库全书本,卷六。

第七章 国家与民族:国家建构过程中的清代皇室文学

即使同用镜喻,也分成不同的境界。佛家所谓"心镜",并非只如庄子所讲,仅是单纯的"鉴物"之具,它更是一种智慧,能穿透现象,显现出事物的本质。宋代理学的"心镜"论继承了佛教这种心能洞察一切的认识,但在哲学归依上却与佛学产生了根本的分歧。佛家讲"空",故其"镜喻"归根结底仍是一种方法,是一种方便法门。《妙法莲华经·方便品第二》:

> 舍利弗!诸佛随宜说法,意趣难解。所以者何?我以无数方便,种种因缘、譬喻言辞,演说诸法。

其最后仍落个"空"字。而如儒家朱子之《答陈卫道》[①]:

> 性命之理,只在日用间零碎去处,亦无不是……不比禅家见处,只在仿佛恍惚之间也。所云释氏见处,只是要得六用不行,则本性自见,只此便是差处。六用岂不是性?若待其不行然后性见,则是性在六用之外别为一物矣。譬如磨镜,垢尽明见,但谓私欲尽而天理存耳,非六用不行之谓也。

虽亦讲到磨镜,但终以"性"与"天理"为根本,其最后还是一个"有"字。

明此简单线索,即可回观历代清帝之"心镜"诗,并界定出其文化走向。上引乾隆帝的第一首《赋得至人心镜》,基本便是对上述"心镜"论发展历史的一个缩写。这一缩写体现出了作者的学识素养,但基本上是描述性的,而未涉及价值评价。而另两首诗《心镜斋有会》和《心镜斋》则显现出了比较浓的哲学思辨意味。"觅心不可得,而况月与水",其句颇有禅意,近于佛教的认识。而"一泓乃具甚深义,风自成漪月自明"句所述说的境界,则又和佛教与理学所描写的顿悟之后的境界类似,实兼具佛教与理学两家之意。但乾隆皇帝诗中所体现出的这种思辨兴趣,并没被他的后续者所传读。嘉庆帝的"建极抚黎庶,守成尊所闻。心如百炼镜,事似九霄云",所说的是一种心性的锤炼,其中并没有对于学术史或

---

① (宋)朱熹:《晦庵集》,清文渊阁四库全书本,卷五十九。

文学史的文本透视

是思想史的回顾,因此更像是对祖训的机械重复。而道光帝的"圣人有心镜""民隐无不周",则更是几乎完全放弃了乾隆皇帝"设无心则应无照,不有镜斯那有呈"的哲学趣想。而到了最后的光绪皇帝那里,不仅诗的篇幅大大缩小,而且"水镜能含物,虚明不染尘"这样的句子,更是变成了纯粹的老生常谈。

从乾隆帝到光绪帝,对于心镜论的认识,并没有呈现出一种进化论意义上的"发展"。相反,乾隆之后各代帝王对于"心镜"的认识,反而呈现出一种向常识的中心地带收缩的态势。乾隆帝之后的心镜论不仅缺乏理论上的发散感,而且就连其原本的传承于佛家的"空"的内容,亦逐渐被宋明理学中"有"的观念所替代。"心镜"论在传播的过程中,不但没有获得比古代更丰富的内涵,反而被从它既有的理论背景中剥离出来,成了一个具有离散性的文化断片。

"心镜"论的这种发展趋势,和清代雍乾以后佛教史的发展趋势是吻合的。作为一位著名的曾经身悟"三身四智合一之理,物我一如本空之道"的禅者,雍正皇帝对"话头禅""文字禅"还是十分反感的,他重视宗教实践,强调"参须真参,悟须实悟"[①]。但其后的历史发展却与雍正帝的期待相反,清代的佛教不仅在理论上缺少独创性,在实践上亦缺少"真参"的实干家。清代佛学的这种发展状况和佛教内部寡出英才有关,但与清代的文化建构亦不无关系。为了确保其权力层级的稳定,有清的帝王始终在大力鼓吹"三教合一"。从表面上来看,这似乎是大势所趋,但从逻辑上来讲,所谓的"三教合一",只能代表着妥协。因为,三教的核心立场根本是不可融通的。在上文所引的所有"心镜"诗里——即使是在较有思辨喜好的乾隆帝的诗里——作者亦未从真正的逻辑的角度去论证这一理论的对错是非,而基本上是采取了一种单纯描述或是有意悬置其争议的态度。"搁置和妥协"在这里成了一种颇为有效的组织异质文化的手段。当然,除此之外,清代诸帝的"心镜"诗之所以呈现如此的文本形态,亦和前文提到的"范训"意识有关。出于"范训"的需要,御制诗不可能和诸多民间诗一样,以佛教的虚无性为价值取向。而为了使皇帝本人的"主体性"得以保持,这些作者们最终亦只能选择儒家的性实有论。

---

① (清)雍正帝《世宗皇帝御选语录》,乾隆大藏经本。

第七章　国家与民族：国家建构过程中的清代皇室文学

三　有限理性与有效性：御制诗中体现的"道德治理"原则

尽管清代的皇帝绝非完全意义上的伦理学者，但其御制诗却几乎触及了道德伦理领域所有的基本问题。私人情感与公众关系，主体自由与政治责任，道德、信仰以及知识，现代伦理学所涉及的，作为道德范训的御制诗同样涉及。因此，至少从理论上来讲，古代帝王对于这些问题的处理，对于现代的道德治理亦应具有启示意义。而我们从清代御制诗里所能获得的最重要的启示，其实便是上文所说到的那种处理不同异质文化的原则和方法。

通过上文的分析，我们可以发现，清代的帝王在处理诸如"心镜论"这样涉及多方文化背景的问题之时，其实并未遵循学理上的逻辑整合原则。不同的思想被同置于一个文本之中，它们在某种意义上成了一种"平摆浮搁"。中国的封建社会，向被称为以伦理为基础的社会，而清代的社会，往往又被认为是高度集权的社会，但我们可以清楚地看到，即使是在这种高度集权的社会中，文化的整合亦只能做到如此。而在现代社会，人们的分裂状态尤胜于彼时。民主观念的演进，已经使得封建时代的那种立体的等级世界大大地平面化了，多种的价值观念至少在名义上获得了平等的地位。而"现代性"又在同时"把每一个人的生活分割成多种多样的部分，每一部分都有其自身的行为规范与模式。由此，工作与闲暇相分离，私人生活与公共生活相分离，团体的与个人的相分离"，因此，"任何想把每一个人的生活视为一个整体、一个统一体"的当代尝试都难免会遭遇障碍。① 在这种背景之下，清代帝王的做法其实是颇具建设性的了：在那里，"有限理性"已经取代了"完全理性"，成为一种特殊的文化组织手段。只要诸方满意，且不引起反感，"有效性"完全可以压过"合逻辑性"。虽然这种整合在逻辑层面上是低强度的，但其意义却非仅是象征的。这种"整合"为世人提供了一种"假想的共同体"，亦提供了一种可供操作的文化控制机制，使得各种不同的观点得以契合在一起。这就提示

---

① 参见［美］A. 麦金太尔《追寻美德》，译林出版社2003年版，第258页。

文学史的文本透视

我们，在进行现代的道德治理之时，未必如西方的理性主义者那样，非要提供一种可以涵盖一切的逻辑原则。毕竟道德和法律不同，它在更大的程度上，乃是一种生活准则。如果我们坚持道德治理的主体乃是国家，则"有效性"仍应该被认为是道德治理所追求的第一要务。这一点，其实和赫伯特·西蒙所鼓吹的现代决策理论不谋而合。

　　清帝御制诗给我们的另一个启示，是其对于私人身份与公众角色的处理。上文已经说过，在清帝的御制诗文集中，其实通常包含两个部分：训谕与文，代表的往往是其公共的政治部分；而诗歌，则更多的是表现个人的知识和道德修养，代表处于私人空间中的自我。大皇帝并不否认这两种文字之间的不同，并且将这两种不同的文字分门别类地同置于一集之中，这似乎说明大皇帝并不在乎展现出一个多重的自我。这种处理方式，其实是为调节生命伦理和社会伦理之间的矛盾提供了一种范例。社会伦理要求皇帝时时行使其责任，甚至在某些时候要求其必须行使暴力，而生命伦理则要求皇帝回归生命的善良与本真。二者之间虽时有矛盾，但只要知道"悬置与妥协"，二者并非不能相处。至多，当前者侵犯到后者使其不能容忍之时，亦只需通过一种"磨镜"的方法，将其磨去便是。所谓"灵台常静默，应物本无心。皎皎如明镜，澄怀鉴古今"是也。在这里，我们又看到，一种宗教的修炼方式已经蜕变为了一种道德的实践方式。心性的修炼，是行为人维护其主体完整性的一种方法。现代社会的道德治理，显然亦不能局限于纯伦理的范围之内，它应该是一个向着哲学乃至宗教世界敞开的体系。

　　本段以"心镜"诗为核心展开的探讨，虽未全面展开，但亦足以证明清代的御制诗并非仅仅是历史传统的产物。而其风格，亦非仅仅是由"苍白的宫廷生活"所决定的。虽然在现代民主社会的背景之下，很难再复制出一个类似的居于所有社会文化层及之上的文化产品，但"御制诗"在创作过程中所遵循的某些操作原则，却依然值得今天的学者们借鉴。

四　国家文化建构与差异性个体：
以爱新觉罗·永琪为例

　　国家的层级化架构，影响到文化的层级化架构，而所处的社会层级越

第七章 国家与民族:国家建构过程中的清代皇室文学

高,所受这种国家架构的影响也就越大。上文所提到的清代皇帝的御制诗就是这样的一个例子。出于成为国家范训的需要,所谓皇族,亦要比普通的民众受到更多的约束。然而,所谓国家结构云云,毕竟是宏观的,它作用到具体的个人,还是因人而有异,即便有时候这种差异性是极小的。下文即举出一个具有差异性的微观个体——爱新觉罗·永琪。

爱新觉罗·永琪,清高宗乾隆帝第五子①,号藤琴居士②,又号筠亭,生于乾隆六年(1741)二月初七日,于乾隆三十年(1765)十一月封荣亲王,薨于次年三月初八日,谥纯,故又称荣纯亲王③。永琪年寿虽不永,但天分极高,"汉文、满洲、蒙古语,马、步、射及算法等事并皆娴习",加以"贵重"④且富勇气,曾于圆明园九州清晏殿火灾中将乾隆帝背负出火场,故甚得乾隆帝钟爱,甚至一度想将其立为储君⑤。永琪多才多艺,兴趣广泛,对书法、绘画艺术均有涉猎,《皇清书史》称其"工楷法,虚和妍妙,类唐经生"⑥。永琪的书法作品,至今可见,但遗憾的是,

---

① 母珂里叶特氏,为员外郎额尔吉图之女,乾隆六年(1741)十一月封愉嫔,十年(1745)十一月晋封愉妃。参见(清)官修《皇朝文献通考》,清文渊阁四库全书本,卷二百四十一。

② [朝鲜]朴趾源:《热河日记》,上海书店出版社1997年版,第130页。

③ 此据唐邦治辑《清皇室四谱》,民国本,卷三。李放《皇清书史》(《清代传记丛刊》本,台北明文书局1985年版,卷首)称其号"筠亭主人"。李理《爱新觉罗家族全书·书画揽胜》称其字筠亭(吉林人民文学出版社1997年版,第66页),误。姜守鹏、刘奉文《爱新觉罗家族全书·世系源流》(吉林人民文学出版社1997年版,第336页)据《啸亭续录》卷二言永琪"一说谥为恪",查原书,未见此说。此或系误读原书所致。《啸亭续录》卷二所言之"荣恪郡王"实为永琪之子绵亿。

④ (清)官修:《钦定古今储贰金鉴·乾隆四十八年上谕》,清文渊阁四库全书本。

⑤ 《钦定古今储贰金鉴》乾隆四十八年(1783)上谕:"嗣后皇七子亦孝贤皇后所出,秉质纯粹,深惬朕心,惜不久亦即悼殇。其时朕视皇五子于诸子中觉贵重,且汉文、满洲、蒙古语,马、步、射及算法等事并皆娴习,颇属意于彼,而未明言,乃复因病旋逝。设依书生之见,规仿古制,继建元良,则朕三十余年之内,国储凡三易,尚复成何事体。"刘传吉《乾隆心中的储君——五阿哥永琪》(载《文史知识》2011年第9期)据此说永琪"是乾隆皇帝心中储君的不二人选"。"不二"之说,未免过度引申,有曲解上谕原意之嫌。又或言乾隆曾于英史马戛尔尼觐见时对其谈及皇五子,所引乾隆评价皇五子之言语与上引"上谕"中同。查[英]斯当东《英使谒见乾隆纪实》[叶笃义译,三联书店(香港)有限公司1994年版]等书,并未见相关记载。按英使觐见乾隆在乾隆五十八年(1793),而此上谕颁于乾隆四十八年(1783)九月三十日,言乾隆对英使言此,应是误传。

⑥ (清)李放:《皇清书史·卷首》,见《清代传记丛刊》,(台北)明文书局1985版。

文学史的文本透视

永琪的诗文作品,世间却很少流传。据说永琪曾著有《焦桐滕稿》一部[①],但经笔者多方查考,并未得见此书。今所见谈及此书者,均未道及其具体内容,故此书或已湮没。所幸者,永琪尚有一《凝瑞堂诗钞》稿本传世,且已被收入上海古籍出版社所出版之《清代诗文集汇编》(第399册)。

《凝瑞堂诗钞》虽系稿本,但体制已颇完备。按照清代皇子诗集的通常做法,此书并未按诗体分卷,而是按时序编排。全书共六卷,分别收作者自乾隆二十一年(1756,作者时年十六岁)至乾隆二十六年(1761,作者时年二十一岁)六年间所作之诗,每年一卷,共计560余首。从编排体例看,依时系诗、以诗纪事的意味甚浓。而从包含的诗体来看,凡五言古、律,七言古、律,甚至六言、歌行等,几乎无不涉及。六年近600首诗,平均每三四天有一首诗存世,其数量虽然无法和乃父乾隆皇帝相比,但仍可证明永琪是一个颇为勤勉的诗人。而对不同诗型的驾驭,也说明了永琪的文学能力。

永琪的诗歌,从总体来看,仍然不脱清代皇室诗歌的惯有模式:所使用的诗型虽然丰富,但所表现的内容却较为有限。除去大多数皇室诗集中都必有的诸如《恭和御制心花元韵》《恭祝皇太后七旬万寿》这类带有应命性质的诗,其余亦不过仅限于感时、即事、题画、咏物、送别、唱和、步(古人)韵、拟古乃至试帖等题材,而其诗风,更是一以雅正平和为主。这总体上体现了上文所说的皇族文学按照社会文化建构的需要进行"自我型塑"的那一面。但从具体的细节来看,永琪的诗歌却又和其他皇族的诗歌有所不同。最为突出的一点,就是他在诗歌中融入了更多的私人情感。

按照现代的流行观点,真实的情感乃是文学中最为重要的要素。但一旦将此说移之于皇室文学,却未必适用。事实上,大多数的皇室文学对于在文学作品中显露真实情感都是排斥的。理由很简单,因为这些诗虽然常常是以私人作品的面目出现的,但根本上,却是为了迎合宏观的公共文化的建构而生。在社会文化层级相对松动的时代,比如南朝时期,其所包含的私人成分或许会多些,例如昭明太子萧统的某些创作;而在社会文化层

---

① 此按李理《爱新觉罗家族全书·书画揽胜》说。刘传吉《乾隆心中的储君——五阿哥永琪》作《蕉桐滕稿》,因未见原书,不知孰是。

第七章 国家与民族:国家建构过程中的清代皇室文学

级比较森严的时代,其所包含的私人情感则必然遭到排斥——说到文化层级的稳定森严,清朝倒确是一个好例子。在唐太宗的时代,皇帝也爱写诗,但皇帝本人,却没有同时身兼文坛领袖的意愿,故其作品,虽然亦受到儒家思想的节制,但还有些"风情"在。而到了清朝,尤其是在康熙和乾隆时期,皇帝不但自己要进行创作,而且还要使自己的作品成为典范,以便能够"训行万祀"[①]。皇权和文化权的高度合一,促成了道德与文学的合一。同时,成为"最高范训"的需要,也促使皇室文学的作者必须在其作品中进行文化选择和文化调整,来避免可能出现的文化冲突。作为全社会的"文化范训",皇室文学不可能将文学引向激烈的欲望放纵,同时也不可能将大众的情绪导向多愁善感的消极。在经过无数次的文化上的调试和约减之后,保留在皇室诗文中的文化信息便只剩下了其中最为基础和最为稳定的部分。距离皇权核心越近的宗室,其作品显现出来的共性就越强,其中呈现出来的文学形象就越合乎封建道德标准,显然,这并不仅仅是一种由文学偏好所导致的结果。

过于深沉的感情,常常代表着作者在性格上的软弱,而过多地在诗中记录私人间的交往,则又可能在政治上引出意想不到的后果。因此,即便自己的作品并不会成为整个社会的"范训",身处权力斗争旋涡中的皇子们也会有意地减少此类诗歌的创作。但与大多数皇子不同,永琪集中这类作品却颇多。每当师友归乡或是出差公干,永琪常常会有诗相赠,如《吴南溪先生归田,诗以送之》《送龚醇斋先生祭告中岳淮济》等,皆属此类。而朋友远离,也常常会引起他的相思,像《诗以代柬问王晋川先生疾,用去岁木兰道中奉怀韵》,即是他的怀友诗。而最难能的是,他的这些诗,多数乃是以真情出之。如其《葛山先生蒙恩召见,乞归侍养甚切,章虽未上,余不胜黯然离别之思,因赋二十四韵》诗,其在称颂完蔡新(葛山)的学问功绩之后,续有句云:

> 至尊动荣许,徐徐且南辕。伊余忽惊听,无路相攀援。谁非人子心,忠孝同一原。天子不忍拒,况乃怀师门。讲帏几春秋,研席分高轩。经学探奥府,数理窥深源。滋培得时雨,譬彼木有根。一朝舍之去,闽山渺崖垠。固知魏阙下,身远心犹存。归棹清秋期,落叶江风

[①] (清)蒋溥等:《〈乐善堂集〉进表》,清文渊阁四库全书本。

繁。蕉花荔子乡，潆潆水潺湲。公卿贵鼎钟，孝子珍鸡豚。陈情乐复乐，绣衣返家园。宁知洒涕人，未别声先吞。①

其中所表现出的对于蔡葛山的深情厚谊，即使在今天读来，都令人感动。葛山之乞归，因为亲情，而皇子之悲哀，则是因为师友之情。二者性质虽不同，但同样的难以割舍。葛山得其亲情，故可欢欣鼓舞；"绣衣返家园"，皇子却不可得其友情，故只能洒涕而声吞。两相对照，更加悲哀落寞的，反倒是这位身为天潢贵胄的皇子。昔日王国维论纳兰性德，说其初入中原未染汉人风气，以自然之舌言情，故能真切。永琪作此诗时，年仅十七岁，从自然真切这一点上来论，他和纳兰其实是可以相比的。

《葛山先生蒙恩召见》一诗多少有些志别的意思，另一首《诗以代柬问王晋川先生疾，用去岁木兰道中奉怀韵》则是怀友的。诗曰：

离怀无日不纷纷，却病应须得巨君。砚北未虚疏传席，城南时忆敬亭云。摊书每检《桐君录》，展簟频填柏子焚。怜我秋风重翘首，招凉馆里好论文。②

对于好友的眷念和友情跃然纸上。更重要的，这种眷念和友情乃是植根于共同的兴趣和爱好基础之上的——至少在字面上，它表现出的乃是一种共同的理想。和前诗的写法不同，本诗运用了比较多的典故。巨君，用《后汉书》张巨君为许峻疗病之事。砚北，用唐段成式"杯宴之余，常居砚北"之语。桐君，本传说中之神仙。宋邓名世《古今姓氏书辩证》卷一："《神仙传》有桐君，白日升天。谨按：桐氏出自春秋桐国之后，鲁定公二年，楚灭桐，子孙以国为氏，其地汉桐乡，今舒州桐城是也。"③又或以《桐君录》即《桐君采药录》。《本草纲目》卷一"《桐君采药录》"条下："桐君，黄帝时臣也，书凡二卷，纪其花叶形色，今已不传。"④《桐君录》是否即是《桐君采药录》尚难定论，但《茶经》《太平御览》等

---

① （清）爱新觉罗·永琪：《凝碧堂诗钞》，见《清代诗文集汇编》第399册，上海古籍出版社2010年版，第453页。
② 同上书，第491页。
③ （宋）邓名世：《古今姓氏书辩证》，清文渊阁四库全书本，卷一。
④ （明）李时珍：《本草纲目》，清文渊阁四库全书本，卷一。

第七章 国家与民族：国家建构过程中的清代皇室文学

书都曾引过其文字，观其内容，大抵亦是记载茶、药、养生、修道及与之相关的典故之书。至于下句的"柏子"，则是指柏子香，这也是养道修身的文人隐士们的常用之物。宋晁说之有《新合柏子香，因诵皮日休坐久重焚柏子香，辄以其香赠张簿》，其诗云："柏子香清谁喜闻，五言句法更清芬。病仍春困在难久，遣向吟窗起暮云。"① 元吕诚亦有《焚香》诗，其句云："六时焚柏子，一饭即踟跦。"② 可见柏子香本身亦是文人雅士情调的象征。桐君对柏子，从对仗上来讲乃是绝对，而二者合一，则显示出了作者和王晋川共有的超然情趣。诸多典故的运用，使得本诗带上了紧致典实的特点，从诗艺上来讲，这也是一种进步。

在其他一些类型的诗中，永琪也总是能显示出相对真实的自我。如《中庭望月有怀》："谁知今夕辉辉月，照入书帏倍有情。"③ 如《蛩吟》："虚窗灯影地，凉夜漏声沉。伏枕不成寐，中宵独拥衾。"④ 如《赋得秋在梧桐疏处多》："才听清砧鸣远郭，早看密叶落疏丛。一年惆怅芳菲谢，多在闲庭金井中。"⑤ 从中，我们都不难看到一个多情易感的少年诗人形象。至于他写的《勘书》："邺架陈编手自拈，窗明小阁护重帘。譬经独对青藜火，点笔穷搜白玉签。落叶盈街难尽扫，蠹鱼蚀字仗频添。"⑥ 诗中清冷的境界和略显寂寞的形象，则早已使人觉得其并非皇子了。或许，说他是一个终日矻矻，正在努力读书以求取功名的封建士人，反而更加合适。

说永琪更像是一个封建士人，这并非是没有道理的。这并不是他个人选择或是性格特点所造成的，而是封建君权的唯一性所必然延伸出的一个结果。在唯一的皇权面前，即使贵为皇子，亦只能以臣自称，同时亦只能按照封建道德的要求，来树立自己的文学形象。于是，把自己塑造成一个勤勉、风雅同时又富有学养的封建士人，似乎便也成了皇子们唯一的选择。按照清廷的惯例，在皇子登基以后，都要把自己早先所写的诗文单独

---

① （宋）晁说之：《景迂生集》，清文渊阁四库全书本，卷八。
② （元）吕诚：《来鹤亭集》，清文渊阁四库全书本，卷四。
③ （清）爱新觉罗·永琪：《凝碧堂诗钞》，见《清代诗文集汇编》第399册，上海古籍出版社2010年版，第455页。
④ 同上。
⑤ 同上书，第459页。
⑥ 同上书，第463页。

文学史的文本透视

结集，决不可和登基后的"御制诗"混刻。其中的缘由虽然并未直说，但显然是因为皇帝和皇子乃是两种截然不同的身份。将做皇子时的诗和做皇帝时的诗分别结集，其实便也是在对两种不同的身份角色进行分割。

永琪一生都没有成为皇帝，这决定了他只能以一个士人或是臣子的身份来构建自己的文学品格。而对于清代的士人来说，其品格的基础，显然更主要地是来自宋人。宋朝文人的道德素质、知识修养，乃至日常行为，都是清代士人孜孜模仿的榜样。世人皆知清代科举选官，乃是以所谓的"宋明理学"为基础。尽管清代鼓吹的"理学"未必尽是宋代理学的原貌，但从其所标称的人格结构而论，大体亦还是和宋代理学的要求相近的。共同的道德基础，使得清代的皇室诗风具有了一种向宋代诗风靠拢的天然倾向。乾隆朝的官方诗论家沈德潜，论诗最重"中正和平"，曾有言云："凡习于声歌之道者，鲜有不和平其心者。"① 又曰："作诗先审宗旨，继论体裁，继论音节，继论神韵，而一归于中正和平。"② 所谓"和平其心"者，正是宋儒的正心功夫。而"中正平和"显然也更贴近于宋代诗的"平淡"诗论。永琪的老师蔡新，《清史稿》说其学"以求仁为宗，以不动心为要"③。所谓"不动心"者，实际亦即不受蛊惑之心、理智之心、平和之心。保持诗歌的生活化、情感与思想的理智化，在这一点上，清代皇室的诗歌和宋代的诗歌是大体一致的。

理解了清代皇室诗人的诗歌是以宋人的道德学问为其基础，也就可以明白清代皇室诗是如何在历史资源中进行选择的了。清代的皇室，几乎无人不推崇唐诗，但他们却用新的道德标准对其进行了重新筛选。譬如康熙皇帝，就曾下旨编定《御定全唐诗》，且说："诗至唐而众体悉备，亦诸法毕该，故称诗者必视唐人为标准。"但他随后又说："学者问途于此，探珠于渊海，选材于邓林，博收约守而不自失其性情之正，则真能善学唐人者矣。岂其漫无持择，泛求优孟之形似者可以语诗也哉？"④ 其意，所谓学唐者，并不必计较于初、盛、中、晚，其核心标准，乃在于"不自失其性情之正"。在此标准引导下，在明代即被七子等人所鼓吹的"盛唐

---

① （清）沈德潜：《说诗晬语》，清四部备要本，卷下。
② （清）沈德潜：《唐诗别裁集·重订序》，上海古籍出版社1979年版。
③ （清）赵尔巽等：《清史稿·蔡新传》，中华书局1977年版，第10766页。
④ （清）曹寅等：《御定全唐诗序》，清文渊阁四库全书本。

第七章 国家与民族:国家建构过程中的清代皇室文学

诗"其实已经失去了其诗坛最高标准的意义。雍正皇帝《悦心集》所选之王维、张籍、白居易诗,乃至奕䜣《翠锦吟》所集之唐各家之句,其诗风无不清雅平和,与明人所标举的盛唐诗的那种雄浑劲健相差甚远。事实上,盛唐诗成就虽高,但在讲求诗家传统的评论家那里,历来视其为变体。如果从保持传统的角度来看,王维、孟浩然,乃至大历十才子一路的诗风,其实是比李白、杜甫等人更为正宗的。

身为皇子的永琪,自然而然受到宫廷中这种诗学观的影响。以宋人的道德学问为根基,杂以"不失性情之正"的唐调,构成了永琪诗的基本风格特征。永琪集中,有不少步韵古人或是拟古之作,这些诗,很可以说明永琪的审美取向。其用韵或模仿的统计结果如下:用陶渊明韵1首,用杜子美韵1首(另有集杜诗2首),用李太白韵1首,用韩昌黎韵2首,用白乐天韵3首,用苏东坡韵6首,用范尧夫韵1首,用范希文韵1首,用明人韵1首,拟唐太宗1首,拟唐玄宗1首。从此结果来看,唐人和宋人基本各占一半。而永琪最喜欢的,恐怕还是东坡。他步韵东坡的诗,不仅最多,而且写作时间的跨度也最大,这表明他对于东坡乃是有着持久的关注。

永琪所步韵之诗,多是表现文人生活情调之诗,如《海市用苏东坡韵》《武昌铜剑歌用东坡韵》《画竹歌用白乐天韵》《春草用白香山韵》等,在标举了文人士大夫优雅生活的同时,亦显示了其知识学问。这些诗和那些更有皇家气象的"拟帝王"体一起,构成了永琪诗风的两个侧面。永琪有《拟唐玄宗饯广州都督宋璟诗》:

> 俾乂急良材,方明萦寤想。眷余求宿德,清芬播畴曩。五管总南服,万里幅员广。民俗或呰窳,吏道多侵枉。不有治平才,中外将安仿。博选在廷臣,惟卿实英朗。飞盖出都门,持节税行鞅。冠裳蔼云集,嘉乐非野享。抒诚挽颓俗,垢腻资剗磢。藉卿旧勋名,作式百聊上。从今泥在钧,海邦岂殊壤。恩威一以宣,化成天下仰。①

全诗拟帝王口气,对于良臣名相既有期待,又有敦促砥砺,虽是拟作,但

---

① (清)爱新觉罗·永琪:《凝碧堂诗钞》,见《清代诗文集汇编》第399册,上海古籍出版社2010年版,第466页。

❋ 文学史的文本透视

还是可以看出永琪的气度胸襟。又有《拟唐太宗春日登陕州城楼诗》：

> 春融宜眺赏，光阴感驹隙。星言命侍人，宿驾骐与骤。旌旗飘远风，弓刀迎旭日。已看鞏树红，复对商山碧。高楼耿层汉，红河几纡直。襟带信神皋，风烟百重集。翘首望雄关，紫气仍如昔。筑岩劳梦想，茹芝访前逸。至理归无为，养真期得一。旮庭不我遐，垂佑天其或。①

其中"已看鞏树红"至"紫气仍如昔"数句写景，意境雄浑，颇见骨力。在继承了初唐宫廷诗精美亮丽传统的同时，对其又有所改造。

清初之诗学理论，在宗唐与宗宋的论争之中奠定其基础。虽然这种论争逐渐走向调和，但却影响了后来诗学的走向。康熙帝主张学诗要保持"性情之正"，不必分什么初、盛、中、晚，沈德潜则主张无论学什么诗，都要"一归于中正和平"。从某种意义上来说，这都是调和唐宋争端的一种方法。沈德潜论诗，亦讲格调，但其格调论，却和明七子的格调论不同，不是以诗法为基础。事实上，在经过一番"一归之于中正平和"的改造之后，唐、宋诗中那种对于诗歌技巧的热烈追求大部分都被屏抑掉了。一个比较典型的例子便是乾隆皇帝。乾隆帝虽然喜欢写诗，但却公开声称"不欲与文人学士争巧"②。在摒弃了大多数可以令人心动神摇的绚丽技巧之后，宋诗的知识学问以及唐初宫廷诗的精工摹写，便几乎成了清代皇室诗唯一可取的突破方向。

在永琪的诗集中，存在着大量题画、咏物的诗。他的这类诗，很好地代表了清代皇室诗的这种技术取向。兹录《题蕙芳九畹图》一首：

> 嘉蕙本丛生，常供高士玩。奇葩八九朵，英英缀孤干。画师妙写生，染就鹅溪绢。修紫茎相交，锐绿叶不乱。挂我书斋壁，磁盆宛置案。茎叶互低昂，疑被微风颤。安得移两丛，杂植纱窗畔。臭味与我亲，尚忆灵均赞。猗猗王者香，何为在幽涧。清芬不可撷，

---

① （清）爱新觉罗·永琪：《凝碧堂诗钞》，见《清代诗文集汇编》第399册，上海古籍出版社2010年版，第468页。
② （清）乾隆帝《乐善堂集序》，清文渊阁四库全书本。

第七章 国家与民族:国家建构过程中的清代皇室文学

相对徒兴叹。①

全诗并没有进行大的章法上的变换。全诗之重点,一在对于画图内容的描摹,二在对于"灵均赞"和"王者香"典故的运用,而二者之间的过渡,则采用意识流式的顺接方式。这种写作方式,使得全诗显现出一种风流平雅的风格,虽然读起来少了些奇崛之气,但却迎合了清诗中正平和的官方标准。

永琪其他的诗作,大多也采用了同样的一种思路。如咏物的《圆砚》:

> 不似圭稜界井田,却疑乌镜出骊渊。匦陈短几旋如璧,墨聚微凹大比钱。一滴玉蟾才挹注,半规元液漾沦涟。夜窗握管沉吟处,月堕空江思渺然。②

全诗除却摹写之外,并没有表现出一般咏物诗所要求的"理趣"。不追求"理趣",也就不会落入"理障",从不追求思想深度这一点上来说,其咏物诗是接近于唐初宫廷诗的传统的。

朴趾源曾在他的《热河日记》里嘲讽永琪的诗"酸寒,笔又瘦削,才则有之,乏皇王家富贵气象"③,今以永琪全集观之,殊非公论。作为朝鲜使者的朴趾源,对于清朝统治者,本来就怀有深深的敌意,而其所观之诗,又是吟咏孟姜女之作,故其诗意未免过于凄婉。综观永琪的作品,题材单调或许有之,但独不乏"富贵气象"。其所作《禁柳》《万寿菊》诸诗,已能得唐初宫廷诗咏物之妙。而其《消夏十咏》《消寒六咏》《雨后园林即事》《食荔枝用东坡韵》等诗,则在表现出知识才学的同时,又显示出一种文人特有的闲雅之趣。至于《大宛献汗血马》《恭和御制哈什哈尔回众投诚诗以纪事元韵》《演喜起舞纪事》《蒙古诸王进马歌》等更非是"身居富贵""仰近天颜"者不能作出。这些诗所具有的史料价值,

---

① (清)爱新觉罗·永琪:《凝碧堂诗钞》,见《清代诗文集汇编》第399册,上海古籍出版社2010年版,第489页。
② 同上书,第503页。
③ [朝鲜]朴趾源:《热河日记》,上海书店出版社1997年版,第130页。

或许已经能够部分弥补其诗歌题材不够广泛的不足。

永琪的诗风，更像清代许多其他的皇室诗人一样，更多的乃是一种"文化政治"的产物。从调和唐宋、使用简单平雅的结构方式、坚持知识走向和道德克制这些方面而言，他们有着共通的地方。但就具体的细节而论，永琪的诗歌则更多地显示出一种私人化的抒情个性。过多地显示私人情怀，或许会有碍其政治权威形象的确立，但从文学的角度而论，这或许反是其诗中最可宝贵的东西。

五　清代前中期文化建构之一瞥：以永琪《演喜起舞纪事》诗为核心

清初的满族乐舞，因清本"起僻远"，故"迎神祭天"多"沿边俗"。但随着清朝统治者统治范围的扩大以及政权的渐趋稳固，这种情况亦发生了变化。先是有皇太极的定出师谒堂子拜天行礼乐制、元旦朝贺乐制，后又有多尔衮、顺治帝的定"郊庙及社稷乐章"以及武舞、文舞之制，继而又有康熙帝的厘正律吕乐调……伴随着新朝礼乐制度的逐步建立，这些乐舞也渐渐改变了其"率缘辽旧"的风貌。一方面，民间的乐舞和宫廷的乐舞开始分流，另一方面，这些乐舞的功能和意义也产生了变化。对于民间乐舞而言，其或许更多地保存了其娱情遣兴的功能，而对于宫廷乐舞而言，其却在政治权力的不断推动之下，日益成为官方文化制度的一个部分。这些宫廷乐舞的表演形式变得更加的严格和程式化，而对这些乐舞进行"意义阐释"的坐标亦发生了偏移。所谓"移风易俗，莫善于乐"，"乐之为懿，觇国隆污"[1]，且不管这些乐舞在形式上是否仍保持着满洲旧俗，至少在意义的阐释上，其已经开始向着儒家的礼乐传统靠拢。下文即以永琪的《演喜起舞纪事》为例，来说明这种"意义阐释"上的变化。

《演喜起舞纪事》一诗，见于永琪传世稿本诗集《凝瑞堂诗钞》第六卷，按集中编年，当作于乾隆二十六年（1761）辛巳，作者时年二十一岁。其诗全文如下：

---

[1] 赵尔巽等：《清史稿·乐志》，中华书局1977年版，第2731—2740页。

第七章 国家与民族:国家建构过程中的清代皇室文学

在昔有虞神圣主,德化苗民舞干羽。自来三千四百年,我朝受命基东土。削平僭乱一中外,制作礼乐新听睹。于中大舞名喜起,一德明良义斯取。进退规矩中周旋,东西指挥严部伍。彩袖招摇双凤翔,檀板的皪一夔拊。浩荡元知勋业隆,朴遬更观风气古。我闻典乐尊六代,上纪《云》《英》下《濩》《武》。惟有翠妙称尽善,神人以和百兽舞。自从末俗尚奇邪,垂手折腰争媚妩。巴歈汉氏已杂奏,皇陂周官宁复谱。圣朝靴矢垂巨制,重华而降谁比数。节彼八音行八风,和兹三事修六府。行看献寿及元辰,亿万斯年受天祜。[1]

喜起舞,本为满族民间舞蹈之一种,随着清朝政权的建立而走入宫廷,成为宴饮或庆典时常用的舞蹈。满族民间之喜起舞,今日犹有遗存。"舞蹈多是在家人欢聚时表演,均由自家人和亲属自行其乐,皆为两人相对而舞,节奏多为中速","动作时快时缓","快慢相合","生动活泼,风趣逗人"[2]。从"风趣逗人"这点来看,民间的喜起舞还是保持了其原初的娱乐色彩的。而相较于民间的喜起舞,宫廷中的喜起舞则要庄重和复杂得多。《钦定大清会典》卷五十七《燕礼》曾记宫廷中演喜起舞之过程:"……进酒大臣出加补服,入席坐,乃进馔。中和清乐奏《万象清宁》之章。尚膳承旨分赐食品于各席遍,乐止。笳吹作奏毕,庆隆舞进,舞扬烈舞毕,队舞大臣进殿中舞喜起舞……队舞退,朝鲜国俳进,百技以次并作……"[3]其演出程序之严格,可谓与民间迥异。而与异国之技同演,多少又有些宣示皇权的味道。受到种种程式限制的喜起舞,与其说是一种艺术,还不如说是一种"王化"的宣传品。

既然艺术已经被政治化,它的民族特征便已不再是第一重要的了。永琪的诗,便也从一种政治化了的礼乐观写起。

"在昔有虞神圣主,德化苗民舞干羽。自来三千四百年,我朝受命基东土。削平僭乱一中外,制作礼乐新听睹。"有虞氏,即舜帝。《尚书·大禹谟》:"益赞于禹曰:'惟德动天,无远弗届……'……帝乃诞敷文

---

[1] (清)爱新觉罗·永琪:《凝碧堂诗钞》,见《清代诗文集汇编》第399册,上海古籍出版社2010年版,第504页。
[2] 李瑞林、战肃容:《满族民间舞蹈概述》,《乐府新声》1989年第3期。
[3] (清)爱新觉罗·允祹等:《钦定大清会典》,清文渊阁四库全书本,卷五十七。

德，舞干羽于两阶，七旬有苗格。"制乐舞之目的，不是为了满足大众的娱乐要求，而是为了"德化"万民，永琪一开始便将舞与政治联系在了一起。其下又写"喜起舞"名字之含义："于中大舞名喜起，一德明良义斯取。"《尚书·益稷》："（舜）乃歌曰：'股肱喜哉，元首起哉，百工熙哉。'"是之谓喜起之歌。明良，明指君主，良指贤臣。《尚书·益稷》："（皋陶）乃赓载歌曰：'元首明哉，股肱良哉，庶事康哉。'"故可知喜起舞之名，乃是取君臣协和，一心同德以治天下之意。《皇朝文献通考》卷一百二十五记喜起舞的演出方式："喜起舞大臣十有八人，朝服，由殿左门入诣正中跪，三叩，兴，退立于左，循歌声按对起舞，每对舞毕，行三叩礼。"① 演舞者为大臣，正应题中君臣之意。

其下"进退规矩中周旋，东西指挥严部伍。彩袖招摇双凤翔，檀板的砾一夔拊"，是描写喜起舞演出之场景。喜起舞本属队舞，故言"严部伍"。的砾，形容色彩的光明鲜亮。夔拊，语出《尚书》。《尚书·舜典》："帝曰：'夔，命汝典乐，教胄子……'夔曰：'於！予击石拊石，百兽率舞。'"拊，即拊石之意。

下面"我闻典乐尊六代"几句，是陈述作者的礼乐观。《云》《英》《濩》《武》，皆古乐之名。《玉海》卷一百三："《周礼·大司乐》：'以乐舞教国子，舞《云门》《大卷》《大咸》《大韶》《大夏》《大濩》《大武》。'注：此周所存六代之乐。"② 又《毛诗李黄集解》卷三十八："昔者黄帝作《咸池》，颛顼作《六茎》，帝喾作《五英》，尧作《大章》，舜作《韶》，禹作《夏》，汤作《濩》，武王作《武》，周公作《象勺》，皆是舞也。"③ 翠妫，本为川名，因传说舜（一说是尧，一说是黄帝）曾于此受大鱼所献之书，故这里用来代指舜帝。"神人以和百兽舞"，用的仍是上文所引的《尚书·舜典》之意。"自从末俗尚奇邪，垂手折腰争媚妩。"所谓"末俗"，说的乃是一种和传统的礼乐观相悖的舞蹈。奇邪，不正也。不正在什么地方呢？主要还是在"争媚妩"。讲求技巧及美感，本是舞蹈作为艺术发展的必然方向，但永琪却是反对这种倾向的。而其反对的理由，显然亦不仅仅是因为舞蹈要"朴速"方能"观风气古"，更重

---

① （清）张廷玉等：《皇朝文献通考》，清文渊阁四库全书本，卷一百二十五。
② （宋）王应麟：《玉海》，清文渊阁四库全书本，卷一百三。
③ （宋）李樗、（宋）黄櫄：《毛诗李黄集解》，清文渊阁四库全书本，卷三十八。

第七章 国家与民族:国家建构过程中的清代皇室文学

要的,乃是因为这种"争媚妩"的舞蹈已经脱离了教化管控的轨迹。"巴歈汉氏已杂奏,皇帔周官宁复谱。"巴歈,指巴渝两地的歌舞。《盐铁论·刺权》:"陪臣之权也,威重于六卿,富累于陶卫,舆服僭于王公,宫室溢于制度……中山素女,抚流徵于堂上,鸣鼓巴歈,作于堂下。"[①]可见巴歈杂奏,正是礼崩乐颓的表现。帔,本是帛制成的舞具,这里亦是指古代的乐舞。《周礼·春官·乐师》:"凡舞,有帔舞,有羽舞。"既然巴歈之歌舞代表着变风之作,那么,又有谁能恢复圣教呢?"圣朝靴矢垂巨制,重华而降谁比数。"能够恢复圣人礼乐之教的,自然只有我大清朝了!重华,还是指舜。以下直至末尾的文字,皆属于"颂",是宫廷诗中常见的内容。八音和八风同意,皆是指乐音。王引之《经义述闻·春秋左传中》:"古者八音谓之八风。襄二十九年传:'五声和,八风平。'谓八音克谐也。"三事六府,语同样出于《尚书》。《尚书·大禹谟》:"地平天成,六府三事允治,万世永赖。"孔颖达疏:"府者,藏财之处;六者,货财所聚,故称六府。"又疏:"正身之德,利民之用,厚民之生,此三事惟当谐和之。"《左传·文公七年》:"六府三事,谓之九功。水、火、金、木、土、谷,谓之六府。"元辰,即良辰。祜,本意指福。受到上天的眷顾赐福,千秋万世永保基业,恐怕是每个封建王朝都会有的梦想了。

永琪的这首诗,从艺术上来说,并不是其最佳的作品,但是从文化史的角度而言,却是颇具意义的。喜起舞,本是满族的民族舞蹈,但在本诗中,永琪却依据汉族儒家的礼乐思想对其进行了重新阐释。本诗的一开始,便将喜起舞纳入了儒家的"乐统"当中,这在抬高了喜起舞地位的同时,亦为清朝皇帝的统治寻找到了合法性。清代皇帝所继承的,乃是自唐尧虞舜时代便已奠定的文化传统。而"喜起"之名,正如上文所述,亦是出自儒家的经典。在整个行文当中,永琪不断地使用各种儒家的典故和政教术语,这在很大程度上消弭了喜起舞的民族异质性。虽然按照清朝统治者的本意,演所谓世德、扬烈、喜起诸舞的意义,乃在于使后世子孙不忘自己祖先的创业之功,但事实上,一旦当这些乐舞面对了政治,其特异性就不得不受到压制。过分地强调民族特质,显然会威胁到皇朝的统治。而无论是政治合法性的取得,还是文化合理性的阐释,同样都要依靠一种话语。虽然在艺术形式上,满洲乐舞与汉地乐舞各有所长,难分轩

[①] (汉)桓宽:《盐铁论·刺权》,清文渊阁四库全书本,卷三。

轻，但在政治、文化话语的运用上，中原无疑占有优势。于是，采用汉人的礼乐观念来对满族乐舞进行意义阐释，便成了一个既简单而又便利的"自然"。政治的统一，必然带来政治话语的进一步抽象，因为只有抽象，才能在更高的层面上消解不同文化的分歧。永琪的这首诗，在进行"文化抽象"的意义上，其实是一个再好不过的范本。将满族旧有的舞蹈传统纳入传统儒家的礼乐传统中去，这当然可以作为"满族儒化"或"满族汉化"的证据，但在深层次上，推动永琪这样做的，其实还是所谓的"政治权力"。无论是汉族乐舞、满族乐舞，抑或是朝鲜国的俳戏、百技，都必须遵从皇朝的君与臣的权力结构，这一点，才是所有事实中最根本的。

六　国家之谊：清代皇室文学中的超地域性关系

清代康、乾二帝，尤喜以诗赠予藩属国君，而其中所赠最多者，又以朝鲜和安南为最。之所以如此，是因清朝统治者认为这二国乃是尊重儒家文化的"文献之邦"，故特显"优眷"之意。[①] 将对方称为"文献之邦"并赐以诗歌，表明了清朝统治者在处理国与国关系时尤重视"文化"上之联结，并将对方视为自身文化共同体的组成部分。从这一点上而言，清代皇室文学中其实还存在着一种超地域的文明共同体的意识。这些关于"文化之谊"的文学文本，因为事关国与国的关系，并且彰显了统治者的文治武功，故大多数都在各式的官方文件中得到了保存。但有些时候，由于政局突然变化，局势的发展变得不明，这些文本也会转而变成统治者决策失误的尴尬证明。这些文学文本常常和记录同一事件的史学文本构成互文本，反映出同一事件的不同侧面。下即以乾隆帝的《戡定安南复封黎维祁为国王功成联句》诗为例，说明一下国家关系以及个人意识是如何融入文学文本中的。

乾隆五十三年（1788），应在国家内斗中失势的安南黎维祁氏所请，乾隆帝发兵安南。十一月，清军在孙士毅的统领下出镇南关，不月余而定升龙，乾隆帝遂下旨复封黎维祁为安南国王。清军轻胜，又值年尾，疏于

[①] 参见《清实录·乾隆五十四年十一月上》，中华书局1986年版，第25册，第1196页。

第七章　国家与民族：国家建构过程中的清代皇室文学

防范，阮惠氏残余趁机聚集，复败清军，孙士毅狼狈逃回。乾隆帝认为黎维祁软弱无能，遂转而承认已经成势的阮文惠（光平）为安南国王，并赐以印信诗章。此一事件是中越关系史上的大事，围绕着这一事件，产生了众多的文本，其中既有史学的，亦有文学的。史学之文本，可参黄鸿寿《清史纪事本末》，所述最为简明。[①] 文学之文本，则以乾隆帝的御制文集和诗集中所存最多。其文如《御制文集》三集卷七之《戡定安南复封黎维祁为国王功成班师之记》《书安南始末事记》，卷八之《十全记》，其诗如《御制诗集》五集卷四十二之《孙士毅奏报克复黎城复封黎维祁为安南国王诗以志喜》，卷四十三之《戡定安南复封黎维祁为国王功成联句》，卷四十八之《安南阮惠进表悔罪投诚归顺既允其请诗以志事》，卷五十之《降旨封阮光平为安南国王诗以志事即书赐之》[②] 等，均与安南事件有关。因为这些诗文都收在名义上是个人所作的诗文集当中，故其在表面上都使用了一种私人口吻。但因"御制诗文集"将来肯定要颁示天下，故其中的诗文实际上又必然体现官方意志，具有"公共作品"的意义。在所有与安南有关的诗文中，最能体现出御制作品这种"私人与公共兼具"性质，当属《戡定安南复封黎维祁为国王功成联句》诗。说其"私人"，是因其是由皇帝发起，并收在其个人文集中；说其"公共"，是因其本身就是满朝政治精英的集体创作，代表了一种以政治为基础的群体意识。这首诗，按其内容和清廷举行茶宴联句的惯例推断，当是作于孙士毅初平安南之后的乾隆五十四年（1789）正月，也就是大约阮文惠举兵反攻的同时。

古诗联句之体，其起源众说不一。其中最常见的说法，一说是源自汉武帝柏梁之诗，一说是源自《诗经》或《尚书》。宋方勺《泊宅编》据刘向之说，认为联句诗起于《诗经·式微》[③]。刘向之说，见《列女传·贞顺传》，其说盖谓黎庄夫人本为卫侯之女，但不被黎庄公所喜，其傅母恐其不幸，遂作诗曰："式微，式微，胡不归？"夫人则以"妇人之道，壹而已矣"，不愿离去，遂作诗曰"微君之故，胡为乎中路"，借以明志。[④]

[①] 参见（民国）黄鸿寿《清史纪事本末》，民国三年石印本，卷三十二。
[②] 下所引之乾隆御制诗、文集均据清文渊阁四库全书本，不再注出。
[③] 参见（宋）方勺《泊宅编》，明稗海本，卷中。
[④] 参见（汉）刘向《古列女传》，清文渊阁四库全书本，卷四。

其说今人多以为不可信。又明王三聘《事物考》卷二以《夏书·五子之歌》"亦联句之体"①。按《夏书·五子之歌》,据传是太康失国之后,其五个弟弟感怨之作。虽是联句体,但却不属于"君臣"联句。故若论起"君臣联句诗",则还当以汉武帝及群臣的柏梁联句为最早。《柏梁诗》今犹存②,观其所作,带有很大的随意性,既无连贯的意脉,亦无整饬的结构,不过各由群臣敷衍本职,使略就音韵而已,而整体上亦更切合登台宴饮的娱乐性质。

汉武之后,各朝多有仿效。行君臣联句者,如北魏孝文帝拓跋宏,就曾有《悬瓠方丈竹堂飨侍臣联句》③诗。而稍后的北魏节闵帝拓跋恭,同样亦有联句诗存世。"(节闵帝)普泰二年(532)正月乙酉,中书舍人元翙献酒肴,帝因与元翌及(薛)孝通等宴,兼奏弦管。命翙吹笛,帝亦亲以和之。因使元翌等嘲,以酒为韵。"④观此二诗,孝文帝一诗虽属君臣联句,但其体基本属于楚歌体,和柏梁之体不全合。至于节闵帝一首,本为五言,中间又且换韵,则其在创作上的随意性,似又超过孝文一诗。

联句之风,到唐宋时期大盛,民间文人的联句姑不论,即便宫廷之中,亦保持着逢吉日聚宴联诗的习惯。如唐封演《封氏闻见记》卷三"降诞"条就曾提到"中宗常以降诞宴侍臣贵戚于内庭,与学士联句柏梁体诗"⑤。可知自汉武之后,宫廷内的节庆联句之诗,多是效仿柏梁体。其功能亦多是在联络君臣感情,为盛宴娱乐之一助。

将以前各代之君臣联句诗与乾隆帝之《戡定安南复封黎维祁为国王功成联句》诗相较,则知君臣联句诗,至清代而一大变。《戡定安南复封黎维祁为国王功成联句》诗前有序,详细介绍出兵安南之理由及孙士毅平安南之经过,字多不引,仅节录诗于下,以明其体制:

> 御制 承天庥命御纮埏,西北开疆晏卅年。何事内讧闻海国,特申大义薄云天。南讹攸宅神尧典,交趾曰蛮小戴篇。……说赐古稀俾共仰,臣纪昀 御制 诗承朝泽望长绵。出奔眷属流离亟,求救临河匍匐跧。……

---

① 参见(明)王三聘《事物考·联句》,明嘉靖四十二年刻本,卷二。
② 参见(宋)章樵注《古文苑》,四部丛刊本,卷八。
③ 参见(清)王闿运《八代诗选》,清光绪十六年江苏书局刻本,卷二十。
④ (唐)李延寿:《北史》,清文渊阁四库全书本,卷三十六。
⑤ (唐)封演:《封氏闻见记》,清文渊阁四库全书本,卷三。

第七章　国家与民族：国家建构过程中的清代皇室文学

累朝奕世君臣分，绝继灭兴经史传。……许昌义返虚声破，乌大经驰劲队联。德色易形诏风动，臣伊龄阿 严科必肃令霜悬。……鹫善泗沈终自没，臣胡高望 鸮思反覆岂容翩。…… 御制 春秋之法彻霄渊。武功六七兹葳八，昊贶古今独异前。方寸旰宵惟自问，作何保泰作何乾。

即是诗之本身，已较前代各诗为巨。而其写法，亦是严格遵循了汉武帝柏梁体"七言一韵"的写法。全篇从皇帝的人生经验写起，以皇帝的自我反思作结，而其中又穿插对安南历史及复封黎维祁为国王事件的记叙和描写，全诗结构谨严，虽亦包含不少标榜吹嘘的成分，但起承转合，章法完备。除去首尾，全诗皆用排律对仗之法，上人作诗，以出句止，而下人联诗，则以对句始，其中又包含着考验文采的成分在。为保证读者不致对诗句产生误解，全诗又采用了句下加注释的形式，对所涉的史事详加说明。如在"唐至德烦都护镇"句下，便有注曰："自马援讨平交阯，后置交州，领七郡。三国吴分立广州，徙交州治龙编县，即今黎城也。宋、齐仍旧。梁、陈于交州置都督府。隋初郡废，改为总管府。唐初仍曰交州。调露初，改安南都护府。至德初，改镇南都护府。"通过这样的方式，不仅梳理了中国与安南的历史关系，而且将黎氏求救、清廷发兵的始末叙述得清清楚楚。这些注释虽非联句当时所加，但因其被刻入"御制"诗集之中，故同样具有官方文献的意义，其谨严性远超过了汉武帝的柏梁诗。这样的联句诗，虽然在表面上还带着宴饮娱情的私人性质，但实际上，已经被彻底地政治化了。

清代君臣联句诗的这种极端政治化，实际上是伴随着明清以来皇权的不断加强而来的。

如果说传统的联句诗还包含着"讽"的意思在，那么到了乾隆帝那里，联句诗已经变成纯粹的"颂"了。如果说膨胀的皇权压制了联句诗中表达讽刺的自由，那么制度的制约则进一步使这种诗体形式化了。在有清一代的文献中，有多处提到了对宴饮联句活动的具体规定。《国朝宫史续编》卷四十六曾记"茶宴联句"之规矩：

其联句诗，奉御制句为发端首倡，余则臣工继响。……岁正月吉，皇帝召诸王、大学士、内廷翰林等于重华宫茶宴联句。奏事太监豫进名签，既承旨，按名交奏事官，宣召入宫祗竢……懋勤殿首领太

※ 文学史的文本透视

> 监等具笔墨纸砚，诸臣俱以次一叩，列坐。御制诗下，授简联赓。宴毕，颁赏诸臣，跪领，行三叩礼趋退。①

从其所述，正可窥见《戡定安南复封黎维祁为国王功成联句》一诗写作时之情况。除重华宫茶宴之外，其他场合亦多有联句的情况。如《国朝宫史》卷七《典礼三》所记之"瀛台锡宴仪"，便有"筵宴毕，驾幸淑清院曲水流觞，设宝座赋诗，并命从宴诸臣联句"②的记述。

正因联句成了庄严而又烦琐的宫廷礼仪的一部分，故其才能形成后来谨严整饬的形式。在康、乾时代，每当节庆谠喜，或有大的政治事件发生，往往都要举行君臣联句。《国朝宫史续编》卷九十五曾著录《节年联句诗帖》一部——这部诗帖本是皇帝命令词臣缮写，准备以次刻石的——仅其下著录的各年的联句诗就有《玉盘联句》《赵北口冰嬉联句》《耕织图联句》《天禄琳琅联句》《宁寿宫落成联句》等四十八种③。由此可见清代宫廷联句活动之盛。

乾隆皇帝的《戡定安南复封黎维祁为国王功成联句》诗将汉武帝所开创的柏梁体推向了政治化的极致。而无论是就规模的宏大性，还是就形式的严整性而论，其都远超过了前代的同类诗。但颇具讽刺意味的是，就在此诗完成后不久，清廷就不得不承认阮文惠所建立的新政权。尽管乾隆帝完全可以将这些令他尴尬的诗文统统删掉，但其最终却还是将其保留了下来。在其后的一些文章中，比如在《书安南始末事记》以及《再书安南始末事记》里，乾隆帝对整个安南事件进行了比较细致的反省，既想到了乃祖"戒之在得"的圣训，又想到了"黎维祁之庸昏""孙士毅之失算"，亦表示了对将士阵亡之哀悼，且为国家预设了"久长之至计"。其中虽亦难免有文过饰非之语，但总体上反映出乾隆帝仍然保持着较强的政治反思能力，并非完全"老而昏愦"。乾隆御制诗文集中的这些文本，从私人和内部视角记录了清廷处理与安南关系的过程，也反映出乾隆帝本人心中的痛苦和矛盾。只是，作为一个皇帝，他并不能将这些痛苦和矛盾表现得太过明显。至于乾隆帝后来为何又将这一次失败的军事活动列入自己

---

① （清）庆桂等：《国朝宫史续编》，清嘉庆十一年内府钞本，卷四十六。
② （清）张廷玉等：《国朝宫史》，清文渊阁四库全书本，卷七。
③ 参见（清）庆桂等《国朝宫史续编》，清嘉庆十一年内府钞本，卷九十五。

的"十全"武功当中，则显然又和政治宣传的需要息息相关了。①

七　皇权的闺阁回应：以八旗女作家高景芳的纪恩诗为核心

伴随着封建皇权的加强，明清二代的皇帝有意识地强化了其训导万民的功能角色。伴随着权力的集中，皇帝的角色开始具有越来越丰富的社会功能。他不仅是政治权力的拥有者，同时也是万民生活上的训导者和道德上的表率，而其意志或思想，则成为权力场中一切运作的元逻辑。从明代的《皇明宝训》到清代的《圣谕广训》，来自中央的思想，不断打着"钦定"或"御制"的标签，向着普通民众的日常生活渗透。

这种来自中央权力核心的训导，充分考虑到了受教者的性别差异和社会层级，显现出一种差序化的格局。由于这种差序化的训导在大多数情况下只是为了彰显一种权力关系，因此其信息传递往往是单向的。但偶尔，由于特别的机遇或是特别的身份，受教者亦可和中央皇权发生直接的互动，高景芳的纪恩诗便是这种互动的一个证明。

尽管中央努力地向全国辐射其文化意识，但因为地域、性别或是社会层级等种种原因，这种辐射并不能达到均质性的平衡，而是呈现出一种差序性的格局。而统治者本身对这种差序性亦有着清醒的认识。对于男性的官员、士子，通常由男性的皇帝直接出面，利用行政或非行政的形式加以训饬，例如明洪武七年（1374），翰林承旨詹同致仕，明太祖朱元璋即赐其《皇明宝训》五卷，以示恩优儆戒之意。②再如康熙帝，颇重学校对于士子的教化意义，他说："治天下者，莫亟于正人心、厚风俗，其道在尚教化以先之。学校者，教化所从出，将以纳民于轨物者。……故曰：教隆于上，化成于下。教不明于上而欲化成于下，犹却行而求前也。"③其语不仅强调了学校的教化作用，亦暗示出教化功能本身对于权力拥有者的型

---

①　参见［日］丰冈康史《〈御制安南记〉与〈御制十全记〉之间：乾嘉年间对越南北部地域政策的转变和基调》，《中国边疆学》2017年第2期。
②　参见（明）陈建《皇明通纪集要》，明崇祯刻本，卷六。
③　（清）康熙帝《圣祖仁皇帝御制学校论》，见（清）梁国治等《国子监志》，清文渊阁四库全书本，卷三。

文学史的文本透视

塑作用。而对于女性的训导，则是由皇权的另一衍生品皇后来出面完成的。例如明永乐五年（1407），朝廷就下令将仁孝皇后所作之《内训》"赐群臣，俾教于家"①。而在皇宫之中，更是有周期性的皇后讲女训活动。②这种差序性的存在，对于彰显皇权来说，有时是必要的，因为皇权的本质，就是一种级差性。但这种差序性反过来也会造成一个问题，就是处在级差末级的群体，常常无法对中央的权力表达作出及时的反应，而即便作出反应，其信息也无法及时反馈回中央。譬如，对于中央皇权难以直接操控的家庭内的女性群体，朝廷往往只能通过一种"旌表"的方式来进行一种柔性的控制，但这种柔性控制的传递链，却是极为漫长的。举例来说，《（同治）荆门直隶州志》卷十二中曾记录有一位胡贞媛秀温，本为"赠通议大夫振翼之女，礼部侍郎作梅之妹"，"幼字张司马可前季子，将成婚礼先一月，张公子卒。贞媛守义，依其父兄以居。迨司马公致政归，始归于张"。"及年五十，有司疏闻"，方得朝廷"旌其间"。其纪恩诗云："忆昔承母训，兰闺联伯姊。女红督课余，时复及经史。每诵贤媛传，揽卷心辄喜。自拟平生志，孝敬宗芳轨。讵知生不辰，笄年独遭否。……忽忽二十秋，岁月如移晷。……荐绅怜苦志，连名上天使。天使奖微节，入告乞明旨。煌煌凤诏来，翩翩焕朱紫。蓬荜顿生辉，传闻播遐迩。坊立青云端，天颜威尺咫。回首励志年，辛苦宁料尔。……感兹圣明恩，下逮及拿鄙。未能报涓埃，实切巾帼耻。为语子若孙，熙朝作良士。庶几百年后，瞑目黄泉里。"③几十年的守节生活且不论，即使是在获得乡里士绅的肯定之后，旌表的过程亦是颇费周章。胡氏所幸，是生前得见褒奖，而有些女性，最终则只是得到了别人眼里的殊荣。《（嘉庆）郫县志》卷三十一曾记载过一位廖氏：周荣岐之妻，年二十一夫故。家贫，守节历四十余年。咸丰元年（1851）旌表，入祀节孝祠。其族女周王女曾作诗以吊之，姑引二首：

历节寒门四十年，甫周花甲便尘捐。天公至此难凭信，孤负辛勤

---

① （明）陈建：《皇明通纪法传全录》，明崇祯九年刻本，卷十四。
② 参见（明）郭正域《皇明典礼志·皇后讲女训仪》，明万历四十一年刘汝康刻本，卷二十。
③ （清）恩荣等：《（同治）荆门直隶州志》，清同治七年刻本，卷十二。

第七章 国家与民族:国家建构过程中的清代皇室文学

几万千。(其一)

宫墙万仞少人行,岂许闺媛滥厕名。一遇皇恩旌表后,较之轩冕更为荣。(其四)[1]

这些关于旌表的女性诗,内容虽多为凄苦,但终是闺阁对于来自皇权的训导的回应。虽然这些文字未必有机会反馈到最高统治者那里去,但闺门之内,终不至于寂然无声。由于这些女性多处于差序性格局的外缘,故其回应往往不能实现和皇权的共场。但有时,因为特别的机缘,或是作者身份特殊,这些回应亦会获得与皇权同时呈现的机会。康熙四十四年(1705),康熙帝第五次南巡,三月,至松江府,其间多召见江南官员、士子及其家属,而其中就有康雍时期著名的八旗才媛高景芳。

高景芳,字远芬,正红旗汉军人。具体的生卒年不详,约生活在清康熙、雍正年间。父高琦,曾经做过浙闽总督。夫张宗仁,曾任内阁中书,世袭一等侯。高景芳出身名门,工诗能词,兼善辞赋,乃是康雍间最重要的女性作家之一。所作《红雪轩稿》,计六卷,"卷一赋三十六篇、文一篇,卷二四言诗十六首、五言古四十七首、七言古三十首,卷三五言排律二十七首、七言排律十二首,卷四五言律一百五首、七言律六十七首,卷五七言绝句九十七首、五言绝句四十三首,卷六词一百七十五首,编端复有骈体自序一首"[2]。即使单论作品数量,其亦可卓然于清初女作家之群。

袁枚曾有言云:"闺秀能文,终竟出于大家。"[3] 作为一个出身上层社会的知识女性,高景芳也的确有着过人的见识。据传张宗仁初袭靖逆侯时,家资百万,然以好客喜施,不二十年费尽而薨。景芳早预见此结局,先曾于后园暗埋金三十万,当是时方才取出,交于其子谦,谦始能袭职。[4] 则其不仅能文,亦有一定的经济之才。

良好的家庭出身,使高景芳有可能受到良好的教育,以致其能创作出大量的七古、排律等作品。但这样的家庭出身,也限制了高景芳作品的风格。《名媛诗话》曾称赞高景芳:"古诗闺阁擅场者虽不甚少,而畅论时

---

[1] (清)朱鼎臣等:《(嘉庆)郫县志》,清嘉庆十七年刻本,卷三十一。
[2] (清)官修:《八旗通志·艺文志》,清文渊阁四库全书本,卷一百二十。
[3] (清)袁枚:《随园诗话》,清乾隆十四年刻本,卷三。
[4] 同上。

文学史的文本透视

事恍如目睹者甚难多得。……夫人工骈体文,兼善词赋……笔力雄健,巾帼中巨擘也。"又举其《输租行》诗,谓"高夫人写官吏之横暴""不失忠厚之旨"①。然观高景芳的诗文集,类似的作品其实很少。高景芳身居上流社会,和上层统治者的关系尤为亲密,很多时候,她是可以直接接触到最高统治者的。比如她的《红雪轩稿》卷三中,就载有好几首纪恩诗。由于高景芳可以有面见皇帝的殊荣,她的作品,就相对于皇权有了在场性,因此可以看作闺门之中对于皇权的直接回应。

"两次朝见三宫,再承恩赐,前后稠叠。"②高景芳直接描写接驾情形的诗,至少有《康熙四十四年春恭迎圣驾于云间行在蒙赐龙缎十二联纪恩八韵》《谒见妃娘娘仰蒙握手温谕恩礼有加恭纪》《谒见公主礼亦优渥载赋六韵》《圣驾再幸云间次日朝贺蒙赐五爪团龙皮衣二袭东珠耳环一对外洋金丝盘龙云肩一枚敬赋十二韵》(此诗大约是写于康熙四十六年康熙帝第六次南巡时,因乏直接证据,具体写作时间暂失考)四首,其余《上赐松子》《恭阅上赐耕织图敬赋十首》《上赐鹿肉条纪恩》等,则或亦与康熙南巡有关。

其《康熙四十四年春恭迎圣驾于云间行在蒙赐龙缎十二联纪恩八韵》诗云:

> 銮舆莅海边,臣妾得瞻天。敬迓春郊外,欣居命妇前。班齐芳草路,香识御炉烟。锦赐团龙样,花从内府传。织时银汉迥,捧出彩霞鲜。叩首惭惶甚,终身被服妍。独怜闺阁质,报称是何年。

皇帝南巡,住在南方的作者方偶然得见天颜,其首句正是道出了皇帝的个人行为所引起的差序性格局的变动。其余"锦赐团龙样"直至"终身被服妍",直用三韵写所赐之龙缎,则又写出了"御赐"沟通内外、上下的功能。尾句则自嗟身为女流,无法入仕报答皇帝的恩情。高景芳之弟高钦曾为景芳的文集作序,惜其"姊负如此才华,终不能踊壶阃以鼓吹休明,仅仅颦首绿窗,寄兴翰墨,不綦为之扼腕",由此诗句看,超越女性

---

① (清)沈善宝:《名媛诗话》,清光绪鸿雪楼刻本,卷二。
② (清)高景芳:《红雪轩稿·序》,清康熙五十八年刻本。本章所引之高氏作品均出此本,下不出注。

第七章 国家与民族:国家建构过程中的清代皇室文学

身份,积极入仕求取功名,确也是高景芳本人的一个梦想。

其《谒见妃娘娘仰蒙握手温谕恩礼有加恭纪》诗则云:

> 鱼轩渡松水,凤辇驻行宫。幸睹皇妃盛,方知阴教隆。容华花上露,和婉蕙间风。厚意咨诹外,深情笑语中。颔颐鬟翠侧,援手钏金笼。何幸瞻天极,偏邀礼数崇。

所谓"阴教"即指女子之教。《周礼·天官·内宰》:"以阴礼教六宫;以阴礼教九嫔。"① 此正指出皇妃以女性之身训教天下女子的社会职能。无论是皇帝还是皇妃,其首先都是一个功能性角色,这一点,在这首诗中得到了一个证明。以下对于皇妃外貌和动作的描写,则又是出自女性特有的视角——倘若是一般的男性,是不可能获得如此近地观察皇妃并和其握手的机会的。"何幸瞻天极,偏邀礼数崇",在写出女性之间的惺惺相惜之余,又不忘上下有别,故不免仰感天恩。

其《谒见公主礼亦优渥载赋六韵》诗全文如下:

> 象服趋行殿,来朝贵主尊。玉颜瞻月满,芳气觉春温。衣动云霞色,光摇珠翠痕。腕垂蒙礼接,话密感殊恩。鹊驾临三泖,荣光照一门。微躯荷遭际,摛管颂天孙。

因有皇帝、皇妃在前,公主的社会功能便显得相对次要。故本诗主要使用的是铺张描写之法,来突出公主的尊贵和超人的气质。其中"衣动云霞色,光摇珠翠痕"一句,精于炼字,极富光影摇曳之动态美,深得南朝诗歌之妙。而"腕垂蒙礼接,话密感殊恩"等语,则同样写出了女性之间的亲密关系。至于其《圣驾再幸云间次日朝贺蒙赐五爪团龙皮衣二袭东珠耳环一对外洋金丝盘龙云肩一枚敬赋十二韵》诗,则和前又有不同,盖全用赋法,重于雕绘模状,而缺少了前几诗的那种人情味,兹不复引。

皇帝的赏赐,不只是为人情,更是为了彰显一种权力秩序。高景芳深深懂得这一点,故其这几首诗均谨慎地保持了一种"以下颂上"的模式。但其中,也包含着女性诗歌的特有气质。其对女性之间关系的描写,以及

---

① (汉)郑玄注,(唐)陆德明音义:《周礼》,四部丛刊本,卷二。

文学史的文本透视

发出的"巾帼酬恩鲜"的感慨,均非男性角色可以做到。同是闺中人,同是以文学对皇权作出回应,唯有高景芳的作品赢得了同皇权同时出现的恩荣,这一点,确非那些只能在地方志中获得记载的边缘性的"贤媛"们所能及。

第八章

文体、知识与性别：清代女性散文的社会性研究

本章将继续延续文化社会学的一般思路，从性别角度出发，对清代女性的非诗类创作作一管窥。

一 性别内外：男性的"他观"与女性的"自观"

在中国文学漫长的历史上，向来就不缺乏女性的角色。不过在很长时间内，她们都是作为题材、作为表现的对象而存在的，除了涂山之女、许穆夫人这类传说中的作者，女性与诗歌写作发生关系只能追溯到汉代，而有诗集流传的女诗人则更晚到唐代才出现。当我们面对唐宋以前的诗歌史，还只能为仅拥有蔡琰、薛涛、鱼玄机、李清照、朱淑真等有数的几位女诗人而感到遗憾时，那么到明、清两代，我们却要为女诗人多得难以一一写入诗歌史而发愁！①

如果说"作为题材、作为表现的对象而存在的"女性是由男性基于男性视角所创造出的某种文学产品的话，那么，女性自创文学中的女性，则又是其进行思想上的自观之后的产物。明清两代，尤其是清代，女性文学之所以繁荣，一方面固然和其距今较近、史料保存丰富有关，另一方面，正如蒋寅先生所言，主要还是"奠基于社会观念的变革"。当然，这当中也有社会经济的原因：古代女性诗文集的刊刻，往往得力于家族的财

---

① 蒋寅：《〈清代闺阁诗集萃编〉序》，中华书局2015年版，第1页。

❀ 文学史的文本透视

力支持，倘若没有普遍发达的经济，即使有一两个大家族有足够的财力，女性文集的刊刻也不会呈现出如此繁盛的局面。清代"从事诗歌写作的女性，已多到难以计数的地步。嘉庆间王豫编《江苏诗征》，所搜集到的本省闺秀诗集已不下千家。徐世昌辑《晚晴簃诗汇》，连皇帝在内共收清代诗人六千零九十一家，其中女性为五百三十二家，约占百分之九点六（按：应为八点七）。而据日本学者合山究统计，胡文楷《历代妇女著作考》共收女作者四千一百九十九人，清代占三千六百七十一位，比例高达百分之八十七。近年杜珣先生编纂的《闺海吟——中国古近代八千才女及其代表作》一书，录存有作品传世的历代女作家计八千六百余人，清代作者占六千二百零九人"①，清代的女性创作之所以能够被这么多著作著录或收录，其实亦和社会日渐发达的传播手段有关。

早期男性对女性文学进行收集编纂，一方面是出于"存史"的需要，另一方面，也是发现其有着维护社会秩序、敦厚社会风气的价值。② 他们在为女性文学确立地位时，常常鼓吹的是一种创生意义上的"不可或缺观"，而不是社会学意义上的平等观。如明代田艺蘅编《诗女史》，其叙曰：

> 夫天地奠居，则玄黄宣色；阴阳相匹，则律吕谐声。故文章昭于俯仰之观，音调和于清浊之配，讵由强作，实出自然。造物如斯，人事可测矣。远稽太古，近阅明时，乾坤异成，男女适敌。虽内外各正，职有攸司，而言德兼修，材无偏废。男子之以文著者，固力行之绪余；女子之以文鸣者，诚在中之间秀。③

又如尤侗的《萧楼集序》：

> 昔昭明太子《文选》，如唐山夫人、甄后、昭君、文君、文姬之诗，徐淑之书，苏蕙之回文，皆不录。所收者惟班婕妤《怨歌》、曹

---

① 蒋寅：《〈清代闺阁诗集萃编〉序》，中华书局2015年版，第1页。
② 参见陈广宏《中晚明女性诗歌总集编刊宗旨及选录标准的文化解读》，《中国典籍与文化》2007年第1期。
③ （明）田艺蘅：《香宇集·诗女史叙》，明嘉靖刻本，续集卷十三。

第八章　文体、知识与性别:清代女性散文的社会性研究

大家《东征赋》耳。抑何于妇人薄与?即徐陵《玉台新咏》,亦非皆女子作也。予尝谓,古今文人才士,其代为闺情闺怨者,狎昵缠绵,深入儿女三昧;而绝世佳人反不闻唱同声之歌、叠相思之曲,岂其才尽,亦欲为画眉讳耳!譬之画师,写人好丑、老少,皆得其真,鲜有能自貌者。然使吴道子、顾虎头辈对镜写照,其妙当如何矣?大抵闺房之作固少,虽有,或秘不传,如《草堂词》,自孙夫人、李居士外,亦不多见。而吾友王西樵所辑《燃脂集》,有词数卷,是知传者少也。邓子孝威坐文选楼选《诗观》,四方邮筒日至,而香奁彤管亦附以来,乃乘暇采为《萧楼集》。自此,黄绢幼妇,当与红杏尚书、花影郎中争妍斗丽,岂止"绿肥红瘦"、"柳带同心"艳吟千古哉!集成,幸持献太子,太子见之必曰:"嗟乎!使吾早从先生游,《闲情赋》可不删矣。"①

这里面恰涉及了一个男子代言与女子自言的问题。但是其所主张的男女平等,显然亦不是一种社会权利上的平等。正是因为只是关注女性在创生意义以及文学能力上的平等,此一派的文人在对女性文学进行评价时,往往也是比较侧重于其"性灵"的一面。然而,即使如此,也很容易招来社会上的非议。刘声木《苌楚斋四笔》卷九:

钱塘袁简斋明府枚,编《随园女弟子诗》六卷,录贰拾捌人,刻入《随园全集》中,当时颇为舆论所不容。诸城刘文清公墉,任江宁府知府时,颇欲逮治。后虽托人关说免究,明府始终不敢久居江宁,每以看山为名,恒出游于外,以避免他人指摘,予已录入《(随)笔》卷(七)矣。不谓竟有钱塘陈云伯明府文述踵其所为,亦编《碧城仙馆女弟子诗》二卷,录贰拾贰人,道光壬寅夏月,听香阁自刊本。随园生平,在我朝最不理于人口。姚姬传郎中鼐为之作墓志铭,当时人士,颇有规其不应作者,见《惜抱轩尺牍》。陈氏祖述随园,专取其短,真不善学柳下惠者。两明府皆籍隶钱塘,以文采

---

① (清)邓汉仪撰,陆林、王卓华辑:《慎墨堂诗话·附录三邓汉仪诗学评论·萧楼集序》,中华书局2017年版,第1925页。

❀ 文学史的文本透视

> 风流自喜，岂轻薄儿郎专生于钱塘江上耶，嘻，异矣。①

袁子才鼓吹性灵，广收女弟子，且将其作刻录流传，在今看来，这是颇有进步意义的，但在当时，亦不过被目为轻薄儿而已。

这种情况，直到近代启蒙思想传入后方有改变。谢无量作《中国妇女文学史》，其绪言曰：

> 天地之间一阴一阳，生人之道，一男一女。上世男女同等，中世贵男贱女，近世又倡男女平权。上世之男女同等者，自然之法也。中世贵男贱女者，势力之所致也。近世复倡男女平权者，公理之日明也。……夫男女之天性，其始岂有异哉！近世生物学家，以妇人之能力，所以终弱于男子者，盖由数千年以来之境遇、习惯、遗传，有以致之。纯出于后天之人事，而非其先天之本质即有异也。②

这可谓一段新旧相杂的文字，既有《易经》里的阴阳之道，亦有近世的基于"公理"的男女平权，同时又涉及生物的进化论。其思想虽然较为驳杂，但却阐明了权力与能力的历史建构性，因此把男女的平等引向了社会历史领域。

伴随着西方女权主义的传入，这种社会历史领域内的研究更是如火如荼，而其研究的范围更是涉及权力的历史操作、身体的发现与书写、性别的历史建构等传统研究未涉及过的领域。

> 符号学研究的一个原则就是，我们以为属于自然问题的许多东西，实际上都属于文化问题。……这一学科的批评工程的一部分就是一个连续不断的陌生化过程——揭示惯例，发掘代码，这些代码根深蒂固得使我们不会去注意到它们，但是我们却相信，我们穿过它们这些透明体而把握了现实本身。这一过程在我们对自己身体的知觉中，

---

① （清）刘声木撰，刘笃龄点校：《苌楚斋四笔·二女弟子诗》，中华书局1998年版，第857页。
② 谢无量：《中国妇女文学史·绪言》，中华书局1931年版，第1页。

第八章　文体、知识与性别：清代女性散文的社会性研究

比起在其他任何地方都要表现得更重要或更有力。[1]

性别作为一个角度或立场并不是生理意义上的性别（sex），而是社会意义上的性别（gender），也就是说，这种角度并非自然而然地出自女性（female）或男性（male），而是出自对性别的自觉，这自觉包括对自身生理性别的认知和社会界定的性别行为、角色的反思，作为社会的产物的女人（woman）和男人（man），都可以通过这种认知和反思调整自己的性别视角。[2]

这两段话在很大程度上代表了现代性别文学的研究意识。

其实，按照现代性别研究的观点，文体的选择，亦是性别塑造或意识的一种体现。比如，由于明清时代的女性很少有机会参与现实中的政治事件，她们便很少写在现实中有应用意义的章表疏奏等文体。明清两代女性留下的诗、词要以千计数，但散文却很少，便是一个例证。本章便选择几篇以往研究中较少提到的古代女性散文，来印证一下性别研究的理论。中国古代散文的文体界定较为复杂，清代姚鼐的《古文辞类纂》将古文文体分为十三类：论辩、序跋、奏议、书说、赠序、诏令、传状、碑志、杂记、箴铭、颂赞、辞赋和哀祭。本章所说的"散文"，即按姚鼐的分类。

为便于对比，先选两首从男性角度进行"外观"的明代作品——汤显祖的《哭娄江女子二首（并序）》。当年汤显祖的《牡丹亭》成，风靡天下。娄江有女子俞二娘为其所感，十七岁"惋愤而终"，汤显祖闻后为其写下此二诗（并序）。汤显祖鼓吹"至情"，以反对封建礼教，这位至情至性的俞二娘，可以说用生命实践了汤显祖的反抗理论，我们不妨把她当成女性当中具有叛逆精神的那部分吧。

哭娄江女子二首
有序

吴士张元长、许子洽前后来言，娄江女子俞二娘秀慧能文词，未有所适。酷嗜《牡丹亭》传奇，蝇头细字，批注其侧。幽思苦韵，有痛于本词者。十七惋愤而终。元长得其别本寄谢耳伯，来示伤之。

---

[1] ［美］罗伯特·司格勒斯：《符号学与文学》，春风文艺出版社1988年版，第208页。
[2] 陈顺馨：《中国当代文学的叙事与性别·前言》，北京大学出版社1995年版，第1页。

文学史的文本透视

因忆周明行中丞言，向娄江王相国家劝驾，出家乐演此。相国曰："吾老年人，近颇为此曲惆怅！"王宇泰亦云，乃至俞家女子好之至死，情之于人甚哉！

画烛摇金阁，真珠泣绣窗。如何伤此曲，偏只在娄江？（其一）
何自为情死？悲伤必有神。一时文字业，天下有心人。（其二）

汤显祖《牡丹亭》成，一时毁誉皆至。这其中有从艺术角度作出的批评，也有封建卫道士从维护封建道德角度作出的恶意诋毁。对于这些批评或诋毁，汤显祖在当时即以各种方式予以回应或反击。而汤显祖本人的铮铮个性，亦在这些论辩和反击当中表现得一览无余。在所有这些反击当中，上面所录的《哭娄江女子二首》及其序言，无疑是最为高昂的文字。

"画烛摇金阁，真珠泣绣窗。"起首一句兼写俞家二娘居住之所及其形象。绣窗金阁，画烛摇荡，即使作者没有写到俞二娘具体的容貌，我们亦已忍不住将心中最美好的想象赋予她了。而年轻的女子背人独泣，泪如珍珠，更是在一瞬间激起我们心中无限的哀怜。汤显祖与俞氏二娘并不相识，而身处临川的汤显祖更不会想到娄江会有一位十七岁的姑娘因己而死。故在第一首诗的末尾，汤显祖不免发问："如何伤此曲，偏只在娄江？"偏只，在写出惊讶错愕之余，更多的还是表达出一种深深的哀惋。

"何自为情死？"因不识二娘，故有一问。然此一问，又何必作答。"悲伤必有神。"凡天下至情至性之人，盖皆为知己！"一时文字业，天下有心人。"或许正像后来的蒋世铨在他根据此事所创作的《临川梦》剧中所说的那样，娄江俞氏因读《牡丹亭》一曲感伤而死，"虽是赋命不辰"，然终是汤显祖"词章之孽"，故汤显祖亦不免深为自责。这素未谋面的因文字所结下的知己，在九泉之下是爱我恨我，喜我嗔我，迷我怨我，抑或是自有情深，毫不及我？阴阳睽隔，这些问题恐永无答案了。然既同为有情之人，我倒宁愿相信她是知我解我。如果情本是业，就叫这天下所有的有心人共同去承担吧！

汤显祖的《牡丹亭》题词曾经有云："如杜丽娘者，乃可谓之有情人耳。情不知所起，一往而深。生者可以死，死可以生。生而不可与死，死而不可复生者，皆非情之至也。"这娄江的十七岁的俞氏女子已经用她的生命证明了情之至者，生可以死，遗憾的是，她却并不能像杜丽娘那样由死里复生。汤显祖在她生前所作的文字并非专为她而写，而在她死后，这

254

第八章　文体、知识与性别：清代女性散文的社会性研究

专为她作下的文字她却永无缘再见。人生之悲欢错落，令人可叹。

汤显祖的这二首诗固是为哀悼俞二娘而作，然而它更是一篇宣扬"至情论"的战斗檄文。否则，汤显祖也不会特意在序言里加入王锡爵（娄江王相国）的一段话。汤显祖的意思，正是要证明情之动人，不在老幼尔。故此诗之序，断不可与诗分开观。

无论是在序中，还是在诗中，都包含着一个俞二娘的隐约的形象，这在某种程度上恐怕也属于前文所说的，是"作为表现的对象而存在的"的形象。但这个形象，又不是一个完全意义上的文学形象，因为它是和现实中的真实人物对应的。这个半真实、半虚幻的形象，是男性对于女性进行"外观"的产物，但在"至情"的哲学层面上，却又是男女两性融合贯通的结合体。这二首诗和序言虽是出自六十六岁的汤显祖之手，但它却是俞二娘用她十七岁的生命和汤显祖来共同完成的。这是天下有情人的一次联合，是"爱的大纛"（用鲁迅语，下同），也是"憎的丰碑"，是"林中的响箭"，是划过晚明阴暗天空的一道亮丽的光。

看罢一篇"外观"性质的文字，再来看一篇属于女性"自观"的文字。所选为清代顾若璞的《卧月轩稿自序》。顾若璞（1592—1681），字和知，仁和（今属浙江杭州）人。其父顾友白，曾为明上林署丞。其夫黄茂梧，乃明南工部尚书郎黄汝亨之子。茂梧体弱，年三十二而亡，若璞二十八岁就成为孀妇。出于教子之需，若璞广泛阅读各种书籍，学问日进。二子因得其教，皆有所成。入清，东南闺阁诗文之风复盛。钱凤纶等组"蕉园诗社"，名动江南。顾若璞作为长辈，对诗社诸人多有指导和提携，亦足称一时之领袖。顾若璞的诗文集，名《卧月轩稿》，今可见者，有六卷本、三卷本两种。前者为吴应泰的删选本，刻于顺治八年（1651），后者为丁丙重辑本，刻于光绪二十三年（1897）。

卧月轩稿自序

尝读《诗》，知妇人之职，惟酒食是议耳，其敢弄笔墨以与文士争长乎？然物有不平则鸣，自古在昔，如班、左诸淑媛，颇著文章自娱，则彤管与箴管并陈，或亦非分外事也。璞也不才，少不若于母训。笄而执箕帚名门，所惧增羞父母，酒浆组纴，勤不告劳，盖数十年如一日矣。归于东生之岁，君舅谢钟陵令，待命京师。父母故怜爱余，不欲令远方，甥乃就贰室，余得无废膝下欢。而夫子蚤失恃，体

文学史的文本透视

赢弱不胜衣。君舅廉吏,既不事家人生产作业,室中之藏,止书数卷。余脱簪珥,佐鸡窗读,又连不得志于棘闱,愤懑喷血,遂渐不可止。而夫子以罔极恩未报,先得沉疴,益伊壹不乐,日夜攻苦,而神气愈索矣。呜呼,余事夫子,十有三年,强半与药炉为伍。后子女渐长,食费渐繁,未暇覃精文苑,或稍有所诵,钞略不全。闲事咏歌,大抵与东生相对忧苦之所为作也。夫滢云逝,骨铄魂销,帷殡而哭,不如死之久矣,岂能视息人世,复有所谓缘情靡丽之作耶?徒以死节易,守节难,有藐诸孤在,不敢不学古丸熊画荻者,以俟其成。当是时,君舅方督学西江,余复远我父母兄弟,念不稍涉经史,奚以课藐诸孤而俟之成?余日惴惴,惧终负初志,以不得从夫子于九京也。于是酒浆组纴之暇,陈发所藏书,自四子经传,以及《古史鉴》《皇明通纪》《大政记》之属,日夜披览,如不及。二子者,从外傅,入辄令篝灯坐隅,为陈说吾所明。更相率咿吾,至丙夜方罢。顾复乐之,诚不自知其瘁也。日月渐多,闻见与积。圣贤经传,育德洗心,旁及《骚》《雅》词赋,遊焉息焉,冀以自发其哀思,舒其愤闷,幸不底于幽忧之疾。而春鸟秋虫,感时流响,率尔操觚,藏诸笥箧,虽然,亦不平鸣耳,讵敢方古班、左诸淑媛,取邯郸学步之诮耶?年来君舅归老寓林,时令孙辈呈览,蒙赐郢削。余即不慧,异日者,其有一言之几于道乎?题曰《卧月轩稿》,卧月轩者,夫子所尝憩息志思也。天启丙寅春暮,武林未亡人黄顾若璞识。

《名媛词话》曾云:"若璞文多经济大篇,有西京气格。"[1] 盖谓其喜言屯田、河漕、边备等大事,有丈夫气。而这篇序言,实际上交代了顾若璞这种性格和文风形成的原因:"念不稍涉经史,奚以课藐诸孤,而俟之成?"在这里,我们可以清楚地看到女性知识活动与其社会角色的自我认定之间的关系。在顾氏最初的理解里,诗文不过是"不平则鸣"的个人化的产物,至多亦不过是"彤管与箴管并陈"的理想闺阁生活的一个组成部分。但命运的安排以及母亲的职责,却逐渐促使她放弃了这种想法。她读圣贤子史之文,以求育德洗心、经世致用,以教其子;她读诗骚词赋之文,以求发其哀思、抒其愤闷,用以息养身心。诗文变成了她生活中不

---

[1] 徐乃昌:《闺秀词钞》,清刻本,卷四。

第八章 文体、知识与性别：清代女性散文的社会性研究

可或缺的一个部分，人与文学之间，建立起了一种新的关系。

本篇虽只是文集之序言，然颇有自叙传的性质。凡初婚时之恩爱，佐读鸡窗时之柔情，丧夫时之悲酸痛楚，侍亲教子时之劳苦辛勤，乃至学诗习文时的点点心路历程，细细读之，无不历历如在目前，令人感同身受。若璞集中虽有一些类似《草创宗谱置祭田示灿炜两儿》这样的文字，谈论的虽是传统上该由男性处理的现实事务，但并不代表她在意识上超越了其女性身份。她写作这些文字的基本出发点，仍是传统的"女德"。对于理解这一点，这篇序言是一个关键。顾若璞还为其他女性写作过一些传记、寿序、圹志、诔文之类的文字，无不以阐扬女德为要务。这些文字，可以和本篇序言相参看。

与之类似，再选一篇徐叶昭的《妇道》。徐叶昭（1729—?），字克庄，号听松主人，乌程人（今浙江湖州）。父徐绳甲，字烝哉，为康熙五十九年（1720）举人，曾任柘城知县、惠民知县、诸暨教谕等职。夫许尧咨，字师锡，号鹤汀，为海宁诸生。克庄幼受家学影响，对古文颇感兴趣。自言初好二子之书，年二十，则非程、朱不观，以为文以载道，文字徒工无益。后经其父指导，乃取唐宋八大家之书，日夜攻习，渐有所得。徐氏平生所为古文，据其自述，多有言官制、兵制、赋役、催科、礼仪、丧服、贡举、刑书者，惜其在整理文集时，以妇人谈国典为不宜，悉以删去。[1] 今所存《职思斋学文稿》收文仅三十余篇，内容多以宣扬封建妇德为主。正如周作人所言，"著者本来也是很有才情的女子，乃为世俗习气所拘，转入卫道阵营"[2]，良可惜也。任你是怎样的天才，也难以摆脱现实和时代的羁绊，徐叶昭或许算是一个例子。

妇道

妇人之义，从乎夫也。既从乎夫，则当体夫之心，行夫之事。夫之心，孰亲父母为亲？夫之事，孰大事亲为大？然则妇人从夫之道，固莫急于孝舅姑也。故为妇者，务克勤克敬，服劳奉养，以致其孝焉。然徒孝之而不得其道，犹不免所谓养口体，而厌志未安，亦未得

---

[1] 参见（清）徐叶昭《〈职思斋学文稿〉序》，清乾隆什一偶存本。
[2] 周作人：《周作人散文全集·女人的文章》，广西师范大学出版社2009年版，第9册，第285页。

文学史的文本透视

为孝也。观于父母之顺，由于兄弟之翕，不可恍然欤。然则当若何？曰：夫之昆弟暨女兄弟，必也崇恩依义以笃之，谦卑逊顺以睦之。舅姑或德于人而薄于己也，弗争而顺之。倘薄于人而德于己也，必款语以辞之。苟如是也，则妯娌叔妹之心安而和矣。妯娌叔妹之心安，则舅姑之心自安，而妇道尽矣。

本篇《妇道》是《职思斋学文稿》的第二篇，其上为《女道》，谈论为女儿之道，其下又有《母道》《姑道》《继母之道》《正室之道》《主母之道》《妾道》《婢道》等。这些文字，围绕着传统女性可能承担的各种社会角色，系统地阐明了徐叶昭的女性伦理思想。

"妇人之义，从乎夫也。"文章一开首，作者便以不容置疑的口吻，托出了全文的核心观点。"君先而臣从，父先而子从，兄先而弟从，长先而少从，男先而女从，夫先而妇从。夫尊卑先后，天地之行也，故圣人取象焉。"[1] 在古人的观念里，男先而女后，代表的不仅仅是一种社会秩序，它对应的，更是一种宇宙结构。男为阳，女为阴，阳为尊，女为卑，男主外，女主内，故《白虎通德论》又有云："妇人无爵何？阴卑无外事，是以有三从之义。未嫁从父，既嫁从夫，夫死从子。故夫尊于朝，妻荣于室，随夫之行。"[2] 既然在封建时代，这种观念是无法动摇的"通识"，作者便将其作为全文的基础。作者之所以写作《女道》《妇道》等文，除阐发自己个人的思想感悟外，亦颇有代圣人立言、训诫晚辈的意思。训诫晚辈，自不能首鼠两端。这种类似于"直口布袋"[3]的写法，简单有力，既表明了原则立场的坚定，又突显了语气的激切，可谓甚合于这样的写作目的。

以下的议论，则抽丝剥茧，甚得唐宋古文层层铺衍之妙。作者在首肯从夫之后，又提出妻子当"体夫之心"，进而"行夫之事"，这就将夫妻之间身体上的屈从关系转换成了一种心灵上的关系。既然替夫着想，就要替夫分忧。而夫何事最大？自然是孝养父母。这样作者就将中国传统的孝道和"妇道"统一了起来。而孝亲又有"养口体"和"养志"之分。为

---

[1]（宋）吕惠卿：《庄子义集校·天道》，中华书局2009年版，第265页。
[2]（汉）班固：《白虎通德论》，四部丛刊本，卷一。
[3]（清）徐叶昭：《〈职思斋学文稿〉序》，清乾隆什一偶存本。

第八章　文体、知识与性别：清代女性散文的社会性研究

使公婆心情愉悦、厥志得安，又需和丈夫的兄弟姐妹以及妯娌们处好关系，以保证家庭的和睦。这段文字，主要从《孟子》敷衍而来。《孟子·离娄》："孟子曰：'事孰为大？事亲为大。守孰为大？守身为大。不失其身而能事其亲者，吾闻之矣。失其身而能事其亲者，吾未之闻也。……曾子养曾皙，必有酒肉。将彻，必请所与。问有余，必曰有。曾皙死，曾元养曾子，必有酒肉。将彻，不请所与。问有余，曰亡矣。将以复进也。此所谓养口体者也。若曾子，则可谓养志也。事亲若曾子者可也。'"① 孟子说的，主要是"养口体"和"养志"之别，但作者却对其进行了引申发挥，将其扩大到了兄弟妯娌乃至整个家庭之间，亦称得上"王言如丝，其出如纶"② 了。

本文虽属说教，但因其所述基本是建立在日常人情的基础之上，故读来并不使人十分反感。相对于那些喜欢标举性灵、炫才逞物的女性作家来说，徐叶昭代表了另一极端。但像她这样的作家，在有清一代，亦不属少数。她在选编文集的时候，将大量涉及历史与现实的文章统统删去，这虽然多出于主观，但也或多或少地反映了当时女性文集刊刻与传播的历史氛围。

二　知识结构与文体选择：以赵棻和高景芳为例

清代女性之文，在文体的选择上，和前代并无大异，仍以赋、序、传、论、书信、杂记等为主，但在内容和风格上，则又因时、因人而异。如明末清初之柳如是，因其身处于明清异代的大变局中，而又身负传奇之经历、异禀之天赋，故其无论诗、词、文，皆能超越流俗，成一时之冠。其尺牍，格调清雅，情味悠长，"有六朝江鲍遗风"（《神释堂诗话》）；其赋，如《秋思赋》《男洛神赋》等，规模汉魏，或拟或反，无不敷陈博丽，婉恻弥深，深得骚人之致。此虽为女性作品，但即使放在男性作品间，亦未可作雌伏之状，确"亦鬓笄之异致"（《神释堂诗话》）。

顺、康以后，社会渐趋稳定，而闺防日谨，女性再不能如柳如是般在

---

① （战国）孟轲：《孟子·离娄》，四部丛刊本，卷七。
② （元）吴澄：《礼记纂言·缁衣》，清文渊阁四库全书本，卷三十三。

259

文学史的文本透视

社会上随意出入。其时作家,多出身于仕宦之族或是文化世家,受其身份以及所受教育的影响,其文风也渐趋保守,而其创作的内容,亦多回归到了家庭的框架之内。其祭人、记传之文,如高景芳之《祭母夫人文》、徐叶昭之《夫子鹤汀先生述》、王照圆之《记从表妹林氏遗事》,其书信应答之文,如贺双卿之《与舅氏书》、甘立媃之《慰次女书》、沈彩之《与汪映辉夫人论诗书》,其序跋之文,如骆绮兰之《听秋轩闺中同人集诗序》、曹贞秀之《从妹琼娟诗序》、王贞仪之《周夫人诗集序》,其杂记之文,如张令仪之《蠹窗小记》、梁德绳之《乙未纪事》、赵棻之《先司农椰子数珠记》以及其他等,虽文体各异,但几乎无不以家庭为核心而展开。这些文字,在向外界展现了闺房生活不同的文化侧面的同时,也反映了既有的社会角色定位对于女性的种种限制。由于无法参与社会政治生活,同时又受到自身阅历的限制,女性作家很难写出那种真正的"宏深博雅"的"古文"。即使偶尔写出像《介之推不受禄》(陈尔士)这样的史论文章,其论点也不大可能违背"君贤臣忠"之类的既有俗套。于是,既能"铺采摛华"又能"兼比兴之义"的"赋",便成了女性作家在诗、词之外驰骋才情、寄托遐思的最佳文体。赋体之文,虽然容易受到题目的牵制,但因其重点本在铺陈比事、引喻推类,故使得作者可以利用"知识"来弥补生活经验的不足。又因其在内容上允许进行一定程度的虚构,就又为作者们借助虚拟的情境来表达个人深隐的情感创造了条件。如高景芳的《美人临镜赋》,便是通过对一个虚构的华贵美人的描写,表现了自己闺阁生活中的一段"绮思"。又如程芙亭的《贾宝玉祭芙蓉女儿赋》《林黛玉葬花赋》,便是借助对小说情节的敷衍发挥,表达了一种对于"生命无凭""真情难久"的幽怨。虽然这种"绮思"或是"幽怨"本身亦可能是"为文而文"的结果,但其至少使女性作家暂时性地摆脱了其道德身份。清代女性诸体文学之中,除诗、词外,就属赋体文学成就最高,其中不无道理。而除了赋体之外,明清的女性作家还创作了不少骈文。这些骈文文采流丽,很能显现出作家的灵性天赋。由于骈文和赋体创作都需要大量地运用典故,因此,对这些文体进行分析,很能显示出相关作家的知识结构。不同的知识来源和知识结构,其实和性别的社会角色亦有很大关系。举二篇文字,以作说明。先是赵棻的《张母王太孺人六十寿序》。赵棻(1788—1856),字仪姞,一字子逸,号次鸿,晚号善约老人,上海人。父赵秉冲,乾隆壬寅(1782)钦赐举人,曾任户部右侍郎、南

第八章 文体、知识与性别：清代女性散文的社会性研究

书房行走等职。夫汪延泽，乌程（今属浙江湖州）人，候选批验所大使，敕授儒林郎。子汪曰桢，乃清代著名史学家、数学家。赵氏、汪氏均为当时东南一带颇有影响的文化家族，家中才子、才女辈出，赵棻即是其中的一个。赵棻幼能诗词，及长，又能为古文及骈体。尤喜读《通鉴》，论史事多特识，议论出人意表。曾评注明代温璜所纂之《温氏母训》，每举以教人。其课子，则常勖以求根柢、近耆旧，极重"门内之行"。[①] 诗文集名《滤月轩集》，计七卷，系由其子曰桢删编而成。

张母王太孺人[1]六十寿序

夫衍曼[2]龄者，匪假猩豹[3]之供；享洪算[4]者，无取丹石之饵。其必贞操独抱，德性坚持，靡丽不易其心，艰难弗渝其节，凌霄之干，视秾艳而皆空，款冬[5]之花，历冰霜而愈茂，如张母王太孺人者，尤可见其静以葆真，厚能载福焉。太孺人系出明沅江令鹿柴公[6]后，而寒香先生[7]之长女也。即其绮岁[8]，早著芳型，绸直[9]表躬，婉娩[10]听教，容不施膏泽，体不被纨罗，尽屏华镫[11]之饰，自守茹藘[12]之表，固已人羡间姻[13]，诗歌尹吉[14]矣。迨归于瘦峰先生[15]，偕隐风高，如宾敬起，百城[16]坐拥，可辞执珪之荣，一镫销寒，无忘辟纑[17]之业，嘻嚻不闻于户外，簧翿[18]自乐于房中。尸祭必斋，孝养尤谨。湘之釜锜[19]，萍藻流馨；调以滑甘[20]，羹汤谐性[21]。每值莺含果熟，鱼鲙鲜烹，笾豆致其静嘉[22]，色容将以愉婉[23]，洞洞[24]乎敬，翆翆[25]其诚。即至馈讲[26]开筵，留宾具馔[27]，而情殷维絷[28]，剉荐能甘，耻及瓶罍[29]，拔钗无吝，虽古贤媛，何以加兹。泊乎黄鹄歌成，青鸾镜拚[30]，悯孤子之当室，为健妇之持门[31]。量鼓[32]亲操，篓纬自恤[33]。奴耕婢织，同分晓夜之勤；女布男钱，取办咄嗟[34]之顷。娣姒交赞，族鄽咸称。其教子家塾，启楣[35]授书，折荚[36]著戒，择仁而处，邻无惮于三迁，见贤思齐，游不远于百里，卒能英华焕发，文藻滂流，学有师承，时无侪偶。著述甚富，逾于簪缨之华；婴婉[37]为欢，胜于鼎俎[38]之养。推其儒术之所自，实本母训之义方[39]。至若宽以待人，俭以处己，笑言哑哑，一室生春，燔炙纷纷，百钱慎费，而邪蒿缺袿[40]，必严非礼之防，

[①] 参见（清）官修《（同治）湖州府志》，清同治十三年刻本，卷八十一。

文学史的文本透视

仁粟义浆，无倦好施之意，大节细行，俱靡间焉。今年九月，为太孺人六十生辰，家鼒将称鞠跽[41]之觞，以介蘐闱[42]之寿。太孺人恐多杀生物，坚执不允，而独远通绮札[43]，下索徽音[44]。嫔则素钦[45]，颂辞无忝[46]。遥忆登高节近，舞彩衣新，盘饤狮糕[47]，弦调凤轸，人因祝嘏，聚九日之冠裳，天为开樽，歇满城之风雨，更必身膺蕃祉[48]，篆注长生。色醉丹枫，浓映恒春之树；英餐黄菊，香添益寿之杯。

注释：

[1] 张母王太孺人：即张家鼒之母。鼒字调甫，一字梅生，江苏华亭人，有《曼陀罗馆诗钞》（据《晚晴簃诗汇》卷一百五十二，民国退耕堂刻本）。孺人，明清时七品官的母亲或妻子的封号，亦可通用为妇人之尊称。

[2] 曼：长。

[3] 猩豹：猩猩的嘴唇与豹的胎盘，借以指珍贵的菜肴。

[4] 洪算：谓年岁长久。

[5] 款冬：犹凌冬。

[6] 鹿柴公：即王廷宰。字毘翁，号鹿柴，华亭人。补嘉兴县学生，以贡任六安儒学教谕，迁沅江知县，有《纬萧斋集》（据朱彝尊《静志居诗话》卷十九，清嘉庆扶荔山房刻本）。

[7] 寒香先生：姓名生平失考。清彭蕴璨《历代画史汇传》（清道光刻本）卷二十九引《墨香居画识》记有王步蟾一人，谓字寒香，为华亭诸生，山水得家法，或即此人。

[8] 绮岁：指少年时。

[9] 绸直：密而直。绸，通"稠"。《诗·小雅·都人士》："彼君子女，绸直如发。"郑玄笺："其情性密致，操行正直，如发之本末无隆杀也。"隆杀，指分出尊卑高下。

[10] 婉娩（wǎn）：柔顺貌。《礼记·内则》："女子十年不出，姆教婉娩听从。"郑玄注："婉谓言语也，娩之言媚也，媚谓容貌也。"

[11] 鑈（niè）：同"钀"，指头上的垂饰。王粲《七释》："戴明中之羽雀，离华鑈之葳蕤。"

第八章 文体、知识与性别:清代女性散文的社会性研究

[12] 茹藘:即茜草,其根可作绛红色染料。《诗·郑风·出其东门》:"缟衣茹藘,聊可与娱。"毛传:"茹藘,茅蒐之染女服也。"

[13] 间娰:即间妹,传为春秋战国时梁王魏罃之美人。

[14] 尹吉:语出《诗·小雅·都人士》:"彼君子女,谓之尹吉。"郑玄笺曰:"吉,读为姞。尹氏,姞氏,周之昏姻旧姓也。人见都人之家女,咸谓尹氏、姞氏之女,言有礼法。"

[15] 瘦峰先生:即张家藨父张振凡。凡字翘彦,号瘦峰,有《大吉羊室遗稿》(据《晚晴簃诗汇》卷一百四十一)。

[16] 百城:代指藏书。《魏书·逸士传·李谧》:"丈夫拥书万卷,何假南面百城。"

[17] 辟(bì)纑:绩麻和练麻,谓治麻纺织。《孟子·滕文公下》:"曰:'是何伤哉。彼身织屦,妻辟纑,以易之也。'"赵岐注:"缉绩其麻曰辟,练其麻曰纑,故曰辟纑。"

[18] 簧翿(dào):语出《诗·王风·君子阳阳》:"君子阳阳,左执簧,右招我由房。其乐只且!君子陶陶,左执翿,右招我由敖。其乐只且!"簧,吹奏乐器。翿,即纛,上以羽毛为饰的旗,古代乐舞者执之以舞。

[19] 湘:烹煮。锜(qí)、釜皆炊具。《诗·召南·采苹》:"于以湘之,维锜及釜。"毛传:"锜,釜属。有足曰锜,无足曰釜。"朱熹集传:"湘,烹也。"

[20] 滑甘:指给菜肴调味的佐料。《周礼·天官·食医》:"凡和,春多酸,夏多苦,秋多辛,冬多咸,调以滑甘。"

[21] 谙性:谓熟知公婆的口味。唐王建《新嫁娘词》:"未谙姑食性,先遣小姑尝。"

[22] 静嘉:洁净美好。《诗·大雅·既醉》:"其告维何,笾豆静嘉。"郑玄笺:"笾豆之物,絜清而美,政平气和所致故也。"

[23] 愉婉:欢悦和顺。

[24] 洞洞:恭敬虔诚貌。《礼记·礼器》:"卿大夫从君,命妇从夫人,洞洞乎其敬也,属属乎其忠也。"

[25] 毣(mù)毣:谨愿貌。《汉书·鲍宣传》:"愿赐数刻之间,极竭毣毣之思,退入三泉,死亡所恨。"颜师古注:"毣,音沐。沐沐,犹蒙蒙也。如淳曰:谨愿之貌。"

※ 文学史的文本透视

[26] 餪（nuǎn）：女嫁后三日，亲友馈送食物或办酒宴庆贺，曰餪女。《广韵》："女嫁三日送食曰餪。"又泛指喜庆事前所办之宴会。

[27] 留宾具馔：此用晋陶侃母湛氏与周顗母络秀事。《晋书·列女传·陶侃母湛氏》："陶侃母湛氏，豫章新淦人也。……鄱阳孝廉范逵寓宿于侃，时大雪，湛氏乃彻所卧新荐，自剉给其马。又密截发卖与邻人，供肴馔。"又《晋书·列女传·周顗母李氏》："周顗母李氏，字络秀，汝南人也。少时在室，顗父浚为安东将军，时尝出猎，遇雨，过止络秀之家。会其父兄不在，络秀闻浚至，与一婢于内宰猪羊，具数十人之馔，甚精办而不闻人声。浚怪，使觇之，独见一女子甚美，浚因求为妾。"

[28] 维絷（zhí）：系缚，此指系住客人之马，留客之意。《诗·小雅·白驹》："皎皎白驹，食我场苗，絷之维之，以永今朝。"

[29] 耻及瓶罍：语出《诗·小雅·蓼莪》："瓶之罄矣，维罍之耻"。原诗为嗟叹不能养父母，此但用字面意，谓家贫以至瓶罍罄尽。

[30] 黄鹄歌：用陶婴事。陶婴者，鲁陶门之女也，少而寡，自养幼孤。鲁人或闻其义，将求焉，婴闻之，作黄鹄之歌以明不嫁之意。事见《列女传·鲁寡陶婴》。

青鸾镜：指妆镜。《异苑》卷三："罽宾国王买得一鸾，欲其鸣，不可致。饰金繁，飨珍羞，对之愈戚，三年不鸣。夫人曰：'尝闻鸾见类则鸣，何不悬镜照之？'王从其言，鸾睹影，悲鸣冲霄，一奋而绝。"

黄鹄歌成，青鸾镜拚，皆谓丧夫之意。

[31] 健妇之持门：此用古乐府诗句。《玉台新咏》卷一《陇西行》："健妇持门户，胜一大丈夫。"

[32] 量鼓：古量器名。《礼记·曲礼上》："献粟者执右契；献米者操量鼓。"

[33] 嫠纬自恤：嫠，寡妇。纬，织物的横线。《左传·昭公二十四年》："嫠不恤其纬，而忧宗周之陨。"谓寡妇不忧其纬少，而恐国亡祸及于己。此反用《左传》之意。

[34] 咄嗟：叹息声。叹息之间，此形容迅速，时间短。

[35] 启楹：谓打开房楹。《晏子春秋·杂下三十》："晏子病，

第八章 文体、知识与性别:清代女性散文的社会性研究

将死,凿楹纳书焉,谓其妻曰:'楹语也,子壮而示之。'"

[36] 折葼(zōng):折断枝条。《方言》第二:"木细枝谓之杪……青、齐、兖、冀之间谓之葼……故《传》曰:'慈母之怒子也,虽折葼笞之,其惠存焉。'"

[37] 嫛(yī)婗(ní):代指婴儿。《释名·释长幼》:"人始生曰婴儿……或曰嫛婗。嫛,是也,言是人也。婗,其啼声也。故因以名之也。"

[38] 鼎俎:鼎和俎。古代祭祀、燕飨时用以盛食物的礼器。

[39] 义方:行事规范和准则。《逸周书·官人》:"省其居处,观其义方。"

[40] 邪蒿:植物名,古以为蔬。此代指奸邪之人或不好之事。《太平御览》卷九百八十:"《北齐书》曰:刑峙字士俊,以经授皇太子。厨宰进太子食,有菜曰'邪蒿',令去之,曰:'此菜有不正之名,非殿下所宜食。'显宗闻而嘉之。"

缺衽:谓衣成有意缺襟,示有缺陷,以教人谦逊不自满。《韩诗外传》卷三:"衣成则必缺衽,宫成则必缺隅。"宋晏殊《谢昇王记室表》:"衣存缺衽,式赞于谦冲;馔去邪蒿,不忘于规谏。"

[41] 鞠跽:弯腰跪着,恭谨貌。《史记·淳于髡传》:"若亲有严客,髡帣韝鞠跽,侍酒于前,时赐余沥,奉觞上寿,数起,饮不过二斗径醉矣。"

[42] 蘐(xuān)闱:蘐,同"萱"。蘐闱,借以指母亲。

[43] 绮札:词藻华丽之书信。

[44] 徽言:美言。

[45] 嫔则素钦:事出《尚书·尧典》:"厘降二女于妫汭,嫔于虞。帝曰:'钦哉!'"嫔,此处指尽妇道。

[46] 忝:羞辱。

[47] 饤:堆放食物。《岁时广记》卷三十四引《东京梦华录》:"都人重九前一二日,各以粉面蒸糕,更相遗送。上插剪彩小旗,掺饤果实……又以粉作狮子蛮王之状,置糕于上,谓之狮蛮糕。"

[48] 蕃祉:多福之意。蕃,多;祉,福。

通过分析注释中所注出的用语的出处,我们可以发现赵棻使用最多的

265

文学史的文本透视

乃是《诗经》中的词汇，其次则是正史中记载的一些典故，再次是与《礼》有关的一些用语（典故），最后才是一些其他总集或类书中记录的典故或素材。总而言之，赵棻的知识来源，主要还是社会上一些正统的和主流的书籍，属于偏门野史的内容比较少。这在某种程度上反映了当时女性所具有的普遍的知识结构。以下是对其写作技巧的分析。

祝寿之文，自宋后盛行。至明代陶安，始将寿文收入文集，此为寿文入个人文集之始。至归有光，其文益多。[①] 对于那些以气节自许的正统的男性文人而言，由于寿文并非纯粹意义上的古文，且易涉阿谀之嫌，故往往不愿为之。但对于女性作家来说，由于这种文体更贴近日常生活，且有助于拓宽交际的范围，故进行创作的反而不少。明清之际的女性文集中，很多都收有这类文字。

寿序之文，多用传记之法，以借祝寿之机，对被祝者一生的行为和功业作出总结和揄扬。但始写之时，又不可直接入传。文章之首，常需引贤圣之言，又或要牵依经史，要之，总要为自己的陈述建立起一种宏大的叙事背景。唯其如此，方能增重其言，提升命意。本文之首，紧扣"曼龄"与"德性"之间的关系展开论述，指出长寿与否和锦衣玉食以及炼丹服药无关，而唯有"静"方能"葆真"，唯有"厚"方能"载福"。此由一种宏观价值写入，既不违寿序写作的一般原则，又能脱寻常之窠臼，赋中带比，述中夹赞，显得颇具匠心。其下"即其绮岁"等，是写王太孺人身处闺中之时，侧重写其绸直温顺，不慕虚荣，而能清洁自守。"怠归于瘦峰先生"以下，是写王太孺人婚后之生活。侧重写其敬夫孝亲，勤劳谦逊，待人真诚慷慨。"洎乎黄鹄歌成"之下，是写王太孺人丧夫之后的孀居生活。侧重写其立志坚贞，勤勉教子，而终有所成。"至若"以下数句，既是对上文的拓展，又是对上文内容的总结。从渲染铺叙，又回到祝寿的主题，就笔法上论，是终上而启下。文章最终以对祝嘏活动的想象作结，既写到了家鑫对母之孝，又写到了太孺人不忍伤生的善良。因时在九月，又穿插了对于重九风俗的描写，在借节日渲染气氛的同时，又延长了文章的余味。

由待字闺中到嫁为人妻，再到身为人母，即使其中有一些属于个人的爱恨悲欢，但王太孺人一生走过的程序，和大多数的女性并无不同。或许

[①] 参见（清）俞樾《九九销夏录·寿文入集》，中华书局1995年版，第72页。

第八章 文体、知识与性别：清代女性散文的社会性研究

是因王太孺人的人生中本来就乏精彩可陈，也或许是因赵菜跟王太孺人本就不太熟悉，这篇寿序中缺少一种对于具体事件的细节描写，这就难免使文章显得有些空洞。作者的挽救之法，是用文辞丽藻和历史典故来对其进行充实和掩饰。作者在寿序中使用了大量的骈偶句，其精美的形式多少削弱了读者对于文章内容的关注。与此同时，作者又使用了大量的典故，做到了几乎句句用典，这就在现实和历史之间建立起了一种一对多的类拟关系。通过这种类拟，作者用历史的多意性取代了现实的贫瘠性。作者所用之典，多出自《诗经》《周礼》《列女传》等书，这些典故多出于唐宋之前，故用起来可使文章颇显古雅。太古则易板滞，作者又用骈句和散句对其进行调剂，使之复带灵动之气。清何雍南有言："寿言非古也，文章家每鄙夷之。不知志铭传记，皆古体也。不善为之，胥成俗下文字。善为之，安见寿序之不可为古文乎？必力汰其谀美之词而后可。"① 此文虽非绝对意义上的"古文"，但却用对社会公认价值的歌颂，取代了对某个人的"谀美"。从这一点论，作者亦可谓"善为"寿序者了。

再选一首高景芳的《美人临镜赋》。高景芳的出身生平已见前述。作为一位上层女性，高景芳的赋作中存在着很多歌颂所谓盛世的作品。如她所作的《升平烟火赋》，有句云："吾皇至治，合于天道。丰功伟烈，照耀寰中。端委垂裳，超轶象表。是以睹兹升平之盛事，益知帝德之难名。"② 又如《灯月交辉赋》，末尾有歌云："天有情兮月初盈，人有情兮灯共明。合上下而交辉，维此元宵为不夜之城。士与女以偕乐兮，颂皇王之太平。"其意皆在替统治者歌咏升平。高景芳的弟弟高钦曾为景芳的文集作序，其语云：

> 从来闺阁才人，自曹大家而后，习见习闻者，晋则有卫、谢两夫人，唐则有宋若宪姊妹，然此数人者名固甚著，求其全稿，概未之有见。他如上官昭容、李易安辈，纵声称藉藉，而又品不足取。自是以外，几于邻下无讥矣。不谓一门之内乃有吾姊，吾姊著述之富，辞章之妙，不惟可使卫、谢、诸宋避席，其卓识定见，足以直接班姬，不

---

① （清）吴肃公：《街南文集·〈余翁八十序〉评》，清康熙二十八年吴承励刻本，卷十三。
② （清）高景芳：《红雪轩稿》，清康熙五十八年刻本。本章所引之高氏作品及文集序言均出此本，下不出注。

> 诚巾帼中之隽伟者欤?……惜吾姊负如此才华,终不能踰壶阃以鼓吹休明,仅仅频首绿窗,寄兴翰墨,不慕为之扼腕乎?然以闺房之秀,为勋侯俪,不惟荣膺一品之封,而两次朝见三宫,再承恩赐,前后稠叠,其章服簪珥之盛,照耀今古,不可不谓际遇之有独隆者也。且集中篇什,无非哀慕父母、致思兄弟之作,语语皆从性灵中流出,若留连景光,适兴花鸟,不过偶见一二,殆所云得风雅之至正者乎?

可见逾越闺壸,替皇朝鼓吹休明,正是这类家庭出身的文化女性的最高理想。而在无法改变自己女性身份的情况下,这类女性至少亦应做到谨守闺阁风雅之正,少做流连光景的适兴之作——至少,在同样家庭出身的男性看来是如此。

然而,尽管其弟将景芳比作了曾经作过《女诫》的曹大家,尽管景芳本身亦会受到种种闺阁教条的束缚,也不意味着景芳会完全放弃其思想上的自由。这种自由的思想,有时会寄托于遣兴咏物之诗中,偶尔,也会以闺中的一段遐思作为体现。比如她的《美人临镜赋》,记录的便是闺阁生活中的一段自由遐想。

美人临镜赋

> 若夫金屋深沉,绮窗闲雅,香烬鸭炉[1],霜销鸳瓦。緤[2]帐低垂,帘衣密下。梦迷离而半醒,灯明灭以将灺[3]。晓钟已停,玉漏罢泻。于是绣被不温,晨光渐曒。星星倦眼,渺渺春魂。衣将披而未起,声欲发而还吞。架上裙拖,命双鬟之徐整;枕函钗坠,令小玉以潜扪。发晞膏沐,脸余睡痕,眉山蹙翠,鞋弓褪跟。爰褰帏以下床,亦拥髻而临轩。则有青衣捧盆,绿珠执帨[4]。口脂面药[5],以供澡靧[6];理玉进金,以献环珮。妆阁既启,侍御成队。乃奉簪珥,乃陈粉黛。扰扰绿云,煌煌珠翠。匣镜初开,月光露胐[7];清辉忽满,魄圆水汇。有美一人,俨然相对。爰见眸澄点漆,腕现凝酥,青丝理发,白雪呈肤。先之以犀篦,继之以牙梳。载掠载刷,不疾不徐。妆成回顾,容华烨如[8]。芳心未慊,引镜踌躇。乍窥鬓影,旋拭唇朱。既上整乎花钿,复中饰其衣襦。背照才明,鉴看双举。肩斜似斛,袖或单舒。夷光[9]之坐映耶溪,未归吴国;甄后之行来洛浦,独怆陈思。藉不律之采藻,为临镜之瑰词。乃为之歌曰:镜中人兮台畔姝,

第八章 文体、知识与性别:清代女性散文的社会性研究

外与内兮无殊形。对影而欲呼兮,口将言而啜嚅。恐无情之不我应兮,终以礼而自持。

注释:

[1] 鸭炉:鸭状的熏炉。
[2] 黼(fǔ):绣。
[3] 炧(xiè):灯烛或香火等熄灭。
[4] 帨(shuì):巾帕。
[5] 面药:预防面部皮肤皲裂的药膏。
[6] 靧(huì):洗面。
[7] 朏(fěi):月初现貌。
[8] 烨如:光彩鲜明貌。
[9] 夷光:即西施。

赋的开首,先从外部环境写起。"金屋深沉,绮窗闲雅",在调配色彩的同时,也暗示了主人公的身份。其后再进一步推进,"黼帐低垂,簾衣密下",由金屋鸳瓦聚焦到睡帐,再由此写到帐中将醒未醒之人。其写法,恰如电影中远景、中景与近景的切换。"绣被不温"写的是体感,也暗寓了一种孤独之意。其下"星星倦眼""脸余睡痕"等,是对帐中人物神情样貌的具体刻画。或许是因为早起,血脉未舒,故脸上还印着枕痕。这种描写很容易令人联想到梁简文帝的《咏内人昼眠》:"簟文生玉腕,香汗浸红纱。"[1] 所不同者,一写脸一写腕而已。

"爰搴帷以下床"以下,是写帐中人出帐梳妆之情形。帐中人终于走出了帐外,而青衣双鬟罗列而进,捧盆执帨,理玉进金,至此,作者又为我们提供了一幅女性的群像。人物虽然众多,但因其均是为服侍主人公而来,故无喧宾夺主之虞,而有众星捧月之效。

"匣镜初开,月光露朏;清辉忽满,魄圆水汇。"用两对句写开镜之情形。"露朏"句是写镜半开,形如新月。而"魄圆"句,则是写妆镜开圆。作者对光线的捕捉十分到位,极富视觉感。至此以下,是扣标题中的"临镜"二字。美人对镜梳妆,不疾不徐,颇具雍容之态。而整个化妆过

---

[1] (清)吴兆宜:《玉台新咏笺注》,中华书局1985年版,第314页。

程，亦是分成两个阶段：先是"妆成回顾，荣华烨如"，但忽又"芳心未慊"，觉得哪里有些不妥，故又对镜细看，上整花钿，中饰衣襦。以下"夷光之坐映耶溪""甄后之行来洛浦"云云，是写妆成后整体之态。无论是夷光还是甄后，无论其爱情最终是喜剧还是悲剧，她们都有着爱慕之人。由此，作者又写到"美人"的内心。镜畔之人，颜色如花，内外兼美，但惜无其匹，故作者又为其设计了一位追求者："对影而欲呼兮，口将言而嗫嚅。"这位追求者虽对美人有爱慕之意，但其又是怯弱的。"恐无情之不我应"，故也只好"终以礼而自持"。最后的这首歌虽是模拟第三者而作，但其实却是"美人"自身情感的外化。

《文心雕龙·诠赋》有云："赋者，铺也。铺采摛文，体物写志也。"又云："赋自诗出，分歧异派。写物图貌，蔚似雕画。"① 就"铺采摛文"这一点而论，女作家的赋可能往往做不到男作家那样宏富。但若论起"写物图貌，蔚似雕画"，女作家则至少不在男作家之下。女性细腻的心思，以及更易感的性格，使得她们很适合去创作这类"体物写志"的文字。女性作家的诗歌和辞赋，在审美上往往有着很强的同质性，这或许从另一侧面印证了"赋自诗出"这一命题。高景芳的这篇《美人临镜赋》，无论是在描写的方式上，还是在使用的词语上，都能看到南朝宫体诗的影子。所谓的"丽藻瑰词，络绎奔赴"（景芳弟高钦评语），实际上也是南朝文学的一个特征。

讲求"丽藻瑰词"，多多少少有些违背了高钦"得风雅之至正"的原则。而景芳之所以能够如此而不失身份，乃是因其巧妙地借助了既有的文学传统。咏美人的辞赋古来多矣，其大多数都套用了一个"佳人信修"，但"习礼而明义"的套路。积习见久，它就成了此类文体写作的合法路数。景芳模此，故可借文学之名行自由之想了。此亦可谓"因雅体而寄闺思"了。"恐无情之不我应兮"，这是遐想，暗示了赋作的虚拟性；"终以礼而自持"，这是由遐思回到了闺壸的现实之内，可谓"发乎情而止乎礼义"。

综观景芳之诗词文赋，实还是以法式善《八旗诗话》中的评价较为中肯："高景芳……以小赋为第一，诗余次之。诗则五古、七古，属辞比事，得风人之旨。近体咏物之诗太多，即俊语层见，大半有句无章。然昔

---

① （清）黄叔琳：《文心雕龙辑注》，清文渊阁四库全书本，卷二。

人评赵文俶尽无巾帼气，若景芳之诗，其亦卓然自立者与？"[①]

三 身体、服饰与女权：以骆树英为例

清代同、光以后，民智日开，女性散文亦出现了一些新的变化。其中最为突出的一点，便是世界意识、国家意识和女权意识的兴起。譬如，裘凌仙以一女子之身，先后作《海参崴形势考》《重申海参崴形势说》，反复申论东部边疆之国际形势；薛绍徽作《外国列女传序》《八十日环游记序》，在传统的知识框架内对东西世界作出想象和描述；骆树英作《女主治国论》《弥勒约翰倡女权论》《论女子装饰之害》，倡男女平等之说，此皆以往的女性散文中不曾有者。这些文章，虽然在形式上还带着很多传统论说文的痕迹，但在思想上，则已可和女性散文下一阶段的发展相衔接了。现代女性的解放，是伴随着身体权的伸张而展开的。从拒绝缠足到拒绝修饰，这其中不仅包含着现代女性对于自己身体的重新认识，亦体现着女性对于社会权的新主张。兹选清末骆树英的《论女子装饰之害》作一示例。骆树英（1889—1907），字予毅，浙江诸暨人。父廷杨，字联洲，以诸生设帐教徒。树英幼以孝闻，随母田氏学习《孝经》《论语》等书，无不通晓。稍长，入杭州学堂，学习书算、英文、测绘之学，亦称翘楚。暇时，则喜效经生，作经义史论之文。1906年，在袁世凯等人的推动之下，北洋女子师范学堂在天津成立。骆树英随父北上，以面试第一的成绩考入该校，一时才名籍甚。然不过数月，忽然染病，不数日而殁，年方一十九岁。其殁后，其宗伯兄江苏候补知府骆腾衢以及会稽县附生马浮分别为其作了传，又有时任太子少保军机大臣外务部尚书的袁世凯为其撰写墓志铭，诗文并得以结集出版，由蒋麟振作序，对于一个十九岁的少女而言，亦可谓极备哀荣。

论女子装饰之害

中国女子，或施脂傅粉，或穿耳缠足，或着华丽之衣服，或御贵重之钗环，无不以装身饰容，为时俗观瞻，不知形态之美丑，固不在

[①] （清）法式善：《八旗诗话》，清稿本。

文学史的文本透视

装饰不装饰也。美者，不装饰亦美，丑者，虽装饰亦丑，则装饰者何如不装饰者之为愈也。不有脂粉赤白之污，不有刖耳刖足之苦，不有珠珥重坠之患，并不有衣服宽窄修短之憎，天然出真相，秋水出芙蓉，岂不便甚，岂不快甚！谁知世俗女子，积习难返，以为非装吾身，不足以增吾之妍，非饰吾容，不足以眩人之目，遂至费心尽力，挖云镂月，"花样翻新"，为无所不至之设想。试思无所不至之设想，果有益于身心，有益于卫生否乎？兹则本为求荣者，而反以致辱，本为求媚者，而反以滋丑焉。抑何必也！曷若保此父母之遗体，无为此美观之情状，致令秽臭其血肉、残缺其肢体者之脱此无量苦海哉！今观泰西各国女子，均无甚装饰，逍遥自在，得与男子并立、并权。吾中国二百余兆同胞之女子，苟去故辙，而亦效法泰西，虽迩日为男子降服，事事听命于男子，异日安知不蒸蒸日上，化野蛮之时代而为文明之时代哉？若是，不特一世之女子可以脱此害，即万世之女子亦可以脱此害矣，不几为女子极乐之世界也哉？吾为女子幸，吾尤为女子望矣！

在中国的文化传统中，对于衣衫服饰，始终包含着两种相反的态度。一种态度，认为衣裳服饰不可无。比如孔子就曾说过："君子不可以不学，见人不可以不饰。不饰无貌，无貌不敬，不敬无礼，无礼不立。"[1] 另一种观点，则认为衣衫服饰恰是淫佚之源。刘向《说苑》卷二十："魏文侯问李克曰：'刑罚之原安生？'李克曰：'生于奸邪淫泆之行。……男女饰美以相矜，而能无淫泆者，未尝有也。"[2] 而一旦这个问题牵涉女性，就变得更为复杂。《礼记·檀弓下》："敬姜曰：'妇人不饰，不敢见舅姑。'"[3] 傅玄《傅子·校工篇》："天下害莫甚于女饰。上之人不节其耳目之欲，殚生民之巧以极天下之变。一首之饰，盈千金之资；婢妾之服，兼四海之珍。纵欲者无穷，用欲者有尽。以有尽之力逞无穷之欲，此汉灵之所以失其民也。"[4] 不饰则无礼，无礼则不立；饰则骄奢淫佚，淫佚则失天下。这样的论述，谈论的多半还是一种服饰与社会的宏观关系。而有

---

[1] 据（清）皮锡瑞《尚书大传疏证》所引之《孔子集语》。（清）皮锡瑞：《皮锡瑞全集·尚书大传疏证》，中华书局2015年版，第1册，第336页。
[2] （汉）刘向：《说苑》，四部丛刊本，卷二十。
[3] 据王文锦《礼记译解·檀弓下》，中华书局2016年版，第137页。
[4] （晋）傅玄：《傅子·校工篇》，清武英殿聚珍版丛书本。

第八章 文体、知识与性别:清代女性散文的社会性研究

时,这种谈论也会被引向一种个人化的道德关系。高一志《齐家西学》卷一《齐夫妇》第七章《妇箴》:"又有智士曰:'贤妇专于内饰,不暇外饰,正以无饰为饰也。'或问于贤妇曰:'贵室之妇,多佩珍香,汝独否,何也?'答曰:'无香,正为贞妇之香。'旨哉言与!然女势不等,相宜之饰,亦不可废,取其宜,存其体,顺其夫,非特不伤义损贞,尚有益于内知也。儒理亚廉王之女,婚夕,斥文绣不御,次日乃盛饰。父问故,对曰:'昨悦父目,今悦夫目矣。然夫之智者,所责于妻,非衣之华,惟德之美耳。'盖凡妇女饰于外,必荒于内也。"① "外饰"的对立物变成了"内德","圣贤"们因此完成了对于女性心灵的"规训"。高一志(1566—1640)本为意大利耶稣会士,于明万历年间来华传教。当时的传教士为能在中国打开局面,对于中国固有的文化,多取迁就和屈从的态度。在这种背景下,高一志也模仿中国的女箴、家训等,写了这样一本书。书中对那些既符合基督教义,又不悖中国传统文化,同时又和中国人生活紧密相关的内容作了较大的发挥,所不同者,用以证明的例子被换成了西方的。从他所举的例子看,西方的文化中同样也面临着一个该如何处理"外饰"与"内德"的问题。或许他们也同样地感到尺度不好掌握,所以提出了一种"取其宜、存其体、顺其夫"的权宜之计。

对于服饰的规训,虽与身体相关,但总体而言,对身体的伤害还不算大。缠足,则直接涉及对身体的操控。女性缠足,人多谓起自李后主宫嫔窅娘,其最初的目的,也无外乎为取悦男性。但随着时移世异,这种行为竟也被道德化了。元伊世珍《琅嬛记》引《修竹阁女训》:"本寿问于母曰:'富贵家女子必缠足,何也?'其母曰:'吾闻之圣人重女,而使之不轻举也,是以裹其足。故所居不过闺阃之中,欲出则有帷车之载,是无事于足者也。圣人如此防闲,而后世犹有桑中之行、临卬之奔。范雎曰:'裹足不入秦。'用女喻也。"② 女子缠足,竟是为限制女子活动范围,止其临卬之奔,亦可发一大噱。清代建立,屡有令禁缠足,然成效不显。直

---

① [意]高一志:《齐家西学·齐夫妇·妇箴》,见黄兴涛、王国荣编《明清之际西学文本》第2册,中华书局2013年版,第405页。
② 据(元)伊世珍《琅嬛记》所引之《修竹阁女训》。(元)伊世珍:《琅嬛记》,明万历刻本。

文学史的文本透视

至清末，缠足陋俗才在诸多维新人士的共同推动下渐趋瓦解。戊戌前后，维新党人曾在多地组织不缠足会。梁启超曾为广东顺德的不缠足会写有一篇《戒缠足会叙》，其中有言曰："是故尘尘五洲，莽莽万古，贤哲如卿，政教如海，无一言一事为女子计。其待女子也有二大端：一曰充服役；二曰供玩好。由前之说则豢之若犬马，由后之说则饰之若花鸟。禀此二虐，乃生三刑：非洲、印度以石压首，使成扁形，其刑若黥；欧洲好细腰，其形若关木；中国缠足，其刑若剕胫。三刑行而地球之妇女无完人矣。缠足不知所自始也，要而论之，其必起于污君、独夫、民贼、贱丈夫。"① 与以往的反缠足不同，此时的反缠足是建立在男女平权的基础上的，同时兼具了一种"世界眼光"。而随着西学的传入，国人也渐有了一种"卫生"的意识。到了光绪末年，学部奏请成立女子师范学堂和女子小学，就明确将其写进了立学章程里面："女子必身体强健，斯勉学持家，能耐劳瘁。凡司女子教育者，须常使留意卫生，勉习体操，以强固其精力。至女子缠足，尤为残害肢体，有乖体育之道，务劝令逐渐解除，一洗积习。"②

明了了这样的文化背景，就明了了骆树英此篇文章的意义。其斥女子装饰、缠足无益于"身心"、无益于"健康"，其语看似简单，但其实均包含着新的时代因素。其论"泰西各国女子""逍遥自在"，得与男子"并立、并权"，体现了强烈的男女平等意识，这一点，正是对梁启超等人思想的直接继承。高一志等人入华，虽亦为国人带来了一种西方参照，但因其时彼亦处于男权强盛的时代，故不能给中国固有的文化以动摇。洎至骆树英的时代，无论东西，民智均已大开，这些对于服饰以及身体的讨论，才真正具有了新的话语背景。

对于骆树英这样的女学生来说，改变服饰，或许是具有某种革命性的意义。而对于世俗百姓来说，其理解未必如是之深。但无论如何，这些新潮的女学生们的举动，终归还是产生了广泛的世俗影响。《清稗类钞·服饰类·江浙人之服饰》："光绪时，沪妓喜施极浓之胭脂，因而大家闺秀纷纷效尤……自女学堂大兴，而女学生无不淡妆雅

---

① （清）陈忠倚编：《清经世文三编·戒缠足会叙》，清光绪印本，卷三十八。
② 据《大清光绪新法令·学部奏详让女子师范学堂及女子小学堂章程摺》所附之章程，见《立学总义章第二》。光绪三十三年（1907）正月获批施行。

第八章 文体、知识与性别：清代女性散文的社会性研究

服，洗尽铅华，无复当年涂粉抹脂之恶态，北里亦效之。故女子服饰，初由北里而传至良家，后则由良家而传至北里，此其变迁之迹，极端相反者也。"① 其言虽类小说，但也足以使我们见到当时世俗服饰文化演变的一个侧面。

---

① （清）徐珂：《清稗类钞·服饰类·江浙人之服饰》，中华书局2010年版，第13册，第6149页。

参考文献

一 著作类

（春秋）管仲撰，（唐）房玄龄注：《管子》，四部丛刊景宋本。

（春秋）左丘明撰，徐元诰集解，王树民、沈长云点校：《国语集解》，中华书局2002年版。

（战国）列御寇：《列子》，清文渊阁四库全书本。

（战国）孟轲：《孟子》，四部丛刊本。

（战国）孟轲撰，郑训佐、靳永译注：《孟子译注》，齐鲁书社2009年版。

（战国）庄周撰，（清）王先谦集解，沈啸寰点校：《庄子集解》，中华书局1987年版。

（战国）庄周撰，（清）郭庆藩集释，王孝鱼点校：《庄子集释》，中华书局2012年版。

（汉）毛亨述，郑玄笺：《毛诗》，四部丛刊景宋本。

（汉）贾谊撰，阎振益、钟夏校注：《新书校注》，中华书局2000年版。

（汉）桓宽：《盐铁论》，清文渊阁四库全书本。

（汉）刘向：《古列女传》，清文渊阁四库全书本。

（汉）刘向：《说苑》，四部丛刊本。

（汉）司马迁：《史记》，清文渊阁四库全书本。

（汉）司马迁撰，（南朝宋）裴骃集解，（唐）司马贞索隐，（唐）张守节正义，中华书局编辑部点校：《史记》，中华书局1982年版。

（汉）班固：《汉书》，清文渊阁四库全书本。

（汉）班固：《汉书》，清乾隆武英殿刻本。

（汉）班固：《白虎通德论》，四部丛刊本。

参考文献

（汉）许慎：《说文解字》，清文渊阁四库全书本。
（汉）郑玄注，（唐）陆德明音义：《周礼》，四部丛刊本。
（汉）郑玄注，（唐）陆德明音义：《礼记》，四部丛刊景宋本。
（汉）郑玄注，（唐）陆德明音义，（唐）孔颖达疏：《礼记注疏》，清文渊阁四库全书本。
（汉）扬雄撰，周祖谟校笺：《方言校笺》，中华书局 1993 年版。
（汉）迦叶摩腾等：《佛说四十二章经》，乾隆大藏经本。
（魏）何晏解，（梁）皇侃疏：《论语集解义疏》，清文渊阁四库全书本。
（晋）郭象：《庄子注》，清文渊阁四库全书本。
（晋）傅玄：《傅子》，清武英殿聚珍版丛书本。
（晋）嵇含：《南方草木状》，宋百川学海本。
（南朝宋）鲍照撰，丁福林、丛玲玲校注：《鲍照集校注》，中华书局 2012 年版。
（南朝梁）刘勰：《文心雕龙》，四部丛刊景明嘉靖本。
（南朝梁）释宝唱撰，王孺童校注：《比丘尼传校注》，中华书局 2006 年版。
（南朝梁）萧统编，（唐）李善等注：《六臣注文选》，四部丛刊景宋本。
（南朝梁）陶弘景：《真诰》，清文渊阁四库全书本。
（南朝陈）徐陵编，（清）吴兆宜注，穆克宏点校：《玉台新咏笺注》，中华书局 1985 年版。
（唐）欧阳询：《艺文类聚》，清文渊阁四库全书本。
（唐）杜佑：《通典》，清武英殿刻本。
（唐）封演：《封氏闻见记》，清文渊阁四库全书本。
（唐）孟棨：《本事诗》，明顾氏文房小说本。
（唐）李吉甫：《元和郡县志》，清武英殿聚珍版丛书本。
（唐）李鼎祚撰，王丰先点校：《周易集解》，中华书局 2016 年版。
（唐）李延寿：《北史》，清文渊阁四库全书本。
（唐）李白撰，（清）王琦注：《李太白诗集注》，清文渊阁四库全书本。
（唐）李白撰，（清）王琦注：《李太白全集》，中华书局 1977 年版。
（唐）李白撰，（宋）杨齐贤补注，（元）萧士赟删补：《分类补注李太白诗》，四部丛刊景明本。
（唐）段成式：《酉阳杂俎》，四部丛刊景明本。

277

（唐）段公路：《北户录》，清十万卷楼丛书本。

（唐）房玄龄：《晋书》，清乾隆武英殿刻本。

（唐）杜甫撰，（宋）黄鹤注：《补注杜诗》，清文渊阁四库全书本。

（唐）杜甫撰，（宋）郭知达注：《九家集注杜诗》，清文渊阁四库全书本。

（唐）杜甫撰，（清）仇兆鳌注：《杜诗详注》，中华书局1979年版。

（唐）白居易撰，朱金城笺校：《白居易集笺校》，上海古籍出版社1988年版。

（唐）白居易撰，谢思炜校注：《白居易诗集校注》，中华书局2006年版。

（唐）白居易：《白氏六帖事类集》，民国二十二年影印本。

（唐）元稹撰，冀勤点校：《元稹集》，中华书局2010年版。

（唐）韩愈撰，（清）方世举编年笺注，郝润华、丁俊丽点校：《韩昌黎诗集编年笺注》，中华书局2012年版。

（唐）韩愈撰，刘真伦、岳珍校注：《韩愈文集汇校笺注》，中华书局2010年版。

（唐）释道宣：《广弘明集》，四部丛刊景明本。

（唐）柳宗元撰，（宋）韩醇诂训：《诂训柳先生文集》，清文渊阁四库全书本。

（唐）柳宗元撰，胡士明选注：《柳宗元诗文选注》，上海古籍出版社1988年版。

（唐）柳宗元撰，王国安笺释：《柳宗元诗笺释》，上海古籍出版社1993年版。

（唐）柳宗元撰，尹占华、韩文奇校注：《柳宗元集校注》，中华书局2013年版。

（唐）范摅：《云溪友议》，四部丛刊景明本。

（唐）许浑撰，（清）许培荣笺注：《丁卯集笺注》，清乾隆二十一年许锺德等刻本。

（五代）刘昫等：《旧唐书》，清乾隆武英殿刻本。

（五代）马缟：《中华古今注》，宋百川学海本。

（五代）赵崇祚编，杨景龙校注：《花间集校注》，中华书局2014年版。

（宋）王钦若等：《册府元龟》，明刻初印本。

（宋）王灼：《碧鸡漫志》，清知不足斋丛书本。

（宋）王应麟：《玉海》，清文渊阁四库全书本。

（宋）王观国：《学林》，清武英殿聚珍版丛书本。
（宋）李昉等：《太平御览》，清文渊阁四库全书本。
（宋）李之仪：《姑溪居士前集》，清文渊阁四库全书本。
（宋）李清照撰，徐培均笺注：《李清照集笺注》，上海古籍出版社 2002 年版。
（宋）李清照撰，黄墨谷重辑：《重辑李清照集》，中华书局 2009 年版。
（宋）柳永撰，薛瑞生校注：《乐章集校注》，中华书局 2012 年版。
（宋）柳永撰，谢桃坊选评：《柳永词选评》，上海古籍出版社 2002 年版。
（宋）计有功撰，王仲镛校笺：《唐诗纪事校笺》，中华书局 2007 年版。
（宋）洪迈撰，孔凡礼点校：《容斋随笔》，中华书局 2005 年版。
（宋）吴曾：《能改斋漫录》，清文渊阁四库全书本。
（宋）钱易：《南部新书》，清文渊阁四库全书本。
（宋）沈义父：《乐府指迷》，清指海本。
（宋）刘攽：《中山诗话》，明津逮秘书本。
（宋）吴处厚：《青箱杂记》，明稗海本。
（宋）宋祁：《宋景文笔记》，清文渊阁四库全书本。
（宋）晏幾道撰，李明娜笺注：《小山词校笺注》，（台北）文津出版社 1981 年版。
（宋）黄裳：《演山集》，清钞本。
（宋）胡仔：《苕溪渔隐丛话》，清乾隆刻本。
（宋）姜夔撰，夏承焘笺校：《姜白石词编年笺校》，上海古籍出版社 1981 年版。
（宋）曾慥：《类说》，清文渊阁四库全书本。
（宋）朱胜非：《绀珠集》，清文渊阁四库全书本。
（宋）褚伯秀：《南华真经义海纂微》，清文渊阁四库全书本。
（宋）朱熹：《晦庵集》，清文渊阁四库全书本。
（宋）朱熹：《四书或问》，清文渊阁四库全书本。
（宋）朱熹：《四书或问》，清武英殿聚珍版丛书本。
（宋）晁公遡：《嵩山集》，清钞本。
（宋）吕惠卿：《庄子义集校》，中华书局 2009 年版。
（宋）方勺：《泊宅编》，明稗海本。
（宋）章樵注：《古文苑》，四部丛刊本。

（宋）李樗、（宋）黄櫄：《毛诗李黄集解》，清文渊阁四库全书本。
（宋）邓名世：《古今姓氏书辩证》，清文渊阁四库全书本。
（宋）官修：《宣和画谱》，明津逮秘书本。
（宋）张栻：《癸巳论语解》，清文渊阁四库全书本。
（宋）李廌：《师友谈记》，清文渊阁四库全书本。
（宋）晁说之：《景迂生集》，清文渊阁四库全书本。
（宋）欧阳修等：《新唐书》，清乾隆武英殿刻本。
（宋）欧阳修撰，李逸安点校：《欧阳修全集》，中华书局2001年版。
（宋）司马光等：《资治通鉴》，四部丛刊景宋刻本。
（宋）惠洪撰，陈新点校：《冷斋夜话》，中华书局1988年版。
（宋）方崧卿：《韩集举正》，清文渊阁四库全书本。
（宋）范成大：《桂海虞衡志》，清知不足斋丛书本。
（宋）鲍彪撰：《战国策注》，宋绍熙二年刻本。
（宋）刘斧：《青琐高议》，清红药山房钞本。
（宋）曾巩撰，陈杏珍、晁继周点校：《曾巩集》，中华书局1984年版。
（宋）苏轼撰，李之亮笺注：《苏轼文集编年笺注》，巴蜀书社2011年版。
旧题（宋）何溪汶：《竹庄诗话》，清文渊阁四库全书本。
（宋）冯椅：《厚斋易学》，清文渊阁四库全书本。
（宋）李壁：《王荆公诗注》，清文渊阁四库全书本。
（宋）刘一止：《苕溪集》，清文渊阁四库全书本。
（宋）胡仔：《苕溪渔隐丛话》，清乾隆刻本。
（宋）黄彻：《䂬溪诗话》，清知不足斋丛书本。
（宋）郭茂倩：《乐府歌辞》，四部丛刊景汲古阁本。
（元）吕诚：《来鹤亭集》，清文渊阁四库全书本。
（元）吴澄：《礼记纂言》，清文渊阁四库全书本。
（元）伊世珍：《琅嬛记》，明万历刻本。
旧题（元）杨载：《诗法家数》，明格致丛书本。
（元）杨桓：《六书统》，清文渊阁四库全书本。
（元）脱脱等：《宋史》，清文渊阁四库全书本。
（元）辛文房撰，周绍良笺证：《唐才子传笺证》，中华书局2010年版。
（元）佚名：《宋史全文》，清文渊阁四库全书本。
（元）马端临：《文献通考》，清浙江书局本。

（明）万时华：《诗经偶笺》，明崇祯李泰刻本。

（明）张居正：《张太岳先生文集》，明万历四十年唐国达刻本。

（明）彭大翼：《山堂肆考》，清文渊阁四库全书本。

（明）钟惺、（明）谭元春：《唐诗归》，明刻本。

（明）陆时雍：《唐诗镜》，清文渊阁四库全书本。

（明）陈建：《皇明通纪集要》，明崇祯刻本。

（明）陈建：《皇明通纪法传全录》，明崇祯九年刻本。

（明）郭正域：《皇明典礼志》，明万历四十一年刘汝康刻本。

（明）田艺蘅：《香宇集》，明嘉靖刻本。

（明）袁宏道：《瓶史》，清借月山房汇钞本。

（明）汤显祖撰，徐朔方笺校：《汤显祖诗文集》，上海古籍出版社1982年版。

（明）孙应鳌：《四书近语》，清光绪刻本。

（明）李梦阳：《空同集》，清文渊阁四库全书本。

（明）李时珍：《本草纲目》，清文渊阁四库全书本。

（明）王世贞：《嘉靖以来首辅传》，清文渊阁四库全书本。

（明）王世贞：《弇州四部稿》，明万历刻本。

（明）王世贞：《弇州四部稿》，清文渊阁四库全书本。

（明）王骥德：《曲律》，见中国戏曲研究院辑校《中国古典戏曲论著集成》第4册，中国戏剧出版社1959年版。

（明）王三聘：《事物考》，明嘉靖四十二年刻本。

（明）王路：《花史左编》，明万历刻本。

（明）梅鼎祚编：《梁文纪》，清文渊阁四库全书本。

（明）卓人月：《古今词统》，明崇祯刻本。

（清）顺治帝《万寿诗》，清顺治十三年内府刻本。

（清）康熙帝《圣祖仁皇帝御制文集》，清文渊阁四库全书本。

（清）雍正帝《世宗皇帝御选语录》，乾隆大藏经本。

（清）乾隆帝《乐善堂集》，清文渊阁四库全书本。

（清）乾隆帝《御制诗集》，清文渊阁四库全书本。

（清）嘉庆帝《御制诗》，清嘉庆十六年武英殿刻本。

（清）道光帝《养正书屋全集定本》，清道光十七年泾川书院刻本。

（清）同治帝《御制诗集》，清光绪武英殿刻本。

（清）光绪帝《御制诗》，清内府钞本。
（清）爱新觉罗·允祹等：《钦定大清会典》，清文渊阁四库全书本。
（清）爱新觉罗·弘晓：《明善堂诗文集》，清乾隆四十二年刻本。
（清）爱新觉罗·弘昼等：《周易注疏》，清文渊阁四库全书本。
（清）爱新觉罗·永瑢等：《四库全书总目》，清乾隆武英殿刻本。
（清）爱新觉罗·永瑢等：《四库全书总目》，中华书局1965年版。
（清）爱新觉罗·永瑢等：《四库全书总目》，中华书局1992年版。
（清）爱新觉罗·永琪：《凝碧堂诗钞》，见《清代诗文集汇编》第399册，上海古籍出版社2010年版。
（清）王夫之：《楚辞通释》，清船山遗书本。
（清）王士禛：《池北偶谈》，清文渊阁四库全书本。
（清）王士禛等：《御定渊鉴类函》，清文渊阁四库全书本。
（清）王士禛撰，宫晓卫点校：《香祖笔记》，齐鲁书社2007年版。
（清）王灏等：《御定佩文斋广群芳谱》，清文渊阁四库全书本。
（清）王引之撰，钱文忠等整理：《经义述闻》，上海书店出版社2012年版。
（清）王闿运：《八代诗选》，清光绪十六年江苏书局刻本。
（清）厉鹗：《宋诗纪事》，清文渊阁四库全书本。
（清）毛奇龄：《续诗传鸟名卷》，清文渊阁四库全书本。
（清）万树：《词律》，清文渊阁四库全书本。
（清）何焯：《义门读书记》，清乾隆刻本。
（清）孙希旦撰，沈啸寰、王星贤点校：《礼记集解》，中华书局1989年版。
（清）吴任臣注：《山海经广注》，清文渊阁四库全书本。
（清）郑方坤：《五代诗话》，清粤雅堂丛书本。
（清）郑方坤：《经稗》，清文渊阁四库全书本。
（清）郎廷槐：《师友诗传录》，清学海类编本。
（清）沈雄：《古今词话》，清康熙刻本。
（清）沈辰垣等：《御选历代诗余》，清文渊阁四库全书本。
（清）沈自南：《艺林汇考》，清文渊阁四库全书本。
（清）顾栋高：《毛诗类释》，清文渊阁四库全书本。
（清）陈廷焯撰，彭玉平纂辑：《白雨斋诗话·白雨斋词话》，凤凰出版社

2014年版。

（清）周中孚：《郑堂读书记》，民国吴兴丛书本。

（清）冯金伯：《词苑萃编》，清嘉庆刻本。

（清）何文焕：《历代诗话》，中华书局2004年版。

（清）强汝询：《求益斋文集》，清光绪江苏书局刻本。

（清）屈大均：《翁山文外》，清康熙刻本。

（清）陈仪：《竹林答问》，清镜滨草堂钞本。

（清）蔡钧：《诗法指南》，清乾隆刻本。

（清）蒋赫德：《御定孝经注》，清文渊阁四库全书本。

（清）曹寅等：《御定全唐诗》，清文渊阁四库全书本。

（清）孙之騄：《尚书大传》，清文渊阁四库全书本。

（清）官修：《钦定古今储贰金鉴》，清文渊阁四库全书本。

（清）官修：《皇朝文献通考》，清文渊阁四库全书本。

（清）官修：《清实录》，中华书局1986年版。

（清）官修：《八旗通志》，清文渊阁四库全书本。

（清）官修：《（同治）湖州府志》，清同治十三年刻本。

（清）官修：《陕西通志》，清文渊阁四库全书本。

（清）恩荣等：《（同治）荆门直隶州志》，清同治七年刻本。

（清）李放：《皇清书史》，（台北）明文书局1985年版。

（清）沈德潜：《说诗晬语》，清四部备要本。

（清）沈德潜：《唐诗别裁集》，上海古籍出版社1979年版。

（清）张廷玉等：《皇朝文献通考》，清文渊阁四库全书本。

（清）张廷玉等：《明史》，清文渊阁四库全书本。

（清）张廷玉等：《国朝宫史》，清文渊阁四库全书本。

（清）赵尔巽等：《清史稿》，中华书局1977年版。

（清）庆桂等：《国朝宫史续编》，清嘉庆十一年内府钞本。

（清）朱鼎臣等：《（嘉庆）郫县志》，清嘉庆十七年刻本。

（清）袁枚：《随园诗话》，清乾隆十四年刻本。

（清）梁国治：《国子监志》，清文渊阁四库全书本。

（清）刘声木撰，刘笃龄点校：《苌楚斋四笔》，中华书局1998年版。

（清）俞樾：《九九销夏录》，中华书局1995年版。

（清）吴肃公：《街南文集》，清康熙二十八年吴承励刻本。

（清）高景芳：《红雪轩稿》，清康熙五十八年刻本。
（清）徐叶昭：《职思斋学文稿》，清乾隆什一偶存本。
（清）沈善宝：《名媛诗话》，清光绪鸿雪楼刻本。
（清）黄叔琳：《文心雕龙辑注》，清文渊阁四库全书本。
（清）法式善：《八旗诗话》，清稿本。
（清）皮锡瑞：《皮锡瑞全集》，中华书局 2015 年版。
（清）梁启超：《梁启超全集》，北京出版社 1999 年版。
（清）李调元：《童山集》，清乾隆刻函海道光五年增修本。
（清）李渔：《闲情偶寄》，清康熙刻本。
（清）汪森：《粤西丛载》，清文渊阁四库全书本。
（清）阮元校刻：《十三经注疏》，中华书局 2009 年版。
（清）宫梦仁：《读书纪数略》，清文渊阁四库全书本。
（清）俞樾：《茶香室丛钞》，清光绪二十五年刻春在堂全书本。
（清）魏源撰，中华书局编辑部编：《魏源集》，中华书局 2009 年版。
（清）邓汉仪撰，陆林、王卓华辑：《慎墨堂诗话》，中华书局 2017 年版。
（清）陈忠倚编：《清经世文三编》，清光绪印本。
（清）徐珂：《清稗类钞》，中华书局 2010 年版。
（清）徐乃昌：《闺秀词钞》，清刻本。
（民国）黄鸿寿：《清史纪事本末》，民国三年石印本。
北京大学中文系文学专门化 1955 级集体编著：《中国文学史》，人民文学出版社 1958 年版。
陈顺馨：《中国当代文学的叙事与性别》，北京大学出版社 1995 年版。
陈寅恪：《元白诗笺证稿》，生活·读书·新知三联书店 2001 年版。
戴凡、吕黛蓉主编：《功能文体理论研究》，外语教学与研究出版社 2013 年版。
冯乾编校：《清词序跋汇编》，凤凰出版社 2013 年版。
傅璇琮、王兆鹏主编：《宋才子传笺证》，辽海出版社 2011 年版。
高克勤：《王安石诗文选评》，上海古籍出版社 2002 年版。
葛渭君编：《词话丛编补编》，中华书局 2013 年版。
葛兆光：《域外中国学十论》，复旦大学出版社 2002 年版。
葛兆光：《中国思想史》，复旦大学出版社 2000 年版。
郭绍虞主编：《中国历代文论选》（一卷本），上海古籍出版社 2001 年版。

姜守鹏、刘奉文：《爱新觉罗家族全书·世系源流》，吉林人民文学出版社1997年版。

李昌集：《中国古代散曲史》，华东师范大学出版社1991年版。

李雷主编：《清代闺阁诗集萃编》，中华书局2015年版。

李理：《爱新觉罗家族全书·书画揽胜》，吉林人民文学出版社1997年版。

李强：《社会分层十讲》，社会科学文献出版社2011年版。

龙榆生：《中国韵文史》，上海古籍出版社2002年版。

罗宗强主编：《古代文学理论研究》，湖北教育出版社2002年版。

施子愉：《柳宗元年谱》，湖北人民出版社1958年版。

四川省畜牧兽医研究所校注：《活兽慈舟校注》，四川人民出版社1980年版。

唐圭璋编：《词话丛编》，中华书局2005年版。

陶敏：《全唐诗作者小传补正》，辽海出版社2010年版。

王文锦译解：《礼记译解》，中华书局2016年版。

吴中杰：《文艺学导论》，复旦大学出版社2002年版。

伍蠡甫、胡经之主编：《西方文艺理论名著选编》，北京大学出版社1985年版。

谢无量：《中国妇女文学史》，中华书局1931年版。

袁世硕主编：《中国古代文学史》（第二版），高等教育出版社2018年版。

曾枣庄主编：《宋代序跋全编》，齐鲁书社2015年版。

曾昭岷等：《全唐五代词》，中华书局1999年版。

赵义山：《明清散曲史》，人民出版社2007年版。

周作人：《周作人散文全集》，广西师范大学出版社2009年版。

［法］罗贝尔·埃斯卡皮：《文学社会学》，浙江人民出版社1987年版。

［美］A．麦金太尔：《追寻美德》，译林出版社2003年版。

［美］高友工、［美］梅祖麟：《唐诗的魅力》，上海古籍出版社1989年版。

［美］高友工、［美］梅祖麟：《唐诗三论》，商务印书馆2013年版。

［美］罗伯特·司格勒斯：《符号学与文学》，春风文艺出版社1988年版。

［意］丹瑞欧·康波斯塔：《道德哲学与社会伦理》，黑龙江人民出版社2005年版。

［英］斯当东撰，叶笃义译：《英使谒见乾隆纪实》，生活·读书·新知三联书店（香港）有限公司1994年版。

二　论文类

陈广宏：《中晚明女性诗歌总集编刊宗旨及选录标准的文化解读》，《中国典籍与文化》2007年第1期。

陈靝沅：《失序与抗衡——王九思曲作中的两种归隐》，《戏剧研究》（台湾）2009年第3期。

李芳民：《空间营构、创作场景与柳宗元的贬谪文学世界——以谪居永州时期的生活与创作为中心》，《清华大学学报》（哲学社会科学版）2019年第1期。

李瑞林、战肃容：《满族民间舞蹈概述》，《乐府新声》1989年第3期。

刘传吉：《乾隆心中的储君——五阿哥永琪》，《文史知识》2011年第9期。

罗小芳：《种植时空的文化意象——柳宗元种植诗时空分析》，《宁夏社会科学》2011年第3期。

张文浩：《张谦德〈瓶花谱〉"天趣"美学观念疏解》，《农业与考古》2014年第6期。

周雪光：《从"官吏分途"到"层级分流"：帝国逻辑下的中国官僚人事制度》，《社会》2016年第1期。

朱立元：《对反映论艺术观的历史反思》，《马克思主义美学研究》1999年第2期。

［日］丰冈康史：《〈御制安南记〉与〈御制十全记〉之间：乾嘉年间对越南北部地域政策的转变和基调》，《中国边疆学》2017年第2期。

后　　记

　　本书用八章的篇幅，探讨了八种和文学有关的中层理论。所谓中层理论，正如本书前言中所介绍的那样，它只能保证在有限时空和有限范围内的有效性。有限理性指导下的有限理论，这在某种意义上而言，当然是一种缺陷。但从另一角度而言，这种有限度的理论抽象，又保证了理论与经验的契合性。尽管自后现代以来，尤其是自解构主义以来，人们几乎已经习惯了反对任何成体系的话语，但经验本身，又确乎需要经过组织才能被理解。正如本书前面几章所展示的，文学史也正是在这样的经验与组织中向前发展。并不是所有的理论都会导向实践，有时，所谓理论或许只是一种较为系统化的印象或是观察，比如前文曾提到的社会文化的完形理论。但尽管如此，它仍然对我们解释这个世界具有意义。

　　本书在解读文本时极尽详尽之能事，之所以这样做，又是有感于在现实生活中有很多学生读不懂文本，同时对不同文体的规范及常用的技法亦不了解，所以只好尽自己的能力，对一些有代表性的文本进行尽可能地详尽解读。然而，经过这样的详细解读之后，读者可能又会发现，有些细节并不能完全和标题中所标示的理论相契合，而这，恐怕又是由经验世界与理论思维之间固有的龃龉所决定的了。每当这种龃龉发生时，正如本书的题目《文学史的文本透视》所标示的，本书的原则，是坚持文本优先的立场。至于这些文本会将读者的目光引向何处，是否会和本书的观点相合，则又绝非本书作者所能决定的了。本书最大的希望，是这些内容能够在某些方面引起某些读者的某些兴趣，以致其能给予古代文学研究更多的关注。倘若读者能在某些观点上和作者暗合，则是本书作者最大的荣幸了。

  本书能够得以出版，需要感谢长春师范大学领导和老师的支持。中国社会科学出版社的王琪、王龙等老师为本书的出版做了很多辛苦的工作，我的朋友兼同事张文浩教授为本书题写了书名，在此一并表达谢忱。

刘竞飞

2020 年 10 月